KB267886

사랑에
무너지다

사랑에 무너지다 1

초판 1쇄 찍은 날 ㅣ 2013년 12월 10일
초판 1쇄 펴낸 날 ㅣ 2013년 12월 17일

지은이 ㅣ 예거
펴낸이 ㅣ 서경석

편 집 장 ㅣ 권태완
편집책임 ㅣ 손수화
편   집 ㅣ 장미연
디 자 인 ㅣ 이혜정

펴낸곳 ㅣ 도서출판 청어람
등록번호 ㅣ 제1081-1-89호
등록일자 ㅣ 1999. 5. 31
어람번호 ㅣ 제5-0356호

주소 ㅣ 경기도 부천시 원미구 심곡2동 163-2 서경B/D 3F (우) 420-822
전화 ㅣ 032-656-4452 팩스 ㅣ 032-656-4453
http://www.chungeoram.com
E-mail ㅣ chungeorambook@daum.net

ⓒ 예거, 2013

ISBN 978-89-251-3590-8 04810
ISBN 978-89-251-3589-2 (SET)

예거 장편 소설

1

Chungeoram romance novel

사랑에 무너지다

$\mathcal{C}$ontents

2부

사랑에

무너지다

프롤로그

5년 전, 그날

• • •

　"그럼 지금부터 장채원 씨 기자회견을 시작하도록 하겠습니
다."

　매니저인 태진의 고요한 목소리가 들리는 순간 채원의 얼굴이
굳어졌다. 단상에서 내려오던 도중 새하얗게 질린 채로 앉아 있는
채원을 발견한 태진이 한숨을 내쉬며 그녀에게 다가가 어깨에 손
을 얹어주었지만 채원은 안심하지 못했다.

　"그냥 대본대로만 해. 네가 가장 잘하는 게 그거잖아. 대본대로
연기하는 거. 그리고 결론적으로 네가 아니라며. 아니면 아니라고
사실대로만 말하면 되는 거야."

　"……."

　"그러니 대본에 충실해. 그러면 극복할 수 있어."

　태진은 부들부들 떨고 있는 채원의 귓가에 작게 속삭였다. 채원

의 매니저이기는 하나 언제나 그녀와 공적인 대화만을 주고받던 그가 마음 써서 말한 것은 이제 막 빛을 본 신인 여배우가 고작 이런 스캔들로 좌절하는 것이 안타까워서이다. 어쩌다 이런 일이 일어나서……. 태진은 말없이 고개를 끄덕이는 채원을 바라보다 그녀의 뒤로 물러났다.

채원은 '하아' 하고 참고 있던 숨을 뱉어내며 곧장이라도 그녀에게 달려들 태세를 취하고 있는 기자들을 쳐다봤다. 태진의 말대로 이미 그녀가 이 자리에서 해야 할 말과 취해야 할 행동이 모두 정해져 있는 상황이기에 시키는 대로만 하면 극복할 수는 있었다. 문제는 과연 자신이 태연하게 말할 수 있을지 장담하지 못한다는 것이다.

두려웠다.

그녀가 뱉어낼 말을 눈에 불을 켜고 기다리고 있는 기자들이. 그 말이 과연 진실일지 거짓일지는 그들에게 있어서 중요치 않아 보였다.

금방이라도 눈물이 쏟아져 나올 것만 같았지만 참아야 했다.

견뎌내야 했다.

잔혹한 이 현실을.

"장채원 씨, 거두절미하고 일단 한 가지만 묻겠습니다!"

태진의 허락이 떨어지고 고개를 숙이고 있던 채원이 서서히 얼굴을 들 무렵이었다.

가장 먼저 채원에게 질문을 하기로 했던 A 일보의 기자가 아닌 K 스포츠의 기자 한 명이 자리에서 벌떡 일어나 외쳤다. 태진은 순서를 지키지 않는 그에게 미간을 좁히며 항의하려고 했으나 '네' 하는 채원의 대답이 먼저 나왔다. 질문을 허락받은 K 스포츠의 기자는 마치 사냥감을 눈앞에 둔 매의 눈빛으로 채원을 바라보며 소리쳤다.

"요즘 떠돌고 있는 동영상의 그 여자가 정말 본인이 맞습니까?!"

겨우 진정을 찾았던 채원의 가슴은 그의 말에 미친 듯이 요동쳤다. 당황한 기색을 보이지 않기 위해 노력했지만 전부를 감출 수는 없었다.

"대답해, 장채원."

태진은 쉽게 대답을 하지 못하고 기자들의 플래시 세례만 받고 있는 채원에게 속삭였다.

채원은 쿵쿵 뛰는 심장 소리를 느끼며 침을 삼켰다.

기자회견장에 들어서기 전, 긴 회의 끝에 나온 소속사의 공식 결론은 '있는 그대로, 사실대로 밝혀라' 하는 것이었다.

"그 동영상 속의 여자가 너라고 주장해도 그들에겐 뚜렷한 증거가 없어. 무조건 발뺌해. 그게 최선이야."

채원의 소속사 사장인 트리엔터테인먼트 대표 한재필은 그를 바라보는 그녀에게 당부하고 또 당부했다. 그는 심지어 채원이 해야 할 말을 정리해 왔다며 그녀에게 대본까지 건네주었다. 그것만이 네가 이곳에서 생존할 수 있는 방법이라고 끊임없이 말하는 재필을 채원은 그저 바라보기만 했다.

"장채원 씨, 대답해 주십시오!"

그녀에게 질문을 한 K 스포츠의 기자는 계속해서 채원에게 대답을 요구했다.

찰칵찰칵.

플래시가 쉬지 않고 터졌다. 카메라 공포증이 있는 것도 아닌데 가슴이 진정할 생각을 하지 않는다. 채원은 자신을 바라보고 있는 기자들의 눈을 마주 봤다. 그녀의 입이 서서히 열렸다.

"현재 떠돌고 있는 동영상 속의 여자는……."

기자들에게 말하는 채원의 목소리는 떨렸다. 평소 당당하고 자신감 넘치는 그녀의 모습은 온데간데없었다. 주눅이 들어 있는 한 여자만 앉아 있을 뿐이다.

내가 아니다.

내가 아니라는 건 그 누구보다 내가 더 잘 알고 있잖아.

나는…… 그런 동영상을 찍은 적이 없어.

찍은 적 없다고.

채원은 기자회견장으로 오면서 지시받았던 대로 말하려고 했다.

"채원아, 이 엄마가 부탁할게. 이렇게 네게 빌 테니까…… 제발 엄마 말 좀 들어줘."

그러나 채원의 눈앞에 울먹이는 누군가의 모습이 스쳤다. 채원이 기자회견을 하기로 결심했다는 이야기를 듣자마자 그녀의 집으로 달려온 어머니는 무릎을 꿇고 채원에게 빌며 애원했다.

"유약한 애야. 만약 진실이 밝혀진다면 죽으려고 할 게 틀림없어. 견디지 못할 거야. 이미 한 번, 그랬던 적이 있잖니. 강인한 너와는 달라. 그동안 줄곧 그랬잖아. 그러니 채원아, 이 엄마를 봐서라도…… 너라고 말해주면 안 되겠니? 너는 견딜 수 있잖아. 그깟 연예 활동은 그만두면 되잖아. 게다가 재원인…… 재원인 가정이 있어. 강 서방이 그 이야기를 알게 되면 어떻게 될 것 같아? 분명 버림받을 거야. 처절할 정도로 잔인하게. 너, 재원이가 강 서방을 얼마나 사랑하는지 알잖아. 응?"

그녀의 쌍둥이 언니 장재원이 얼마 전 결혼한 남편인 강민욱을 얼마나 좋아하는지는 채원도 알고 있다. 저 역시 재원만큼이나 민욱을 좋아했기에 너무도 잘.
재원이 그녀의 연인이었던 민욱을 빼앗아갔을 때도 아무런 말을 하지 않은 것은 재원이 죽을 만큼 그를 사랑한다고 말했기 때문이다. 민욱을 사랑했지만 그보다 자신의 쌍둥이 언니를 더 사랑했기에 채원은 물러났다. 한 남자를 두고 자매끼리 다투는 것은 원치 않았으니까.
그랬던 재원이건만, 대체 왜 그녀가 민욱이 아닌 다른 남자와 그런 더러운 짓을 저지른 건지 채원은 이해하지 못했다. 아니, 이해하고 싶지 않았다.

채원은 흐느끼는 어머니, 이 여사를 바라봤다. 그럴 수 없다고, 언니를 위해서 나의 연예계 생활을 포기할 수 없다고 말해야만 했다. 언니를 위해 또 희생할 수는 없다고 똑똑히 말해주어야 했다.

하지만 그럴 수가 없었다.

"……제가, 맞습니다."

채원은 결국 스스로를 희생해 버렸다.

자신의 연예 활동보다 언니의 가정을 지키는 일이 더 중요하다고 생각했기 때문이다.

❖　❖　❖

"이 멍청한 년! 너는 끝이야! 끝이라고! 너 때문에 우리가 얼마나 많은 손해를 입었는지 알아? 두고 봐! 다시 재기하지 못하게 만들어줄 테니까! 당장 내 눈앞에서 사라져! 꺼지란 말이야!"

기자회견을 끝내고 소속사 사무실로 돌아온 채원에게 사장 재필은 소리쳤다. 들고 있던 물건을 던질 기세로 외치는 그에게 채원은 아무 말도 하지 못했다. 채원은 그녀의 뒤에서 어두운 얼굴을 하고 있던 태진에 의해 강제로 사무실 밖으로 끌려 나갔다.

기자회견장에선 무조건 대본대로만 하라는 지시에도 불구하고 제멋대로 입을 나불거려 일을 더 크게 만든 채원 때문에 그녀가 소속된 트리엔터테인먼트의 전화는 쉬지 않고 울려댔다. 사무실 직원들이 항의하는 사람들에게 변명하는 목소리가 태진과 채원이 서 있는 복도에까지 들릴 정도였다. 태진은 자신이 무슨 짓을 저질렀는지 알까 의심이 되는 채원에게 말했다.

"잠시…… 쉬도록 하자. 여론이 가라앉을 때까지. 아니, 사장님 분이 풀릴 때까지라도……."

채원은 고개를 들어 태진을 쳐다봤다.

"해외에 나가 있어. 비행기 알아봐 줄게."

"……."

"2분기 드라마 건은…… 포기하자. 지금은 그 방법밖엔……."

"오빠."

태진은 자신의 말을 끊어내는 채원을 놀란 눈으로 바라보다 그녀의 다음 말을 기다렸다. 채원이 머뭇거리다 물었다.

"아마 저는, 끝난…… 거겠죠?"

아역 시절 혜성같이 등장해 신드롬을 일으키며 잠깐 주목을 받다 본격적으로 연예 생활을 시작한 것이 5년 전의 일이다. 하지만 지난 5년간 이렇다 할 활동 없이 거의 무명처럼 생활하던 그녀가 다시 스포트라이트를 받은 것은 작년 연말부터의 일.

50%라는 경이적인 시청률의 S 방송국 월화드라마에서 여주인 공의 친구이자 미혼모 역을 맡아 한 번 더 이름을 알릴 수 있는 기회를 얻게 된 것이 엊그제인데, 이제 겨우 여배우라는 인지도를 얻게 되고 앞으로 나아갈 수 있는 절호의 찬스를 눈앞에서 놓치게 되었다. 그것도 여배우에게 있어서 가장 치명적이라고 할 수 있는 섹스 스캔들이니 그녀의 앞날엔 깊은 나락만이 펼쳐져 있다

할 것이다.

태진은 씁쓸한 표정을 짓는 채원에게 대답해 주었다.

"그렇겠지."

채원은 부정하지 않는 그를 보며 좌절했다. 태진은 절망한 채원을 바라봤다.

"힘들 거야, 많이."

"……."

"대체 왜 그랬어?"

"……."

"너보다 네 언니가 더 중요했어?"

채원은 대답하지 못했다. 태진은 얼굴을 구기며 머리를 긁적였다.

"일이야 어찌 됐든…… 이젠 되돌릴 수 없어."

그의 말은 잔인할 정도로 냉정했다.

"그런 바보 같은 선택을 한 것은 바로 너야."

"……."

"세상에서 가장 빛나는 별이 될 수 있음에도…… 생명을 다한 별처럼 행동하다니."

채원은 입술을 꽉 눌렀다.

"미안하다."

태진은 채원에게서 시선을 돌렸다.

"나는 더 이상 너를 지켜줄 수 없을 것 같아."

그 말을 끝으로 태진 역시 채원에게서 멀어졌다.

❖　❖　❖

“위약금은 내가 다 내줄 테니 그 입은 끝까지 다물고 있도록 해. 만약 민욱 씨에게 이 사실이 들어간다면 가만두지 않겠어.”

제발 진실을 말하지 말아달라며 그녀의 옷자락을 잡고 늘어질 때는 언제고, 전 국민에게 버림받은 채원에게 재원은 고맙다는 말 한마디 하지 않았다. 오히려 소속사와의 계약 해지로 인한 위약금을 대신 내주며 채원을 협박하기까지 했다.

진저리가 났다.

이기적인 자신의 쌍둥이 언니와 그런 언니의 행동을 묵인하는 하나밖에 없는 어머니가.

그녀들을 위해 희생했음에도 고마워하지 않는 두 여자를 더 이상 한 지붕 아래서 볼 수가 없었다. 채원은 재원이 ‘상처받은 동생을 위로하기 위해 친정에 들렀다’는 명목으로 본가에 들렀던 그 다음날 곧바로 짐을 싸서 나왔다. 어머니 이진희 여사는 나가는 채원을 붙잡지 않았다. 열 달 동안 똑같이 앓고 낳은 자식이건만 이 여사가 언니인 재원과 동생인 채원을 대하는 태도는 천지 차이였다. 채원은 아무 말 없이 자신을 쳐다보는 이 여사를 지나 쳤다.

촬영 때문에 본래 집에 잘 들어오지도 않았기에 챙길 짐은 그리 많지 않았다. 집을 나온 직후 채원은 정처 없이 걸었다. 그녀를 알

아본 몇몇 사람들의 수군거리는 소리가 들려왔다. '저 여자, 그 여
자 아니야?' 부터 시작하여 '장채원이잖아! 그 영상의 주인공!' 등
등의 손가락질 가득한 비난이 귓가로 흘러들어 온다.

그들의 뜨거운 시선을 피해 골목길로 들어선 채원은 가진 것이
라곤 가방 하나밖에 없는 자신을 발견할 수 있었다.

후회…… 한다.

그날 내가 저지른 모든 행동을.

기자회견장에서 떠올린 어머니의 얼굴을.

충동적인 생각을.

평생 품었던 꿈을 포기하면서까지 그녀를 감쌀 이유가 있었나.

그런 내게 남은 것은 과연 무엇인가.

나는…… 왜 이렇게 바보 같을까.

채원은 비틀거리며 벽에 기대어 섰다. 그리고는 허망한 눈으로
주위를 둘러봤다.

이제 그녀에겐 아무것도 없었다. 사람들의 선망 어린 시선도,
힘내라고 외치던 응원의 목소리도, 채원의 연기를 보기 위해 몰
려올 팬도, 그녀를 촬영지까지 태워주었던 차도, 그리고 매니저
도.

장채원에게 남은 것은 아무것도 없었다.

반짝반짝 빛나던 모든 것이 사라졌다.

오랫동안 가슴에 품었던 꿈을 좇을 수 없게 되었다.

채원은 쓰게 웃었다.

"다…… 끝났네."

다리의 힘이 풀려 버린 것은 그쯤이었다. 채원은 힘없이 주저앉으며 허탈한 목소리로 내뱉었다. 이윽고 채원의 눈에서 투명한 액체가 뚝 떨어졌다.

그로부터…… 시간은 흘렀다.

1부

나락(奈落)의 끝에서

그대를 만나다

지금으로부터 정확히 5년 전인 2008년 가을.

상반기 연예계를 뜨겁게 달궜던 'J양 섹스 동영상' 사건 이후 겨우 잠잠해졌던 연예계는 하반기가 시작되자마자 열린 하나의 기자회견으로 인해 다시금 들썩였다. 그 사건은 전국적으로 큰 반향을 불러일으켰고 수많은 팬들이 들고일어날 만큼 엄청난 일이었다. 그 일은 당대 최고의 인기 스타이자 부동의 원톱 자리를 고수하고 있던 한 남자 배우의 충격 발언으로부터 시작되었다.

—한국인이 가장 사랑하는 이건우, 전격 은퇴 발표!

—캐스팅 부동의 1위 이건우, 연예계를 떠나다!

—충격! 대한민국이 낳은 최고의 월드 스타 이건우, 연예계 은퇴!

─여자들의 로망이자 남자들의 워너비 이건우, 돌연 은퇴 선언!

　한 배우가 받을 수 있는 최고의 수식어를 달고 다니던 이건우의 은퇴 선언은 연예계 관계자를 비롯한 전 국민이 예기치 못한 일이었다. 그때 기자회견장으로 들어서던 연예 기자들조차 당시 할리우드에서 성공적으로 개봉된 영화에 대해 이야기하는 자리라고만 생각했기에 그 여파는 대단했다.

　끊이지 않고 쏟아지는 기자들의 질문은 다양했다. '결혼하기 위해 은퇴를 하려는 것이냐?' 에서부터 시작하여, '세상에 떳떳하지 못한 행동을 해서 은퇴를 하려는 게 아니냐?', '연예계에서 환멸을 느낄 만한 일을 겪은 거냐?', '비교적 어린 나이에 은퇴를 하는 것을 보니 어디 아픈 것이 아니냐?' 까지. 그의 난데없는 은퇴 선언에 대한 근거를 찾으려 기자들은 무던히도 노력했으나 돌아온 답변은 평범했다.

　"다른 이유는 없습니다. 단지…… 최고의 자리에 올랐을 때 내려오는 것이 가장 아름다울 거라고 생각했을 뿐입니다. 저는 그 생각을 되돌릴 마음이 없습니다."

　기자들과 그를 사랑하는 사람들은 그에게서 솔직한 답을 들을 수가 없었다.

　"그동안 저를 사랑해 주신 많은 분들께 감사드리며, 이제부턴 후배들을 육성하는 데 힘을 쏟고 싶습니다. 응원해 주셨던 팬분들, 그리고 힘이 되어줬던 모든 연예계 동료분들께도 감사드립니다. 배우 이건우는…… 무척 행복한 사람이었습니다."

　생방송으로 중계되던 '이건우 귀국 기자회견'은 모두를 충격에 빠뜨린 채 천천히 자리에서 일어난 그가 진심을 가득 담은 얼굴로 카메라를 향해 인사를 하는 걸로 끝이 났다.

　대한민국이 가장 사랑했던 남자 배우인 그는 겨우 서른이라는 젊은 나이에 그렇게 연예계를 은퇴했다.

　이건우의 은퇴 선언 이후 한동안 대한민국 연예계는 안정을 되찾지 못했다. 어린 소녀 팬들은 소속사와 집으로 찾아가 제발 돌아와 달라고 울며불며 그에게 애원했고, 일부 여성 팬들은 발 벗고 나서서 '이건우 은퇴 반대 서명 운동'을 전국적으로 벌였다. 여성 팬들에 비해 소극적이었던 남성 팬들까지 그가 은퇴 선언을 거두어주길 바라는 영상을 제작하여 인터넷에 올릴 만큼 적극적이었지만 이건우는 그대로 잠적한 후 모습을 드러내지 않았다.

　그리고 시간은 흘러갔다.

　1년,

　2년,

　3년,

　4년,

　5년…….

이건우의 은퇴 이후 춘추전국시대 못지않을 만큼 치열했던 남자 배우들의 다툼에서 승리를 차지한 것은 10년 전부터 이건우와 대적할 상대라고 불리던 '강유환'이 아닌, 2년 전 혜성같이 나타난 스물여덟의 신예 '최진헌'이었다.

은퇴한 뒤에도 여전히 그리워하는 이들이 많은 이건우를 은연중에 떠올리게 하는 최진헌의 등장에 전국의 많은 팬들은 환호했다. 그가 출연하는 영화는 모두 흥행했으며, 주연을 맡은 드라마 역시 기본 시청률 20%를 보장할 만큼 많은 인기를 누렸다. 눈 깜짝할 사이에 정상의 자리에 오른 최진헌을 보며 사람들은 서서히 이건우를 잊기 시작했다.

그러던 작년 말.

이젠 대중들에게 점점 잊혀가던 이건우의 이름은 한 유명 잡지사와 가진 최진헌의 인터뷰로 인해 또다시 화제를 낳았다.

"저를 배우로 만들어준 사람이요? 하하! 이 얘길 들으시면 꽤 놀라실 텐데……. 음, 그분이 비밀을 지켜달라고 신신당부했지만 이젠 밝힐 때가 된 것 같네요. 전 '이건우'라는 사람한테 캐스팅됐어요. 익숙한 이름이죠? 네, 여러분도 잘 알고 계시는 바로 그분입니다."

후배들을 육성한다고 선언한 후 기자들도 쉽게 찾기 힘들 정도로 자취를 감추었던 그가 처음으로 세상에 선보인 보석이 다름 아닌 최진헌이라는 사실에 사람들은 열광했다. 더 이상 '배우'로서의 이건우는 만날 수 없지만 '프로듀서'라는 새로운 모습으로 나타난 그에게 많은 이들은 매력을 느끼며 앞으로 그가 선보일 많은 예비 스타들에게 기대하기 시작했다.

그리고 이건우의 허락을 구하지 않고 멋대로 폭탄 발언을 해버린 최진헌이 후일 소식을 접한 그에게 먼지가 나도록 맞았다는 일화는 연예계의 훈훈한 미담으로 남아 있다.

❖　❖　❖

"네가 봐달라는 대본 두 개 다 읽어봤어."

서울 강남의 한 카페.

문을 열고 안으로 들어서자마자 보이는 한 여자에게 터벅터벅 걸어간 건우는 긴장된 얼굴로 주위를 살피고 있던 그녀의 앞에 털썩 앉으며 들고 있던 대본 두 개를 테이블 위로 던졌다.

"어때?"

건우가 들어오자마자 검은 뿔테안경의 여자는 흘러내린 안경테를 손끝으로 올리며 눈을 반짝반짝 빛냈다. 건우는 꽤나 부담스러운 눈길을 보내는 자신의 사촌 동생이자 유명 드라마 작가인 세진을 쳐다보며 피식 웃었다.

"둘 다 재밌을 것 같기는 하더군."

"정말?"

건우는 내심 안도하는 세진에게 고개를 끄덕였다.

"어. [최선의 선택]은 아주 발랄했어. 로맨틱 코미디의 진수가 뭔지 제대로 보여주던데? 수도 없이 로코를 시도하더니 결국 하나가 터졌어.”

세진은 의외라는 표정의 건우를 향해 입을 쭉 내밀었다.

“이젠 터져줘야지. 세 번 정도 실패했으면 네 번째는 성공해 줘야 잘나가는 작가라고 하지 않겠어? 그나저나 그건? 그건 어땠어?”

“아……!”

건우는 못 말리겠다며 세진을 향해 혀를 차려다 이어진 말에 얼굴을 굳혔다.

“[사랑에 무너지다]라…….”

세진이 기대에 부푼 눈으로 건우를 쳐다봤다. 건우는 입가를 꿈틀거리며 얼른 그가 말을 이어주길 바라는 세진에게 대답했다.

“좋았어.”

세진은 짧고 간결한 건우의 말에 동그랗게 눈을 떴다.

“그 말…… 뿐이야?”

건우는 태연하게 말했다.

“그럼? 다른 말이 필요해?”

‘당연하지!’ 라며 건우에게 소리치고 싶은 마음이 굴뚝같았지만 세진은 ‘됐어. 이건우가 그렇지, 뭐’ 라는 말로 고개만 절레절레 저을 뿐이다. 건우는 실망한 기색이 역력한 사촌 동생을 물끄러미 바라보다 입을 열었다.

“덧붙이자면…… 내가 본 이세진 작품 중 가장 좋더군.”

건우의 말을 들은 세진은 반사적으로 자리에서 벌떡 일어났다. 오버하기는. 건우는 두 눈을 밖으로 쏟아낼 기세로 저를 내려다보는 세진에게 말했다.

"왜 진작 안 줬어? 꽤 오래 쓴 것 같은데. 내가 은퇴하기 전에 그 대본 줬으면 이건우 은퇴는 몇 년 미뤄졌을 거야."

그는 자신이 세진에게 할 수 있는 최고의 찬사를 날려주었다. 그러자 '이건 꿈이야!' 라고 말하며 비틀거리던 세진이 다리에 힘이 빠졌는지 풀썩 의자에 앉으며 중얼거렸다.

"5년 전에 주려고 했지. 당연히 이건우에게 주려고 했어. 그 작품의 남자주인공은 오빠를 모델로 썼으니까."

"그래?"

처음 듣는 이야기에 건우는 의아한 표정을 지었다. 세진은 그를 잠시 쳐다보다 쓸쓸한 표정으로 한숨을 내쉬며 말했다.

"응. 하지만 줄 수 없었어."

건우는 고개를 아래로 떨어뜨리는 사촌 동생에게 물었다.

"내가 은퇴를 해서?"

세진이 얼굴을 들었다.

그리고는 부정한다.

"아니."

아니라고?

"오빠가 그 드라마를 하겠다고 했어도 그걸 방영하긴 무리였어."

"왜지?"

세진은 의문으로 인해 미간을 좁히는 사촌오빠에게 쓴 미소를 보냈다.

"내가 그 작품을 쓰면서 생각했던 여배우가…… 갑자기 은퇴를 했거든.”

❖   ❖   ❖

　두 시간을 달려온 목적지 근처에 차를 세운 건우는 셔츠 사이에 걸쳐 두었던 선글라스를 끼며 운전석에서 내렸다. 차 문을 닫고 가게 앞으로 걸어가던 도중 느껴지는 향긋한 꽃향기가 그의 코를 자극했다. 아무래도 꽃을 파는 가게 근처라서 그런가 보다 여기던 그는 가게의 문 앞에서 걸음을 멈추었다.

　‘여긴가?’

　‘예담플라워’라고 적힌 예쁜 간판이 걸려 있는 가게 앞엔 온갖 꽃들이 저마다의 아름다운 자태를 뽐내고 있었다. 개인적으로 꽃은 질색해서 무의식적으로 살짝 인상을 쓰던 그는 며칠 전 있었던 일을 떠올렸다.

　S 방송국에서 내년 1분기쯤을 목표로 신작 드라마를 선보일 계획인 세진이 그에게 조언을 구하기 위해 가져온 두 개의 작품은 하나같이 매력적이었다. 그러나 로맨틱 코미디인 [최선의 선택]보다는 정통 로맨스인 [사랑에 무너지다]가 더욱 건우의 흥미를 끌었고, 지금껏 그가 선택했던 드라마는 모두 시청률 30%를 넘긴 흥행작들이었기에 세진 역시 전자보다는 후자를 방송국에 넘길 것이라 생각했다.

　그런 건우의 생각과는 다르게 세진은 [사랑에 무너지다]의 제작을 비관적으로 보았다. 아무리 작품이 좋아도 그녀가 생각하는 여주인공은 이 세상에서 단 한 사람밖에 없다며 뜻을 굽히지 않았기 때문이다. 남자주인공을 이건우에서 최진헌으로 교체를 한다 할지라도 여주인공은 오직 그 사람뿐이라고 주장하는 세진의 말을 잠자코 듣던 건우가 그 배우가 누구냐고 물었다.

“장채원? 그런 이름의…… 배우가 있었나?”
“헉! 이건우! 장채원 몰라?”
“알아야 하나?”

워낙 뻔뻔한 건우의 말에 세진은 어이없다는 눈빛을 보냈지만 이내 수긍했다.

“하긴, 그때 오빠는 한국에 없었구나. 영화 찍느라 바빴지. 게다가 은퇴 선언 이후 바로 미국으로 출국하기도 했고. 뭐, 원래 인터넷이랑은 담을 쌓은 사람이니 충분히 그럴 만도 하지.”
“무슨 소리야?”

세진은 제 말을 이해하지 못하는 건우에게 말했다.

“그래도 J양 사건은 들어봤지?”

건우는 대수롭지 않게 답했다.

"섹스 동영상?"
"어디서 들은 건 있나 보네."

그는 놀라는 세진을 응시했다.

"자세히는 몰라. 신인 여배우가 있었고, 재수 없게 그 영상이 유출돼서 강제 은퇴 당했다는 것밖엔. 그런데 왜 갑자기 그 여자 얘기가 나오지?"

대답을 요구하는 건우를 보며 세진은 우울한 표정을 지었다.

"그 사람이거든. 내가 생각하는 [사랑에 무너지다]의 단 하나밖에 없는 여주인공이."

달칵.
"계십니까?"
불현듯 머리를 스치고 지나가는 세진과의 대화가 가게 문을 엶과 동시에 눈발처럼 흩어졌다. 건우는 꽃과 나무들이 가득한 가게 안으로 들어서며 입을 가렸다.
"아무도 안 계십니까?"
사람이 없는 건가.
그는 손님이 왔음에도 반길 생각을 않는 주인을 찾으며 주위를 둘러보았다. 건우가 한 번 더 큰 목소리로 '사장님, 안 계십니까!'

라고 외쳐 보았으나 여전히 들려오는 대답이 없다.

'지독하군, 정말.'

조금만 더 이곳에 머무르다간 없던 알레르기가 생길 것 같다고 생각한 건우는 주인 없는 가게에 오래 있을 생각이 사라졌다. 확인차 들렀을 뿐이다. '아닙니다' 라는 차가운 말과 동시에 전화를 끊어버린 여자의 얼굴을 확인해 보고 싶은 마음에서.

"나 아는 사람이 장채원이 어디 있는지 아는데……. 오빠가 한 번 만나서 설득해 볼래? 왠지 오빠라면 할 수 있을 것 같아. 그래, 그런 느낌이 들어."

"무슨 헛소리야? 내가 왜?"

"오빠도 이게 제작되길 원하잖아. 안 그래?"

"……이세진."

"좋은 작품은 감추지 말고 선보여야 한다며, 이건우 씨. 나, 이 드라마 꼭 대중한테 보여주고 싶어. 정말 대박 날 거야. 나뿐 아니라 이 드라마에 출연하는 사람들 모두. 내 글이라서 그러는 게 아니라 왠지 그런 느낌이 들어. 이건 내 필생의 역작이라니까."

"하!"

"이건우, 아니, 건우 오빠. 진심으로 부탁할게. 내가 이 드라마 만들 수 있게 좀 도와줘. 진헌이도 좋아할 거 아냐? 제가 주인공이 될 텐데. 오빠의 스타를 더 빛나게 하는 일이 될 거라고!"

건우는 잠깐 동안 열변을 토하던 세진의 음성을 떠올리다 고개를 저었다.

'아무래도 인연이 아닌가 보다, 이세진.'

그에겐 이 일보다 더 바쁜 일이 있었고, 이 정도면 할 만큼 했다. 아마도 세진의 커리어를 높여줄 것이 틀림없는 드라마 [사랑에 무너지다]를 제작하지 못하게 된 게 안타깝기는 하나 운명이 그렇다면 받아들이는 수밖에.

건우는 생각을 마치자마자 시선을 돌렸다. 그는 문으로 걸어가기 위해 몸을 움직였다.

그 순간,

달칵 하는 소리와 함께 그가 들어오면서 닫아두었던 가게 문이 열렸다.

"아."

❖　❖　❖

평소처럼 일곱 시에 일어나 샤워를 하고 아침밥을 챙겨 먹은 후 집을 나서니 여덟 시 삼십 분이다. 오늘도 평범한 하루구나. 채원은 아홉 시가 다 되어갈 무렵 가게를 오픈한 다음 향긋한 꽃 냄새를 맡으며 빙긋 미소 지었다. 5년간 같은 일상을 반복하다 보니 이제 조금은 익숙해진 것도 같았다. 마치 채원의 마음을 이해라도 하는 듯 그녀에게 환한 웃음을 지어 보이는 꽃들을 가게 앞에 내놓고 있을 때 전화가 걸려왔다.

〈아, 안녕하세요. 꽃다발을 하나 주문할까 하는데, 거기 배달도 되나요?〉

막 가게를 연 시간이었고, 거래처 말고는 딱히 전화 올 곳이 없던 채원은 쉬지 않고 울려대는 하얀 전화기를 향해 다가갔다. 그녀가 '예담플라워입니다' 라고 친절한 음성으로 전화를 받자 긴장한 것이 분명해 보이는 남자의 저음이 들려왔다. 보통의 채원이었다면 '배달은 안 됩니다' 라고 단칼에 거절했을 테지만 그녀는 수화기 너머의 남자가 자신의 대답을 조마조마하게 기다리고 있다는 걸 알아차렸다. 아마도 중요한 사람에게 선물하려는 거겠지. 채원은 웃음기를 머금은 목소리로 말했다.

"가까운 거리만요."

〈가까워요!〉

"네?"

〈예담플라워 맞은편에 있는 쓰리벅스카페거든요. 이야, 다행이다! 시간 못 맞출 줄 알았는데 덕분에 살았어요!〉

아직 채원이 배달을 하겠다고 확답하지 않았음에도 그녀의 전화 상대는 뛸 듯이 기뻐했다. 채원은 잠시 창 너머로 보이는 쓰리벅스카페를 쳐다보았다. 그녀의 고객이 어떤 주문을 할지는 모르겠지만 횡단보도 하나만 건너면 되는 거리는 충분히 감당할 수 있었다. 채원은 입가에 미소를 건 채로 말했다.

"어떤 꽃을 원하시죠?"

여자친구의 스무 번째 생일을 축하하는 의미로 장미꽃 백 송이를 주문한 손님의 요구에 채원은 갑자기 분주해졌다. 가장 아름답고 싱싱한 꽃송이들을 선별하여 꽃다발을 만드는 섬세한 과정을 거친 그녀는 적어도 열한 시 전까지는 가져다주었으면 하던 손님의 말을 떠올리며 그가 말한 내용을 카드에 옮겨 적고는 가게를 나섰다.

"장 사장, 배달 가?"

딸랑거리는 가게 문 소리를 들었는지 옆집 부동산 주인인 양 소장이 말을 걸어왔다. 채원은 옅게 웃으며 대답했다.

"가까운 거리라서요. 그런데 저…… 소장님, 죄송하지만 제가 배달을 다녀올 동안 가게 좀 부탁드려도 될까요?"

양 소장이 운영하는 부동산은 한산해 보이기도 했고 그도 일을 하고 있지는 않은 것 같아 채원은 어렵게 입을 열었다. 양 사장은 그런 채원에게 '그 정도 부탁이야 당연히 들어줘야지!' 라고 흔쾌히 답하곤 얼른 다녀오라며 손까지 흔들어주었다. 채원은 그에게 고맙다는 인사로 고개를 살짝 끄덕인 후 횡단보도로 걸어갔다.

아직 열한 시가 채 되지 않은 하늘은 청량했다. 붉게 빛나는 장미꽃 향기가 코끝으로 스며왔다. 채원은 좋은 일이 있을 것 같다는 생각을 하며 쓰리벅스카페 앞에 도착했다.

"여기 '정은지' 씨라고 계시나요?"

정렬적인 장미꽃 다발을 들고 나타난 여자가 카운터를 향해 다가와 하는 말에 주문을 받으려던 직원들의 눈이 큼지막해졌다.

“저예요, 저!”

총 세 명의 직원 중 안경을 끼고 있는 앳된 얼굴의 여자가 손을 번쩍 들며 소리쳤다. 채원은 직원들에게 영업을 방해해서 죄송하다며 양해를 구한 후 상기된 얼굴로 저를 쳐다보고 있는 그녀에게 다가갔다.

“윤형주님께서 보내신 꽃입니다.”

“어머!”

좋아서 어쩔 줄 몰라 하는 정은지의 입에서 작은 탄성이 터져나왔다. 채원은 꽃다발을 받아 들고 간질거리는 입 주변의 근육을 제어하지 못하는 정은지에게 말했다.

“생일 축하한다고 전해달라 하셨어요.”

“은지, 오늘 생일이야?”

“진작 말하지. 몰랐잖아.”

채원의 말이 끝나기가 무섭게 축하한다며 박수를 쳐대는 동료들에게 정은지는 연신 고개를 까딱였다. 꽃을 받은 여인의 얼굴이 무척이나 아름답다고 여기며 흐뭇한 미소를 짓던 채원은 그녀에게 수령 확인 사인을 받아야 한다는 걸 떠올렸다.

“여기 사인해 주시면 됩니다.”

채원은 들고 있던 수령 확인증과 펜을 그녀에게 건네며 정은지가 사인해 주기를 기다렸다.

“이상하네, 정말. 분명 어디서 봤는데…….”

깜짝 선물을 받은 정은지는 기쁨에 차 흥분을 주체할 수 없는 표정을 지으며 들고 있던 꽃다발을 동료 직원에게 맡겼다. 그리고 그녀가 채원에게 사인을 해주기 위해 팔을 뻗을 때쯤이었다. 채원은 바로 등 뒤에서 들리는 의아한 음성에 귀를 기울였다.

"응? 자기야, 뭐가?"

"아니, 저기 꽃 배달 하는 여자. 자기, 저 여자 어디서 본 것 같지 않아?"

소리가 들려오는 곳과 채원이 서 있는 곳의 거리는 멀지 않았다. 도통 생각이 안 난다고 중얼거리는 남자의 목소리가 채원을 긴장하게 만들었다. 설마 알아본 것일까. 채원은 미동 없던 심장에 작은 파문이 일기 직전임을 자각했다. 등을 보이고 있는 것이 다행인지도 모르겠다. 그녀는 절대로 뒤를 돌아보지 않아야 한다고 스스로에게 되뇌었다.

"누구? 저기 저 흰색 티?"

"어. 이상하네, 분명 어디서 봤는데. 자기는 모르겠어?"

"처음 보는 여잔데?"

"그래? 흐음, 아닌데. 정말 봤는데……."

남자는 풀리지 않는 수수께끼를 풀려는 듯 끙끙거리고 있었다.

"여기 있어요."

얼른 이곳을 나가야 한다. 그가 그녀를 알아보기 전에 서둘러서.

채원의 마음이 점점 조급해지는데 사인을 끝낸 정은지가 그녀에게 종이와 펜을 내밀었다. 채원은 그녀에게 인사를 하며 최대한 얼굴을 숙인 채 카페 출구로 걸어갔다.

"아, 그 여자네!"

쿵쿵, 미친 듯이 뛰고 있는 심장 소리를 느끼며 채원이 출구의 문고리를 밀어냄과 동시에 꽤 높은 남자의 목소리가 들려왔다.

"J양! 그래, 그 여자랑 닮……!"

달칵.

채원은 남자의 말이 이어지기 전, 서둘러 카페를 벗어났다.

❖　❖　❖

한 걸음 한 걸음 앞으로 발을 내딛는 과정이 조금 힘들다.

5년이면 사람들에게 잊힐 거라고 생각했는데 그것이 아니었나 보다.

채원은 어둠이 드리워진 얼굴을 쉽사리 들지 못했다. 그녀를 알아본 남자는 5년 전 큰 반향을 일으킨 동영상을 본 사람이거나 여배우 장채원을 아는 사람일 것이다. 아니면 둘 다이던지. 채원은 쓴 한숨이 새어 나오려는 걸 꾹 참으며 중얼거렸다.

'겁쟁이.'

그녀에게 손가락질하는 사람들의 차디찬 시선이 쏟아질 것만 같았다. 새파랗게 질린 입술을 파르르 떨며 힘없이 횡단보도의 신호등이 파란불로 바뀌기만을 기다리던 채원은 이를 악물었다.

'뭐가 그리 무서워서 고개를 숙이고 다녀. 네가 한 일도 아닌데!'

숨이 가득 차올랐다. 서늘하고 시린 대중들의 시선과 혐오스럽다는 듯 그녀를 바라보던 동료와 친구들 그리고 그런 그녀를 위로해 주지 않던 매정한 두 여자, 어머니와 재원까지.

　가급적 그들을 생각하지 않고 거리를 두려고 했기에 연락도 끊은 채 이렇게 홀로 살아가고 있건만 여전히 그들은 채원을 괴롭혔다.

　잘못된 결정으로 인해 모든 걸 내던져야만 했던 채원은 이미 일어난 일을 되돌릴 수 없다는 것을 잘 알았다. 그래서 그녀가 취할 수 있는 유일한 길은 모두, 잊어버리는 것.

　'그 전화 때문이야.'

　생각하지 않고, 떠올리지 않고, 신경 쓰지 않고, 마음 쓰지 않으려 의식적으로 무던히 노력하던 그 일을 다시금 떠올리게 만든 것은 며칠 전 그녀에게 걸려온 한 통의 전화가 원인인 것이 틀림없었다.

〈장채원 씨 되십니까? 그린엔터의 이건우라고 합니다. 당신을 만나 제의할 것이 있는데…… 괜찮으시다면 제게 시간을 내주시겠습니까?〉

　지난 5년 동안, 그 어떤 연예계 관련자도 채원에게 전화를 걸어오지 않았다.

　이미 그녀는 버려진 카드였고, 재생할 수도 없는 폐기물이나 다름없다는 것이 그 이유다.

　친하게 지내던 동료들과 기획사 관계자들 역시 연락을 끊은 지 오래. 그녀가 어린 시절부터 스물다섯이 되던 그 해까지 몸담았던 세계가 끔찍할 정도로 잔인하다는 것을 채원은 강제로 은퇴를 하게 된 그때 알아차렸다.

물론 다행스러운 것은 그들이 먼저 연락을 끊어준 덕분에 5년 동안 마음의 상처를 갈무리하며 버텨낼 수 있었다는 점이다. 최대한 그곳에서 멀어지려 노력했고, 인터넷도 신문도 텔레비전도 보지 않고 묵묵히 꽃을 가꾸는 일만 했기에 채원은 빠르게 안정을 찾았다.

채원은 그날 이후 결심했다.

더 이상은 그 지독한 세계로 돌아가지 않겠다고.

무슨 일이 생겨도 다시는 그곳으로 돌아가지 않겠다고.

"아닙니다."

손이 부들부들 떨려올 정도로 숨이 막혔으나 채원은 비교적 차분하게 대답했다.

〈예?〉

예상치 못한 답변을 들었는지 '이건우'라는 익숙한 이름의 남자가 되물었다. 채원은 차갑게 일갈했다.

"저희 예담플라워엔 장채원이라는 사람은 없으니 다시는 전화하지 마세요."

그렇게 제 할 말만 하고 멋대로 전화를 끊어버린 그녀는 쓰러지

듯 바닥으로 주저앉았다. 그리고 뚝뚝 떨어지는 눈물을 삼키며 주먹을 움켜쥐었다.

“하아.”

쓰리벅스카페에서 마주친 남자의 목소리가 자꾸만 머릿속을 맴돌았다. 고작 횡단보도 하나를 사이에 둔 거리이나 금방이라도 쓰러질 듯 비틀거리며 가게 앞에 도착한 채원은 숨을 길게 내뱉은 후 크게 들이마셨다. 가게 주변을 메운 꽃향기를 맡으니 마음이 조금은 편해지는 것 같았다.

“좋아.”

채원은 주먹을 불끈 쥐며 더 깊은 생각은 않기로 마음먹었다. 그녀는 예쁜 꽃들을 돌보며 시간을 보내자고 스스로를 다독인 뒤 힘차게 가게 문을 열었다.

“아.”

양 소장이 아무런 말을 하지 않는 것으로 보아 손님이 있을 거라곤 생각하지 못한 채원의 눈앞에 건장한 남자가 서 있었다. 까만 선글라스를 낀 그는 채원을 발견하곤 미간을 좁혔다.

❖　❖　❖

건우가 세진에게 받은 두 개의 대본은 각각 처음 몇 회분의 대본을 묶어놓은 것이었다. 아직 정식 방영이 결정되지도, 아니, 드라마가 제작이 되는 것도 결정되지 않은 상황이었으므로 세진은 두 드라마의 대략적인 시놉시스를 대본 앞에 첨부했다. 대본의 내용을 보기 전, 일단 드라마의 시놉시스를 보는 것을 즐기는 건우가 [사랑에 무너지다]의 시놉시스 중 가장 큰 인상을 받았던 부분은 바로 이 부분이다.

가슴이 터져 버릴 만큼 강렬한 시선으로 태은은 희재를 바라본다. 아무 말도 하지 않고 그저 응시할 뿐이었지만 그가 보내는 눈빛은 간절하고 애달팠다. 더 이상 그를 거부하기는…… 힘들어 보인다. 희재는 그녀를 올곧게 직시하는 태은의 앞으로 쓰러졌다. 비틀거리는 희재를 잡아주는 태은을 바라보며 그녀는 말했다.

"너는…… 나빠."

태은의 눈이 작게 일렁였다. 희재는 숨을 토해내듯 뱉어내며 말을 이었다.

"네가 내게 주는 그 지독한 사랑으로 인해…… 나는 무너져 버려."

드라마의 여자주인공인 희재가 처음으로 남자주인공인 태은에게 마음을 여는 그 장면은 건우의 묘한 상상력을 불러일으켰다. 아직 이 회차의 대본이 만들어지지 않은 상태이기에 은근히 기다려지기까지 했다. 그는 생각했다. 대체 어떤 배우가 윤희재를 가장 잘 소화할 수 있을까. 남자주인공은 그렇다 치더라도 '윤희재' 역은 배역이 상당히 중요할 텐데.

'강소은? 윤시라? 지연우? 민해영?'

연기 좀 한다는 여배우의 얼굴들을 떠올리며 한참을 생각해 보았으나 애석하게도 '윤희재' 역에 어울리는 여자는 없었다. [사랑에 무너지다]의 '윤희재'는 깨끗하지만 어둡고 음울하나 맑은 느낌을 주는 여자여야만 했다. 그가 떠올린 유명 여배우 중 그에 모두 부합하는 사람은 단 한 명도 없었다.

'대체 어떤 여자를 모델로 한 거야?'

세진이 드라마 구상을 할 땐 특정한 여자, 남자 배우를 모델로 삼고 일한다는 걸 알고 있는 건우는 얼굴을 일그러뜨리며 투덜거렸었다.

그랬던 것이 불과 며칠 전의 일.

'윤…… 희재.'

세진이 왜 그토록 '장채원'이라는 여자를 주장했는지 알 수 있을 것 같았다. 만약 드라마의 대략적인 내용을 알고 있지 않았더라면 떠올리기 힘들었겠지만 이미 모든 내용을 알게 된 이상 눈앞의 여자보다 '윤희재' 역할에 잘 어울리는 여자는 없어 보였다. 건우가 무의식적으로 그녀를 '장채원'이 아닌 '윤희재'로 불러 버릴 정도로 채원은 건우가 세진의 글을 읽으면서 줄곧 상상했던 희재 그 자체였다.

심장이 두근두근 뛰었다.

건우는 알 수 없는 흥분을 느끼며 멍하니 채원을 바라보았다.

"어…… 서 오세요."

팽팽한 긴장감이 서리던 분위기를 순식간에 끊어버린 것은 채원이었다. 그녀는 입을 꾹 다물고 있는 건우에게 다가오며 활짝 웃었다. 그 모습을 보던 건우는 숨이 막히는 걸 느꼈다.

"손님이 오신 줄도 모르고 자리를 비웠네요. 죄송해요."

부드럽고 따뜻한 목소리가 건우의 귀에 들려왔다. 그가 대본을 읽으며 은연중에 떠올렸던 희재의 목소리 이미지와도 흡사하다.

"꽃을 사러 오셨어요?"

건우는 반짝반짝 빛나는 채원의 눈동자를 바라보았다. 선글라스에 가려 그가 어떤 눈을 하고 있는지 그녀에게 보이지 않는 것이 다행이었다. 만약 보였다면 웬 바보가 하나 서 있나 했겠지.

"손님?"

"이 꽃."

그는 겨우 입을 열었다. 채원의 시선이 그에게 닿자 떨리는 목소리가 이어졌다.

"이 꽃 이름이…… 뭐죠?"

❖　❖　❖

어째서지?

건우는 멍한 표정으로 책상 앞의 화분을 뚫어져라 응시하고 있었다.

어째서인가.

대체 어째서 이것만 들고 돌아온 거지?

고작 이런 걸 사러 그 먼 곳까지 간 건 아니잖아.

그런데 왜?

왜지?

그의 얼굴엔 의문이 가득했다. 이유를 알 수 없었기 때문이다.

무슨 이유에서일까. 왜? 어떠한 까닭으로 이런 말도 안 되는 짓을 저지른 걸까.

건우는 자신을 유혹하듯 바라보는 화분에서 고개를 돌리려 했으나 결국 그러지 못하고 심란한 한숨만 내뱉었다.

"미친놈!"

그는 머리를 긁적이며 소리쳤다. 누군가의 목소리가 환청처럼 들려왔다.

"부바르디아라는 이름의 꽃이에요."

다정하고 상냥한 어조였다. 저절로 귀를 기울일 수밖에 없는. 말을 하며 은은한 미소까지 짓는 것을 보니 어쩐지 아찔해지는 것도 같았다.

"'나는 당신의 포로가 되었습니다' 라는 꽃말을 가지고 있는 사랑의 꽃 중 하나죠."

하얗게 빛나던 여자의 얼굴이 눈앞에서 가시질 않았다. 가슴이 미묘한 뜀박질을 하기 시작했다. 건우는 심각한 표정을 지으며 향긋한 향기를 풍기는 꽃을 쳐다봤다.

'포로라……'

쾅!

"건우 형, 며칠 전에 이세진 작가 만났다며?"

꽃잎이 풍기는 달콤한 향기에 취해 아득해지려 하는 시점이었다. 건우는 요란한 소리를 내며 문을 열고 들어오는 한 남자의 등장에 깜짝 놀라 벌떡 일어났다.

"아……."

누군가 했더니 진헌이다. 건우는 꼭 나쁜 짓을 하다 들킨 사람처럼 얼굴을 찌푸렸다. 진헌은 수상한 건우의 태도에 의문을 표했다.

"형?"

건우는 자신을 부르는 진헌에게 재빨리 답했다.

"왜?"

"……."

"뭐?"

태연하게 굴려고 했으나 진실을 찾으려는 진헌의 눈빛을 피하긴 어려웠다. 건우는 아무렇지도 않게 그를 바라봤다.

"뭔가 이상하네."

진헌은 건우의 얼굴을 찬찬히 들여다보더니 말했다. 건우는 인상을 썼다.

"가라. 바쁘다."

"흐음."

"그럼 말을 하던……."

"오, 꽃이네?"

“……!”

낌새를 챈 진헌을 최대한 제게서 떨어뜨리려 애쓰던 건우는 자신의 책상 한가운데에 놓여 있는 부바르디아 화분을 발견한 그의 외침에 몸을 움찔거렸다.

“웬일이래? 꽃이라면 치를 떠는 인간이?”

진헌은 자연스럽게 부바르디아 화분 근처로 가서 꽃향기를 들이마셨다. 건우는 심드렁하게 대답했다.

“받았어.”

“꽃 선물을? 받자마자 버리는 인간이?”

계속해서 태클을 거는 진헌의 머리를 쥐어박고 싶어졌다.

“그냥 너 가져라.”

차라리 내가 먼저 나가는 게 낫지. 건우는 괜한 생각은 하지 않기로 했다.

“뭐? 받은 거라며?”

“필요 없어.”

사실은 얼떨결에 산 거니까.

“오케이! 그럼 진짜 나 가진다? 잘됐네. 안 그래도 화분 하나가 필요했는데.”

밖으로 뱉어내고 싶은 말을 억지로 참은 건우는 히죽 웃으며 외치는 진헌에게서 시선을 돌리며 말했다.

“나 퇴근한다.”

그러자 진헌이 꽃향기를 맡던 행위를 멈추곤 소리쳤다.

“안 돼! 이 작가랑 무슨 얘기 했는지 나한테 들려줘야지! 내년 1분기에 진짜 작품 만든대? 나도 리스트에 있대?”

“내일 말해.”

건우는 싸늘하게 일갈했다.

“싫어. 내일 나 화보 촬영차 출국한단 말이야! 그냥 지금 해, 형!”

참, 그랬지.

뒤늦게 진헌의 스케줄이 떠올랐다. 건우는 한숨을 내쉬며 문고리를 잡았다.

“그럼 전화로 하든가.”

‘뭐?’ 라고 황당한 음성을 토해내는 진헌을 뒤로하고 건우는 문을 열고 밖으로 나섰다. 여전히 심장은 말도 안 되는 속도로 뛰고 있고 그의 상기된 표정은 가라앉지 않았다. 건우는 집으로 돌아가기 위해 터벅터벅 발을 내딛었다.

‘……빌어먹을!’

그리고 엘리베이터 앞에 다다랐을 때다. 건우는 속으로 욕설을 뱉으며 다시 자신의 사무실로 달려갔다.

“뭐야? 퇴근한다며?”

건우는 마침 그가 예담플라워에서 사온 화분을 들고 나오는 진헌과 마주쳤다. 진헌이 눈을 크게 뜨자 그는 손을 뻗었다.

“형!”

진헌은 자신에게서 화분을 빼앗아가는 건우를 향해 소리쳤다. 건우는 냉랭한 음성으로 진헌에게 말했다.

“생각해 보니 안 되겠어. 내가 산 거니까, 돈이 아까워서라도 내가 가져야지.”

“어?”

“화보 촬영 잘해라. 진짜 간다.”

꽃이라면 질색하던 그가 제게서 화분을 낚아챌 때까지 이렇다 할 대응을 하지 못한 진헌은 건우가 그의 시야에서 사라지자마자 의문 섞인 말을 중얼거렸다.

“선물 받은 거라고…… 하지 않았나?”

• • •

《#S1. 분당의 한 납골당, 낮.

찾아온 이라곤 단 하나밖에 없는 약간 쓸쓸해 보이는 납골당. 가슴이 일렁일 만큼 황량한 바람이 불고, 그런 음울한 분위기가 흐르는 곳에 서 있는 희재. 리스로 장식된 칸 안에 보이는, 태성이 웃고 있는 사진을 바라보며 금방이라도 울음을 터뜨릴 것 같은 표정으로 하얀 꽃다발만 꼭 움켜쥐는, 그리고 말하는.

희재: (쓰게 웃으며) 누가 그러더라. 시간이 지나면…… 잊힌다고. 죽을 만큼 힘든 상처도 결국은 시간이 지나면 다 잊힌다고. 잊을 수 있다고. 잊을 수 있다고. (툭— 하고 떨어지는 눈물) 그런데 오빠, 왜…… 나는 오빠를 잊을 수 없는거지? 대체 왜……》

"아악!"

깜빡깜빡하는 커서 뒤로 쓸 말이 떠오르지 않는다. 세진은 크게 소리를 내질렀다. 답답했던 가슴이 조금은 후련해지는 것 같기도 하다. 그렇게 기이한 행동을 이어가던 그녀는 한글 문서 위에서 자신을 기다리고 있는 커서를 바라보다 결국 자리에서 벌떡 일어났다. 오늘은 무리였다. 무언가 확실히 정해지지 않은 이상은 무리다.

"하아."

세진은 긴 숨을 내뱉었다. 약간의 두통이 찾아온다. 이윽고 그녀는 도통 울리지 않는 핸드폰을 멍하니 내려다보았다. 벌써 며칠이 지났는데 아무런 소식도 없었다.

건우에게 본심을 털어놓은 지 일주일이 흘렀건만 어찌 된 셈인지 감감무소식이다. 그녀가 출연한다는 확신만 선다면 시작도 하기 전에 찾아온 슬럼프를 떨쳐 낼 수 있을 것 같은데. 오래전 그녀를 생각하며 쓴 대본이 5화 정도 완성되어 있었지만 새로운 마음으로 다시 쓰고 싶어 노트북 앞에 앉아 있던 세진은 얼굴을 일그러뜨리며 노트북을 닫았다.

'무리인…… 건가.'

혹시나 했다. 그러면 가능할 줄 알았다. 천하의 이건우의 설득에 넘어오지 않을 사람은 없을 거라 여겼다.

그러나 그것은 세진의 오산이었다. 그녀는 자신의 사촌 오빠이자 대한민국의 최고 배우였던, 그리고 지금은 가장 인기 있는 프로듀서로 이름을 떨치는 건우를 과대평가한 것이 틀림없었다. 아니면 '그녀'의 상처받은 마음이 쉽게 열릴 거라 여긴 자신의 바보 같은 생각 때문인지도.

현재 시각 오후 열 시.

세진은 더 이상 되지도 않는 일을 잡고 있어선 안 된다는 걸 깨달았다. 내일 내년 1분기에 제작될 그녀의 신작 드라마의 브리핑을 위해 방송국 관계자들과 만나기로 했으므로 지금쯤 잠자리에 들어야만 했다. 세진은 자꾸만 흐르는 한숨을 막지 못한 채 침실로 향했다. 기력이 없으니 채우는 것이 필요했다.

침실로 향해 가던 도중 테이블 위에 얹어두었던 두 개의 서류가 눈에 들어온다. [사랑에 무너지다]와 [최선의 선택]의 시놉시스와 줄거리, 등장인물에 관한 이야기가 빼곡하게 적혀 있는 용지이다. 내일 둘 중 하나를 관계자들에게 선보여야 한다.

'이왕이면 전자가 좋겠는데…….'

세진은 이번 드라마 작업을 마치고 난 후 미국에 몇 년간 연수를 떠날 예정이었다. 보다 나은 작가가 되기 위해 오래전부터 계획했던 일이다. 그래서 내년 1분기에 방영될 그녀의 작품은 무슨 일이 있어도 자신이 원하는 배우들과 함께 작업하고 싶었다. 불꽃처럼 타올랐다가 바람처럼 사라진 '그녀' 와는 꼭.

'꿈이 너무 컸던 건지도 몰라.'

세진은 쓰게 웃었다. 이렇게 실망할 줄 알았더라면 애초에 희망 따윈 품지 않았을 것이다. 그녀는 멈추었던 발을 앞으로 내디뎠다.

딩동.

그때였다.

거의 침실 문 앞에 다다랐던 세진은 등 뒤에서 들려오는 초인종 소리에 반사적으로 몸을 돌렸다.

'누구지?'

한창 드라마가 방영되는 시기도 아닌, 세진의 휴식기나 다름없는 요즘 이렇게 늦은 시각에 그녀를 찾아올 사람은 몇 되지 않았다. 세진은 의아한 표정을 지으며 현관으로 다가갔다. 그러자 보이는 건,

"이건우!"

며칠 동안 세진이 그렇게 기다리고 또 기다리던 그 남자, 건우였다.

쿵쾅쿵쾅 심장이 뛰었다. 세진은 미친 듯이 움직이는 가슴의 박동을 느끼며 달리다시피 현관으로 뛰어갔다. 세게 문고리를 잡아 돌리자 문이 열리기만을 기다리고 서 있던 건우가 '여어' 하고 손을 살짝 들어 올린다. 세진은 함박웃음을 지으며 외쳤다.

"오빠가 웬일이야?! 어서 들어와, 어서!"

여태껏 이세진이 이건우를 이렇게 반긴 적이 있던가. 저조차 의문이 드는 꽤나 과장된 행동으로 세진은 건우를 자신의 집으로 들였다. 건우는 아무렇지도 않게 그녀의 집으로 들어섰다. 세진은 건우가 느릿하게 거실의 소파에 다가가 앉는 모습을 가만히 지켜봤다. 꿀꺽 하는 세진의 침 넘어가는 소리가 건우의 귀에까지 들릴 정도로 컸지만 건우는 눈 하나 꿈쩍하지 않았다. 그녀는 잠자코 건우의 닫혀 있는 입술이 열리기만을 기다렸다.

1초, 2초, 10초, 30초, 60초…….

하지만 세진은 1분이 넘는 시간 동안 아무 말도 하지 않는 건우의 태도에 방방 뛰는 심장을 주체하지 못하고 그의 앞에 털썩 앉았다. 고개를 들어 그의 얼굴을 바라보니 도통 무슨 생각을 하는지 짐작조차 할 수가 없다. 세진은 숨이 막혔다.

'제길!'

성질 급한 세진이 끝내 참지 못하고 건우에게 그간의 일을 묻기 위해 입을 열었다.

"건우 오……."

"장채원."

"어?"

건우는 눈을 크게 뜨는 세진에게 바로 본론을 꺼냈다.

"네가 장채원에 대해 알고 있는 모든 사실, 한 가지도 빼놓지 말고 모두 말해봐."

세진은 뜬금없는 그의 말을 이해하지 못해 두어 번 정도 눈을 깜빡이다 입꼬리를 위로 올렸다. 이건우의 눈빛이 진지한 것을 보니 처음 그녀의 부탁을 마지못해 받아들일 때와는 상황이 변한 것 같다. 세진은 입 주변의 근육에 경련이 이는 것을 느끼며 소리쳤다.

"만나봤어?!"

건우의 눈빛이 고요하다.

"오빠!"

"대면한 건 아니고, 간접적으로."

"어떻게 생각해?"

심장이 터져 버리기 일보 직전이다. 세진은 흥분을 주체하지 못했다. 건우는 세진의 기대로 가득 찬 눈빛을 마주했다. 진짜로 좋아하는군. 건우의 입술이 움직였다.

"어울린다고 생각해."

"……!"

"아니, 윤희재 그 자체더군. 아마 윤희재 역에 그 여자보다 잘 어울리는 배우는 없을 거다."

세진은 쾌재를 부르고 싶었다. 이건우의 인정을 받은 거라면 거의 절반은 인정받은 것이었다. 그녀는 꺼져 가던 희망의 불씨를 되살렸다. 세진을 향해 건우는 말했다.

"그래서…… 알아야겠어. 장채원에 대해서 하나도 빠짐없이."

건우의 검은 눈동자가 활활 타올랐다. '당연하지!' 라고 외친 세진은 기다렸다는 듯 입을 열었다.

"데뷔는 정극이 아닌 사극이었어. 또래의 아역 배우들보다 연기가 출중해서 비교적 빠르게 자리를 잡았지. 그런데 그녀의 집안에서 무슨 문제를 제기했나 봐. 주목받는 아역 연기자였는데 데뷔 이후 세 편 정도의 드라마에 더 나온 후 갑자기 사라졌지. 그래서 다들 잊고 있었어. 다시 주목받기 시작한 건…… 6년 전, S 방송국에서 방영되었던 드라마 [치명적인 유혹]에서였어. 물론 아역 배우에서 성장한 그녀가 성인 연기자로 방송국에 발을 내밀기 시작했던 건 그보다 훨씬 전이지만 [치명적인 유혹]을 찍기 전까지는 별 볼일 없는 무명 배우였거든. [치명적인 유혹], 거기서 터진 거야. 주인공은 아니었지만 충분히 매력적인 캐릭터를 너무나 잘 소화했었지."

채원에 대해 기다렸다는 듯 말해주는 세진의 얼굴은 상기되어 있었다. 쉬지 않고 말을 잇는 그녀를 말리려다 건우는 가만히 내버려 두었다. 왠지 아주 즐거워 보였기 때문이다. 희미한 미소를 짓던 건우는 세진의 말을 가슴에 새겼다. 결심을 한 이상 '장채원' 이라는 여자에 대해 하나부터 열까지 알아야 한다고 생각했다.

"그렇게 촉망받던 연기자가 왜…… 아!"

그녀가 왜 갑자기 은퇴를 해야 했는지 물으려던 건우는 불현듯 머리를 스치는 일에 입을 다물었다. 건우가 무슨 생각을 하는지 알고 있다는 얼굴로 세진이 한숨을 내쉬었다.

"그래, 그 일 때문이야. 동영상."

"……."

"다른 것도 아니고 동영상이잖아. 그것도 섹스 동영상. 꽉 막힌 한국 사회가 그런 일을 받아들일 수 있겠어? 순식간에…… 매장됐지. 아마 하반기에 우리 이건우 씨가 돌연 은퇴 선언을 하지 않았더라면 그렇게 빨리 수그러들지도 않았을 거야. 아마 그 한 해를 뜨겁게 달궜겠지."

건우가 말했다.

"내가 그 여잘 도와준 격인가?"

세진이 고개를 끄덕였다.

"어떤 면에선. 그래도 쉽게 잊히진 않았어. 여전히 J양 동영상 하면 자연스레 장채원을 떠올리니까, 사람들은."

쉽지 않았을 것이다. 세진의 말대로 다른 것도 아닌 섹스 동영상이니까. 해외에서 일어난 일이었다면 반응이 달랐을지도 모르는 일이지만 그것은 의미 없는 가정일 뿐, 여배우로선 치명적인 일이다. 건우는 채원에게 일어난 일을 제 일로 여기는 세진의 안타까운 심정을 느꼈다. 세진은 입을 다문 건우를 보고 말을 이었다.

"그런데 딱 한 가지 풀리지 않는 의문점이 있어."

건우는 곰곰이 생각하며 말하는 세진을 바라보았다. 세진은 묘한 얼굴로 그를 응시했다.

"내가 알고 있던 장채원은 섣불리 그런 영상을 찍을 간 큰 여자가 아니라는 거야."

세진은 무슨 소리를 하냐는 듯 보고 있는 건우를 빤히 쳐다보다 손을 들어 올려 턱 끝을 매만졌다.

"다음 작품에 장채원을 등장시키고 싶어서 그녀 주변의 사람들하고 물밑 작업을 하던 중에 그 일이 터졌어. 덕분에 아주 큰 멘붕이 찾아왔지만 내가 이상하게 느꼈던 건 그간 만나온 장채원의 지인들은 하나같이 그녀의 바른 생활을 칭찬했다는 거지. 그 일이 터지기 전까지만 하더라도 장채원은 업계에서 보기 힘든 착한 연예인으로 유명했거든. 뜨고 난 후에도 거만하지 않고, 자기 일에 충실하고, 다른 여자 연예인들처럼 몸도 함부로 굴리지 않고 오로지 연기에만 집중해서 말이야. 내가 알고 있기론 그때까지 남자친구도 없었다고 들어서…… 더욱 의심이 되더라. 과연 동영상 속의 여자가…… 장채원이 맞나 싶더라구."

건우는 인상을 썼다.

"그럼 그 동영상을 찍은 게 장채원이 아니란 소리야?"

세진은 어깨를 으쓱였다.

"의문이라는 거지, 그게."

"……동영상 속의 얼굴은 그녀가 맞다며?"

건우의 의문을 풀어주기 위해 세진은 자신이 의심하던 일을 털어놓았다.

"여기서 주목해야 할 점은, 장채원한테는 쌍둥이 언니가 하나 있다는 거야."

세진이 말했다.

"장채원이 기자회견을 하기 전에 묘한 소문이 들렸어. 그 동영상의 주인이 따로 있다고. 세간에 알려진 것과는 다르게 J양은 장채원이 아닌 그녀의 언니라는 소문."

"그럼 왜 장채원이……."

"덤터기를 쓴 거지."

세진은 황당해하는 건우를 향해 흐리게 웃었다. 그녀는 씁쓸한 얼굴로 말을 이었다.

"그게…… 나도 이상해. 아무리 친언니라도 누명을 대신 쓸 만큼 바보가 세상에 과연 있을까? 나도 내 동생을 무척 사랑하지만 그처럼 멍청한 희생은 죽어도 안 해. 다른 것도 아니고 섹스 동영상인데 미쳤다고!"

"……."

"뭐, 장채원이 기자회견에서 그 동영상 속의 사람이 바로 자신이라고 말했기에 그 소문은 순식간에 사라졌지만…… 그 사건의 비화는 그래."

세진은 입을 쉽게 열지 않는 건우를 응시했다. 그리고 말했다.

"건우 오빠."

상념에 잠겨 있던 건우의 고개가 들렸다. 세진이 눈을 빛냈다.

"장채원이 좋지 않은 일에 관여돼 있는 건 확실해. 아마 이미지도 좋지 않겠지. 대중들에게 그녀는 'J양 동영상'의 주인공일 뿐일 테니까. 하지만 나에겐…… 소중한 영감을 준 사람이야. 같이 작업하고 싶은 몇 안 되는 배우."

세진은 간절하게 부탁했다.

"내가 그녀와 같이 작업할 수 있도록 도와줘. 연수 떠나기 전에 좋은 작품을 만들어내고 싶어."

❖　❖　❖

똑똑.

"들어와요."

어젯밤 불시에 세진의 집에 찾아가 나누었던 이야기를 떠올리고 있던 건우는 노크 소리에 말했다. 달칵 문이 열리고 수줍은 얼굴로 서류를 들고 나타난 기획실 직원이 보인다.

"이사님께서 부탁하셨던 장채원 씨 관련 파일입니다."

"고마워요."

건우가 빙긋 미소를 짓자 기획실 직원 강영은의 두 뺨이 순식간에 붉어진다. 건우가 밖으로 나가도 좋다는 손짓을 하자 인사를 하며 사라지는 영은의 뒷모습을 보던 그는 그녀에게서 받아 든 파일을 내려다보았다. 파일의 제일 첫 장을 넘기자 얼마 전 예담플라워에서 보았던 서른의 장채원이 아닌, 스물다섯의 앳된 모습의 프로필 사진이 눈에 들어왔다. 지금의 우울해 보이는 얼굴보다 훨씬 밝은 그녀의 미소가 그의 가슴을 쿵쿵 뛰게 만들었다.

예담플라워에 다녀온 후로 줄곧 한 여자의 얼굴이 머릿속을 떠날 생각을 않는다. 충분히 심장을 떨리게 만들 만한, 그러면서도 많은 아픔이 느껴지기도 하는 그 미소에 마음을 빼앗겨 버린 것이 틀림없었다. 이토록 그를 흔들리게 만든 사람은 지금껏 단 한 명도 없었다. 그래서……건우는, 결심했다.

'다시 날아오게 만들어주지.'

당신이 원래 있어야 할 그 자리로.

얼마 전부터 꽤나 수상해 보이는 사람이 예담플라워에 자주 얼굴을 들이밀기 시작했다. 모델만큼 큰 키에 운동선수처럼 넓은 어깨, 검은 선글라스가 잘 어울리는 슈트 차림의 남자. 가게를 오픈하면 두 시간 뒤쯤에 찾아와 그녀의 가게에 있는 꽃 화분들을 하나씩 사가는 이상한 남자.

딱히 의심을 하지 않은 까닭은 지난 5년 동안 그녀의 주변을 배회하던 손님들 중에서 그와 같은 수상한 행동을 하는 사람들이 없지 않았기 때문이다. 이유 없이 채원의 가게에 들러 물건을 팔아주던 그들은 하나같이 채원에게 고백을 해왔다.

이 남자도 그 남자들과 다르지 않을 것이다. 만약 그가 대화를 나누자는 날이 오게 된다면 이전처럼 칼같이 거절해야 하겠지. 그렇게 생각하며 채원은 자신을 흘깃거리는 남자의 시선을 모른 척했다. 제가 원해서 꽃을 사주겠다는데 말릴 이유는 없었다.

"이 꽃의 이름은 뭐죠?"

"어떻게 관리하면 됩니까?"

"사무실을 장식할 만한 화분을 추천해 주세요."

지난 사흘 동안 하루에 한 번 꼴로 찾아와서 매상을 올려주는 남자가 지금까지의 다른 남자들과는 달리 그녀와 많은 대화를 나누지 않은 것이 의문이기는 했으나 크게 신경 쓰지는 않았다.

그러던 도중 채원은 근처 상인들 중 가깝게 지내던 옷가게 '아이리스'의 주인인 예진을 초대해 간단한 점심 식사를 했다.

"참, 예원 씨."

샌드위치를 먹으며 채원과 이런저런 이야기를 나누던 예진은 뭔가 생각이 났다는 듯 손뼉을 쳤다. 집을 나온 이래로 이름을 바꾸어 살고 있던 채원이 의아한 눈으로 그녀를 바라보자 예진은 씩 웃었다.

"요즘 자기네 가게에 들락거리는 그 남자 있잖아."

"네?"

"왜 열한 시만 되면 오는 그 선글라스!"

“아, 네, 그분.”

“그 사람 누구 닮지 않았어?”

“누구요?”

예진은 영문을 모르겠다는 표정을 짓는 채원에게 소리쳤다.

“이건우!”

“……!”

“닮지 않았어? 얼핏 보면 완전 이건우던데. 나 멀리서 보고 완전 놀랐잖…… 예원 씨?”

“언니, 급한 일이 생겨서 가봐야 할 것 같아요.”

“뭐?”

“죄송해요. 먼저 가볼게요.”

놀라는 예진을 내버려 두고 채원은 먼저 몸을 일으켰다. 예진이 ‘예원 씨!’ 하고 외치는 소리가 들려왔지만 그녀는 곧장 가게로 돌아왔다. 가게 안쪽에 도착하자마자 쓰러지듯 주저앉은 채원의 얼굴엔 핏기가 없었다. 온몸이 덜덜 떨려 주체하기가 힘들었다. 채원은 입술을 세게 깨물며 주먹을 움켜쥐었다.

〈그린엔터의 이건우라고 합니다. 당신을 만나 제의할 것이 있는데…… 괜찮으시다면 제게 시간을 내주시겠습니까?〉

어디서 많이 본 얼굴이라고 생각했다. 잊으려고 끊임없이 노력했기에 그곳에서 지냈던 모든 일을 애써 지워냈지만 대한민국 최고의 배우를 모를 리는 없었다. 아무리 온갖 미디어와의 접촉을 끊어버렸을지라도 그녀가 연예계를 나올 때 정상의 자리에 올라 있던 그를 모른다는 것은 말이 되지 않았다.

왜 진작 의심하지 않았을까.

채원은 부들부들 떨었다. 그녀의 앞에 나타날 때마다 선글라스를 끼고 있던 그가 다른 사람의 시선을 의식적으로 살핀다는 것은 대충은 눈치채고 있었는데.

숨이 차올랐다.

호흡이 어려워질 정도로.

❖ ❖ ❖

'쉽지 않군.'

말을 꺼내야 한다고 생각했다. 세진이 방송국과의 회의에서 벌어준 조금의 시간 안에 채원을 설득해야 했으니까. 그에게 주어진 시간은 고작 일주일. 그러나 벌써 흘러간 시간이 사흘이다. 앞으로 남은 나흘 동안 채원을 설득하지 못한다면 그와 세진의 계획은 물거품이 된다. 어서 채원에게 그녀의 복귀에 대해 말해야만 했다.

하지만 밝게 웃으며 자신에게 말을 거는 채원에게 쉽사리 운을 뗄 수가 없었다. 아직 그가 누구인지 알아차리지 못하는 그녀에게 그녀를 연예계에 복귀시키고 싶다고 말하는 것은 어려웠다.

카메라 앞에 서 있을 때 그 누구보다 빛나 보이던 그녀지만 지금의 모습도 나쁘진 않았다. 세상과 단절한 것으로 짐작되지만,

그래도 예전보다는 많이 평온해진 느낌이다. 괜히 자신이 말을 꺼내 채원의 평화로운 날들을 방해하는 것은 아닐까 하고 건우는 걱정했다.

'그래도 결심했잖아.'

지난 사흘간 말하길 망설인 까닭은 그 이유에서였다. 건우는 더 이상 망설이면 이도 저도 되지 않는다는 것을 인정해야만 했다. 세진에게 반드시 장채원을 설득시키겠다고 장담한 이상 이제는 본론을 꺼내야 한다.

그런 그가 결심한 날이 바로 오늘이다.

"안녕하세요."

건우는 닫혀 있는 예담플라워의 문을 열며 낮게 말했다. 지난 사흘이었다면 '오셨네요'라고 말할 채원의 상냥한 음성이 들려오지 않았다. 건우는 고개를 살짝 까딱이며 주위를 둘러보았다. 고요한 가게의 분위기가 그를 더욱 긴장하게 만들었다. 침을 삼키며 호흡을 가다듬던 건우는 가게 안의 창고에서 나오는 채원을 발견했다.

"아."

작은 탄성 소리가 건우의 입에서 터져 나왔다. 그는 웃으며 그녀에게 다가갔다.

"오늘도 왔습니다."

그는 선글라스를 낀 채로 채원을 내려다보았다. 가슴이 쿵쿵 뛰었지만 내색하지 않으려 애썼다. 건우는 말없이 그를 응시하는 채원에게 말했다.

“이번에는 사장님한테…….”

“적당히 하세요.”

건우는 제 말을 끊어버리는 채원을 보고 놀랐다. 이전과는 달리 전혀 다정하지 않은, 오히려 날카롭다고 볼 수 있는 채원의 성난 눈빛이 눈에 들어왔다. 건우는 저도 모르게 ‘장채원 씨?’ 라고 내뱉어 버릴 뻔했다. 채원은 입을 연 채로 자신을 응시하는 건우를 향해 서늘한 음성을 보냈다.

“언제까지 사람을 가지고 놀려는 거죠?”

채원의 날이 선 반응에 건우는 미간을 좁혔다.

“무슨 말씀이신지 모르…….”

“이건우 씨.”

건우는 저를 노려보는 채원을 보고 입을 다물었다. 채원이 입술을 꽉 깨문 채로 말했다.

“이제 설명해 주세요, 왜 당신이 제 앞에 나타난 건지.”

매서워 보이는 검정색 눈동자가 건우를 향했다. 차갑게 가라앉은 그 눈빛에는 그동안 그가 보아온 친절한 그녀의 태도는 도무지 찾아볼 수가 없었다. 꽤나 수상쩍은 행동을 연이어 취하는 건우에게 생글생글 웃어주기만 하던 마음씨 좋은 꽃가게 주인은 그 어디에도 없었다. 그녀에게 전화를 걸었을 때보다 훨씬 더 날카로운 목소리와 적대적인 눈빛.

처음 그녀의 앞에 다가갔을 때 자신을 빤히 바라보는 채원을 보며 들킨 것이 틀림없다고 여겼었다. 스스로가 이런 말을 하긴 부끄럽긴 하나, 자신은 고작 선글라스 하나로 가릴 수 있는 남자가 아니었다. 아마도 보자마자 알아차리겠지. 그렇게 생각하며 채원의 말이 이어지길 기다렸지만 의아하게도 그녀는 건우를 알아보지 못했다. 혹 일부러 그러는 건가 싶어 의심쩍었으나 그를 그저 손님으로만 대하는 채원의 모습을 자꾸만 대하다 보니 그는 결론 내릴 수밖에 없었다. 장채원은 자신을 알지 못한다고.

건우는 자신이 누군지 알아차리자마자 날을 세우는 채원을 물끄러미 바라보다 선글라스를 벗었다.

"언제 알게 된 겁니까? 모르는 줄 알았는데."

자꾸만 타이밍을 놓치다 보니 그녀와 이야기를 나누지 못했다. 오늘에야말로 자신의 정체를 밝히고 서둘러 드라마에 대해 상의해야겠다고 생각했던 건우는 눈을 치켜뜨고 있는 채원에게 말했다. 채원이 미간을 좁혔다.

"그게 중요한가요?"

건우는 가시 돋친 그녀의 말을 듣고 잠시 입을 다물었다. 그녀의 말대로 그 사실이 중요한 것은 아니다. 아니, 어쩌면 일이 더욱 수월하게 진행될 수도 있었다. 자신이 누군지 알게 되었다면 이야기가 빨라질 테니까. 건우는 피식 웃음을 흘렸다.

"그건 그렇군요."

채원은 인정하는 건우에게 더욱 냉기를 뿜어냈다. 건우는 그녀의 차가운 눈빛을 담담히 받아내며 채원을 향해 손을 내밀었다.

"정식으로 인사하겠습니다, 장채원 씨. 그린엔터테인먼트에서 수석 프로듀서를 맡고 있는 이건우입니다."

건우의 커다란 손은 채원에게 손짓하고 있었다. 채원은 건우의 손을 가만히 내려다보다 입술을 세게 짓눌렀다.

"우리가 통성명을 나눌 필요성은 없어 보이네요."

채원의 싸늘한 답변에 건우의 손은 허공을 가를 수밖에 없었다. 그가 멋쩍은 미소를 지으며 뒷머리를 긁는 사이 채원은 서늘하게 그를 노려보았다.

"바로 본론으로 들어가세요. 왜 제 앞에 나타난 거죠? 처음 통화 때 분명히 저는 당신과 만나지 않겠다는 의사를 전달한 것 같은데요."

건우는 빙긋 웃었다.

"정확히는 이 가게에 장채원이라는 여자가 없다고 선언했었죠."

"이건우 씨!"

"장채원 씨, 아직 당신은 왜 내가 이곳에 왔는지 모르잖습니까."

"……!"

"화를 내는 건 내 이야기를 듣고 나서 해도 늦지 않을 것 같은데. 안 그래요?"

건우는 수많은 여자들을 홀리던 맑은 미소를 입가에 건 채로 채원을 내려다보았다. 채원의 검정색 눈동자가 흔들렸다. 건우를 향한 불만이 가득한 얼굴이었지만 동시에 무언가를 생각하는 것 같기도 했다. 건우는 채원의 마음이 정리되길 기다렸다. 아마 그녀는 계산을 하고 있을 것이다. 자신을 얼마나 빠른 시간에 효율적으로 그녀의 가게에서 내보낼 수 있을까에 대해. 가슴이 두근거렸다. 건우는 묘한 심장 소리를 들으며 다시 입을 열었다.

"요 며칠간 이곳까지 당신을 찾아온 내 성의를 생각해서라
도…… 내가 당신에게 할 제의를 들어보는 건 어떻습니까?"

잔잔한 파문이 일던 채원의 동공이 급격하게 요동치는 것이 보
인다. 건우는 속으로 주먹을 세게 움켜쥐었다. 당장 거절하지 않
는 것으로 보아 그에게 기회는 있었다. 건우는 그녀의 붉은 입술
을 직시하며 그녀가 말하기를 기다렸다.

그리고 몇 초 뒤,

이건우가 그렇게 기다리고 기다리던 장채원의 음성이 들려왔
다.

"저는 이건우 씨와 오래 얘기할 마음이 없으니 짧고 간단히 해
주세요."

채원은 서늘한 눈으로 그를 응시하다 몸을 돌려 차를 내왔다.
그녀의 공간에서 쫓아내고 싶은 마음이 굴뚝같았지만 그래도 자
신의 가게에 찾아온 손님에게 아무것도 대접하지 않는 건 예의가
아니라 생각했기 때문이다. 건우는 따뜻한 찻잔을 가만히 내려다
보다 입을 열었다.

"제가 장채원 씨 가게로 찾아온 이유는 간단합니다. 장채원 씨,
연예계에 복귀하는 것에 대해 어떻게 생각합니까?"

이유가 뭘까? 왜 내 앞에 나타난 걸까? 또다시 나를 나락에 빠
뜨리기 위해서? 나를 더욱 절망하게 만들기 위해서? 아니면 예전
사건에 대해 언급하기 위해서?

그린엔터테인먼트의 프로듀서인 그가 할 제안이 무엇인지 아

무리 생각해도 알 수가 없었다. 괜스레 불안감이 찾아와 입술이 바짝바짝 말랐다. 숨이 턱턱 막혀서 눈앞이 어지러워지려 할 때, 건우의 벌어진 입에서 나온 말은 채원의 머릿속을 하얗게 만들었다.

"복…… 귀?"

파르르 떨리는 입술로 어렵게 소리를 내뱉자 건우는 세차게 고개를 끄덕였다. 채원은 그에게 시선을 고정시켰다. 건우는 웃음기 섞인 목소리로 말을 이었다.

"지금 우리 회사 자체에서 기획하는 드라마가 하나 있습니다."

자신감에 가득 찬 그의 검은 눈동자가 빛난다. 채원은 눈이 부셔서 그를 똑바로 쳐다볼 수가 없었다. 그에게서 살짝 고개를 돌렸지만 건우의 목소리는 멈추질 않았다.

"방송국은 아마도 S국이 될 것 같고, 내년 1분기 드라마로 방영될 예정이죠. 월화가 될지 수목이 될지는 지금 조율 중에 있습니다."

왜 내게…….

"감독은 [내 사랑은 지금]과 [황제의 꽃] 등을 연출한 홍광호 PD가 맡을 거고, 대본은 [아름다운 시절], [꿈의 신부] 등으로 히트를 친 이세진 작가가 맡을 겁니다."

왜 내게 이런 이야기를 하는 거지?

"아이돌의 출연은 배제할 가능성이 높습니다. 작가 쪽에서 발연기라면 아주 질색을 하는 터라……."

대체 왜?

"함께 방영될 예정인 타 드라마보다 작품성과 흥행성이 있다고 감히 장담합니다. 이래 봬도 제가 작품 보는 눈은 있……."

"잠…… 깐."

"예?"

"잠깐…… 만요."

갑자기 전화를 걸어 '제의' 할 것이 있다고 하질 않나, 자신의 정체를 숨기고 몰래 그녀를 살피질 않나, 돌연 연예계 '복귀' 할 생각이 없냐고 묻질 않나, 느닷없이 내년 1분기에 방영될 드라마에 대해 말하질 않나.

그가 말하는 것이 무엇인지 이해하지 못해 멍하니 있던 채원은 손을 들어 건우의 말을 끊었다. 건우가 아무 말도 하지 않자 채원은 굳은 얼굴로 그를 바라보았다. 고개를 드는 그녀의 몸짓엔 힘이 없었다. 눈앞이 어지러워 입안의 이를 꽉 깨물고 있던 채원이 소리를 냈다.

"혹시…… 이건우 씨가 내게 연예계 복귀 의사를 물어오는 이유는…… 지금 이건우 씨가 말하고 있는 그 드라마 때문인가요?"

건우는 살짝 고개를 끄덕이며 '네' 라고 대답하려 했다.

"싫어요."

그러나 그의 목소리가 밖으로 흘러나오기도 전에 채원이 단호하게 대답했다. 그다음 말을 꺼낼 생각조차 하지 못할 만큼 확고하다. 건우는 두 번 생각할 필요도 없다는 얼굴로 자신을 바라보는 채원의 표정에 당황했다.

"이건우 씨가 대체 무슨 생각을 하시는지는 모르겠지만 저는 다시 연예계에 복귀할 생각이 없습니다.”

그녀의 음성은 지독히도 고요했다. 건우는 그 음성이 자신의 가슴을 쿡 찌르는 것을 느꼈다. 건우가 서둘러 입을 열었지만,

“장채…….”

“솔직히 이해가 되질 않네요.”

채원의 이어지는 말에 입을 닫아야만 했다.

채원은 약간의 비웃음마저 서려 있는 말을 내뱉고 건우를 쳐다봤다. 그녀의 고운 미간이 살짝 좁아지는 것이 너무도 선명하게 보였다. 건우가 넋을 놓은 사이 그녀가 말했다.

“굳이 저 같은 사람을 쓰지 않아도 이건우 씨가 제작하는 드라마에 출연하려는 여배우가 줄을 설 것 같은데 말이에요. 이미 연예계에서, 아니, 대한민국에서 악명이 높으면 높았지 결코 낮지는 않은 제가 당신의 드라마에 출연하길 원하는 이유가 뭐죠?”

“그건…….”

“혹시 노이즈 마케팅을 노리는 건가요?”

건우는 담담하게 묻는 채원을 보며 눈을 크게 떴다. 채원은 놀라는 건우를 냉정하게 응시했다. 그리고는 낮게 실소를 터뜨렸다. 가슴 시리게 느껴지기도 하는 그 냉소에 건우가 인상을 쓰자 채원의 입이 열렸다.

“이건우 씨, 저는 더 이상 다른 사람들한테 이용당하고 싶지 않습니다.”

“……..”

“절대로.”

그 말을 끝으로 채원은 건우의 옆을 스쳐 지나갔다. 건우의 몸이 자동으로 돌아감과 동시에 채원이 가게 문을 활짝 열었다. 채원은 공허한 눈으로 건우를 바라보았다.

"이건우 씨와의 얘기는 이걸로 끝난 것 같으니 이만 나가주셨으면 합니다."

건우는 명백한 축객령에 채원을 쳐다보았다. 날이 서다 못해 조금만 건드려도 베일 정도다. 만약 그가 나가지 않는다면 제가 가게를 비울 거라고 말할 것만 같다.

쉽지는 않을 것 같았지만 이 정도일 줄은 몰랐다.

장채원이 두르고 있는 장벽은 생각보다 높았다.

건우는 한숨을 내쉬었다.

"좋아요. 오늘은 이만 가도록 하죠."

"앞으로 다시는……."

"받아요."

그는 차가운 태도를 취하는 채원의 말을 끊어내곤 혹시나 해서 들고 왔던 것을 재킷 안쪽 주머니에서 꺼내어 채원에게 내밀었다.

"이게 뭐죠?"

얼떨결에 건우에게 무언가를 받아 든 채원의 얼굴이 굳어졌다. 건우는 옅은 미소와 함께 말했다.

"장채원 씨가 꼭 읽어주었으면 하는 대본입니다."

"이건우 씨."

"거절은 그 대본을 모두 읽고 나서 해도 늦지 않을 겁니다."

건우는 채원의 눈길이 서서히 아래로 내려가는 것을 발견하곤 입꼬리를 올렸다. 약간의 흥미를 보이고 있다는 것만으로도 다행스러운 일이다. 그는 티 나지 않게 안도하며 몸을 돌렸다.

"장채원 씨의 역할은 '윤희재' 입니다."

❖ ❖ ❖

건우의 눈이 번쩍 뜨인 것은 요란하게 울리는 핸드폰 소리 때문이었다.

'아!'

몇 시간 전에 일어났던 일을 눈앞에 그리며 생각에 잠겨 있던 그는 진동하는 핸드폰을 향해 손을 뻗었다.

"네, 이건우입니다!"

전화를 걸어온 상대가 누군지 확인할 생각도 하지 않고 무작정 전화를 받은 까닭은 그에게 전화한 사람을 예측했기 때문이다. 건우는 자신의 심장이 쿵쿵 소리를 내는 것을 느꼈다. 침까지 꿀꺽 삼키며 상대의 목소리가 들리길 초조하게 기다리고 있을 무렵, 어리둥절해하는 음성이 들려왔다.

〈건우 형?〉

"빌어먹을!"

건우는 자신의 귓가를 파고드는 익숙한 음성에 반사적으로 욕설을 내뱉었다. 그러자 핸드폰 너머의 상대가 깜짝 놀라 묻는다.

〈노, 놀랐잖아! 다짜고짜 욕설은 너무한 거 아니야?〉

전화를 걸어온 상대는 그가 예상했던 '그녀' 가 아닌 진헌이었다. 건우는 섭섭하다고 말하는 진헌을 눈앞에 둔 사람처럼 험악하게 얼굴을 구겼다.

"웬일이야?"

건우는 퉁명스럽게 말했다.

〈형, 내 전화 기다린 거 아니었어?〉

"내가 왜?"

〈내가 촬영 끝나면 연락한다고 했잖아.〉

소리치는 진헌의 말을 듣고 보니 스위스로 촬영차 나가 있는 그가 특정한 시각에 건우에게 전화를 하겠다고 메일을 보냈던 사실이 떠올랐다. 그 시각이 지금이었나. 건우는 탁상 위에 놓여 있는 시계를 바라봤다.

〈섭섭하다, 이건우. 진짜 섭섭해.〉

진헌은 자신은 안중에도 없는 건우에게 서운함을 표했다. 건우는 최진헌이 삐치면 감당할 수 없을 정도로 힘들어진다는 걸 알고 있기에 숨을 길게 내쉬며 말했다.

"미안하다, 진헌아. 내가 지금 정신이 없어서 그래."

〈왜? 무슨 일 있어?〉

"……"

〈형?〉

머릿속이 터져 버릴 만큼 복잡했다.

다시 말을 걸기 힘들 정도로 단호하게 거절하던 장채원을 어떻게 붙잡을 수 있을까. 어떡하면 그녀를 이곳으로 복귀시킬 수 있지? 어떡하면 그녀를 설득하고 함께 일할 수 있을까. 대체 어떡하면 그 여자를 브라운관의 여왕으로 만들 수 있나.

"어떻게…… 해야 하나."

건우는 자신이 여전히 통화 중이라는 것도 잊은 채 작게 중얼거렸다. '뭐라고?' 라고 묻는 진헌의 목소리가 들려왔지만 이미 그는 상념의 늪에 빠져든 후였다.

❖　❖　❖

"장 사장, 벌써 집에 가?"

드르륵, 가게를 닫기 위해 셔터를 내리는 소리를 들었는지 '행복부동산' 의 주인 양 소장이 문을 열며 말을 걸어왔다. 채원은 자물쇠까지 단단히 걸어 잠그곤 고개를 들어 올려 양 소장과 눈을 마주쳤다. 양 소장은 의문이 가득한 얼굴이었다. 의아해하는 그의 마음을 채원은 이해했다. 보통 채원이 가게를 닫는 시간은 오후 여덟 시나 아홉 시경이다. 현재 시각은 오후 여섯 시. 평소보다 두 시간 일찍 문을 닫는 채원을 바라보는 양 소장을 향해 채원은 어색하게 웃었다.

"네."

"왜, 어디 아파?"

"그게…….'

"그러고 보니 안색이 좋지 않은데? 괜찮은 거야?"

채원을 제 딸처럼 생각하고 친절하게 대해주는 양 소장이 걱정스러운 눈길을 보냈다. 채원은 '아프면 약이라도 사줄까?' 라고 묻는 그에게 옅은 미소를 지으며 고개를 가로저었다.

"걱정하실 정도는 아니에요, 소장님."

그의 호의를 거절하는 채원을 가만히 응시하던 양 소장은 제게 인사를 하고 돌아서려는 채원을 불렀다.

"장 사장."

채원은 몸을 돌려 그를 쳐다봤다. 머뭇거리던 양 소장은 어렵게 입을 뗐다.

"사는 게 힘들면…… 혼자 모든 걸 감당하려 들지 말고 주변 사람의 도움도 좀 받아."

그의 말을 들은 채원의 눈이 동그래지자 양 소장은 어색한 표정으로 뒷머리를 긁적였다.

"그냥 장 사장이 너무 지쳐 보여서……. 그래서 그래."

"……아저씨."

"하하, 내, 내가 무슨 소리를 하는 거야. 혼자서도 잘살고 있는 처자한테. 그치?"

채원은 한숨 섞인 그의 말에 쉽게 대답하지 못했다. 양 소장은 어두워지는 채원에게서 시선을 거두며 손을 휙휙 저었다.

"잘 들어가, 장 사장. 내일 보자고."

괜한 이야기를 꺼냈다고 연신 중얼거리다 부동산 안으로 들어가 버리는 양 소장의 뒷모습이 사라질 때까지 채원은 마냥 보고만 있었다. 딸랑거리는 그의 가게 종소리가 멎는 순간 겨우 시선을 떼고 고개를 돌린 그녀는 집을 향해 발걸음을 떼었다.

아직 해가 지지 않은 저녁 하늘은 맑고 붉었다.

채원은 그늘이 가득한 얼굴로 걸어가고 있었다.

"장채원 씨, 연예계로 복귀하는 것에 대해 어떻게 생각합니까?"

그렇게 말하던 남자의 목소리가 자꾸만 귓가에 맴돈다. 머릿속을 파고들어 사라질 생각을 하지 않는다. 고요하던 그녀의 심장에 발작을 일으키듯 뛰게 만들었던 여운이 여전히 남아 있었다.

신경 쓰지 않으려 했지만 그 말을 들은 후로 정신을 바로 챙기지 못했다. 제대로 일을 할 수가 없어 연신 실수를 남발했다. 주문받은 꽃바구니를 만들다 꽃이 엉망이 되어 몇 번이고 다시 작업을 해야 했고, 손님이 요구했던 화분이 아닌 다른 것을 건네는 바람에 끊임없이 사과를 하기도 했다. 그러다 보니 하는 수 없이 가게 문을 일찍 닫을 수밖에 없었다. 스스로가 제정신이 아니라는 것을 인지했기 때문이다.

"장채원 씨가 꼭 읽어주었으면 하는 대본입니다."

채원에게 억지로 대본을 쥐어주던 이건우의 눈빛은 강한 열의를 품고 있었다. 그가 무슨 의도로 그녀에게 복귀를 요구하는 건지 짐작하는 것은 쉬웠다. 최고의 배우에서 이제 최고의 제작자로 발돋움하기 위해 대박 작품을 만들어야 할 것이다. 그 작품에 출연하는 배우 중 한 사람이 5년 전 전국적으로 물의를 일으켰다 사라진 장채원이 된다면 시청자들은 호기심으로라도 그녀가 출연하는 드라마를 보게 될 것이다. 노이즈 마케팅. 이건우 정도 되는 사람이 왜 그런 일을 벌이는 건지 모르겠지만 그의 목적은 예측 가능했다.

가게를 나서기 전 그녀에게 말하던 이건우의 얼굴이 눈앞을 스쳤다. 그러나 채원은 생각을 떨쳐 내기 위해 고개를 세게 흔들었다.

자신이 아무리 원한들 반짝반짝 빛나는 별들의 세계로 돌아가는 것은 그 자체만으로도 위험하다.

'잘했어, 장채원.'

채원은 속으로 중얼거리며 생각을 떨쳐 내기 위해 고개를 흔들었다. 그러자 조금 전보다 훨씬 머리가 맑아졌다.

'잘한 거야.'

집으로 돌아가는 내내 그녀는 되뇌고 또 되뇌었다.

'잘한 거라고.'

스스로에게 말하고, 되뇌고, 다독이고, 안정을 시켰지만 이상할 정도로 가슴 한편이 아려왔다.

채원에게 대본을 건네주고 난 후로 정확히 24시간 뒤.

아무리 기다려도 연락이 오질 않자 건우는 사무실을 나섰다. 요며칠간 계속해서 왔던 길이라 그런지 이젠 익숙해진 예담플라워로의 길을 내비게이션 없이 찾아온 그는 도로가에 차를 세워두고 꽃향기가 물씬 풍기는 가게 문을 밀었다.

"어서…… 어쩐 일이시죠?"

그녀의 단조로운 행동 패턴으로 보아 지금은 가게에서 식물들을 돌보고 있을 거라 여긴 자신의 예상이 들어맞았다. 문을 여는 소리에 무의식적으로 손님맞이 인사를 하던 채원의 얼굴은 건우와 눈이 마주치자 순식간에 굳어졌다. 건우는 스치면 베일 것 같은 날이 선 말투로 자신을 노려보는 채원에게 다가갔다.

"계속 기다렸는데, 연락이 오질 않아서요."

건우는 자신의 입꼬리를 살짝 올리며 그녀에게 미소를 보냈다.

"읽어…… 보셨습니까?"

조심스럽게 채원에게 말을 건네는 자신의 목소리가 떨린다고 건우는 생각했다. 드라마나 영화의 첫 촬영 신에도 이렇게 떨어본 적이 없는데 눈앞의 여자 앞에선 왜인지 평정심을 유지하기가 힘들었다. 두근거리는 박동 소리가 커져 갈 때, 채원은 그에게서 시선을 돌렸다.

"안 읽었어요."

"예?"

건우는 못 들을 말이라도 들었다는 표정으로 채원을 바라봤다. 건우의 등장으로 인해 화분을 손질하던 일을 멈추었던 그녀는 원래 하던 일에 집중하기 시작했다.

"안…… 읽었다구요?"

그녀는 황당해하는 건우의 말에도 불구하고 자신의 일에만 신경 썼다. 건우는 얼굴을 일그러뜨리며 물었다.

"혹시 버렸습니까?"

입을 꾹 다물고 대답하지 않던 채원의 얼굴이 그제야 건우를 향해 들렸다.

"네."

"……."

"이건우 씨, 정말 마지막으로 말할게요. 저는 연예계로 복귀할 생각, 없습니다. 그러니 제발 절 귀찮게 하지 마세요."

채원의 눈빛은 진지하다 못해 확고했다. 건우는 숨이 컥 막혀서 입을 열지 못했다. 그녀의 검은 눈동자는 흔들림이 없었다. 찬바람이 쌩쌩 불어오는 차가운 말투로 건우에게 경고한 채원은 들고 있던 화분을 들고 창고 쪽으로 몸을 돌렸다. 건우는 그런 그녀의 뒷모습을 멍하니 쳐다보고 있다 입술을 세게 짓눌렀다.

"읽지도…… 않았으면서."

묘한 감정이 활활 타올랐다.

〈안녕하세요. 예담플라워죠? 지금 거기 사람 있습니까?〉

몇 시간 후. 말없이 사라져 버린 이건우로 인해 의아해하던 채원은 곧 그의 존재를 잊어버렸다. 이번에야말로 그녀의 마음을 알아준 거겠지. 귀찮은 일이 해결되어 오히려 속이 다 시원했다. 드디어 자신의 일에 집중할 수 있던 채원은 정확히 오후 세 시쯤 걸려온 전화에 눈을 크게 떴다.

"사람이 있긴 한데…… 무슨 일이시죠?"

〈아! 혹시 장채원 씨 되십니까?〉

채원은 정확히 자신의 이름을 언급하는 상대의 말에 채원은 몸을 움찔거렸다. 그냥 전화를 끊어버릴까 고민할 무렵, 서둘러 말을 잇는 수화기 너머의 목소리가 들려왔다.

〈곧 그쪽으로 퀵서비스가 도착할 예정입니다. 그러니 자리 비우지 마세요.〉

놀란 그녀가 의문을 표하기도 전 전화는 끊겼다. 그리고 얼마 지나지 않아 채원의 가게로 커다란 박스 두 개가 도착했다. 인상을 쓰는 채원의 발 앞에 커다란 박스 두 개를 내려놓은 퀵서비스 기사는 채원에게 사인을 해달라며 종이를 건넸다.

"이게 다…… 뭐죠?"

"글쎄요. 저도 내용은 몰라서 말입니다. 그래도 장채원 씨께 이 물품을 보낸 사람은 알고 있습니다. 이건우 씨요."

"……."

"사인 감사합니다. 그럼 즐거운 하루 되십시오."

얼떨결에 수령을 하고 말았지만 찝찝한 기분이 드는 것은 어쩔 수가 없었다. 채원은 배달을 완료하고 가게를 나서는 기사를 바라보다 제 앞에 놓여 있는 박스 두 개를 응시했다.

'포기한 게 아니었나.'

창고에서 나오니 이미 사라져 버린 그였기에 더 이상 생각하지 않으려 애썼는데. 채원은 싸늘한 표정을 지으며 한동안 서 있었다. 이건우의 의도를 파악하기 힘들었다. 카운터에서 전화 벨소리가 들린 것은 그때였다.

〈박스는 열어봤습니까?〉

채원이 '여보세요?' 라는 말을 끝내기도 전에 대뜸 묻는 건우의 음성에 채원은 대답했다.

"뭐 하는 짓이죠, 이건우 씨?"

〈열어봤습니까?〉

"이건우 씨."

〈열어서 읽어보세요.〉

"이건우 씨!"

〈한 회만, 아니, 몇 장만 읽어보아도 생각이 달라질 겁니다.〉

"하!"

도무지 말이 통하지 않는 작자다. 채원은 헛웃음을 흘렸다. 건우는 어이없어하는 그녀의 반응을 알고 있으면서도 말을 멈추지 않았다.

〈다 읽으면 건너편 카페로 오세요. 올 때까지 기다리겠습니다.〉

"이봐요!"

〈그럼.〉

전화는 그대로 끊겼다. 뚜뚜 하는 소리를 들으며 얼굴을 찌푸리던 채원은 신경질적으로 수화기를 내려놓았다. 답답한 사람이다, 생각보다. 단호하게 싫다고 말했음에도 왜 포기하지 않는 건지 모르겠다. 그 정도로 노이즈 마케팅이 중요한가? 이건우의 네임밸류 하나만으로도 그가 제작하는 드라마를 보려고 하는 사람들은 많은 텐데. 쿵쾅거리는 소리가 채원을 죄여왔다. 그녀는 짜증이 가득한 얼굴로 박스를 노려보다 냉정하게 돌아섰다.

“누구 마음대로.”

다시는 타인의 의도대로 놀아날 생각은 없다.

채원은 생각을 정리하자마자 박스가 있는 곳으로 걸어갔다. 그녀가 다음으로 취한 행동은 가게 안에 놓여 있던 박스를 가게 밖으로 내놓는 일이었다.

❖ ❖ ❖

건우는 기다렸다.

기다리고 또 기다렸다.

장채원이 눈앞에 나타날 때까지 한없이 기다리고 또 기다렸다.

“손님, 곧 영업 종료 시간입니다.”

오기가 생겨서라도 기다려 보겠다고 다짐하던 그는 자신을 상념의 늪에서 끌어당기는 상냥한 목소리에 고개를 들었다. 그러자 보이는 것은 어색하게 웃으며 그에게 양해를 구하는 쓰리벅스카페의 직원이었다.

“벌써…… 마칠 시간입니까?”

실내에 있음에도 불구하고 선글라스를 끼고 최대한 얼굴을 숙이고 있던 건우의 묵직한 음성에 쓰리벅스카페의 직원이 친절하게 대답했다.

“네. 죄송하지만 양해 부탁드립니다.”

“…….”

“손님?”

고작 커피 하나를 시켜두고 오후부터 마감 시간인 지금까지 앉아 있던 것이 미안해질 지경이다. 이럴 줄 알았다면 디저트나 음료수를 더 시킬걸.

"알겠습니다."

건우는 천천히 몸을 일으켰다. 자신을 올려다보는 직원에게 인사를 한 그는 어두운 얼굴로 카페를 나섰다. 하늘이 새까맣게 물들 정도로 주변이 컴컴했다. 손목의 시계를 바라보니 시침과 분침이 밤 열한 시 삼십 분을 가리키고 있다.

처음 몇 시간은 그냥 잠자코 기다렸다. 대본을 읽는 데 시간이 필요할 테니까. 그러나 그로부터 세 시간이 지나고 네 시간, 다섯 시간이 지나자 오기가 생겼다. 당신이 이기나 내가 이기나 어디 한번 해보자. 인내력은 하나만큼은 남부럽지 않아서인지 카페 안의 다른 손님들이 다 나갈 때까지 마냥 앉아 있었던 것이다.

"매정하군, 정말."

건우는 성난 얼굴로 맞은편 그녀의 가게로 발걸음을 옮겼다. 도로를 가로지르는 횡단보도를 지나 그녀의 가게 앞에 도착한 그는 굳게 잠겨 있는 예담플라워의 안을 바라보며 한숨을 내쉬었다.

"철옹성이나 다름 없……!"

장채원이 두른 철벽을 무너뜨리기가 쉽지 않았다. 시간은 촉박한데 일이 풀릴 기미가 보이지 않아 마음이 조급해져 왔다. 몸 위에 천 근 바위를 얹어놓은 것 같은 무게가 느껴져 입술을 움직이던 그는 자신이 서 있는 곳으로부터 불과 두 걸음 정도 옆에 놓여 있는 두 개의 박스를 발견했다. 건우의 시력이 나빠지지 않았다면 그의 눈에 들어온 그 박스는 몇 시간 전 건우가 퀵서비스로 채원에게 배달했던 예의 그 물건이다.

—이건우 씨, 시간 낭비하지 마세요. 이런다고 해서 달라지지 않습니다. 제 마음은 변하지 않아요.

박스에 붙어 있는 메모지에 또박또박 적혀 있는 글씨는 아마도 장채원의 것이리라.

많은 것을 바란 것도 아니다.

한 번, 딱 한 번만 세진이 쓴 대본을 채원이 읽어주기만 하면 되었다.

만약 그게 먹히지 않는다면 다른 방법을 써야 할 테지만 건우는 다른 방법은 굳이 필요하지 않다고 여겼다. 그만큼 이세진의 대본은 충분히 장채원의 마음을 흔들 만큼 매력적이고 괜찮은 작품이었으니까.

"빌어먹을!"

건우는 상스러운 욕설을 입 밖으로 내뱉으며 주먹을 움켜쥐었다.

그와 세진에게 주어진 시간은 점점 줄어들고 있었다.

❖ ❖ ❖

눈을 뜨자마자 울리는 메시지 도착 소리에 건우는 반사적으로 손을 뻗었다. 쿵쿵 뛰는 심장 소리를 느끼며 핸드폰을 확인하는 그의 손놀림이 빨랐다. 장채원인가? 잔뜩 기대하며 메시지 내용을 확인한 그의 얼굴이 핸드폰 속의 문구를 확인하자마자 확 식어버렸다. 기다리던 사람의 메시지가 아니었던 것이다.

〈어때? 설득은 잘 되어가고 있어?〉

이른 아침부터 문자를 보내온 사람은 다름 아닌 세진이었다. 건우는 한숨을 푹 내쉬며 손가락을 움직였다.

〈노력하고 있어.〉
〈노력만으로는 부족해!〉

1, 2분 정도 후에야 메시지가 도착할 것이라 생각했던 건우는 그가 핸드폰을 내려두고 침대에서 몸을 일으키는 순간 다시금 울리는 소리를 듣고 깜짝 놀랐다. 건우는 자신의 행동에 일침을 가하는 세진의 메시지에 미간을 좁혔다.

〈장채원이 어떤 일을 당했는지 잊었어? 보통 큰일을 당한 게 아니란 말이야. 꽁꽁 숨어 지내는 사람을 세상 밖으로 끌어내려는 일이 겨우 노력 가지고 되겠냐고. 진심을 다해야 해, 진심을!〉

누가 그걸 모르나.

속이 타들어가는 건우의 마음은 전혀 배려하지 않은 세진의 침 튀기는 외침과도 같은 문자에 그는 입술을 씰룩거렸다.

〈다음 회의는 언젠데?〉

같은 주제로 대화를 하다간 괜한 다툼을 벌일 수 있어 화제를 돌리기로 결정한 그는 메시지를 전송했다. 세진이 빠르게 답해왔다.

〈월요일.〉
〈이틀 남았군.〉
〈그러니까 그전까지는 확답을 들어야 해. 건우 오빠, 알지? 내 드라마의 '희재'는 장채원 아니면 안 돼. 꼭 그녀여야만 해. 그래야 나도 작업을 마저 할 수 있어. 그게 안 된다면 차선을 택해야 하니까.〉

한동안 제게 도착한 문자를 응시하던 건우는 경직된 얼굴로 손가락을 움직였다.

〈네가 무슨 말 하고 싶은 건지 알겠어. 늦어도 일요일 저녁까지는 답할 수 있도록 할게.〉

서울 청담동의 A 레스토랑.

부부 동반 모임이 있어 잔뜩 치장을 하고 밖으로 나온 재원은 파티가 열리고 있는 레스토랑에서 그동안 친하게 지내던 재벌집 여인들과 이야기를 나누고 있었다.

"재원 씨."

현재 일산에서 자신만의 아트센터를 운영하고 있는 K 건설 강 회장의 두 번째 부인 윤 원장은 재잘거리고 있는 재원을 물끄러미 바라보다 무언가 생각났다는 얼굴로 그녀를 불렀다. 또래의 사모님들과 얼마 전 개설한 그들만의 모임에 대해 말하던 재원은 어느새 다가온 윤 원장을 발견하곤 활짝 웃었다.

"어머, 윤 원장님."

재원의 환한 얼굴에 이은 산뜻한 인사에 윤 원장은 살짝 입꼬리를 올리는 것으로 화답했다.

"윤 원장님도 오셨네요. 바쁘셔서 오늘은 못 오실 줄 알았는데……."

"부부 동반이라 빠질 수가 있어야지. 없어도 시간을 내야 하지 않겠어?"

한쪽 눈을 찡긋거리며 윙크를 해 보이는 윤 원장의 행동에 재원이 미소 지었다.

"참!"

사교계에서 막강한 영향력을 행사하고 있는 윤 원장에게 잘 보일 필요가 있기에 그녀와 어떡하던 친분을 유지하려고 대화를 이어나가던 재원은 갑자기 탄성을 내뱉는 윤 원장을 의아한 눈으로

바라보았다. 윤 원장은 '무슨 일이라도 있으세요?' 라고 묻는 재원
을 잠시 쳐다보더니 이내 주위를 살피며 그녀에게 가까이 오라는
듯 손짓했다.

"원장님?"

"재원 씨, 혹시…… 요즘 재원 씨 동생이랑 연락해?"

"네?"

설마 윤 원장이 말한 '동생' 이 채원을 가리키는 것일까. 지난 5년
간 잊고 지낸 동생을 떠올리게 하는 윤 원장의 말에 재원의 얼굴이
무의식적으로 굳어졌다. 장채원이 재원의 동생이라는 건 이 세계의
암묵적 비밀이나 다름없는 일인데. 굳이 그녀를 언급하는 걸 보면
좋은 일은 아닐 것이다.

"왜…… 그러세요?"

떨리는 음성을 내뱉는 재원의 목소리는 전보다 한층 가라앉아
있었다. 윤 원장은 낯부끄럽다는 얼굴로 말하길 꺼렸다. 재원은
윤 원장을 부를 수밖에 없었다.

"원장님."

"아니, 내가 우연히 들은 게 있어서."

재원의 미간이 좁아졌다.

"무슨 얘길…… 들으셨는데요?"

"그게…… 뭐, 재원 씨 친동생이니 말해도 되겠지?"

심장이 쿵쿵 뛰었지만 재원은 내색 않고 서 있었다. 윤 원장의
말이 이어졌다.

"내 지인 중에 연예계에서 일하는 사람이 있거든. 그 사람이 그

러는데 조만간 자기 동생이 복귀할 수도 있다고 하더라고. 빠르면 내년 상반기라고 하던데, 사실이야? 정말 재원 씨 동생 다시 복귀하는 거야?”

“…….”

“재원 씨?”

“원장님, 죄송하지만 잠깐 자리 좀 비우겠습니다.”

“어?”

재원은 놀라는 윤 원장을 내버려 두고 몸을 돌렸다. 환한 미소를 그리고 있던 그녀의 얼굴은 어느새 딱딱하게 굳어져 있었다. 재원은 의아해하는 사람들의 시선을 피해 인적이 드문 곳으로 발걸음을 옮겼다. 바짝바짝 입술이 말라가는 것 같아 인상을 쓰던 그녀는 주위에 아무도 없다는 것을 확인한 후 작은 핸드백 속에서 핸드폰을 꺼내 들었다.

· 기다란 손가락으로 버튼을 꾹꾹 누르는 재원의 손엔 힘이 잔뜩 들어가 있었다. 그녀는 손톱을 물어뜯어 가며 그동안 잊고 지내던, 아니, 잊으려고 했던 사람의 가게로 전화를 걸었다. 몇 초의 통화연결음이 지속되었지만 상대가 받지를 않자 그녀의 얼굴은 더욱 일그러졌다.

“왜 이렇게 전화를 안 받아!”

받지 않는 상대에 대해 짜증을 내며 재원은 이를 갈고 소리쳤다.

❖　❖　❖

줄기차게 가게를 드나들던 이건우의 발걸음이 끊기자 약간은 섭섭한 마음이 들어 속으로 우스워하고 있을 때, 예진이 점심을 사겠다며 불러냈다. 알아주는 짠순이인 그녀가 밥을 사겠다고 제안한 것이 의아하긴 했지만 이상하게 여기진 않았다. 동네에서도 꽤 비싸다고 알려진 고급 레스토랑까지 그녀를 데리고 가는 예진을 보며 '오늘 무슨 좋은 일이라도 있으세요?' 라고 질문을 던졌지만 예진은 마냥 웃기만 할 뿐 대답하지 않았다. 궁금증이 마구 샘솟았지만 '일단 가서 말해줄게' 라고 답하기에 꾹 참고 견뎠다. 그리고 레스토랑의 VVIP 룸까지 채원을 안내한 예진은 그녀가 자리에 앉자마자 돌연 두 손을 맞대며 외쳤다.

"예원 씨, 미안해."

채원은 뜬금없는 그녀의 행동에 놀라 고개를 갸웃거렸다.

"내가 미남계에 좀 약하잖아. 한국 최고의 미남이 부탁하는데 거절할 수가 있어야지. 미안해, 예원 씨. 그래도 다 자기를 위한 거야. 정말 잘됐으면 좋겠다."

"언…… 니? 지금 무슨 소리를 하시는……!"

알아들을 수 없는 소리를 늘어놓고 있는 예진에게 말하던 채원의 입이 다물어졌다. 예진의 등 뒤로 문을 열고 들어오는 한 남자를 발견했기 때문이다.

"고마워요, 예진 씨."

채원의 싸늘해진 얼굴을 흘겨보던 건우는 자신을 향해 하트를 쏘아대고 있는 예진에게 미소를 지어주었다. 순식간에 얼굴이 화끈 달아오르는 것이 보일 만큼 예진은 수줍어했다. 예진은 넋을 놓고 건우를 올려다보다 뒤를 돌아보며 채원에게 주먹을 불끈 쥐어 보인 후 룸을 벗어났다.

커다란 VVIP 룸에 남게 된 두 사람.

채원은 예진을 이용하여 자신을 이곳까지 오게 만든 건우를 서늘하게 응시했다.

"하다하다 별짓을 다 하시는군요. 정말 최악입니다, 이건우 씨."

건우는 채원의 맞은편에 자리를 잡으며 대답했다.

"장채원 씨가 도통 틈을 보여주지 않으니까 이런 방법밖에 쓸 수 없었습니다."

채원은 답변하는 대신 그를 직시했다. 건우는 답답한 듯 숨을 크게 내쉬더니 이내 흐트러진 눈으로 그녀에게 말했다.

"제가 장채원 씨를 아주 짜증 나게 하고 있다는 거, 잘 알고 있습니다. 장채원 씨의 영업을 방해하고 있는 것도 압니다. 아마 제 얼굴을 보는 게 반갑지만은 않겠죠. 이해해요, 어떤 마음인지."

채원은 그저 그를 바라보았다. 건우가 말했다.

"당신이 겪은 일이 얼마나 큰 상처였을지 대충은 짐작합니다."

아니, 당신은 절대로 알지 못해.

"하지만 그렇다고 해서 당신이 가진 귀중한 재능을 버리기엔…… 너무나 아깝잖아요."

때론 아무리 좋은 재능을 가지고 있다고 해도 버려야 할 때가 있어.

그리고 그런 일을 겪지 않은 당신은 날 이해하지 못해.

"많은 걸 요구하지 않겠습니다."

속으로 그에게 대답하던 채원에게 건우가 무언가를 내밀었다. 대본이었다. 지난 며칠 동안 채원이 질리도록 보아온. 건우는 또 이거냐고 말하는 듯 미간을 꿈틀거리는 채원에게 부탁했다.

"한 번만 읽어줘요."

"……."

"이 대본 속의 '윤희재' 역할에 당신만큼 어울리는 사람은 없다고 생각합니다."

말을 마치자마자 건우는 벌떡 일어났다.

"……!"

채원은 그녀 앞에 대본을 두고 허리를 굽히는 건우의 행동에 깜짝 놀랐다.

"부탁합니다. 부탁해요, 장채원 씨."

건우가 간절한 목소리로 말했다. 입을 다물고 그를 바라보던 채원의 손이 덜덜 떨린다.

많이 알지는 못하나 그녀가 익히 들어온 이건우는 남들에게 쉽게 고개를 숙이는 남자가 아니었다. 오히려 다른 사람들이 고개를 숙이고 들어간다면 모를까. 오만하게 느껴질 수도 있지만 그는 충분히 그럴 만한 위치에 있고, 그런 대접을 받을 만한 사람이었다. 처음부터 빛나던 사람, 타인 위에 군림하던 사람, 고개를 숙이지 않는 사람. 장채원이 알고 있는 그는 그런 사람이었다.

하하, 하고 웃음이 터져 나올 것만 같았다.

우스웠다.

현역 시절엔 절대로 닿지 않을 것만 같던 사람이 제 눈앞에서 이렇게 고개를 숙이고 있는 상황이 우스워서 견딜 수가 없었다.

"원하잖아."

얼마나 지났을까. 미약하게 전신이 떨려와 손을 꽉 쥐고 있는 채원의 귀로 건우의 음성이 들려왔다. 채원은 서서히 고개를 드는 건우를 바라봤다. 좀 전까지만 하더라도 그녀가 기라면 길 시늉이라도 할 것 같던 건우는 고개를 빳빳이 들고 그녀를 쳐다보고 있었다. 건우의 굵은 미성이 채원에게 닿았다.

"당신, 아직도…… 원하잖아!"

외치듯 하는 그의 말에 호흡을 하기가 힘들어졌다.

"원하고 있잖아!"

채원은 입을 닫고 눈에 힘을 줬다. 건우는 버티려 애쓰는 채원에게 소리쳤다.

"그립잖아, 이 세계가! 당신이 섰던 무대가! 당신이 했던 연기가!"

가슴이 터질 것 같은 압박감이 채원을 짓눌렀다. 숨을 내뱉는 것조차 힘겨웠다. 소리를 내고 싶었으나 쉽지 않았다. 거친 숨결과 떨리는 전신. 시선을 마주치기가 두려워 무의식적으로 피하기만 하는 채원이다.

그럼에도 불구하고 채원은 그를 바라보아야 했다. 이건우를 똑바로 응시하며 자신이 해야 할 말을 밖으로 꺼내야 속이 시원해질 것 같았다. 건우는 열변을 토하고 난 후 채원을 향해 강렬한 시선을 보내며 씩씩거리고 있었다. 그의 열정이 조금은 부러워졌지만 채원은 흔들리는 마음을 애써 가라앉혔다.

폭풍처럼 요동치던 심장이 서서히 안정을 되찾자 채원의 머리는 차갑게 식어갔다. 채원은 그녀를 직시하는 건우의 검정색 눈동자에서 시선을 거두지 않고 느릿하고 똑똑하게 대답했다.

"그래, 원해."

채원에게 크게 소리치던 건우는 제 말에 부정하지 않는 그녀를 보고 적잖이 놀란 눈치다. 채원은 계속해서 말했다.

"당신 말대로 그리워. 그리워서 미쳐 버릴 것 같아. 그렇기 때문에 생각하지 않으려고 해. 자꾸 생각하면 더 그리워지니까. 원하게 되니까."

"그렇게……."

건우는 아프게 웃는 채원에게 '그렇게 원하면 날 믿으라고!' 라고 외치기 위해 입을 벌리려 했지만 채원의 말이 먼저였다.

"하지만 그럴 수 없는 건…… 두려워서야."

채원은 한 치의 떨림도 없는, 고요하고 낮은 목소리를 뱉어냈다. 건우의 미간이 좁혀졌다. 채원은 그에게서 고개를 돌렸다.

"이건우 씨는 몰라요. 세상이 날 어떻게 바라보는지. 어떤 눈으로, 어떤 얼굴을 하고 쳐다보고 있는지…… 단 하나도."

입술이 파르르 떨린다. 억지로 태연한 척하고 있기는 한데 정곡을 찌른다면 아마도 와르르 무너져 내릴 것이다. 채원은 건우 몰래 주먹을 움켜쥐었다. 힘을 그곳으로 집중하니 약간은 마음의 부담감이 떨어져 나가는 것 같기도 했다.

"나는…… 무서워요."

채원의 작은 음성이 건우의 귀에 닿았다.

"대중 앞으로 나서게 된다면 내게 쏟아질 차가운 시선이……
두려워."

이건우의 등장으로 인해 저도 모르게 상상해 본 적이 있다. 그
가 말한 '복귀'라는 일에 대해서. 너무나 눈부셔서 제대로 바라보
지 못했던 그 아름다운 곳으로 돌아갈 수 있는 기회가 주어졌다는
것이 사실은 행복했다.

다시 그곳으로 돌아갈 기회가 또 생기게 될까. 어쩌면 마지막
기회일지도 모르는데. 이건우가 내민 동아줄을 모르는 척 잡아도
될까. 잡아버리고 싶은데. 잡고 싶은데. 이렇게 미치도록 원하는
데.

그러나 생각 끝에 닿은 결론은 언제나 하나였다.

내가 아무리 애써도, 노력해도, 지워내려 발버둥 쳐도 대중들에
게 '장채원'은 5년 전 물의를 일으키고 사라졌던 무명 여배우 'J양'
일 뿐이라는 것.

"이해가 안 되나요?"

채원은 입술을 깨물고 있는 건우를 응시했다. 건우의 흐린 시선
이 그녀를 향했다. 채원은 웃었다.

"그깟 시선, 무시하면 된다고 생각하겠죠, 이건우 씨는."

그녀의 말에 건우는 답변하지 않았다. 그는 그저 채원을 바라보
고 있었다. 채원은 입꼬리를 올렸다.

"저는요, 이건우 씨. 사람들의 입에 오르내리는 게 싫어요."

내가 저지른 일도 아닌데, 감당하기 힘든 시선을 뒤집어쓰는 건
더 이상 못해.

"적의가 담긴 시선을 받아내야 하는 것도 싫고, 손가락질받는
것도 견딜 수 없을 것 같아. 그러니까 저는……."

"힘들지 않도록 내가 도와줄게."

……!

아래로 떨어지려던 채원의 얼굴이 빠르게 들렸다. 그는 어느새
그녀의 지척까지 다가와 있었다. 이건우의 거친 숨결이 근처에서
느껴졌다. 채원은 흔들리는 시선을 그에게 고정시켰다.

"내가 당신을 도와줄게."

아아!

"당신이 원하는 걸 마음껏 할 수 있도록 내가, 제가 도와줄게
요."

그 어떤 여인이라도 쉽게 무너뜨릴 수 있을 만큼 애절한 눈빛으
로 이건우가 그녀를 쳐다보고 있었다. 채원은 숨이 막혀 입술을
움직이지 못했다. 건우의 말이 이어졌다.

"5년 전의 그땐 아무도 당신의 힘이 되어주지 못했지만……."

"……."

가슴이 뛰었다.

"이젠 제가 당신의 지원군이 되어줄게요."

채원의 눈동자는 흔들렸다. 건우의 목소리는 더욱 간절해졌다.

"한 번이면 돼. 딱 한 번만…… 용기를 내요."

주체할 수 없을 만큼 빠른 속도로 가슴이 뛴다.

"당신은 이 세상에서 그 누구보다 빛날 수 있어요. 그러니 제발 미리 뒷일을 생각하지 마. 앞으로 일어날 일은 아무것도 신경 쓰지 마. 모든 걸 내게 맡기라고. 그리고 당신이 그토록 원하고 사랑하는 연기를 해."

이건우의 말 한마디 한마디에 그녀의 마음은 서서히 열리는 듯했다.

"당신의 뒤는…… 내가 지켜줄 테니까!"

처절한 그의 외침에 채원은 문득 정신을 차렸다. 화려한 언변과 달콤한 목소리에 하마터면 말려들 뻔했다. 바보같이.

채원은 버럭 소리를 지르고 숨을 고르고 있는 건우를 직시했다. 웃음을 지어주고 싶었으나 그러지 못했다. 그녀는 자신의 코앞에 있는 그를 바라보다 몸을 일으켰다. 건우는 갑자기 일어나는 채원의 돌발 행동에 뒤로 물러났다. 채원은 의자에서 일어나 몸을 돌리기 전 마지막으로 건우를 쳐다봤다. 그녀의 검은 눈동자는 잔잔했다.

"고마워요, 이건우 씨."

그의 정체를 알고 난 후 처음으로 미소 지을 수가 있었다. 건우가 엷은 웃음과 함께 말하는 채원을 보며 눈을 크게 떴다. 그는 채원이 자신의 말에 설득당한 것이라 생각했을 것이다. 채원은 기뻐하려는 건우의 기분을 막기 위해 말했다.

"이렇게까지 저를 원하는 사람은 아마 이건우 씨밖에 없을 거예요. 너무 고마워요. 정말로…… 진심으로."

"내 제안을 받아……."

"그렇지만 사양할게요."

화색이 돌던 건우의 얼굴이 순식간에 일그러졌다.

"저는 지금 이 생활이 마음에 들어요. 그 평온을 깨뜨릴 생각은 없어요."

"장채원 씨!"

채원의 냉정한 답변에 건우가 그녀의 이름을 불렀다. 채원은 싸늘한 표정을 지었다.

"이젠 정말 다시 얼굴 보는 일이 없었으면 해요. 그럼."

말이 끝나자마자 돌아서서 룸을 나가 버리는 채원의 발걸음은 머뭇거림이 없었다. 터벅터벅. 레스토랑 밖을 나서는 채원은 몸은 가벼웠지만 마음은 어째서인지 무겁기만 하다. 채원은 길게 한숨을 내쉬었다. 입을 꾹 닫고 앞으로 걸어 나가는 그녀의 뇌리엔 몸을 돌리기 전 마지막으로 보았던 건우의 절망 가득한 얼굴이 선명하게 남아 있다.

기분이 좋지 않다.

달칵.

가게 문을 열고 들어가는 손에 이상할 만큼 힘이 들어가질 않았다. 보통 때라면 한 번에 돌릴 수 있던 문고리를 두세 번 정도 더 돌리고 나서야 문이 열렸다. 채원은 비틀거리며 열린 문 안으로 몸을 밀어 넣었다.

몸속의 기를 다 빼앗아 가버린 이건우와의 만남은 채원이 가게 안으로 들어오자마자 그녀를 주저앉게 만들었다. 다리에 힘이 하나도 들어가질 않았다. 채원은 카운터 근처에 쭈그리고 앉아 멍한 눈으로 향긋한 내음을 풍기는 꽃과 나무들을 응시했다.

'지치네.'

예상치 못한 만남이었기에 더욱 기운이 없었다. 채원은 스르륵 눈을 감았다. 정말로 힘들고 지칠 땐 이런 행동이 도움이 되었다. 가게 안에 있을 뿐이지만 이렇게 눈을 지그시 감아버리면 마치 아무도 없는 숲에 혼자 있는 것 같았으니까. 채원은 거칠게 몰아치던 마음이 안정을 되찾는 순간 눈을 떴다.

"……!"

그리고 눈꺼풀을 올렸을 때 제 눈에 들어온 물건을 발견한 그녀의 얼굴이 경직되었다.

쿵, 쿵, 쿵.

겨우 평상시로 돌아온 심장이 발작하는 것처럼 뛰었다. 채원은 눈에 힘을 주며 '그것'에서 눈을 떼려고 애썼지만 생각보다 잘 되지 않았다. 그녀의 손은 이미 '그것'을 향해 뻗어간 상태였다. [사랑에 무너지다]라는 제목은 그녀의 시선을 사로잡기에 충분했다. 막 이건우를 만나고 온 이 시점에선 더더욱.

"……."

모두 버렸다고 생각했는데 아직 남아 있는 것이 있었나 보다. 화분 사이에 끼어 있어 버리지 못한 것이 이제야 채원의 시야로 들어왔다. 채원은 반사적으로 그것을 집어 들고 첫 장을 펼쳤다.

이번에도 읽지 않고 버려 버릴까 하는 생각이 불현듯 들었지만 이미 채원의 눈동자는 대본의 첫 글을 읽어 내려가고 있었다.

"장채원 씨의 역할은 '윤희재' 입니다."

이건우의 부드러운 음성이 귓가로 들려왔다.
'윤희재라고 했지.'
공석이 되어 있는 캐스팅 란을 무심코 넘기며 그가 일러준 이름을 대본에서 찾던 채원의 눈동자가 금세 큼지막해졌다.
무슨 생각이지?
대체 무슨 생각인 건지 모르겠다.
어떤 생각에서 그와 같은 바보 같은 일을 저지르려는 걸까.
이건우는 후폭풍이 두렵지도 않나.
그가 하려는 일은 세간을 떠들썩하게 만들 것이 분명하다.
아니, 떠들썩하게 만들다 못해 파란을 일으키게 되겠지.
그런데도 왜 그런 화를 자초하려는 걸까.
이해할 수 없었다. 이해하지 못하겠다. 그의 의도를 알 수 없어 채원은 가슴이 답답해졌다.

"한 회만, 아니, 처음 몇 장만 읽어도 생각이 달라질 겁니다."

이건우는 자신 있어 했다. 대본의 첫 장만 펼쳐도 채원이 그 속으로 빨려 들어갈 것이라 장담했다.

채원은 당당하게 말하던 건우를 떠올리며 입술을 세게 깨물었다. 그가 말한 '윤희재'라는 배역은 단지 주인공의 들러리일 것이라고 여겼다. 드라마의 내용에 대해 고민하지도 않았고, 대본을 펼쳐 보지도 않았다. 채원은 건우가 자신을 단지 노이즈 마케팅용으로 이용한다고 생각했다. 그래서 펼쳐 볼 마음이 없었다. 하지만…….

"이 대본 속의 '윤희재' 역할에 당신만큼 어울리는 사람은 없다고 생각합니다."

확고한 의사를 표현하며 건우가 그녀에게 제안한 역할은 놀랍게도 주인공의 '들러리'가 아닌, 이 드라마를 이끌어 나갈 주역 중 하나였다.

드라마의 히로인.

여주인공 윤희재.

5년 전, 남부럽지 않은 아역 시절을 겪었으나 성인 연기자가 된 후로 무명이 길어 포기할까도 생각해 보았다. 그러나 드디어 어둡기만 하던 무명 시절을 벗어나 새롭게 발돋움할 수 있는 기회를 얻었다. 그때 그 일이 발생했다. 모르는 척할 수도 있었다. 제가 아니라고 외칠 수도 있었다. 그것이 사실이고 진실이었으니까. 그럼에도 불구하고 모든 것을 떠안은 까닭은 자신의 희생이 누군가에겐 목숨 줄이 될 거라고 여겼기 때문이었다. 그것이 얼마나 바보 같은 일이었는지는 곧 알게 되었지만.

"원하잖아."

이렇게 될 것 같아서 거들떠도 보지 않으려 했다.

"거봐. 당신, 아직도…… 원하잖아!"

한 페이지만 넘겨도 죽을 만큼 원할 것 같아서, 무대에 나서고 싶어질 것 같아서, 카메라 앞에 제 모습을 드러내고 싶을 것 같아서, 너무…… 열망할 것 같아서…….

"원하고 있잖아!"

이건우는 틀리지 않았다. 그는 정확히 그녀의 소망을 알아차렸다. 내색하지 않으려 해도 끝내 감출 수 없었던 그 마음을 잡아냈다.

"그립잖아, 이 세계가! 당신이 섰던 무대가! 당신이 했던 연기가!"

그의 말대로 그리워서 견디기 힘들었다.
남들보다 잘할 수 있는 건 단지 그것뿐이었다.
애써 태연한 척해도 사실은 하루에도 몇 번씩 예전의 그 무대가 그리웠다.

다시 그곳으로 돌아갈 그날을 은연중에 그리곤 했다.

그래서 후회했다.

자신이 내린 선택을.

최고가 될 수 있음에도 최악으로 치달았던 그 바보 같은 선택을.

매 시, 매 분, 매 초마다.

그렇게…….

"장채원."

가게를 나와 오피스텔로 향하던 걸음이 멈췄다.

엘리베이터를 타고 내릴 때까지 깊은 상념의 늪에 빠져 있던 채원은 눈앞에 누가 서 있다는 것도 자각하지 못했다. 뒤늦게 고개를 돌린 채원이 자신의 집 대문 앞에 서 있는 여자를 발견했을 땐, 소리를 내뱉을 수 없었다. 그날 이후 항상 움츠리고 다녀야 했던 자신과는 다르게 꼿꼿하게 얼굴을 들고 다닌 여자가 앞에 있었다.

채원은 이를 세게 악물었다. 이가 모조리 부스러지지 않을까 걱정될 정도로. 그런 채원의 반응을 묵묵히 지켜보던 여자는 싱긋 웃으며 그녀의 앞으로 다가왔다. 그리고 지금의 장채원은 절대 지을 수 없는 화사한 웃음과 함께 붉은 입술을 움직였다.

"오랜만이지? 음, 5년 만인가?"

둘 사이에 아무 일도 없었던 것처럼 그녀는 말했다.

"엄마한테는 연락하지 그랬어."

　맑은 미소를 지으며 굳은 얼굴로 서 있는 채원을 향해 재잘재잘 말을 이어갔다.

　"지난 몇 년 동안 얼마나 나를 귀찮게 했는지 몰라. 잘 지낸다고 말해줘도 도통 알아들으셔야지. 죽어도 네 얼굴을 봐야 마음을 놓으시겠다는데, 네가 싫어할 걸 알면서 가르쳐 드리는 건 또 아닌 것 같고."

　이 여사의 지난 행동을 떠올리며 도저히 못 말리겠다는 듯 진저리를 친 재원이 고개를 절레절레 저었다.

　"엄마는 아마 네가 그렇게 나가 버린 후 곧 돌아올 줄 알았나 봐. 마음이 정리되면 돌아올 거라 여기신 거겠지. 그런데 일 년이 지나고 이 년이 지나도 소식조차 없으니 불안해지신 거야. 혹시 네가 나쁜 생각을 한 건 아……."

　"쓸데없는 얘기는 그만해."

　"어?"

　"왜 왔어, 여긴?"

　자동적으로 차가운 음성이 튀어나갔다. 똑같은 얼굴을 하고 있기는 하나 저보다 훨씬 밝아 보이는 재원을 쳐다보는 것이 힘들다. 부글부글 화가 끓었지만 채원은 침착하고 차분하게 말했다. 그러자 피식 웃음을 흘리는 재원이 보인다.

　"너, 아직도 화가 많이 나 있구나?"

　……뭐?

　"하긴, 그럴 만도 하지."

　재원은 채원을 이해하기라도 한다는 듯 고개를 끄덕였다.

"이제야 말하지만 미안해, 채원아. 나도 일이 그렇게까지 흘러
갈 줄은 몰랐어. 만약 알았다면……."

"알았다고 해도 너는 내게 그렇게 행동하라고 말했을 거야."

채원의 서늘한 말에 재원은 말을 멈추었다. 그러다 그녀가 입꼬
리를 스르륵 올렸다.

"뭐, 그랬겠지."

온몸이 차갑게 식어갔다. 재원의 얼굴을 마주하는 것이 구역질
이 날 정도로 힘들다. 한땐 사랑하는 사람이었는데, 세상 그 누구
보다 믿고 사랑하는 사람이었는데, 너는 왜 이렇게까지 나를 무너
뜨리는 걸까.

"날 찾아온 이유나 말해."

채원은 날카로운 목소리로 말하며 재원을 노려보았다. 재원은
여전히 보기 싫은 묘한 미소를 지으며 그녀를 응시하다 살짝 고개
를 끄덕였다.

"그럼 그렇게 할게."

지난 5년간 단 한 번도 찾아오지 않은 쌍둥이 언니가 이렇게 나
타난 이유가 무엇인지 짧은 시간 동안 생각해 보았다. 고작 어머
니에게 연락하라는 말을 하려고? 그녀가 뒤늦게 후회하고 있다고
말해주기 위해? 아니, 아마 아닐 것이다. 재원은 채원이 어디에서
무엇을 하고 살고 있는지 알면서도 이 여사에게 말해주지 않은 사
람이다. 두 사람이 만나는 것을 극히 꺼리는 상황이란 소리다. 그
렇다면 다른 의도가 있어 그녀를 찾아온 것이 틀림없다. 채원은
말을 이으려는 재원에게서 시선을 거두지 않았다.

“장채원.”

30초쯤 지났을 때 닫혀 있던 재원의 입술이 열렸다. 그리고 이어진 재원의 말은 채원을 충격에 빠뜨리기에 충분했다.

“너, 복귀…… 소리 들리더라?”

“……!”

“정말로 복귀할 생각이야? 연예계로?”

컥, 호흡이 차올랐다.

재원이 어떻게 이걸 알고 있는 걸까.

소문이 벌써 퍼져 버린 건가?

채원은 온몸의 떨림을 막지 못했다.

“안 돼.”

그때 재원이 말을 덧붙였다. 채원의 눈썹이 꿈틀거렸다.

“복귀는 절대로 안 돼.”

굳은 얼굴로 저를 응시하는 채원을 보며 재원은 경고에 가까운 멘트를 날렸다.

“약속했지? 나와 5년 전에. 분명히 말했어. 그곳으로 절대 돌아가지 않겠다고.”

……그랬었나. 그래, 그랬던 것 같기도 하다.

“약속은 지켜. 네가 한 말이니까 반드시 지키라고.”

어쩐지 헛웃음이 나올 것만 같았다. 채원은 경직되었던 눈을 움직였다. 저에게 말하고 있는 재원은 강압적이나 은연중에 서린 불안감을 감추려 노력하고 있었다.

“네가 선택한 거야. 그러니 지켜. 흔들리지 말라고.”

“…….”

“내가 할 말은 여기까지야.”

재원은 서서히 채원에게서 고개를 돌렸다. 그녀는 채원의 어깨 위로 손을 얹으며 속삭였다.

“잘 지내.”

채원은 재원의 손이 떨어질 때까지 움직이지 않았다. 톡톡. 그녀의 어깨를 두 번 정도 두드려 주고 돌아선 재원은 채원을 스치며 지나갔다. 제 일을 끝냈다는 듯 안도의 한숨을 몰아쉬는 재원의 숨소리가 채원의 귓가로 들려왔다. 땡 하는 엘리베이터 소리가 들리고 문이 드르륵 열리자 재원은 안으로 발을 옮기려 했다.

“싫어.”

그때, 채원이 닫혀 있던 입술을 열어 소리를 내뱉었다.

“뭐?”

뒤를 돌아보지 않고 말하는 채원의 말을 놓치지 않은 재원이 엘리베이터의 문턱에 발을 내딛자마자 고개를 돌렸다. 채원은 놀란 재원을 바라보기 위해 몸을 움직였다. 터벅터벅 걸어가는 그녀의 발걸음은 거침없었다.

“장채…….”

엘리베이터 한가운데서 재원이 미간을 찌푸리고 있다.

“재원아.”

채원의 부름에 재원의 얼굴이 창백하게 질려갔다. 채원은 그런 재원을 똑바로 응시하며 말했다.

“이젠 네가 원하는 대로 되지 않을 거야.”

채원이 아주 우연한 기회로 시작하게 된 아역 배우 생활로 인해 상대적으로 재원은 채원보다 부모님의 관심을 덜 받게 되었다. 아버지가 돌아가시기 직전까지 그의 사랑을 채원이 독차지하는 것을 재원은 그저 지켜보아야만 했다. 어머니에게 채원이 아닌 자신을 보아달라고 외쳐도 채원의 바쁜 스케줄을 관리하느라 정신이 없던 이 여사에게서 돌아오는 것은 '미안하다'는 말뿐이었다.

대중의 주목을 받고 사랑을 받는 채원을 질투한 재원이 분에 못 이겨 자신도 아역 배우 생활을 시작하겠다고 선언한 적도 있었지만, 어찌 된 셈인지 재원은 카메라 앞에 제대로 서 있지 못했다. 여러 감독들은 똑같은 얼굴을 가지고 있음에도 카메라만 보면 펑펑 울어대는 재원과는 달리 방실방실 웃으며 연기에 대한 재능을 보여주는 채원을 선택했다. 그때 재원은 절망한 것이 틀림없었다. 한날한시, 한 몸에서 태어났으면서 카메라 공포증이 있는 자신이 미워 견딜 수 없었고, 그로 인해 채원을 더 미워하게 된 것이 분명했다.

재원이 꽤 오래전부터 화가 나 있다는 걸 채원이 자각하게 된 것은 두 사람이 중학교에 입학할 무렵이었다. 당시 최고 인기 배우들이 총집합하는 드라마의 여주인공 아역에 캐스팅되어 유명세를 떨칠 예정이었던 채원과 같은 학교에 입학하게 된 재원은 자신의 쌍둥이 동생과 비교를 당할까 봐 두려워하여 식음을 전폐하고 등교 거부를 외친 적이 있었다.

처음엔 재원이 제 앞길을 막는다 생각하며 그녀에게 온갖 짜증을 부리던 채원은 일주일 내내 울음을 그치지 않고 제발 배우 생활을 그만둘 수 없겠냐고 부탁하는 재원의 간절한 소망을 저버리지 못했다. 어릴 적부터 바쁜 채원을 보살피느라 바빴던 부모님들의 사랑을 받지 못해 재원이 얼마나 외롭고 힘들었는지 채원은 그제야 자각할 수 있었다.

재원의 상심 따위 무시하고 제 삶만 개척하면 된다고 생각하던 채원은 사랑하는 언니가 더 이상 괴로워하는 것을 볼 수가 없었다. 저와 같은 얼굴을 하고 있는 사람이 슬픔에 잠겨 있는 것을 보기 싫었다. 어머니인 이 여사의 만류에도 불구하고 '학업'을 핑계대며 드라마에서 하차했던 채원은 긴 시간 동안 외로움에 잠겨 있던 재원을 달래주기 위해 노력했다. 재원이 원하는 대로 행동해주었고, 재원이 하고 싶은 것을 하도록 내버려 두었으며, 재원의 기분을 풀어주려고 애썼다.

좋아하는 일을 하지 않으려 드는 채원을 안쓰럽게 지켜보던 이 여사가 그런 그녀의 마음을 받아들인 것은 재원의 방에서 예상치 못했던 약통을 발견한 직후였다. 대체 어디서 구한 건지. 쉽게는 믿기 힘든 수면제가 한가득 들어 있는 약통을 보고 이 여사는 자신이 그동안 무엇을 놓치고 있었는지에 대해 생각했다. 그리고 그녀는 그 후로 채원보다 재원을 더 신경 쓰기 시작했다. 채원의 일로 인해 소홀했던 재원에게 귀를 기울였고 그녀를 보살피며 자신을 탓했다. 아직 어린 자신의 아이가 다량의 수면제를 책상 서랍에 숨기고 있었다는 것은 이 여사에게 있어 꽤나 충격적인 일이었기 때문이다.

재원의 태도가 달라진 것은 바로 그 무렵부터였다.

"채원아, 너 그거 알았어? 민욱 씨가 엄청 부자인 거. 알고 사귀는 거야?"

"미안해, 채원아. 나…… 민욱 씨 좋아해. 그런데 민욱 씨도 나 좋아하는 것 같아. 우리…… 사귀기로 했어."

"채원아, 나…… 민욱 씨한테 청혼받았어! 나 민욱 씨랑 결혼해도 돼? 응? 해도 되지?"

"채원아, 너 나 사랑하지? 내 동생이잖아. 내가 힘든 거 보고 싶지 않지? 예전처럼 내가 힘들어하는 거 보고 싶지 않은 거지? 그러면 부탁 좀 할게. 네가…… 했다고 말해줘. 너라고 하면 되잖아. 어차피 우리 얼굴은 똑같으니까. 생각보다 화질이 좋지 않으니 세세한 것까지는 모를 거야. 누가 누군지 구별하지 못할 테니…… 네가 한 거라고, 너라고 말해줘. 응? 그럴 수 있지?"

"위약금은 내가 내줄 테니 그 입은 끝까지 다물고 있도록 해. 만약 민욱 씨에게 이 사실이 들어간다면 가만두지 않겠어."

그날 이후 재원은 언제나 당당했다.

채원에게서 민욱을 빼앗아갔을 때도, 동영상 사건이 터진 후 채원에게 대신 희생해 달라고 말했을 때도, 연예계에서 쫓겨난 채원에게 위약금을 건네줄 때도, 채원이 어머니와 살던 집에서 나설 때도.

항상 그랬다.

이번에는 넘어가선 안 돼. 바보처럼 요구를 들어줘선 안 돼. 단호하게 거부해야 해. 네 일은 네가 처리하라고 말해야 해. 나는 네가 필요할 때 이용할 수 있는 사람이 아니라고 말해야 해.

많은 것을 요구하는 재원을 보며 속으로 수도 없이 되뇌고 또 되뇌었다. 네 뜻대로 움직이지 않겠다고. 재원이 네가 원하는 대로 행동하지 않겠다고. 다시는 이용당하지 않겠다고. 어린 시절의 미안함은 이미 사라진 지 오래라고. 그렇게 외치고 또 외쳤건만 멍청하다 싶을 만큼 채원은 재원에게 약했다.

그래서 재원은 이번에도 역시 채원이 그녀의 부탁을 들어줄 것이라 의심하지 않았던 것이다.

"그게…… 무슨 소리야?"

채원이 '알겠어'란 대답은 하지 않더라도 무언의 긍정을 표현한 거라 여겼는지 재원은 채원의 서늘한 음성에 눈을 크게 떴다. 밖으로 튀어나올 정도로 큼지막해진 재원의 눈동자를 가만히 바라보던 채원은 입을 꾹 다문 상태였다.

"내 마음대로 되지 않을 거라니?"

재원은 닫히려는 엘리베이터 문을 막으며 채원의 앞으로 다가왔다.

"너 지금 무슨 소리를 하고 있는 거야?"

마치 못 들을 말이라도 들었다는 표정이다. 채원이 거절하리라고는 단 한 번도 생각하지 않았던 걸까. 채원은 하얗게 질려 있는 재원의 얼굴을 무심하게 바라보았다. 그리고 서서히 입을 열었다.

"질렸어."

채원의 시린 음성에 재원의 몸이 부르르 떨렸다. 채원은 의아스러울 정도로 고요하게 가라앉는 가슴의 두근거림을 느끼며 말했다.

"진심이라곤 담기지 않은 너의 표정, 배려 따윈 없는 말들, 안하무인인 태도까지 전부."

"……!"

"네가 대체 뭐라고…… 내가 그런 짓을 저지른 걸까."

채원의 중얼거림을 들은 재원의 눈동자가 세차게 일렁였다. 동요하는 그 얼굴을 응시하던 채원은 길게 한숨을 내쉬며 말을 이었다.

"바보천치였어. 나 같은 멍청이가 세상에 또 있을까. 아마도 없겠지."

"장채원!"

"재원아, 나 더 이상은 바보 같은 짓 안 할 거야. 이젠 내가 하고 싶은 걸 마음껏 하며 살래. 그래, 그렇게 할래. 그래서……."

"장채원 너, 지금 무슨 헛소리를 하는 거야!"

고막을 찢을 정도로 커다란 음성이 귓가로 들려온다. 채원은 재원의 외침에 말을 끝내지 못했다. 재원은 부들부들 떨며 인상을 썼다. 제 의도대로 흘러가지 않는 대화 방향에 몹시 화가 난 얼굴이다.

"말도 안 되는 소리 그만해!"

재원은 이를 갈며 채원에게 경고했다.

"돌아가? 어디를? 네가 다시 연예계로? 그럴 수 있을 거라고 생각해?”

채원은 조소를 머금고 말을 내뱉는 재원을 쳐다봤다.

“웃겨. 돌아가긴 어딜 돌아가? 네가 돌아간다고 선언하면, 반겨 줄 사람이라도 있을 것 같아?”

“……”

“없어, 단 한 명도.”

쿡쿡 심장이 아려온다. 목이 막혔다.

“그러니 쓸데없는 생각 따윈 하지 말고 그냥 지금 하는 일이나 충실히 해.”

재원은 어금니를 꽉 깨물고 있는 채원을 흘겨보며 비웃음을 날렸다. 빌어먹을. 욕설이 속에서 맴돈다.

“그럼 그렇게 알고 나는 갈…….”

“재원아.”

채원은 돌아서려는 재원을 불러 세웠다.

“또 무슨 할 말이 남…….”

재원이 신경질적으로 말하려고 했지만,

“나, 막지 마.”

그보다 채원의 말이 더 빨리 끝났다. 채원은 평소와는 달리 빙 긋 미소까지 지으며 재원을 바라보고 있었다. 재원은 고개를 아래 로 숙이지 않는 채원을 보고 많이 놀란 눈치다. 그녀가 쉽게 말을 잇지 못하고 인상만 쓰고 있을 때, 채원이 재원의 앞으로 다가갔 다.

“네가 막으면…… 나 무슨 짓을 저지를지 몰라.”

쿵쿵거리는 재원의 심장 소리가 채원의 귀에까지 닿았다. 당황하는 재원과는 달리 채원은 지독하게 고요한 눈빛으로 자신의 언니를 쳐다보고 있었다. 채원은 그녀의 말을 파악하기 위해 머리를 굴리고 있는 재원에게 말해주었다.

"그 동영상의 주인공이 사실은 장재원이었다고 밝혀지는 거 싫지?"

"……!"

"아주 싫을 거야. 넌 들키고 싶지 않을 거야. 그치?"

"채, 채원……."

"그러니까 마지막으로 말할게."

채원은 저의 손목을 붙들기 위해 팔을 뻗는 재원의 손을 내려치며 입꼬리를 올렸다.

"막지 마, 언니."

❖　❖　❖

너무 단단해서 틈이라곤 찾아볼 수 없는 여자였다. 파고들면 들수록 더욱 움츠리는 여자. 자신에게 다가오는 것을 지독히도 싫어하는 여자. 그만 오라고 온몸으로 외치고 있는 여자. 건우가 보기에 장채원은 그런 여자였다.

하지만 그는 포기하지 않았다.

세진에게서 대본을 받고 그녀가 가장 원하는 배우가 누구인지 전해 들었을 때부터 [사랑에 무너지다]의 여주인공은 오로지 장채원뿐이었으니까. 이건우는 꽤나 끈질긴 남자였다. 덕분에 연예계에서 머무는 동안 최고의 자리에 오를 수가 있었다.

그 끈기와 인내를 바탕으로 그녀를 기다리고 싶은 마음이 굴뚝같았으나 아쉽게도 그에게 주어진 시간은 겨우 이틀뿐이었다. 남은 이틀, 그 이틀 안에 채원을 그의 드라마에 합류시켜야만 했다. 그 여자가 가장 싫어하는 짓을 해서라도 대화의 계기를 만들어야 했다. 채원을 만나야만 했다.

사실 그는 자신 있었다. 제 설득에 넘어오지 않을 사람은 없을 것이라 생각했다. 그래서 세진에게 호언장담했던 것이고, 앞으로 저 대신 사람들 앞에 나서서 반짝반짝 빛날 채원을 그리며 혼자 미소 지은 적도 있었다. 신예 배우 최진헌을 최고의 자리에 오르게 만든 걸로도 모자라 악명 높은 스캔들을 가진 여배우를 성공적으로 재기시킬 수 있을 거라 건우는 장담했다.

"젠장!"

쾅! 세게 운전석의 문을 닫아버리는 건우로 인해 주차장에 요란한 굉음이 울려 퍼졌다. 그는 신경질적으로 멈춰 선 자신의 차를 내려다보며 얼굴을 일그러뜨렸다. 아무것도 할 수 없는 자신의 모습에 화가 난다. 화가 나서 견딜 수가 없다.

어려울 것이라고는 생각했으나 불가능하다고 여기진 않았다. 이 세상에 열 번 찍어 안 넘어가는 나무는 없을 줄 알았는데 장채원이라는 여자는 열한 번, 열두 번, 열세 번, 수없이 찍어도 넘어가지 않는 나무였다.

건우는 서른다섯 인생 처음으로 '포기' 라는 단어를 떠올렸다.

이를 가는 그의 얼굴이 처참하게 구겨졌다.

"빌어먹을……!"

세진에게 어떻게 답해야 할지 앞이 막막하다. 이럴 줄 알았으면 그렇게 자신 있어 하지 않는 건데. 건우는 짜증이 가득한 표정을 짓고 집으로 향하는 엘리베이터에 올라탔다.

5년 전, 제 인생 전부를 걸었던 연예계에서 돌연 은퇴 선언을 했던 그날 이후로 단 한 모금도 대지 않았던 술이 미치도록 고프다. 다시는 손대지 않을 거라며 장식장에 고이 모셔둔 양주가 눈앞에 아른거렸다. 건우는 입술을 잘근잘근 씹어대며 엘리베이터 문이 열리기를 기다렸다. 답답한 속을 풀기 위해 얼른 집으로 가 장식장 문을 열 거라 다짐하고 있던 건우는 엘리베이터를 나서자마자 보이는 남자를 발견하고는 반사적으로 걸음을 멈추었다.

"왜 이제 와? 기다렸잖아!"

입을 쭉 내밀고 건우에게 외치고 있는 그는 현재 최고의 주가를 올리고 있는 배우 최진헌이었다.

"어떻게 나한테 전화 한 통 안 할 수가 있어?"

진헌은 해외에서 화보 촬영을 마치고 한국으로 귀국하자마자 자신의 집이 아닌 건우의 집으로 향했다. 그의 로드 매니저에게서 건우가 이세진 작가에게 내년 1분기 방영 예정인 드라마 대본을 받았다는 이야기를 들은 지 오래건만 건우와 그에 대한 이야기를 제대로 나눈 적이 없었기 때문이다. 이번에야말로 진지한 대화를 나누고 말겠어! 내년 1분기에 브라운관에 복귀할 생각을 하고 있던 진헌의 의지는 굳세었다. 건우는 내일 보고 휴식부터 취하라는 그린엔터테인먼트 김준 대표의 말에도 불구하고 진헌은 건우의 집으로 달려갔다. 두근거리는 마음을 부여잡고 히죽거리며.

'만나자마자 이 작가의 대본에 대해 이것저것 물어봐야지' 라고 중얼거리던 진헌은 밤 열 시가 넘어서야 집으로 돌아온 건우의 등장을 그 어느 때보다 반겼다. 건우가 자신을 발견하고 눈에 띄게 얼굴을 굳히는 것이 보였으나 진헌은 태연하게 무시했다. 왠지 그의 어깨가 축 처진 것 같다는 생각도 들었지만 크게 개의치 않은 진헌은 '이세진 작가 대본 보여줘!' 라고 외치기 위해 입을 열려 했다.

"진헌아, 우리 술이나 한잔하자."

이건우가 은퇴 기자회견 이후 술이라곤 입에 대지 않는다는 사실을 잘 알고 있는 진헌은 소스라치게 놀랐다.

"술? 술은 갑자기 왜? 무슨 안 좋은 일이라도 있었어?"

천지가 개벽하려는 것인가. 지난 5년간 그렇게 함께 마시자고 졸라댔지만 매번 돌아오는 냉랭한 답변에 꼬리를 내리던 진헌은 믿을 수 없다는 얼굴로 건우를 바라봤다. 건우는 그답지 않게 그윽한 눈으로 진헌을 쳐다보더니 이내 피식 웃으며 진헌의 어깨에 팔을 둘렀다.

"그냥. 기분 전환 좀 할까 싶어서."

진헌은 낯 간지러운 행동을 하는 건우를 보고 기겁했다. 그러자 진헌의 눈이 가늘어졌다.

"표정이 왜 그래?"

“어?”

뭐라고 대답해야 할지 몰라 진헌은 말을 버벅거렸다. 건우는 심드렁해져 물었다.

“마실 거야, 말 거야?”

“…….”

“최진…….”

“마실게! 마신다고! 그래, 마셔줄게!”

의심쩍은 게 한두 가지가 아니었지만 이건우와 단둘이 술을 마시는 것은 어쩌면 다시 오지 않을 유일한 기회인지도 모른다. 진헌은 세게 고개를 끄덕이며 그와 술을 마시기 위해 건우의 집 안으로 들어섰다. 어느새 진헌의 머릿속에서 이세진 작가의 대본은 잊힌 지 오래였다.

희귀한 와인과 고급 양주를 제 앞으로 내어오는 건우를 멍한 눈으로 바라보며 그가 따라주는 술을 마시고 또 마시던 진헌은 귀를 찌를 듯 울리는 요란한 전화 벨소리에 감았던 눈을 번쩍 떴다.

시끄러운 벨소리가 그가 바닥에 엎어져 있던 곳에서 손만 뻗으면 닿을 곳에서 울려대고 있었다.

“건우 형, 전화…… 아!”

뒷일은 생각하지 않고 밤새도록 술을 마셔서인지 건우는 진헌과 마찬가지로 소파 위에 벌러덩 누워 있었다. 무의식적으로 건우에게 중얼거리던 진헌은 세상모르고 자고 있는 건우를 발견하곤 입을 다물었다. 그는 여전히 들려오는 벨소리에 미간을 좁히며 커튼이 쳐져 있는 창밖을 응시했다.

‘벌써 아침인가.’

어느새 아침이 밝았는지 밖이 환하다. 커튼 덕분에 시간 가는 줄 모르고 자고 있었던 것이 분명하다. 진헌은 한숨을 푹 내쉬며 계속해서 울려대는 핸드폰을 향해 손을 뻗었다. 소리의 근원지는 진헌의 것이 아닌 건우의 핸드폰이었다.

순간적으로 남의 전화를 받아도 되는 건가 하는 생각이 들었으나 진헌에게 있어서 건우는 단순한 ‘타인’이 아니니 괜찮을 것이다. 진헌은 망설임 없이 입술을 움직였다.

“네, 여보세요.”

〈아.〉

핸드폰 너머로 들려오는 여자의 탄식 소리에 진헌은 의아해졌다.

‘형한테 여자가 있었나?’

적어도 최진헌이 알기론 이건우는 결벽증이다 싶을 정도로 여자를 가까이 두지 않는데, 잘못 걸려온 전화인가? 진헌은 잠이 확 달아나는 것을 느꼈다.

“여보세요?”

진헌은 좀 전보다 굵은 음성으로 말했다. 그러자 당황한 기색을 보이던 여자의 맑은 목소리가 들려왔다.

〈이건우 씨…… 핸드폰 아닌가요?〉

제 귀로 흘러오는 음성이 듣기에 딱 좋은 톤이라고 진헌은 생각했다.

“예, 이건우 씨 핸드폰이 맞긴 합니다만 그쪽은 누…… 윽!”

“이건우입니다!”

점점 더 수상쩍은 여자의 정체를 고민하던 진헌은 갑자기 손에서 핸드폰을 낚아채 외치는 건우의 모습에 화들짝 놀랐다. 건우는 마치 왜 진작 자신을 깨우지 않았냐는 눈으로 진헌을 노려보고 있었다. 진헌은 평소와는 다른 건우를 올려다보았다.

묵언의 눈빛으로 진헌을 타박하던 건우의 눈동자가 이윽고 들려오는 여자의 말에 큼지막해졌다.

“네?”

• • •

전화를 끊자마자 건우는 집을 나섰다. 그녀가 그의 집 근처까지 찾아오겠다는 걸 한사코 말렸다. 얼굴을 씻을 시간은 당연히 없었고 옷을 갈아입을 시간도 없었다. 웬만해선 샤워를 하고 나가야 했지만 바로 달려가지 않는다면 그녀의 마음이 바뀌어 버릴 것 같아 겁이 났다고 할까. 대충 모자를 머리에 눌러쓰고 선글라스를 낀 채 택시를 잡은 그는 그녀가 있다는 강남의 한 카페에 도착했다.

"날 기다리는 손님이 있다고 들었는데……."

"아, 안쪽에 계십니다."

"고마워요."

다행히 그녀가 있다는 그 카페는 그가 강남에 나올 때면 자주 들르는 곳이었다. 건우는 아르바이트생의 안내를 받아 그녀가 있는 곳으로 걸어갔다.

"······!"

닫혀 있는 문틈으로 다소곳이 앉아 있는 여자가 보인다. 건우는 헛기침을 하며 흐트러진 옷매무새를 단정히 정리했다. 끼익 소리를 내며 문고리를 잡자 정면을 바라보고 있던 그녀가 건우 쪽으로 고개를 돌린다.

"안녕하세요."

지난 며칠간 들었던 날카로운 음성과는 다른, 유하고 상냥한 음성이다. 처음 그녀의 가게에 들렀을 때와 같은 부드러운. 건우는 어색하게 고개를 끄덕이며 그녀의 앞으로 다가갔다.

〈지금 만날 수 있을까요?〉

끝이라고 생각했다. 제게 기회조차 주어지지 않을 거라고. 줄곧 일관된 태도를 보여오던 그녀의 마음은 절대 돌아서지 않을 거라고 생각했다. 그래서 그녀의 전화는 놀라웠다. 그의 명함 따윈 버린 줄 알았는데······. 휴지통에 박혀 있을 거라고 여겼는데······.

"안녕하세요, 장채원 씨."

건우는 조용히 숨을 고르며 채원을 응시했다. 채원이 그를 따라 살짝 인사를 했다. 건우가 그녀의 앞에 앉자 채원은 말하길 머뭇거렸다. 그러다 결심을 했는지 제 눈을 건우의 얼굴에 고정시켰다. 채원의 긴장한 음성이 건우의 귀로 들려왔다.

"미안해요, 이건우 씨. 이렇게 이른 아침부터······ 만나자고 해서.”

건우는 괜찮다는 대답 대신 빙긋 웃으며 그녀의 말이 이어지길 기다렸다.

“오늘 제가 이건우 씨를 만나려 한 건…….”

채원은 자꾸만 말을 하다가 말았다. 아마도 마음을 정리하지 못한 것이 틀림없었다. 건우는 차분하게 기다렸다. 그녀가 어떠한 말을 내뱉을 건지 그는 이미 알고 있으니까.

채원은 입가에 미소를 짓고 있는 건우를 똑바로 바라보았다. 그리고 속에서만 맴돌던 그 말을 내뱉기 위해 목에 힘을 주었다.

“이건우 씨가 놓고 간 대본을…… 읽어봤어요.”

아름다운 그녀의 목소리가 들려왔다. 조심스러운 마음을 가득 품고 있는 그 음성에 건우는 귀를 기울였다. 며칠 동안 줄곧 지켜본 태도보다 한결 누그러진 표정으로 그녀는 그를 응시하고 있었다.

“좋은 작품이더군요.”

은연중에 입가에 서리는 미소가 참 예쁜 여자라는 생각이 든다. 건우는 가슴이 미약하게 뛰는 것을 애써 감추기 위해 노력했다.

“그래서 더욱 이건우 씨를 이해할 수가 없었어요.”

아무 말도 하지 않고 오직 그녀가 말하도록 그대로 내버려 두는 건우를 향해 채원은 묘한 눈빛을 보냈다. 채원이 말을 이었다.

“지금까지 저는 이건우 씨가 저를 이용하려는 줄 알았어요. 이미 추락해 버린 사람에게 그런 기회를 주려는 사람은 많지 않으니까. 그래서…….”

쿵쿵.

심장이 뛰었다. 빠르고 힘차게. 건우는 기쁨을 감출 수가 없었
다. 그녀가 무슨 말을 할지 예상하고 있음에도 곧 들려올 그 말을
상상해 보니 가슴이 벅차올랐다.

채원은 계속해서 말하고 있다. 그녀가 왜 그를 밀어내야만 했는
지, 왜 세상과 단절하고 살아왔는지, 왜 무던히도 피해야만 했는
지.

'어서.'

숨이 점점 막혀왔다. 하아, 하아! 호흡을 내뱉기가 힘들어졌다.

'어서 말해.'

이렇게 간절하게 누군가의 말을 기다려 본 적이 있던가. 실패와
포기가 없던 그의 인생에서 처음으로 좌절을 맛보게 해준 사람이
다시금 그의 심장을 뛰게 만들고 있었다.

'말해줘, 장채원.'

어두운 얼굴로 건우에게 자신의 감정을 털어놓고 있는 채원을
바라보며 그는 속으로 외치고 또 외쳤다. 각종 시상식에서 남우주
연상이나 대상을 탈 때도 떨리지 않았던 가슴이 몹시 떨려왔다.
그녀의 그 말 한마디, 그 말을 기다리며 건우는 간절한 눈빛을 쏟
아냈다.

한참 동안 그에게 변명 아닌 변명을 늘어놓던 채원은 드디어 마
음이 정리되었다는 듯 건우의 요동치는 눈을 똑바로 직시했다. 너
무도 올곧아서 건우는 확신이 들었다. 그녀가 어떤 결심을 했는
지, 어떤 생각을 하고 제 앞에 나타난 건지, 무슨 말을 할 건지, 앞

으로 두 사람이 어떻게 얽히게 될 건지.

"이건우 씨."

그리고 그의 심장이 터질 듯 부풀어 올랐을 때, 채원이 건우를 불렀다.

"저는…… 그리워요."

"……."

"당신이 말했던 그 세계가, 끝내 버리지 못했던 그 무대가, 별처럼 반짝거렸던 그날의…… 제가."

건우는 저도 모르게 주먹을 불끈 쥐었다. 채원이 입술을 굳게 다물고 있는 그를 응시했다.

"제가 다시 그곳으로 돌아갈 수 있도록…… 이건우 씨가 도와주실 수 있나요?"

❖　❖　❖

딩동!

초인종 버튼을 누르는 손가락에 어찌나 힘이 많이 들어갔는지 모르겠다.

딩동딩동!

건우는 거친 호흡을 몰아쉬며 버튼을 눌렀다. 초인종 버튼이 부스러질 정도로 세게 버튼을 눌러댔다. 문 너머에서 아무런 대답이 들려오지 않자 그의 마음은 더욱 조급해졌다. 어서 이 사실을 알려주어야 했다. 빨리 그가 들은 그녀의 말을 전해주고 싶었다.

미친 사람처럼 그는 초인종을 눌러댔다. 두근거리는 심장의 고동 소리가 그의 머리를 마비시켰다. 입가가 간지러웠다. 웃음이 나오려는 것을 억지로 참으려 드니, 마치 자신이 이건우가 아닌 것 같은 느낌이 들었다. 이렇게 웃음이 헤픈 남자가 아니었는데. 그런 생각이 잠시 머리를 스치긴 했으나 이내 아무렴 어떠냐며 건우는 히죽거렸다.

딩동딩동딩동!

네 번을 연달아 버튼을 누르려 했던 건우는 벌컥 열리는 대문에 행동을 멈추었다.

"뭐야?"

열린 문틈 사이로 얼굴을 빠끔히 내밀고 산발한 여자가 짜증이 가득한 시선으로 건우를 노려봤다. 건우는 드디어 등장한 세진을 가만히 내려다보았다. 세진은 토요일 정오쯤엔 자신이 한창 자고 있다는 사실을 잘 알고 있는 건우가 단잠을 방해한 것이 마음에 들지 않는다는 표정이다. 건우는 '세진아!' 하고 미간을 찌푸리고 있는 그녀를 꽈악 끌어안았다.

"오, 오빠?"

세진은 그답지 않게 과한 애정 표현을 하는 건우로 인해 잠이 확 달아났는지 화들짝 놀란 음성을 내뱉었다.

"대체 무슨 일이야? 이 술 냄새는 또 뭐고?"

도통 영문을 모르겠다는 얼굴로 세진은 건우의 품에서 벗어나려 애썼으나 강한 힘으로 그녀를 안고 있는 남자의 품에서 벗어날 순 없었다. 건우는 의아해하는 세진의 의문을 풀어줄 생각은 않고 그저 웃기만 했다.

'어디서 술을 거하게 한 건가? 술이 깬 것 같긴 한데?'

세진은 사촌 오빠의 기괴한 행동의 원인을 찾기 위해 열심히 머리를 굴렸다. 사고 회로에 부하가 걸릴 때까지 생각하고 또 생각하던 그녀는 결국 한 가지 사실에 도달했다. 요 며칠간 힘없는 소리만 늘어놓던 이건우가 이렇게 기뻐할 일은 단 하나밖에 없었다.

"이건우."

해답을 찾은 세진의 목소리가 가라앉자 건우가 그녀를 품에서 놓아줬다. 세진은 빙긋 웃고 있는 건우를 올려다보았다. 심장이 쿵쿵 뛰었다. 환하게 웃고 있는 건우를 마주하던 세진의 입꼬리 역시 그를 따라 올라갔다. 세진은 떨려오는 목소리를 내뱉기 위해 입술을 움직였다.

"설마……?"

큼지막해진 눈동자로 그를 바라보고 있는 세진을 내려다보던 건우는 품에서 누군가의 도장이 찍힌 서류 뭉치를 꺼냈다. 선명하게 찍혀 있는 그녀의 이름에 세진이 말을 잇지 못하자 건우는 확인이라도 시켜주듯 소리쳤다.

"장채원, 복귀한다!"

❖　❖　❖

미약하게 떨리는 손은 도장을 세게 움켜쥐고 있었다. 느릿하게 위에서 아래로 하강하는 그녀의 손에 들린 도장에 채원뿐 아니라 건우 역시 시선을 집중했다. 한참을 허공에서 도장을 쥔 채 망설이던 채원은 침을 꿀꺽 삼키며 마음을 가다듬었다.

'괜찮아.'

불안해하는 스스로를 달랜 그녀는 마지막 결정을 내리기 직전 건우를 흘깃거렸다.

채원이 얼른 도장을 꾹 눌러주길 바라고 있던 건우는 꽤 긴장한 것처럼 보였다. 자신감 넘치던 그답지 않게 숨을 들이마신 채 내뱉을 생각을 않는 걸 보며 채원은 웃음을 흘릴 뻔했다. 그녀의 손에서 눈길을 떼지 않는 그를 응시하던 채원은 옅은 미소를 지으며 계약서 위로 도장을 가져다 대었다.

"……!"

있는 힘껏 자신의 서명란에 도장을 누른 채원으로 인해 계약서 위엔 그녀의 이름이 빨갛게 새겨지게 되었다. 채원은 떨리는 눈으로 계약서를, 그리고 건우를 바라봤다. 건우는 빙긋 웃으며 테이블 위에 놓여 있는 계약서를 집어 들었다.

"이곳에 도장을 찍은 이상 장채원 씨는 우리 그린엔터의 소속이 되었습니다. 그 점을 장채원 씨도 분명히 인지하고 있으리라 믿습니다."

정신없는 하루였다. 아침 일찍부터 그에게 전화를 걸고, 그와 만나 자신의 마음을 털어놓고, 당장 계약하러 가자는 그의 말에 그린엔터테인먼트의 사옥까지 끌려와 도장을 찍을 때까지 모두.

단지 자신이 복귀할 수 있도록 도와줄 수 있냐는 물음을 던졌을 뿐인데, 그녀를 자신의 사람으로 만들어 버린 이건우의 수완에는 혀를 내두를 수밖에 없었다. 그녀의 도장이 계약서에 사뿐히 내려앉는 것을 지켜보던 건우는 품 안으로 계약서를 조심스레 갈무리하며 말했다. 채원이 어지러워할 만큼 빠르게 일을 진행해 버린 건우에게 끌려온 것은 사실이나 그녀 역시 자신이 어떤 일을 하려고 하는지 똑바로 자각하고 있었다.

"네, 저도 잘 알고 있어요."

"그렇다니 다행입니다."

건우는 고개를 끄덕이는 채원에게 흡족한 표정을 지어 보였다. 그가 오른손을 내밀었다. 채원이 놀란 얼굴로 그를 쳐다보자 건우가 미소 지었다.

"우리 식구가 된 걸 환영해요, 채원 씨. 앞으로 잘 지내봅시다."

반짝반짝 빛나는 사람이라고 생각하긴 했다. 당당한 미소를 잃지 않는 것이 부럽기도 했고 두렵기도 했다. 그래서 그 남자의 눈을 마주하는 것이 힘들었다. 아마 며칠 전이었더라면 그녀의 앞에 내민 그의 손을 강하게 내쳤을지도 모른다. 그러나 지금의 채원은 굳게 마음먹은 상태였다. 채원은 주저 없이 그의 손을 맞잡았다.

"저도 잘 부탁드려요."

언제나 시작이 어렵다. 특히 채원의 경우라면 더욱.

쉽지 않은 일이 될 것이다. 핸디캡을 안고서 대중의 앞에 나서야 할 테니까. 적지 않은 비난을 듣게 될지도 모른다. 뻔뻔하다는 소리를 들을 수도 있겠지. 이미 한 번 선언했던 은퇴를 번복하는 꼴이니까.

그래도…….

‘다시 돌아가고 싶어.’

눈을 뜨고 있을 때도, 감고 있을 때도, 일을 할 때도, 일을 하지 않을 때도 항상 그리웠던 그 세계다. 장채원이라는 여자가 가장 빛났던 그곳, 자신이 살아 있다는 것을 느끼게 해주었던 그곳, 그녀가 가장 잘하는 일을 할 수 있는 그곳, 행복했던…… 그곳.

그녀는 돌아갈 것이다.

❖　❖　❖

“……빠.”

…….

“오빠.”

“…….”

“이건우!”

아!

오전에 있었던 채원과의 대화를 생각하느라 옆에서 세진이 소리치고 있다는 걸 눈치채지 못했다.

“불렀어?”

건우는 미안하다는 얼굴로 세진을 내려다보았다.

“무슨 생각을 그렇게 해?”

세진의 의문 섞인 말에 건우는 별것 아니라는 듯 손을 저었다.

“도착한 건가?”

약속 장소에 어떻게 왔는지 생각이 나지 않을 만큼 깊은 상념

속을 허우적거리고 있던 것이 틀림없다. 건우는 S 방송국과의 기획 회의를 하기 위해 세진과 함께 온 신사동의 커피숍 앞에 서서 중얼거렸다.

"국장님은 이미 도착해 계신대."

세진이 살짝 고개를 끄덕이며 말했다. 건우와 세진이 나란히 서 있는 가로수길의 이 커피숍 안에서 드라마를 제작할 제작자와 드라마를 써 내려갈 작가, 드라마를 만들 연출자, 그리고 드라마가 방영될 방송국의 드라마국 국장 및 기획실 직원들과의 미팅이 곧 열릴 예정이다.

"우리도 어서 들어가 보자."

긴장감으로 인해 쉽게 발걸음을 옮기지 못하는 건우를 향해 세진은 작게 속삭였다. 고개를 끄덕인 건우는 숨을 크게 들이마시며 그녀의 뒤를 따랐다.

건우와 세진이 방송국 관계자들과 가지는 미팅은 생각보다 훨씬 화기애애했다. 홍광호 PD와 오랜만에 함께 작업하는 세진은 그와 안부를 주고받았고, 방송국의 드라마국 국장을 맡고 있는 윤재형 국장은 현역 시절이나 은퇴를 하고 난 후나 그들 방송국의 시청률에 혁혁히 공을 세운 건우를 반갑게 맞이했다.

세진의 드라마 [사랑에 무너지다]의 기획 의도와 시놉시스 등등을 들은 방송국 관계자들은 당장 캐스팅 작업을 진행하자며 건우를 재촉했고, 남자주인공에 진헌이 나선다는 이야기를 들었을 땐 쾌재를 부르며 기뻐했다.

문제는 여자주인공을 캐스팅하는 데서 발생했다.

“이 이사, 지금…… 내가 무슨 말을 들은 겁니까?”

방송국 자체에서도 ‘이건우가 만드는 드라마라면 무조건적으로 지원해라’ 라는 명이 내려온 상태였다. 윤 국장은 그런 까닭으로 건우가 원하는 대로 캐스팅 작업을 진행하려고 했었다. 하지만 생각해 둔 여자주인공이 누구냐는 자신의 질문에 일말의 머뭇거림도 없이 ‘장채원입니다’ 라고 대답하는 건우를 보자니 당혹감을 감출 수 없었다. 건우는 순식간에 싸늘해진 분위기에 입을 꾹 다물었다. 윤 국장이 미간을 찌푸리며 물었다.

“장…… 채원? 이 이사, 아니지? 내가 알고 있는 그 장채원이 아니라 다른 장채원이지? 그린에서 신인 여배우라도 키우고 있는…….”

당황했는지 횡설수설하는 윤 국장에게 건우는 차분히 대답해 주었다.

“국장님께서 생각하시는 그 장채원이 맞습니다.”

윤 국장은 기겁하며 건우를 쳐다봤다. 건우가 말을 이었다.

“저희는 5년 전 은퇴했던 장채원 씨를 [사랑에 무너지다]의 여자주인공으로 발탁할까 합니다.”

쾅!

“이건우! 너, 미쳤어?”

윤 국장이 건우의 말을 듣고 자리에서 벌떡 일어나 소리친 것은 눈 깜짝할 새에 일어났다. 건우가 바들바들 떨며 그를 내려다보는 윤 국장을 올려다보자 놀란 드라마국 기획실 직원들이 윤 국장을 말렸다. 홍 PD는 세진에게 미리 이야기를 들어서인지 담담한 얼굴로 윤 국장과 건우의 대화를 지켜보고 있었다.

"말씀이 지나치십니다, 국장님. 진정하세요."

건우는 전혀 미동 없는 눈으로 그에게 말했다. 윤 국장은 얼굴을 일그러뜨리며 이를 악물었다. 그는 주위의 직원들을 쳐다보더니 다시 털썩 자리에 앉았다. 윤 국장은 길게 숨을 내뱉으며 머리를 벅벅 긁더니 그가 진정하길 기다리는 건우에게 말했다.

"건우야, 너 진짜 무슨 생각이냐? 우리 방송국 엿 먹이려고 작정했어?"

윤 국장은 건우의 풋내기 시절부터 친분을 유지하고 있는 막역한 사이였다. 건우와 처음 만났을 당시 PD였던 윤 국장이 지금의 자리에 오를 수 있었던 것은 건우가 그의 드라마라면 주저 없이 출연해 많은 인기를 끌어주었기 때문이다. 자신에게 '스타 제조기', '시청률의 제왕' 등등의 별명을 만들어준 건우에게 고마운 마음을 품고 있던 윤 국장이 단지 건우의 드라마라는 이유로 이번 작품을 내년 1분기 라인업에 넣기로 결정한 것은 바로 그런 까닭이었다.

건우는 이해할 수 없다는 눈으로 저를 쳐다보고 있는 윤 국장을 보며 웃었다.

"제가 감히 S 방송국을 엿 먹이다뇨. 무슨 섭섭한 소리십니까. 저를 키워준 곳이 S사라고 봐도 무방한데 왜 그러겠어요."

"그런데 왜 장채원이야!"

버럭 소리를 지르는 윤 국장의 목소리가 룸 안을 가득 울렸다. 이건우가 제작하고 이세진이 대본을 쓸 드라마이기에 직접 기획 회의에까지 나타났던 윤 국장은 지금 이 상황이 마음에 들지 않는 눈치다. 건우는 성을 내는 국장의 시선을 회피하고 있는 기획실 직원들을 곁눈질로 흘겨보았다.

"마음에 안 드십니까?"

"당연하지! 안 돼! 절대로 안 돼! 장채원은 안 돼!"

한 번만 부정하면 될 것을 무려 세 번씩이나 외치는 것을 보니 어지간히도 싫은 모양이다. 건우는 확고하게 의사를 표현하는 윤 국장을 빤히 바라보다 자리에서 일어났다.

"그럼 어쩔 수 없군요, 국장님."

안타까움이 가득한 건우의 음성에 윤 국장의 눈이 동그래졌다.

"무슨 소리지?"

건우는 태연자약하게 대답했다.

"[사랑에 무너지다]는 S 방송국과 인연이 없는 것 같습니다. 다른 곳을 알아보는 수밖에 없겠군요. 일어나, 이 작가. 홍 PD님, 다음에 연이 닿게 되면 그때 다시 뵙죠."

황당해하는 윤 국장을 뒤로하고 씁쓸한 얼굴의 홍 PD와 다른 관계자들에게 인사를 한 건우는 덩달아 자신을 따라 일어난 세진과 함께 룸을 나가기 위해 몸을 돌리려 했다.

"이건우, 너 지금 나 협박하냐?"

두 사람이 닫혀 있는 문 앞에 다다랐을 때 분노 섞인 윤 국장의 목소리가 들렸다. 건우는 걸음을 멈추어 뒤를 돌아보았다.

"그렇군요."

건우는 피식 웃음을 흘렸다. 윤 국장의 눈이 동그래지자 그는 말했다.

"확실히 협박에 가깝긴 하네요."

"야!"

"국장님, 이번 드라마의 여주인공은 이세진 작가가 집필을 시작했을 때부터 이미 정해져 있었습니다."

"뭐?"

후우, 하고 숨을 고른 건우는 확고한 의지를 드러냈다.

"장채원뿐이에요. 오직 그녀를 위한 드라마. 이세진 작가와 저는 장채원이 주연이 아니라면…… 드라마를 제작하지 않을 겁니다."

"……!"

떨림 없는 눈빛과 굳게 다문 입술.

한 발자국도 뒤로 물러서지 않겠다는 듯 서 있는 건우를 말없이 응시하던 윤재형 국장은 길게 숨을 토해내며 얼굴을 찌푸렸다. 그는 나지막하게 욕설을 내뱉으며 고개를 절레절레 젓더니 이내 자신의 옆에 앉아 있는 드라마국의 한영 부장을 향해 말했다.

"잠깐 나가 있어."

한 부장은 윤 국장의 말에 두 눈을 동그랗게 떴다. 윤 국장은 그의 놀란 태도에도 아랑곳하지 않고 그들 주변에 앉아 있던 드라마국의 관계자들과 건우를 따라 일어날지 말지를 고민하고 있는 세진을 흘깃거렸다.

"저 미친 자식이랑 단둘이 대화해야겠어. 이 작가, 부탁해요."

자신에게 양해를 구하는 윤 국장의 부드러운 음성을 들은 세진은 반쯤 들었던 엉덩이를 확실하게 떼고는 건우와 무언의 눈빛을 주고받으며 룸 밖으로 나갔다. 어정쩡한 포즈로 앉아 있던 S 방송국의 관계자들 역시 가장 높은 자리에 앉아 있는 상관의 명을 거역하지 못하고 세진의 뒤를 따랐다.

"앉아라, 건우야."

회의 전용으로 만들어놓은 룸의 문이 닫히자 윤 국장은 문 쪽에서 그를 쳐다보고 있는 건우를 향해 손가락을 까딱였다. 건우가 아무 대답도 하지 않고 그의 맞은편에 자리를 잡자 윤 국장은 품에서 담배 한 갑을 꺼내더니 한 개비를 꺼내 불을 붙였다. 건우가 미간을 좁혔다.

"국장님, 여긴 금연입니다."

"알아. 그리고 입 다물어, 이건우. 지금 생각하고 있으니까."

건우는 제 말이 끝나기가 무섭게 대답하는 윤 국장의 표정이 무시무시하다는 걸 뒤늦게 깨달았다. 윤 국장은 험악하게 인상까지 쓰며 담배를 물더니 뿌연 연기를 뿜어냈다. 건우는 제 눈앞을 가리는 하얀 연기를 가만히 지켜보고 있었다.

'너무 세게 나간 건가.'

윤 국장의 얼굴을 보니 단순히 화가 난 것만은 아닌 것 같다. 건우는 도발적이었던 자신의 언행을 떠올리며 고심에 휩싸였다. 그때, 한참 동안 담배를 물고 입을 열 생각을 않던 윤 국장이 건우를 불렀다.

"이건우."

건우가 저도 모르게 숙였던 고개를 들자 윤 국장이 진지한 눈빛을 보냈다.

"너 요즘 우리 방송국이 얼마나 바닥을 기고 있는지…… 알고 있지?"

한숨 섞인 윤 국장의 말을 들은 건우는 고개를 끄덕였다. 요즘 들어 S 방송국이 만들어내는 드라마들이 대중에게서 시원찮은 반응을 얻고 있는 것을 모르지 않는다. 애국가 시청률보다 더 못한 성적을 거두고 있는 바람에 드라마국 자체적으로도 개편에 개편을 거듭하고 있다는 얘기를 전해 들은 적이 있다. S 방송국 드라마의 하향세는 무서울 정도로 빨라서 연예계 관계자들이 적잖은 우려를 보내고 있는 상황이었다.

그 부진을 만회하기 위해 S 방송국이 선택한 것이 흥행성이 보증된 작가 세진과 최고의 주가를 올리고 있는 진헌, 그리고 그들의 뒤를 봐주는 그린엔터테인먼트였다. 아마도 그들은 이미 성공을 맛본 이들을 주축으로 하여 다시 도약의 발판을 만들려는 것이 분명했다.

"K랑 M사 녀석들이 대놓고 우리 회사에서 방영될 예정이었던 드라마들을 낚아채 가는 바람에 지금 드라마국 분위기가 아주 개판이야. 그것도 알고 있지?"

건우는 자조 섞인 음성을 내뱉는 윤 국장의 말에 대답하지 않았다. 윤 국장은 들고 있던 담뱃불을 끄며 건우를 응시했다.

"이건우 너, 지금 우리 사정 다 알고 이렇게 밀어붙이는 거냐? 우리가 네놈이 만들 드라마를 간절히 원한다는 걸 알고 있어서…… 그래서 그렇게 말도 안 되는 캐스팅을 진행하려는 거냐고!"

노기가 서려 있는 윤 국장의 외침을 듣고만 있던 건우는 피식 웃음을 흘렸다.

"이 자식이 웃어?"

윤 국장은 건우를 노려보며 이를 갈았다. 건우는 제게 화를 내고 있는 윤 국장을 달래기 위해 부드러운 미소를 지으며 입을 열었다.

"재형이 형."

"왜, 이 빌어먹을 놈아!"

현역 시절, 저보다 스물은 더 많은 윤 국장을 보고 '형'이라는 호칭을 사용해 가며 살갑게 굴던 건우의 부름에 윤 국장은 소름이 돋는 듯 몸을 부르르 떨며 소리쳤다. 건우는 부드득부드득 이 갈리는 소리를 들으며 말없이 웃음을 짓다 순식간에 얼굴에서 미소를 지웠다. 진심을 가득 담은 눈빛을 보내며,

"딱 한 번만 믿어주세요."

라고 말하는 건우의 얼굴은 굳건했다. 윤 국장이 입을 다물고 그를 응시하자 건우는 말을 이었다.

"후회하지 않을 겁니다. 정말이에요."

"……."

"저도 몇 번을 고민했어요. 하지만…… 장채원 씨만큼 이 드라마에 어울리는 사람은 없습니다."

윤 국장은 복잡한 눈빛이다. 건우는 흔들리는 윤 국장을 설득하려 노력했다.

"국장님, 아니, 형. 제가 괜히 이런 소리를 늘어놓을 녀석이 아니라는 거, 알고 계시잖습니까. 기회를 주세요. 저에게도, 이 작가에게도 그리고 장채원 씨에게도."

"……."

"실망시켜 드리지 않겠습니다. 최고의 작품을 만들어 보일게요."

건우는 윤 국장이 시키면 절이라도 할 태세로 가슴속에서 맴돌던 말을 쏟아냈다. 윤 국장의 어두웠던 얼굴에 천천히 생기가 돈 것은 약간의 시간이 흐른 후였다.

"반하기라도 한 거냐?"

"예?"

잔뜩 긴장할 만큼 고요한 침묵이 이어지자 속이 타들어가는 갈증을 느끼던 건우는 뜬금없는 질문에 윤 국장을 멍하니 응시했다. 윤 국장은 조금 전의 딱딱했던 얼굴보다 한결 누그러진 표정으로 건우를 바라보고 있었다.

"이건우 네가 이렇게까지 한 여배우를 고집하는 건 처음 봐서 그런다."

"……!"

"상대가 누구든 네 방식대로 하면 된다고 그 여자들을 맞추려 하던 녀석이 장채원을 위해 네 방식을 바꾸려고 하는 게 신기하군."

건우를 희귀 동물 보듯 쳐다보는 윤 국장에게 그는 옅게 웃어 보였다.

“이제 전 더 이상 ‘배우’가 아닌 ‘제작자’니까요. 배역에만 집중하던 예전과는 다르죠. 조금 더 큰 틀을 바라봐야 하니까요. 자기가 만들 드라마의 배역에 가장 잘 어울리는 배우를 섭외하고 싶은 건…… 모든 제작자의 꿈 아니겠습니까?”

허탈한 숨소리가 윤 국장에게서 터져 나왔다. 건우는 여전히 싱긋 웃은 채로 윤 국장이 말하길 기다렸다.

윤 국장은 거침없는 건우의 대답에 놀라워하면서도 깊이 공감한다는 듯 고개를 끄덕였다. 그러던 그는 길게 호흡을 내뱉으며 중얼거렸다.

“널 볼 때마다 생각하는 거지만…… 이건우 넌 확실히 보통 놈이 아니야. 그래, 미친놈! 미친놈이란 말이 딱 어울리는 녀석이다, 넌.”

건우는 하하 웃었다.

“좋은 의미로 받아들일게요.”

긍정적인 마인드를 가진 건우를 빤히 응시하던 윤 국장은 혀를 끌끌 차며 말했다.

“우리에게도 생각할 시간을 줘. 나 혼자 결정할 문제는 아닌 것 같으니까.”

그 말에 건우는 답했다.

“국장님의 빠른 답변 기다리고 있겠습니다.”

❖ ❖ ❖

채원은 반짝거리는 눈으로 [사랑에 무너지다] 의 대본을 찬찬히 뜯어보고 있었다.

채원이 은퇴를 하기 전까지만 하더라도 촉망받는 신인 작가 중 한 사람이었던 이세진 작가는 5년이 지난 지금 명품 드라마들을 만들어내는 대형 작가로 성장해 있었다. 건우의 연락을 기다리는 동안 대본을 읽고 또 읽기를 반복하며 소리를 내어 리딩까지 해보던 채원의 가슴은 그 어떤 때보다 벅차올랐다.

'어서…… 시작하고 싶어.'

그녀에게 주어진 대본이 닳아버릴 만큼 손에서 대본을 놓지 않던 채원은 울릴 생각을 않는 핸드폰만 주시하고 있었다. 빨리 무대로 돌아가고 싶었다. 그녀만을 담을 카메라를 원했다. 수많은 사람들이 채원의 연기를 지켜보고 있는 그곳으로 지금 당장에라도 뛰어들고 싶었다.

그린엔터테인먼트와 정식 계약을 체결하자마자 예담플라워를 부동산에 내어놓고 건우의 연락을 기다리며 하나둘씩 심혈을 기울여 가꾸었던 꽃들을 정리하던 채원의 마음은 지난 5년과 비교했을 때 무척이나 가벼웠다. 문득 이렇게 들떠도 되는 걸까 하는 생각도 잠시 들었지만 곧 채원은 그런 어두운 생각은 하지 않기로 애썼다. 모든 것을 떨쳐 내며 오직 제가 잘할 수 있는 연기만을 머릿속에 그리려 했다. 자신에게 다시없을 기회를 준 건우의 기대에 부응하기 위해 최선을 다해야 한다고 여겼기 때문이다.

그렇게 반나절이 흐르고, 하루가 흐르고, 월요일이 되고, 화요일이 되고, 수요일이 될 때까지 건우에게서 연락이 오질 않자 혹시 그에게 '사기를 당한 건 아닐까?' 하는 의문이 서서히 들 무렵, 채원이 기다리고 기다리던 그에게서 전화가 걸려왔다.

〈어딥니까, 채원 씨?〉

'여보세요'라는 말을 꺼내기도 전에 다짜고짜 자신의 위치를 물어 순간적으로 당황하긴 했지만 채원은 침착하게 대답했다.

"가게예요."

〈많이 바빠요?〉

"그런 건 아닌데……."

〈잘됐군. 그럼 지금 나와요.〉

채원은 갑작스러운 건우의 말에 눈을 크게 떴다. 그는 놀라 할 말을 잃은 채원에게 웃음을 흘렸다.

〈오늘 채원 씨에게 새로운 가족을 만나게 해줄 거예요.〉

가족?

〈가게 앞에서 기다리고 있을게요.〉

"네? 저……!"

용건만 남기고 전화를 끊어버린 건우를 붙잡지 못했다. 채원이 끊긴 전화기를 붙들고 있는데 빵빵 하고 그녀의 가게 앞에서 요란한 클랙슨 소리가 울린 것은 그로부터 10초 후의 일이다. 채원은 깜짝 놀라 가게 문을 열고 밖으로 나갔다. 그러자 창문을 열고 제게 손짓하고 있는 건우의 모습이 보였다. 건우는 멍한 표정으로 자신을 응시하는 채원에게 '얼른 문 닫고 와요, 채원 씨'라고 말하며 그녀를 재촉했다. 순간적으로 다급해진 채원은 고개를 끄덕이며 그의 말에 따랐다.

“어디…… 가는 거예요?”

난데없이 찾아온 건우로 인해 일찍이 가게 문을 닫고 그의 차에 올라탄 채원은 운전하고 있는 건우에게 조심스럽게 물음을 던졌다. 건우는 마침 차가 멈춰 서자 고개를 살짝 옆으로 돌리더니 싱긋 웃으며 대답했다.

“앞으로 채원 씨의 가족이 될 사람들을 만나러 간다고 했잖아요.”

“그럼 사옥으로 가야 하는 거 아닌가요? 이쪽은 반대 방향인데…….”

“아아.”

건우는 의아해하는 채원의 몸을 관찰하는 듯 아래위로 훑으며 중얼거렸다.

“아무리 그래도 첫 만남인데 인상적인 모습을 남길 필요성이 있을 것 같아서 말이죠.”

“네?”

“나만 믿고 따라와요.”

그의 입가에 잔잔한 미소가 서렸다.

“너무 잘 어울리세요! 정말 예쁘시네요!”

디자이너의 쉴 새 없는 칭찬을 받은 채원은 흐뭇한 눈으로 자신을 쳐다보고 있는 건우를 응시했다.

“그 정도면 괜찮네요. 준비는 다 된 것 같으니 이제 출발할까요?”

건우는 어색한 표정을 짓는 채원에게 부드러운 목소리로 말하며 그녀에게 손을 내밀었다. 채원은 잠시 망설이다 그의 손 위로 자신의 손을 포갰다.

건우의 에스코트를 받으며 채원이 도착한 곳은 그린엔터테인먼트의 사옥이었다. 그곳에서 그녀는 자신을 기다리고 있던 한 남자를 만날 수 있었다.

"김준입니다. 그린엔터테인먼트의 대표를 맡고 있죠. 드디어 만날 수 있게 되었군요, 채원 씨. 반가워요."

다정한 말투와 은은한 미소,

약간 휘어지는 눈꼬리와 올라간 입매까지.

채원의 눈앞에 커다란 손을 내밀고 있는 남자는 건우의 뒤를 따라 들어온 그녀에게 다가와 말을 걸었다. 채원은 차를 타고 오는 내내 건우의 말을 들으며 상상했던 차갑고 딱딱한 이미지와는 다른 준을 멍하니 바라보고 서 있었다.

"채원 씨?"

두 사람이 인사를 나누도록 계기를 만들어준 건우는 악수를 청했음에도 준의 손을 잡지 않고 있는 채원의 이름을 불렀다. 이윽고 정신을 차린 채원은 얼른 준의 손 위로 자신의 오른손을 포개며 외쳤다.

"자, 장채원입니다, 대표님! 저도 바, 반갑습니다!"

너무 당황해서인지 평소보다 목소리 톤이 높았다. 채원은 말을 내뱉고 나서 얼굴이 화끈 달아오르는 것을 느끼며 피식 웃는 준의 시선을 어떤 식으로 마주해야 할지 고민했다. 준은 그녀와 손을 잡고 몇 번 흔든 다음 미소를 머금은 채로 말했다.

"생각보다 밝은 성격을 가지고 계시네요."

"네?"

준은 영문을 몰라 하는 채원을 보고 뜻 모를 웃음을 한 번 더 보내더니 이내 아무렇지도 않게 말을 이었다.

"그린의 식구가 된 걸 정말로 환영합니다. 앞으로 우리를 한 가족처럼 생각하고 의지해 주세요. 우리 역시 채원 씨를 진짜 가족처럼 생각할 겁니다."

"아……."

"자, 그럼…… 다들 기다리고 있으니 가실까요?"

채원이 쉽게 대답하지 못하고 눈만 깜빡이는 걸 바라보던 준은 그녀를 기다리고 있다는 그린엔터테인먼트의 다른 식구들을 언급하며 앞장서기 시작했다. 얼떨결에 고개를 끄덕이긴 했으나 준을 따라가야 할지 말아야 할지 고민하던 채원은 '괜찮아요'라고 속삭이는 건우의 말에 준의 뒤를 이어 발걸음을 내디뎠다.

건우와 계약을 맺었던 날은 휴일이었던지라 텅텅 비어 있어 황량한 느낌이던 그린엔터테인먼트의 사옥은 오늘은 놀라울 정도로 붐볐다.

'환! 장채원 환영 파티 영!'이라는 문구가 적힌 플래카드가 걸려 있는, 아마도 회의실로 짐작되는 곳까지 두 남자를 따라오게 된 채원은 자신을 기다리고 있던 여러 직원들과 인사를 나눌 수가 있었다.

생긴 지 고작 5년밖에 되지 않아 아직은 탄탄하진 않지만 그린엔터테인먼트는 다른 대형 기획사들 못지않은 인지도와 많은 대중의 주목을 받고 있는 유망한 기획사였다. 그런 곳에 소속되어 있다는 사실에 만족하며 정말로 한 '가족'처럼 서로를 대하고 있는 그린엔터테인먼트의 식구들은 어색한 얼굴로 '장채원입니다. 앞으로 잘 부탁드릴게요'라고 말하는 채원을 열렬히 반겼다.

드디어 그린에도 '2호 배우'가 생겼다며 휘파람과 함께 박수를 치는 남자 직원들을 비롯하여, 눈부신 미소를 지으며 채원을 반겨주는 여자 직원들까지, 생전 처음 보는 사람들에게서 예상치 못한 환대를 받은 채원은 눈시울이 붉어지려는 것을 겨우 참아야만 했다.

"장채원 씨!"

정신이 없을 정도로 그녀에게 다가와 자신들을 소개하는 직원들의 이름을 외우기 위해 집중하고 있던 채원은 상기된 톤으로 제 이름을 부르는 한 여성의 목소리에 뒤를 돌아보았다. 그리고 채원이 고개를 돌리기가 무섭게 그녀의 눈앞으로 다가온 여성은 채원이 뭐라 말할 사이도 없이 그녀를 와락 끌어안았다.

"……!"

채원이 갑작스러운 포옹에 놀라 소리를 내뱉지 못하고 있을 때, 감격에 찬 듯 울먹거리는 여성의 목소리가 채원의 귓가로 들려왔다.

"진짜…… 진짜 장채원 씨네. 하아, 진짜로 장채원 씨야!"

누구지?

채원은 본인 소개도 없이 그녀를 끌어안고 있는 여성이 누구인지 생각해 보았지만 안기기 전 스치듯 본 그녀의 얼굴은 채원과 안면이 있는 얼굴이 아니었다.

"저기……."

워낙 강하게 힘을 주어 그녀를 끌어안은지라 호흡이 어려워 숨이 막히기도 했고 여성의 정체에 대해 물어야 한다고 여긴 채원이 낮게 소리를 내뱉자 여성은 '아!' 하고 탄식을 터뜨리더니 그녀를 놓아주며 활짝 웃었다.

"초면에 너무 무례했네요! 미안해요, 채원 씨! 그래도 너무 기쁜 걸 어떡해! 호호!"

"네?"

그녀의 말을 알아들을 수 없어 어리둥절한 표정을 짓자 여성은 자꾸만 길게 벌어지려는 입을 막을 생각도 않고선 하얀 이를 드러내며 외쳤다.

"이세진이에요! 만나서 너무너무! 정말 너무너무 반가워요, 채원 씨!"

"세진이 얼굴 봤어?"

준은 입이 벌어지다 못해 '귀에 걸린다'라는 표현을 사용해도 될 만한 세진의 얼굴을 떠올리며 곁에 서 있는 건우에게 말을 건넸다.

"진짜 좋아하더군. 내 평생 이세진이 그렇게 좋아하는 건 처음 봐."

준은 전신을 부르르 떨며 중얼거렸다. 건우는 대답 대신 옅은 미소를 지으며 채원과 대화를 나누느라 정신이 없는 세진을 흘깃거렸다.

"진헌이도 인사를 나누었으면 좋았을 텐데."

환영식은 온 식구들이 있을 때 치러야 한다고 생각하던 준은 아쉬움이 가득한 음성을 내뱉었다.

"어쩔 수 없지. 정 감독이 오늘이 아니면 안 된다고 하니……."

"캐스팅 확정 전에 진헌이랑 채원 씨랑 만나는 자리도 한번 마련해 줘야겠군."

건우는 제 말을 듣자마자 입을 여는 준을 쳐다보지도 않고 대답했다.

"그래, 그러는 게 좋겠어."

성의 없이 답변을 한 건우의 시선은 한곳에 고정되어 있었다. 상대가 당황할 정도로 재잘거리는 세진의 맞은편에 서 있는 한 여자, 채원에게.

'괜찮은 것 같네.'

초조한 기색이 역력해 보이던 얼굴을 어느새 지워 버린 채원을 보며 건우는 속으로 중얼거렸다. 완벽하다고 생각될 만큼 환하게 웃는 것은 아니었지만, 그가 처음 그녀를 보았을 때보다 한결 편해 보이는 얼굴을 하고 있어 다행스런 마음이었다. 건우는 웃고 있는 채원을 보고 따라 웃었다.

"아빠 미소가 따로 없네."

자신이 자각하지도 못할 만큼 헤벌쭉 웃고 있던 건우의 귀로 준의 음성이 들려온 것은 얼마 뒤의 일이었다.

"어?"

"변명할 생각은 하지 마라, 이건우. 이미 다 들켰어."

건우가 무슨 소리를 하냐는 듯 그제야 준을 바라보자 준은 흥하고 콧방귀를 뀌며 어깨를 으쓱였다. 건우는 뒤늦게 준이 한 말의 의미를 깨달으며 뭔가 말하려 했다.

"그게 아니……."

단지 흙 속에 파묻혔던 진주가 반짝반짝 빛나는 걸 보니 기분이 좋아져서 그런 것뿐이라고 대응하려던 건우는 갑자기 울리는 전화 벨소리에 행동을 멈추었다. 준 또한 얼굴에서 웃음기를 지우고 건우를 응시했다.

"윤 국장이야?"

재킷 주머니 속에서 핸드폰을 꺼내 드는 건우를 보며 준이 물었다. 건우는 핸드폰 액정 위로 선명하게 보이는 윤 국장의 전화번호에 고개를 끄덕였다.

"잠깐 자리 좀 비울게."

현재 시각 오후 여덟 시 사십 분.

전화를 받자마자 그린엔터의 사옥에서 나온 건우는 사옥 근처의 한 카페에서 자신을 기다리고 있다는 윤 국장을 만나기 위해 약속 장소로 향했다.

"여기야."

딸랑 종소리를 내는 카페의 문을 힘차게 밀며 안으로 들어선 건우는 주위를 두리번거리기가 무섭게 들려오는 윤 국장의 음성에 소리의 진원지를 찾았다. 비교적 구석진 곳에서 선글라스를 끼고 제게 손을 흔드는 윤 국장의 얼굴이 보였다. 건우는 그에게로 다가갔다.

"사흘 만이네요."

건우는 자연스럽게 윤 국장의 앞에 앉으며 빙긋 웃었다.

"피 말리는 사흘이었지."

윤 국장은 다시는 생각도 하기 싫다는 듯 진저리를 치며 중얼거렸다.

"결정은 하셨습니까?"

윤 국장에게 여러 가지 안부를 물으며 시간을 끌 수도 있었지만 건우는 이런 일은 빠르게 처리하는 편이 낫다고 생각했다. 제게 무엇을 주문할지 묻는 종업원에게 카페라떼 한 잔을 시킨 다음 바로 본론을 꺼내자 윤 국장은 못 말린다는 표정을 지으며 그를 응시했다.

"죽어도 장채원이어야 하나?"

"네."

윤 국장의 말을 예상이라도 했다는 듯 주저 없이 답하는 건우의 말에 그는 길게 한숨을 내쉬었다.

"윤희재는 무조건 장채원이어야 한다?"

"네."

"마음이 바뀔 가능성은 1%도 없어?"

"굳이 말해야 한다면 그 가능성은 '0'에 수렴하는군요."

"……망할 놈."

건우는 낮게 욕설을 내뱉는 윤 국장을 직시하다 물었다.

"어떻게 하시겠습니까?"

목이 막히는 듯 시원한 얼음물을 들이켜던 윤 국장은 얼굴을 구겼다.

"국장님?"

"이건우."

건우가 의아한 눈초리로 그를 부르자 윤 국장은 들고 있던 물잔을 테이블 위에 내려놓았다. 그리고는 방금 전의 짜증이 가득한 얼굴을 지워 버리고 프로페셔널한 S 방송국 드라마국 국장다운 근엄한 표정을 지으며 말을 이었다.

"그린 쪽에서 그렇게 여주인공을 장채원으로 고집한다면 우리의 요구 사항도 하나 들어줘야겠어."

"무슨 요구 사항이요? 제 선에서 해결할 수 있는 거라면 얼마든지 들어……."

"네가 해."

뭐?

건우는 자신의 말을 끊은 윤 국장의 말을 이해하지 못했다. 윤 국장은 그런 건우에게 생각할 시간도 주지 않고 말했다.

"최진헌은 아직 약해."

"국……."

"건우 네가 남자주인공을 맡아."

'하!' 하고 어이없는 숨소리가 입 밖으로 터져 나올 뻔했다. 가까스로 참아낸 건우는 황당한 표정을 지으며 윤 국장을 쳐다봤다.

진심인가? 장난 삼아 꺼낸 말 같지는 않은데. 건우는 숨이 컥 막히는 걸 느끼며 미간을 좁혔다.

윤 국장이 말을 끝내자마자 건우가 주문한 카페라떼가 도착했다. 윤 국장은 자신에게서 시선을 뗄 줄 모르는 건우를 쳐다보지도 않고 건우 앞에 잔을 놓는 종업원을 향해 '고맙다'며 빙긋 미소를 지어주는 여유까지 보였다. 건우는 간질거리는 목구멍 사이로 소리를 뱉어내기 위해 입을 열었다.

"……국장님, 저 은퇴했습니다."

설마 그걸 잊은 건 아니겠지? 건우는 급격하게 굳은 표정을 지었다. 윤 국장은 건우를 응시하다 이내 대수롭지 않게 답했다.

"몰라서 한 말 아니야."

"국장님!"

건우가 버럭 소리를 지르며 그를 불렀지만 윤 국장은 끄떡없었다. 건우는 말할 테면 말해보라는 얼굴을 하고 있는 윤 국장으로 인해 가슴이 답답해졌다. 윤 국장은 쉽게 말을 잇지 못하는 건우의 입술이 들썩이는 것을 지켜보다 말했다.

"어이없고 황당하지? 나도 네 녀석한테서 장채원을 꼭 써야 한다는 이야기를 들었을 때 딱 그랬다."

건우는 무의식적으로 이를 갈며 윤 국장을 노려보았다.

"지금 복수하시는 겁니까?"

"아니라고는 할 수 없네."

"형!"

"여주인공이다, 그것도 우리가 가장 기대하고 있는 드라마의."

“……!”

윤 국장은 다시 자신을 부르는 건우의 외침에도 크게 개의치 않는 눈치였다. 며칠 전과는 달리 이미 건우의 반응 따위는 예견했다는 얼굴의 그는 무척이나 차분해 보이기까지 했다. 건우의 벌어진 입을 저절로 다물게 만드는 윤 국장의 말이 이어졌다.

“요즘 이 업계에서 인기 좋고 이미지도 좋은 여배우를 써도 드라마가 대박이 날까 말까 하는데……. 이미 바닥을 치고 있다 못해 땅굴을 파고 있는 여자를 너는 선택했어. 그렇다면 나도 장채원의 리스크를 커버해 줄 배우를 선택해야 형평성에 맞는 거 아니냐?”

제길!

하나같이 그의 가슴에 비수를 꽂는 말이었기에 건우는 입술을 떼지 못했다. 밖으로 내뱉지 못한 욕설이 속에서 맴돌았다. 윤 국장은 험악하게 인상을 쓰고 있는 건우를 직시했다.

“시작부터 악수를 두는 네 녀석 때문에 여론이 들끓어 오르는 건 불 보듯 뻔한 일이야. 그린은 적잖은 타격을 입을 거고, 우리 방송국에 항의가 빗발치는 것 또한 말할 필요도 없겠지. 하지만 건우 네 복귀 소식과 함께 우리 방송국의 드라마에 출연한다는 소식이 전해지면…… 상황은 반전될 수 있어.”

“…….”

“진헌이도 괜찮은 배우긴 하지만 아직 대한민국의 국민은 이건우 널 잊지 않았다.”

어깨를 누르는 강한 압박감이 건우를 죄어왔다. 그는 힘겹게 윤 국장을 바라보았다. 윤 국장은 간절한 눈빛을 쏘아대는 건우의 시선을 무시했다. 그리고 자신들이 며칠 동안 고심해서 도출한 제안을 말했다.

"우리의 요구 사항은 건우 네가 [사랑에 무너지다]로 컴백하는 거다. 만약 네가 주인공을 맡는다고 하면 여주인공이 누구든 상관없이 내년 1분기를 목표로 작업 진행하도록 허락하지."

윤재형 국장이 똑똑한 사람이라는 것은 짧지 않은 시간 동안 함께 일한 경험으로 충분히 짐작하고 있었다. 그는 유능한 연출자였고, 대중의 심리를 재빨리 캐치하는 걸로도 유명했다. 윤 국장이 수많은 히트 드라마를 만들어낸 것은 그런 재능이 있었기 때문이다.

'약았어.'

윤 국장이 쉽게 승낙하지 않을 거라고 생각은 했으나 이런 제안을 할 줄은 몰랐다. 건우는 입안이 바짝 마르는 것을 느꼈다. 건우가 그의 제안을 거절할 것을 알고 이런 말을 꺼낸 것일 수도 있었다. 며칠 동안 고민하게 내버려 두는 것이 아니었는데.

"이건우."

건우의 사고 회로를 쉴 틈 없이 돌아가게 만든 윤 국장은 웃음기를 가득 머금은 음성으로 그를 불렀다. 건우가 생각의 늪에 빠져 살짝 숙였던 얼굴을 들자 입꼬리를 올린 윤 국장이 말했다.

"어째 이거 상황이 며칠 전과는 반대가 되어버린 것 같지 않냐?"

자신을 자극하는 윤 국장을 보고 건우는 이를 세게 악물었다.

건우와의 대결에서 승리했다고 자신하는지 윤 국장의 얼굴에 만연한 미소를 바라보던 건우는 길게 한숨을 내쉬며 대답했다.

"생각할 시간을 주십시오."

그러자 윤 국장은 선심이라도 베푸는 듯 고개를 끄덕였다.

"그렇게 많이는 못 준다는 거 알지?"

❖ ❖ ❖

"저 왔습니다!"

그린엔터테인먼트 사옥에서 열린 장채원 환영 파티가 한창 무르익어 갈 때쯤, 그린의 '간판'이라고도 불리는 '그 남자'가 도착했다. 진헌이었다. 준에게서 채원의 환영 파티가 열린다는 이야기를 듣고 내심 기대하며 오늘이 오기를 기다렸던 진헌은 아침 일찍부터 걸려온 전화에 어쩔 수 없이 자리를 비워야만 했다. 얼마 전 해외까지 나가 촬영한 T 잡지의 화보에 문제가 생겨 급히 새로운 사진을 찍어야 했기 때문이다.

"오늘 아예 못 온다고 들었는데?"

촬영 감독의 전화를 받자마자 울상을 지으며 가기 싫다는 티를 팍팍 내던 진헌이 세차게 문을 열고 들어오는 모습을 발견한 세진은 채원과 대화를 나누다 놀란 표정을 지으며 그들에게 걸어오는 진헌에게 말을 걸었다. 진헌은 의아한 얼굴로 저를 응시하는 세진에게 눈부신 미소를 흘리며 답했다.

"제가 누굽니까. 모조리 다 한 큐에 끝내 버렸죠!"

당당하게 어깨를 으쓱이는 그의 말에 세진은 못 말린다는 듯 피식거리며 고개를 절레절레 저었다.

'이 사람이……'

자신을 격하게 반겨주는 세진과 여러 이야기를 나누고 있던 채원은 자연스럽게 다가와 있는 진헌을 힐끔거리며 속으로 중얼거렸다.

최진헌.

현재 대한민국에서 '신드롬'이라 불릴 만큼의 폭발적인 인기를 구가하고 있는 남자.

출연하는 드라마나 영화는 모두 대박을 쳤고 자신이 광고하는 물품을 모조리 완판시키는 마력의 소유자. 덕분에 몇 해 전부터 광고계의 블루칩으로 떠올라 몸값 1순위를 기록할뿐더러 '포스트 이건우'라고 불리는 최고 주가의 배우.

명예롭지 못한 은퇴를 하게 된 후로 5년. 각종 미디어와 연을 끊고 지낸 채원은 마주친 적이 없는 배우지만 가게로 오는 길목에서 그가 광고하고 있는 의류 상점 등을 본 적은 있기에 생소하게 느껴지진 않았다.

아니, 조금은 익숙한 것 같기도 하다. 파티 내내 다른 직원들에게 최진헌의 이야기를 수도 없이 들은 것이 진헌을 낯설지 않게 생각하도록 만든 것이 틀림없었다.

"그나저나……"

데뷔를 하자마자 정상의 자리에 올랐지만 결코 자만하지 않고, 다른 톱 배우들처럼 은둔 생활을 이어가지도 않으며, 친근하고 소

탈하게 사람들을 대한다는 칭찬이 가득한 진헌이었다. 진헌에 대
해 이야기할 때마다 싱글벙글 웃던 그린엔터 직원들의 말을 떠올
리던 채원은 세진과 이야기를 나누는 진헌의 눈동자가 저를 향한
다는 것을 자각하곤 몸을 움찔거렸다. 진헌은 놀라는 채원을 뒤늦
게 발견하곤 매혹적인 미소를 지으며 그녀에게 다가왔다.

"오늘의 주인공 맞으시죠?"

채원은 서글서글하게 눈웃음을 치는 진헌을 보며 순간 당황했
다. 뭐라고 말해야 할지 몰라 멍하니 눈을 깜빡이던 채원은 제게
손을 내미는 진헌의 커다란 손바닥을 발견하곤 '아' 하고 탄식을
내뱉었다.

"최진헌입니다. 앞으로 잘 부탁드려요, 채원 누나."

저보다 두 살 적다고 했던가? 채원은 처음 만나는 제게 '누나'
라는 호칭을 아무렇지도 않게 사용하는 진헌을 보며 웃음이 터져
나오려는 것을 겨우 참았다. 채원은 히죽거리는 그를 따라 옅은
미소를 그리며 입을 열었다.

"장채원이에요. 저도 잘 부탁해요, 진헌 씨."

진헌의 커다란 손을 맞잡으며 아래위로 흔들자 세진이 '보기
좋아! 정말 보기 좋아!' 라며 웃는 소리가 들렸다. 진헌과 채원이
악수를 나누는 모습에 박수까지 치는 그린엔터테인먼트의 식구들
로 인해 채원은 쑥스러워하며 얼굴을 붉혔다.

"참, 작가님! 저 아직 작가님 대본 못 받았어요!"

채원과 인사를 나누고 몇 마디 더 이야기를 나누던 진헌은 여전
히 그들을 지켜보고 서 있는 세진에게 소리쳤다. '이제 두 사람이

그린의 미래가 되는 거야'라고 중얼거리고 있던 세진은 진헌의 외침에 눈을 크게 떴다.

"어? 그랬어?"

진헌은 예상치 못했다는 표정을 짓는 세진을 보며 세차게 고개를 끄덕였다.

"네! 건우 형이 조금만 기다리라고 하는 바람에 아직."

세진은 진헌의 말을 듣고 미간을 좁혔다.

"이상하네. 왜 그랬지?"

그러면서 그녀는 그들의 대화를 듣고 있는 채원을 흘깃거렸다. 채원은 그녀의 눈짓에 자신이 연관되어 있다는 걸 인지했다.

"어쨌든 저 작가님 드라마에 출연할 수 있는 거 맞죠? 남주는 저죠? 그렇죠?"

진헌은 기대에 찬 표정을 지으며 세진에게 물었다. 세진은 눈앞에 있는 탐나는 장난감을 조르는 아이처럼 애절하기까지 한 목소리로 말하는 진헌을 보고 웃음을 흘렸다.

"당연하지. 진헌이 네가 아니면 누가 내 드라마의 주연을 맡겠어? 기다려. 오빠한테 말해서 바로 대본 주라고 할 테니까."

"예스!"

진헌은 세진의 대답을 듣자마자 주먹을 불끈 쥐며 환호성을 내질렀다.

"최진헌, 도착하면 나한테 먼저 오랬잖아. 거기서 뭐 해?"

그때 진헌의 도착 사실을 늦게 접한 준이 진헌을 데려가기 위해 다가왔고,

"나중에 봬요, 이 작가님! 채원 누나!"

준의 손에 질질 끌려가면서도 환한 미소를 잃지 않으며 진헌은 채원과 세진의 시야에서 사라졌다. 정신없을 정도로 저돌적이던 진헌의 빈자리가 유독 크게 느껴진다. 채원은 오래 이야기를 나누지 않았음에도 불구하고 허전한 마음을 들게 하는 진헌이 서 있던 곳을 물끄러미 응시했다.

'그럼 진헌 씨가…… '정태은' 역할인가?'

확실히 그녀가 만난 진헌이 좋은 사람이라는 것은 단번에 알 수 있었다. 그린엔터의 식구들이 하나같이 그를 칭찬할 정도로 활발하고 '포스트 이건우'라는 별명에 어울릴 만큼 조각 같은 마스크를 지니고 있다는 것 역시. 그러나 한 가지 걸리는 점은, 진헌이 자신이 생각했던 '태은'의 이미지와는 많은 차이점을 보인다는 사실이다.

왠지 불안해졌다.

채원은 입술을 꾹 다문 채 멀찍이 떨어져 준과 무언가 말하고 있는 진헌을 쳐다보았다. 이대로 괜찮은 걸까? 그녀의 복귀로 인해 대중에게서 비난을 받을 거라는 건 충분히 예상하고 있는 일이지만, 진헌과의 호흡이 좋지 못하다면 그것은 큰일이 된다. 그녀는 자꾸만 안 좋은 예감이 들어 저도 모르게 입술을 꾹 눌렀다.

"걱정 마요, 채원 씨."

채원을 안도시키기 위한 세진의 부드러운 음성이 귓가로 들려온 것은 그때였다.

"저렇게 가볍게 보이긴 해도 컷 들어가면 제법 배우 티가 나는 녀석이니까.”

세진은 채원의 마음을 어떻게 알아차렸는지 그녀의 근심을 덜어주려는 듯 말했다.

“괜히 ‘포스트 이건우’ 라고 불리는 게 아니죠.”

“아…….”

“생각보다 꽤 좋은 상대가 될 거예요. 채원 씨에게도, 진헌이에게도.”

세진의 확신이 서린 답변에 채원은 요동치던 마음을 가라앉혔다.

“작가님이 그렇게 생각하신다면…….”

다른 누구도 아닌, 이 작품을 써 내려갈 이세진 작가의 말이다. 진헌의 연기를 본 적이 없기에 그녀가 안심할 수 없는 것은 어찌 보면 당연한 일인지도 몰랐다. 하지만 그것은 진헌 역시 마찬가지. 채원이 염려하는 ‘호흡’ 은 촬영이 시작되면 자연스럽게 맞추어질 일이다.

“문제는 ‘태성’ 이랑 ‘연우’ 역할인데…….”

시작도 하기 전 먼저 염려부터 하는 자신의 좋지 않은 습관을 탓하던 채원은 고심 가득한 음성으로 중얼거리는 세진의 말에 귀를 기울였다. 세진은 한숨을 내쉬며 말을 이었다.

“대체 누굴 캐스팅해야 할지 모르겠네. ‘태은’ 이가 진헌이라면 적어도 그 녀석이랑 비견할 만한 배우여야 할 텐데……. 후우! 아니, 근데 이건우는 아까부터 왜 안 보이지?”

턱을 매만지며 입술을 움직이는 세진은 채원이 그녀를 응시하고 있다는 사실을 망각한 것 같았다. 채원은 눈 깜짝할 사이에 자신만의 공간 속으로 빨려 들어간 세진을 바라보다 파티가 열리고 있는 회의실 입구 쪽으로 시선을 돌렸다.

건우가 굳은 얼굴로 문을 열고 들어오는 모습이 보였다.

환영 파티를 치르기는 했지만 채원의 정식 출근은 다음 주로 미뤄졌다. 연예계로 복귀하기 위한 준비를 해야 하는 터라 당장은 출근하기가 어려웠다. 채원이 운영하고 있던 꽃집 예담플라워를 정리해야 했고 또 현재 살고 있는 집이 아닌 그린엔터테인먼트에서 마련해 줄 집으로 옮겨야 했다.

그런 채원에게 아직 전담 매니저가 정해지지 않은 것은 놀라운 일이 아니었다. 환영 파티가 끝나갈 무렵, 곧 담당을 정해 연락 준다며 걱정하지 말라던 준의 말을 떠올리던 채원은 자신을 데려다 주겠다고 나선 건우의 차를 타고 집으로 향하고 있었다.

건우의 커다란 차 안에 오직 단둘뿐이다. 환영 파티 내내 어딜 갔는지 보이지 않던 건우가 근심이 가득한 얼굴로 나타난 것도 충분히 의아스러운 일이었지만 혼자 갈 수 있다는 그녀를 굳이 데려다 주겠다고 한 것도 짐작하지 못했던 일이다. 길지는 않았지만 그래도 며칠 동안 줄곧 얼굴을 마주해서 조금 친해졌다고 생각하는 걸까. 채원은 묵묵히 핸들을 잡고 운전하고 있는 건우를 흘깃거리며 생각했다.

"어땠어요?"

'내가 데려다 줄게요' 라는 말을 꺼낸 후 그린엔터의 사옥에서 나와 지금까지 단 한 마디도 하지 않고 있던 건우의 저음이 들려온 것은 채원이 그의 얼굴이 왜 그렇게 어두웠나에 대해 상상의 나래를 펼치고 있을 때였다. 채원은 순간적으로 건우가 꺼낸 말의 의미를 알아듣지 못해 눈을 깜빡였지만 이내 그 말이 곧 오늘의 만남에 대해 묻는 거라는 걸 알아차렸다.

"모두…… 좋으신 분들 같더라구요."

대표인 준을 비롯하여 소속 작가인 세진, 그린의 얼굴인 진헌, 기획팀, 회계팀 등등 그린엔터의 모든 식구들은 채원이 어떤 일에 얽힌 사람인지에 대해 한 번쯤은 들어보았을 것이다. 그럼에도 불구하고 그들은 여태껏 그녀가 보아왔던 적의 가득한 시선이 아닌 상냥하고 친절한 시선을 보냈다. 다정한 그들의 태도에 채원의 가슴이 따뜻해진 것은 당연한 일이었다. 피를 나눈 그녀의 혈육보다도 더 다정한 그들의 시선에 왠지 모를 안도감이 느껴지기까지 했다.

"다행이네요."

건우는 옅게 웃으며 대답하는 채원을 힐끔 쳐다보며 대답했다. 채원은 더 이상 입을 열지 않았다.

차 안에서는 침묵이 이어졌다. 그녀의 집까지는 아직 반도 가지 않은 상황이다. 이건우라는 남자에 대해 잘 알지는 못하지만 그가 평소와는 다르다는 걸 쉽게 짐작할 정도로 그는 말이 없었다. 이 침묵을 깨고 싶은데 말을 건넬 만한 화젯거리가 없어 한참을 고민

하던 채원은 머리를 스치는 누군가의 목소리에 닫혀 있던 입술을
열었다.

"아까 이건…… 아니, 이사님 방에 대표님과 함께 들렀다가 책
상 위에 있는 부바르디아 화분을 봤어요."

"네?"

건우의 음성이 들려왔다. 채원은 당황하는 그의 옆모습을 바라
보며 말했다.

"생각보다 잘 키우시고 있는 것 같더라구요. 많은 관심이 필요
한 아이라 걱정을 많이 했거든요. 꽃을 싫어하시는 편이라고 전해
들었는데 그 정도면 정말로 잘 가꾸시는……."

"안 싫어합니다!"

채원은 제 말을 끊고 소리치는 건우의 목소리에 입을 다물었다.
마침 신호에 걸려 차가 멈춰 서자 건우는 필사적으로 해명하는 눈
빛으로 채원을 바라보았다.

"싫어하는 건 아니고, 그냥…… 그냥 저랑 잘 안 맞는다고 생각
했을 뿐이에요. 맞습니다! 절대로 싫어하진 않아요. 아니란 말입
니다! 그전에, 대체 누가 그렇게 얘길 한 겁니까? 혹시 김준입니
까?"

오히려 거짓 정보라는 듯 화를 내는 건우는 억울하다는 표정이
다. 채원은 그 얘기를 꺼내게 된 원인인 준과의 대화를 떠올렸다.

"어? 저건……."

채원과 둘만 얘기해야겠다며 파티가 열리는 회의실이 아닌 건

우의 방으로 보이는 곳으로 그녀를 안내한 준을 따라 들어갔다가 책상 위에 놓인 부바르디아 화분을 보았다. 저도 모르게 흘러나온 말에 준은 '아, 저 화분'이라 중얼거리며 치를 떨었다.

"채원 씨도 아는 꽃입니까?"

몸을 부르르 떠는 준의 행동에 '제 가게에서 이건우 씨가 사갔 던 꽃이에요'라고 대답하지 못했던 채원은 입술을 씰룩거리는 준 의 말에 아무 말도 할 수 없었다.

"후우, 진짜 저 꽃에 대한 일화를 읊으라면 밤을 샐 정도로 많습 니다. 진짜 말을 말아야 해요, 저 화분에 대해선."

"그게 무슨 말이에요?"

"채원 씨도 우리 식구가 되어서 하는 말입니다."

"네?"

"저 화분이 나타난 이후로 건우 녀석이 얼마나 유난을 떨었는 지 몰라요."

감히 떠올리기도 싫다는 듯 이를 가는 준의 말을 채원은 처음엔 이해하지 못했다. 준은 의문이 가득한 표정을 짓는 채원을 쳐다보 지도 않고 말했다.

"꽃이라면 세상에서 제일 질색하는 녀석이 저 꽃이 시들까 봐 우리 식구들을 들들 볶았던 걸 생각하면 진짜……."

"……!"

"아니, 꽃만 받으면 알레르기가 생길 것 같다고 말하며 휴지통 에 집어넣던 녀석이 평소 하지도 않던 짓을 하니 견딜 수가 있어 야죠. 그런 건우 때문에 내심 저 꽃이 시들길 바란 직원들도 있었다는 건 절대 비밀입니다. 알겠죠?"

'식구가 된 기념으로' 라는 명목하에 건우의 비화까지 말해주던 준은 한쪽 눈을 찡긋거리며 채원에게 철저히 함구할 것을 요청했다. 얼떨결에 고개를 끄덕이긴 했지만 그녀에게서 부바르디아 화분을 받아갈 때와는 다른 건우의 태도를 전해 들으니 어쩐지 웃음이 나오는 것을 참을 수가 없었다. 그리고 진심으로 부정하는 지금 건우의 모습을 보는 것 역시.

"갑자기 왜 웃어요?"

건우는 풋 하고 웃음을 터뜨리는 채원을 발견하곤 미간을 구기며 고개를 갸웃거렸다. 채원이 은은한 미소와 함께 대답했다.

"아무것도 아니에요."

"……싱겁긴."

채원의 답을 듣던 건우는 그녀가 왜 웃는지 알지 못하면서 채원을 따라 함께 입꼬리를 올렸다. 채원은 사옥을 출발하기 전보다는 한결 누그러진 건우의 분위기에 만족하며 미소를 지우지 않았다.

"고마워요, 이사님."

뜬금없는 채원의 말에 건우의 눈동자가 흔들렸다. 채원은 담담하고 침착하게 말을 이어나갔다.

"제대로 고맙다고 말한 적이 없는 것 같아서…… 기회가 닿으면 꼭 해야 한다고 생각했어요."

적당한 거리, 일정한 숨결. 건우를 바라보는 채원의 상태는 평상시와 같았다. 그러나 채원과는 달리 건우의 동공은 급격하게 요동치고 있었다. 채원은 눈을 빛내며 말했다.

"제가 이사님을 만나게 된 건…… 정말로 다시는 찾아오지 않을 소중한 기회라는 걸 알고 있어요. 저뿐 아니라 이사님의 기대에 부응하기 위해서라도 열심히 할게요. 그리고 제게 복귀의 기회를 주신 이사님의 은혜, 가슴 깊이 새기고 있겠습니다. 감사해요, 이사님."

'이건우 씨'라는 호칭이 아닌 '이사님'이라는 호칭을 쓰니 자신이 그의 밑에서 일하게 되었다는 실감이 났다. 채원은 속에서 계속 맴돌던 그 말을 끝내 뱉어내곤 흡족한 얼굴로 건우를 응시했다. 건우는 멍한 표정으로 채원을 직시하고 있었다.

빠앙!

빨간불이던 신호등이 파란불로 바뀌게 될 때까지 건우는 마냥 채원을 보고 있었다. 채원이 그의 시선에 점점 부담을 느낄 때쯤, 뒤에서 신호를 기다리던 차에서 커다란 클랙슨 소리가 들려왔다.

그제야 신호가 바뀌었다는 걸 눈치챈 건우는 얼른 채원에게서 고개를 돌리곤 액셀러레이터를 세게 밟았다. 멈춰 있던 차가 움직이자 채원은 그에게서 시선을 떼어 차창 밖으로 시선을 옮겼다. 그래서인지 그녀는 건우의 귓불이 새빨갛게 물들어 있다는 걸 알아차리지 못했다.

❖　❖　❖

건우에게 불의의 일격을 날린 후 그 어느 때보다 편안한 숙면을 취하고 있던 윤재형 국장은 밤늦게 걸려오는 전화에 몸을 뒤척이며 얼굴을 구겼다.

"여보, 전화 좀 받아요."

웬만해선 전화를 무시하고 계속해서 잠을 잘 생각이었지만, 도통 끊길 생각을 않는 예의 없는 전화 벨소리를 견디지 못한 부인 김 여사가 윤 국장의 허리를 쿡쿡 찔러대는 바람에 그는 온갖 인상을 쓰며 침대에서 일어나야만 했다.

현재 시각 새벽 2시.

이 늦은 시각에 어떤 정신 나간 작자가 전화를 거냔 말이다! 윤 국장은 떠지지 않는 눈꺼풀을 억지로 올리며 씩씩거렸다.

빌어먹을 전화 벨소리는 아직도 그칠 생각을 하지 않는다.

"뭐야!"

윤 국장은 그에게 전화를 걸어온 상대가 누군지 확인하지도 않고 통화 버튼을 누르자마자 소리를 내질렀다.

〈국장님.〉

중요한 일이 아니라면 욕설을 실컷 내뱉어줄 생각이던 윤 국장은 핸드폰 너머로 들려오는 굵은 음성에 깜짝 놀랐다.

"이건우?"

그의 귀에 문제가 생긴 것이 아니라면 분명 이 목소리의 주인공은 다름 아닌 건우였다. 윤 국장은 성난 음성으로 소리쳤다.

"야, 이 미친놈아! 아무리 급해도 잠은 자게 해줘야지!"

건우와 만난 것이 불과 몇 시간 전의 일인데 이렇게 급히 전화를 건 까닭을 모르겠다. 윤 국장은 미간을 좁혔다. 건우는 그에 아랑곳하지 않고 제 할 말을 늘어놓았다.

〈하겠습니다.〉

뭐?

윤 국장은 잠결에 헛소리를 들었나 싶어 목이 막혔다. 건우의 말이 계속해서 들려왔다.

〈국장님께서 말씀하신 대로 하겠습니다.〉

……!

이게 대체 무슨 일이지? 윤 국장은 잠이 확 달아나는 것을 느꼈다.

"꿈은 아니지?"

건우는 떨리는 그의 목소리를 듣고 차분하게 대응했다.

〈네. 실제 상황이에요.〉

"이건우!"

어떻게 된 영문인지는 알 수 없지만, 족히 며칠은 걸릴 것이라 생각했던 이건우의 마음이 놀랍게도 빨리 돌아섰다. 윤 국장은 거칠게 숨을 몰아쉬며 입가에 미소가 맺히려는 것을 겨우 참아냈다.

"잘 생각했어, 건우야! 그래, 진짜 잘 생각했다! 진작 그렇게 나왔어야지!"

윤 국장의 어조는 처음 전화를 받았을 때와는 많은 차이가 있었다. 단잠을 깨운 것을 용서치 않으리라 생각했던 얼굴엔 어느새 분노가 사라진 지 오래. 전화를 받자마자 성을 내던 남편이 미친 사람처럼 실실거리기까지 하자 그의 통화를 듣고 있던 김 여사가 의아한 표정을 지었다.

“그럼 주연은 정해졌네. 너랑 장채원. 뭐, 안 어울리긴 하지만 예상외로 잘 맞을지도 모르니까. 당장 이 작가랑 홍 PD한테 캐스팅 작업 시작하라고 말할⋯⋯.”

〈그전에 국장님, 드릴 말씀이 있습니다.〉

❖ ❖ ❖

쾅!

“엄마!”

증권사에서 일하는 지인에게서 기함할 만한 소식을 전해 듣자마자 친정으로 향한 재원은 십자수 작업에 열중이던 어머니 이 여사의 안방 문을 세게 열며 외쳤다.

“재원이 네가 여긴 어떻게⋯⋯.”

“이것 좀 읽어봐!”

재원은 놀라는 이 여사를 향해 자신의 핸드폰을 내밀었다. 이 여사는 소식도 없이 나타나선 돌연 핸드폰에 있는 글을 읽으라는 재원의 요구에 당황해하다가 마지못해 핸드폰을 받아 들었다.

―사회적으로 큰 물의를 일으켰던 여배우 A가 내년 상반기를 목표로 하는 드라마 K(가제)에 출연할 예정이라고 합니다. A가 나올 드라마는 유명 연출자 E PD와 탄탄한 마니아층을 가지고 있는 H 작가의 신작이라고 하는데요. 놀랍게도 A의 상대역이 될 두 명의 남자주인공은 현재 최고의 주가를 올리고 있는 배우 B와 대한민국 국민이라면 모르

는 사람이 없는 배우 C라고 합니다. 특히 C는 이미 은퇴를 선언했고 또한 C가 맡을 배역이 '남자주인공'이라기보다는 '주인공에 가까운 조연'이라는 사실 때문에 이 이야기의 신빙성은 그리 높지는 않아 보입니다. 그러나 K를 방영할 방송국 관계자에 따르면 이미 캐스팅은 거의 완성 단계이고 모든 것이 확정되면 일제히 언론사에 공문을 보낸다고 하는데, 과연 A의 컴백은 무사히 성사될 수 있을까요? 글쎄요. 이건 두고 봐야 할 일인 것 같습니다.

재원의 닦달에 못 이겨 글의 내용을 다 읽은 이 여사의 얼굴이 흙빛으로 물들었다. 재원은 이 여사 또한 소문의 'A'가 다름 아닌 자신의 쌍둥이 동생 '채원'을 가리키는 것임을 알아차렸다고 생각하며 소리쳤다.

"이대로 가만히 내버려 둘 거야?"

이 여사는 귀가 찢어질 듯한 음성을 뱉어내는 재원을 응시했다.

"엄마! 채원이가 이대로 복귀하도록 내버려 둘 거냐고!"

"재원아."

"안 돼! 절대로 안 돼! 장채원이 복귀하게 되면 내가 위험해질 수도 있잖아!"

"……"

"말려. 엄마가 무슨 짓을 하든 말려!"

"……장재원."

"채원일 말리란 말이……."

쫘악!

“……!”

재원은 있는 힘껏 소리를 지르다 돌아가는 자신의 얼굴에 입을 다물었다. 이 여사는 재원의 뺨을 때린 자신의 손을 내려다보며 덜덜 떨리는 음성을 내뱉었다.

“그만…… 해라, 재원아.”

지친 표정의 이 여사는 차마 재원을 바라보지 못했다.

“충분…… 하잖아.”

이 여사는 금방이라도 눈물을 터뜨릴 것 같은 얼굴을 억지로 감추며 말했다.

“내버려 둬, 제발.”

재원은 금세 달아오르는 두 뺨을 만지작거릴 뿐 숨을 내쉰 후 그녀의 눈앞에서 사라지는 이 여사를 잡지 못했다. 재원은 혼자 남게 된 안방에서 손가락을 입에 가져다 대며 잘근잘근 손톱을 물어뜯기 시작했다.

일이 뜻대로 되지 않아 미쳐 버릴 지경이다. 불안한 마음에 가슴이 터질 듯 부풀어 오른다. 재원은 신경질적으로 핸드폰을 노려보았다.

‘빌어먹을!’

밖으로 뱉어내지 못할 욕설이 속에서 맴돈다.

심장이 쿵쿵 소리를 내며 뛰었다.

그로부터 두 달 뒤인 2013년 7월.

대한민국을 들썩이게 만든 인터넷 기사 하나가 각종 포털사이트를 장식했다.

「[단독] '패기' 와 '객기' 사이. S국의 2014년 1월 방영 예정 드라마 '사랑에 무너지다' 의 충격적인 캐스팅 정보 입수!」

모든 이를 충격에 빠뜨리기 충분한 기사였다.

2부

사랑에 무너지다

1

RE;START

• • •

「[단독] '패기'와 '객기' 사이. S국의 2014년 1월 방영 예정 드라마 '사랑에 무너지다'의 충격적인 캐스팅 정보 입수!

연예 K—star! 기사 입력 2013. 07. 12 00:01

[서울=연예 K—star! 이희진 기자] '패기(어떤 어려운 일이라도 해내려는 굳센 기상이나 정신)'인 걸까, 아니면 '객기(분수를 모르는 혈기)'인 걸까. 경쟁사인 K국과 M국에 비해 초라하기 그지없는, 형편없기까지 한 성적표를 이어가고 있는 S국과 관련된 이야기다.

2013년 2분기 드라마의 방영이 방송사 별로 시작되었음에도 불구하고 고전을 면치 못하고 있던 S국이 말도 안 되는 강수를 두었다는 소식이 전해지고 있다. S국의 드라마국 관계자에 따르면 2014년 1월 방영 예정인 드라마 '사랑에 무너지다'(연출 홍광호, 극본 이세진)의 주연들이 전 국민이 화들짝 놀랄 만큼 파격적이라고 귀띔했다.

얼마 전 대한민국의 '포스트 이건우', 최진헌이 '사랑에 무너지다'의 남자주인공이자 서울중앙지방검찰청의 스타 검사 '정태은' 역을 맡았다는 소식이 언론에 전해지면서 여자주인공이자 잘나가는 로펌의 신입 변호사 '윤희재' 역할에 대한 관심이 치솟았다.

본 기자가 입수한 정보에 따르면 드라마의 히로인 '윤희재'의 역할을 맡을 사람은 다름 아닌 5년 전 대한민국 연예계에 큰 물의를 일으키고 은퇴했던 여배우 장채원이라고 한다. 여배우로서는 치명적인 섹스 스캔들에 휘말려 브라운관에서 사라졌던 장채원이 곧 연예계로 복귀한다는 소문은 간간이 들려오고 있었지만, 단번에 조연이 아닌 주연으로 컴백할 줄은 몰랐다며 상당히 당황스럽다는 것이 각종 관계자들의 반응이다.

(중략)

또 하나의 충격적인 소식은 '사랑에 무너지다'의 두 주인공이 각각 변호사와 검사가 되는 원인을 제공한 태은의 형이자 희재의 첫사랑인 '정태성' 역할과 태성과 똑 닮은 희재의 클라이언트인 '데이비드 리(이연우)' 역할을 동시에 맡을 남자 배우에 관한 이야기다. '정태성'과 '데이비드 리' 역할에 낙점된 배우는 놀랍게도 5년 전 의문의 은퇴를 감행한 후 제작자로 완벽하게 변신한 그 남자, 이건우라고 한다.

본 기자에게 호언장담했던 S국 드라마국 관계자의 말이 과연 진실인지 거짓인지는 알 수 없지만 만일 사실이라면 확실히 내년 상반기 시청자를 휘어잡기 위해 S국이 비장의 카드를 쓴 것이 틀림없다. S국의 강수는 '패기'가 되어 시청자들을 사로잡을 것인가, '객기'가 되어 부메랑으로 돌아올 것인가. 과연 충격에 충격을 거듭하는 이 캐스팅이 어떠한 결과를 불러 일으킬지는 두고 봐야 할 일이다.

한편, 드라마 〈사랑에 무너지다〉는 어느 사건을 둘러싼 변호사, 검사, 그리고 피고인의 얽히고설킨 지독한 사랑 이야기이며, 2014년 1월, S국에서 방송된다.

@Jäger 이희진

[네티즌 의견]
tk**** 미쳤군, S사——.
lo**** 뭐~어? 누구라고오오~?! 장채원? 미친ㅋㅋ 졸라 어이없네ㅋ
av**** AV배우가 여주라니ㅋㅋㅋ 하하. 내년 1분기는 과감하게 버린다!
pp** 이건우는 어쩌다 여기까지 떨어졌나? ㅉㅉ

딸깍.

소리를 내며 마우스 왼쪽 버튼을 누르는 준의 입술 사이로 낮고 굵은 음성이 들려왔다.

"생각보다…… 심하군."

예상하지 못한 것은 아니지만 상상했던 것보다 훨씬 격한 반응이다. 준은 저와 함께 모니터를 보고 있는 건우의 낯빛이 밝지 않다는 걸 알아차리곤 한숨을 내쉬었다. 준이 멋대로 인터넷 창을 꺼버렸기에 건우가 보고 있는 것은 아무 변화 없는 모니터의 대기 화면뿐이다. 준은 입을 꾹 다문 건우에게 조심스레 말을 꺼냈다.

"몇 시부터 인터뷰랬지?"

화제를 다른 곳으로 돌려야 할 것 같아 준은 시계를 흘깃거리며 입술을 움직였다. 그제야 모니터를 뚫을 기세로 시선을 고정시키던 건우의 눈동자가 준을 향했다.

"세 시."

삭막하고 건조하다 생각되는 건우의 음성에 준은 몸을 움찔거렸다. 그러다 조심스럽게 물었다.

"괜찮겠어?"

"뭐가?"

"……인터뷰하는 거."

지난 5년 동안 은퇴 기자회견 후로는 기자 자체를 만난 적이 없는 건우다. 진헌이 시상식장에서 자신을 키워준 사람은 다름 아닌 건우라고 외쳤을 때도 수많은 기자들의 인터뷰 제의가 쏟아졌지만 한사코 거부했다. 괜히 기사에 오르내리는 것이 마음에 들지 않는다는 이유 하나만으로. 그래서 이번의 인터뷰는 건우에게도, 그린엔터테인먼트에게도 여러 의미가 있었다. 갑작스러운 은퇴 기자회견 이후 이건우가 처음 가지는 공식적인 인터뷰.

건우는 저를 걱정된다는 얼굴로 쳐다보는 준에게 그제야 옅은 미소를 지어 보였다.

"걱정 마. 아직 언론 다루는 방법을 잊지는 않았으니까."

"그럼 다행……."

“그보다 채원 씨한테 가급적이면 인터넷은 자제하라고 해.”

준은 예상하지 못했던 건우의 말에 눈을 크게 떴다. 그는 피식 웃음을 흘렸다.

“네가 그런 말 하지 않아도 이미 그렇게 하라고 지시해 뒀어.”

건우는 가슴을 쓸어내렸다.

“이건우 너, 그거 아냐?”

준은 안도하는 건우를 물끄러미 응시하다 짓궂은 눈빛으로 그에게 말했다. 건우는 준이 무슨 말을 할까 싶어 미간을 좁혔다.

“채원 씨가 우리 식구가 된 후로 너, 진헌이는 안중에도 없는 거.”

“……!”

“진헌이 녀석이 아무래도 자기가 너한테 버림받은 것 같다며 징징대는 게 웃겨 죽겠다, 정말. 하하하!”

“…….”

“너무 채원 씨만 챙기지 말고 진헌이도 챙겨. 그러다 정말로 삐치면 곤란하잖아.”

건우는 배꼽을 잡을 기세로 웃어대는 준을 쳐다보다 냉정하게 고개를 돌렸다. ‘인터뷰 잘해라!’ 라고 외치는 준의 음성에 뒤도 돌아보지 않고 손을 들어 올려 휙휙 젓는 그의 움직임은 무척 간결했다.

❖ ❖ ❖

"처음이지?"

국내 최대 연예 잡지사 중 하나인 'AUTHORITY'의 수석 에디터 혜진은 아까부터 찬물만 들이켜고 있는 부하 직원 진주를 바라보며 말을 걸었다. 뭐가 그렇게 긴장되는지 연신 물을 마시던 진주는 상사의 말에 하던 행동을 멈추고 눈을 동그랗게 떴다.

"네?"

"처음이냐고, 이건우 씨 보는 거."

무슨 말을 하나 했더니 듣기만 해도 가슴이 떨려오는 그 이름을 내뱉는 혜진을 보며 진주는 얼굴을 붉혔다. 뭐라고 대답해야 할까. 쉽게 입술이 열리지 않아 한참 동안 머뭇거리던 진주는 어색하게 웃으며 고개를 끄덕였다.

"사, 사진이나 TV, 스크린으로는 질릴 정도로 봤지만…… 이렇게 실물을 마주하는 건……. 네, 처음입니다!"

양 볼을 빨갛게 붉히며 있는 힘껏 외치는 진주의 모습에 혜진은 깔깔 웃었다. 하긴, 나도 떨리는데 너는 어떻겠어? 하마터면 속에서 맴돌던 말을 내뱉을 뻔했다. 혜진은 저 역시 진주 못잖게 긴장했다는 것을 들키지 않기 위해 미소를 지어야만 했다.

"저, 선배님."

오래전 할리우드로 진출했던 건우와의 독점 인터뷰를 진행했던 경험으로 이번 인터뷰에 낙점이 된 혜진은 자꾸만 두근거리는 심장 소리를 감추기 위해 노력했다. 쿵쿵거리던 심장의 박동이 점차 안정을 되찾아갈 무렵, 바로 옆에서 들리는 진주의 조심스러운 물음에 혜진은 눈길을 돌렸다.

"정말…… 그래요?"

진주는 밑도 끝도 없는 말을 꺼내며 혜진에게 대답을 요하고 있었다. 혜진이 미간을 좁혔다.

"응?"

그러자 진주가 헤헤 웃으며 말한다.

"이건우 씨 얼굴에서…… 후광이 비친다는 거."

"뭐?"

"다른 선배님들도 그렇고 이건우 씨를 실제로 본 사람들이 하나같이 그러더라구요. 이건우가 대한민국의 4대 느님으로 불리는 이유 중 하나는 보고만 있으면 경건해지는 그 얼굴 때문이라고."

눈을 반짝반짝 빛내는 진주의 외침에 혜진은 웃음을 터뜨릴 뻔했다. 혜진은 생각만 해도 황홀하다는 듯 몽롱한 눈빛으로 무언가를 떠올리며 중얼거렸다.

"정말 등 뒤에서 후광이 짠, 하고 나오는지…… 궁금해요."

"그래? 그럼 진주 씨가 직접 보고 확인해 봐."

진주와 함께 이건우의 독점 인터뷰가 열릴 약속 장소로 들어서던 혜진은 멀리서 보아도 쉽게 눈치챌 만한 그 남자를 발견하곤 입꼬리를 올렸다. '네?' 하고 진주가 의아한 표정을 지으며 자신을 쳐다보자 혜진은 오른손을 뻗어 누군가를 가리켰다.

"……!"

상사의 오른손을 따라 눈길을 돌리던 진주는 혜진의 손끝에 위치한 한 남자를 발견하곤 굳어버렸다. 대한민국 여자들의 로망인 그 남자가 시야로 들어왔다.

'AUTHORITY' 와의 인터뷰는 수월하게 진행되었다. 과거 몇 번 만난 적이 있어 나름 친숙한 혜진과 대화를 주고받는 시간은 나쁘지 않았다. 꽤나 과한 눈길을 보내고 있는 혜진 옆에 앉아 있는 기자의 선망 어린 눈빛이 거슬리기는 했으나 참을 만은 했다.

인터뷰의 초반 주제는 주로 건우의 근황과 배우에서 제작자로서 탈바꿈했던 지난 5년간의 일에 대해서였다. 혜진은 능숙하게 건우에게 질문을 던졌고, 건우 역시 그녀의 물음에 성실하게 답하려 노력했다.

그가 대체 왜 그렇게 갑작스러운 은퇴를 하게 된 건지에 대한 이야기는 에둘러 표현했지만 어떻게 진헌을 캐스팅하게 되었는지부터 시작하여 제작자로 변신하기까지의 과정은 술술 털어놓았다. 쉽지는 않았던 자리 잡기 과정부터 시작하여 그가 제작했던 드라마가 하나둘씩 성공을 하는 순간 느꼈던 감정 모두를 읊는 것은 예상했던 것보다 아무렇지도 않았다.

인터뷰의 분위기는 무척 부드럽고 화기애애했다. 한마디 한마디를 침착하게 내뱉으며 미소를 잃지 않던 건우는,

"그럼 지금부터…… 많은 AUTHORITY 독자분들뿐만 아니라 현재 소식을 접한 대한민국 국민께서 궁금해하시는 화제의 드라

마로 주제를 옮겨도 괜찮을까요?"

라고 운을 떼는 혜진의 말에 숨을 크게 들이마셨다.

'올 것이 왔군.'

사실 건우가 그렇게 마다하던 언론과의 인터뷰를 자청한 이유는 바로 그들이 곧 촬영을 시작할 드라마와 관련이 있었다. 방영까지 앞으로 6개월. 아직 반년이나 남아 있지만 그동안 최대한 채원을 향할 국민의 비난을 완화시킬 필요성이 있다고 여겼다. 그럴 필요까지 없다며 그를 말리는 준에게 괜찮다며 혜진에게 연락한 것도 바로 이런 까닭이다.

"네, 괜찮습니다."

건우는 담담한 미소를 지으며 저를 응시하는 혜진에게 대답했다. 내내 속에서만 맴돌던 궁금하기 짝이 없는 질문을 드디어 던질 수 있어서인지 혜진의 얼굴에 화색이 돌았다. 혜진은 자신의 질문을 기다리는 건우를 빤히 바라보다 천천히 입술을 열었다.

"2014년 1월에 방영될 드라마 [사랑에 무너지다]의 제작 과정을 건우 씨가 주도하실 거라고 들었는데, 맞나요?"

"네. 저희 그린엔터테인먼트에서 [사랑에 무너지다]를 제작할 계획입니다."

"캐스팅 작업은 어떻게 진행되고 있나요?"

"세 명의 주연은 이미 확정이 된 상태고 다른 조연들의 캐스팅은 거의 완성되어 가고 있습니다."

"어머, 이미 확정…… 되었다고 하셨어요?"

“네.”

“음, 실례가 되지 않는다면 몇 가지 여쭤봐도 될까요?”

건우는 여유롭게 고개를 끄덕였다.

“얼마든지.”

혜진은 숨을 고르곤 고개를 들어 건우를 직시했다.

“얼마 전 몇몇 언론사에서 특종이라며 기사가 떴죠. 그린엔터
테인먼트에서 제작할 드라마 [사랑에 무너지다]의 여주인공인 ‘윤
희재’ 역할이 다름 아닌 은퇴한 여배우 장채원 씨라고……. 그리
고 장채원 씨뿐 아니라 최진헌 씨와도 호흡을 맞출 상대는 제 눈
앞에 앉아 계신 우리 건우 씨라고 들었는데 말이에요. 그것도 여
태껏 맡아오던 ‘주연’이 아닌 ‘주조연’이라니 도무지 믿을 수가
없었어요. 건우 씨, 그러니 꼭 대답해 주시길 바랍니다. 제가 말한
이 모든 일이 정말로 사실인가요?”

돌려 말하지 않고 바로 본론으로 들어간 혜진의 질문에 건우는
망설임 없이 답했다.

“네, 사실입니다.”

“어머!”

건우가 부정이라도 할 줄 알았는지 약간의 탄식 소리가 혜진뿐
아니라 입을 꾹 다물고 있던 진주의 입에서도 터져 나왔다. 건우
는 태연하게 말을 이었다.

“일단 먼저 저의 얘기를 하자면…… 하하, 이거 조금 부끄럽네
요. ‘절대로’ 연예계로 복귀할 일은 없을 거라고 장담했는데 말입
니다. 어쩌다 보니 기회가 주어졌고, 놓치기엔 너무나 아까운 작

품이라 주조연을 가리지 않고 출연을 결심했습니다.”

“그만큼 대본이 마음에 들었다는 이야기군요?”

“네. 이세진 작가의 작품은 믿을 만하니까요.”

혜진은 건우의 확고한 의지가 서린 대답에 진주를 쳐다보았다. 진주는 혜진이 보낸 눈빛의 의미를 알아차리곤 무언가를 적고 있었다. 혜진은 멍한 눈으로 건우를 쳐다보다가 떨리는 음성을 내뱉었다.

“한마디로 건우 씨의 연예계 복귀를 저희 AUTHORITY를 통해서 발표하신다는 이야기죠?”

건우는 머뭇거리지 않고 대답했다.

“네.”

혜진의 입이 귀에 걸릴 정도로 찢어졌다. 그러다 곧 정신을 차린 혜진은 쿵쿵 뛰는 심장 소리를 건우에게 닿지 않기 위해 노력하며 말을 이었다.

“AUTHORITY 독자분들뿐 아니라 전 국민이 반길 소식이군요. 그럼 이번 복귀는 배우로서의 완벽한 복귀인가요?”

“아뇨. 그건 아닙니다.”

“……네?”

혜진은 건우의 대답이 이해되지 않는다는 표정이다. 건우는 옅은 미소를 단 채로 말했다.

“일시적인 복귀일 뿐이에요. 은퇴 선언을 되돌릴 마음은 없습니다. 제가 [사랑에 무너지다]에 출연하기로 결심한 것은 갑작스러운 은퇴로 인해 국민 여러분께 인사드릴 시간이 없었다는 사실이 내내 마음에 남았기 때문이에요."

"아, 그렇다면……."

"네. 이번 작품을 끝으로 저는 완벽하게 배우로서의 직함을 내려놓을 예정입니다. 처음 계획은 '특별 출연' 정도로 생각했는데 어쩌다 보니 주조연을 맡게 되어 그 자리를 노리던 다른 배우분께 죄송스럽긴 하지만…… 최선을 다해 맡은 역할을 소화하려고 노력하고 있습니다. 아, 물론 국민 여러분께 인사를 드리는 것뿐 아니라 이세진 작가에게 빚을 지게 하려는 의도도 있지만요."

"참, 이세진 작가님께서 이번 드라마를 끝으로 그린과 계약이 끝난다는 걸 저도 들은 바 있네요. 그것 때문인가요?"

"예. 이번 작품이 끝나면 이 작가가 잠시 유학을 떠나는데 다시 돌아와 저희 그린과 새로운 작품을 만들자는 계약을 하기 위해서는 이 정도 거래도 필요할 듯싶더라구요. 제가 이번 작품에 출연해 주면…… 이 작가를 몇 년간은 더 붙잡을 수 있지 않을까요?"

"호호, 그러네요. 아, 그리고 한 가지 더 물어볼 것이 있습니다."

건우는 입을 가리고 웃는 혜진에게 다음 질문을 하라는 눈빛을 보냈다.

"약간은…… 대답하시기 어려운 일인지도 모르는데……."

"괜찮습니다. 걱정 마시고 해주세요."

혜진은 개의치 않는다는 그를 직시하다 말했다.

"건우 씨의 캐스팅 못지않게 논란이 되는 건 다름 아닌 드라마의 여주인공이 장채원 씨라는 걸 알고 계시죠?"

"네."

"제가 듣기론 '윤희재' 역할에 장채원 씨를 캐스팅하게 된 건 건우 씨의 입김이 강하게 작용했다고 들었는데…… 사실인가요?"

확실히 대답하기 꺼려지는 질문이긴 하다. 반응은 두 가지로 나뉘겠지. '이건우가 미쳤군'과 '이건우가 믿는 배우이니'라는 두 가지. 건우는 고심했다. 그의 대답이 드라마에 어떤 반응을 미칠지는 내다볼 수 없었다.

그러나 딱히 거짓을 말할 필요는 없었다. 제작자로서 그는 간절히 장채원을 원했고 상대역을 맡을 배우로서도 마찬가지. 어차피 진솔한 태도로 일관하자고 결심했던 인터뷰이니만큼 애써 감출 이유는 없었다.

"'윤희재' 역할에 장채원 씨를 고집한 건…… 네, 제가 맞습니다."

"……장채원 씨에 대한 이미지가 좋은 편이 아니라는 것도 아시나요?"

"예."

"그럼에도 불구하고 채원 씨를 고집한 까닭이 있는지 알 수 있을까요?"

쿵. 쿵. 쿵.

가슴이 뛰었다.

건우는 자신의 대답을 기다리고 있는 혜진과 진주를 바라보았다. 두 사람의 눈동자는 건우의 입술에 고정되어 있었다. 어쩐지 호흡이 잘 되지 않는 것 같아 살짝 미간을 좁히던 건우는 이내 길 게 숨을 내쉬며 빙긋 웃었다.

"윤희재가 곧 장채원이기 때문입니다."

아주 짧은 시간 동안 정신없이 일이 벌어졌고, 서둘러 가게를 정리하느라 그동안 신세를 졌던 주변 사람들에게 정식으로 작별 인사를 하지 못했다. 가게를 넘기겠다는 계약서에 사인을 하고 나 오는 길에 가까이 지내던 양 소장과 예진에게 다음에 다시 찾아뵙 겠다고 말하며 돌아서기는 했지만 이사다 뭐다 해서 숨 돌릴 틈이 없었다. 매번 생각만 품고 있던 채원이 그녀를 알게 모르게 보살 펴 준 두 사람에게 한 끼의 식사라도 대접해야겠다고 굳게 마음먹 은 것은 곧 촬영이 시작될 드라마 [사랑에 무너지다]의 주연들 캐 스팅 확정 보도가 난 후였다.

조연들의 캐스팅이 아직 마무리 지어지지 않은 시점에서 약간 의 자유 시간을 얻게 된 그녀는 어렵게 두 사람에게 연락을 취해 그들을 데리고 한 중식 레스토랑에 와 있었다. 중식 레스토랑을 고른 이유는 잘 맞지 않는 두 사람이나 희한하게도 음식만큼은 중식 요리를 좋아한다는 공통점이 있다는 걸 기억하고 있었기 때문이다.

채원은 잘 운영해 오던 꽃 가게를 다른 사람에게 양도하고 그동안 감사했다는 말만 남긴 채 잠적했었다. 그녀에 대한 이야기를 신문으로 접한 양 소장은 뒤늦게 찾아온 채원을 보며 깜짝 놀랐다. 그런 양 소장과는 달리 한 번 건우와 마주친 적이 있어 대충은 일을 짐작하고 있던 예진은 자신들을 비싼 레스토랑까지 데려온 채원에게 이것저것 묻기 시작했다. 채원은 최대한 성심성의껏 두 사람의 질문에 답하며 비교적 즐거운 점심시간을 가지고 있는 중이었다.

"이게 꿈이야, 생시야? 살다살다 내 눈으로 직접 탤런트를 다 보는군. 참한 아가씨라고만 생각했던 우리 장 사장이 연예인이었다니…… 하하하! 이제 열 시에 TV 틀면 장 사장이 나오는 거야? 그런 거야?"

두 눈을 반짝반짝 빛내며 기대에 가득 찬 눈길을 보내는 양 소장은 상기된 목소리로 외쳤다. 이미 한 번 전해 들은 일이지만 아직도 사실이 믿어지지 않는지 채원을 바라보고 있는 그의 얼굴엔 의심이 남아 있었다.

나이가 적지는 않았던지라 채원과 얽힌 5년 전의 일을 자세히 알지 못하는 양 소장은 그저 그녀를 단순히 '어느 날 갑자기 브라운관에서 사라졌던 배우' 정도로만 기억하고 있었다. 진실을 알려 줄 수도 있었지만 채원은 묵인하며 그에게 대답하기 위해 입을 열었다.

"지금은 아니고 내년 초쯤엔 보실 수 있을 거예요."

"TV에서?"

"……네."

쑥스럽다는 듯 잔잔한 미소를 짓는 채원을 응시하며 양 소장은 호탕하게 웃었다.

정말로 잘되었다며 박수를 치다가 '시청률은 내가 보장할게! 우리 장 사장이 나오는 드라만데, 동네방네 소문내고 다녀야지. 장 사장, 내 발이 얼마나 넓은지 알고 있지?' 라고 말하며 윙크까지 보낸다. 그의 호기로운 외침에 채원뿐 아니라 예진 역시 피식 웃음을 터뜨렸다.

"그런데 자기."

코스 요리를 주문하고 음식이 나오기만을 기다리던 도중 채원은 눈을 가늘게 뜨며 짓궂게 웃는 예진의 말에 눈길을 양 소장에게서 예진에게로 돌렸다. 예진은 의아해하는 그녀를 보며 말했다.

"만약에 이건우 씨가 나타나지 않았더라면…… 끝까지 자기가 누구였는지 말 안 하려고 했지?"

채원은 정곡을 찌르는 예진의 말에 순간적으로 당황했다. 그러나 곧 옅은 미소를 그리며 태연하게 입술을 움직였다.

"딱히…… 좋은 일로 은퇴를 한 건 아니니까요. 괜히 두 분께 편견을 심어드리고 싶지도 않았고……."

"……아."

"응? 대체 무슨 소리야?"

채원과 예진의 대화를 따라오지 못한 양 소장이 눈을 동그랗게 뜨며 두 사람을 바라보았으나 아무도 그의 물음에 답해주지는 않았다. 때마침 그들이 주문한 음식이 도착했기에 어색해진 분위기는 금세 걷혔고, 세 사람은 식사를 하려 했다.

"아이고, 나 이 전화는 꼭 받아야 해. 아가씨들, 나 신경 쓰지 말고 먼저 먹고 있어!"

바라보기만 해도 침이 흘러내리는 맛있는 음식을 먹기 위해 양 소장이 젓가락을 집어 드는 순간 걸려온 전화에 그는 자리에서 벌떡 일어났다. 졸지에 많은 음식을 사이에 두고 단둘만 남게 된 채원과 예진은 서로의 눈치를 살폈다.

"자기."

약간의 침묵이 흐르고 채원이 예진에게 '언니, 어서 드세요'라는 말을 내뱉기 직전이었다. 채원은 그녀답지 않게 망설이다 결국 참지 못하고 저를 부르는 예진의 음성에 그녀를 직시했다. 예진은 채원이 그녀의 뒷말을 기다리고 있다는 걸 잘 알면서도 말하기를 꺼리다 겨우 입을 열었다.

"나 말이야, 뭐 한 가지만…… 물어봐도 돼?"

"네?"

"이건우 씨 말이야. 자기랑 이건우 씨랑 무슨 사이야?"

예진이 그러한 질문을 던질 줄은 예상하지 못했는지라 채원은 깜짝 놀랐다. 예진은 당황해하는 채원을 보며 덩달아 어쩔 줄 몰라 하다가 그래도 궁금증을 못 견디겠다는 얼굴로 말을 이었다.

"저번에 만났을 때 물어보려다 타이밍을 못 잡아서 꺼내질 못했거든. 다음에 해야지 하고 생각했는데 자기가 워낙 바빴잖아. 왠지 오늘이 아니면 묻기 어려울 것 같아서……."

"……."

"채원 씰 설득하려고 가게에도 찾아오고 나한테 부탁까지 한 걸로 봐서는 정말로 자기를 복귀시키고 싶어 하는 것 같던데……혹시 연예계에 있을 때 이건우랑 각별한 사이였어?"

채원은 의문스러운 눈빛을 보내는 예진을 보며 고개를 저었다.

"아뇨. 직접 만나기 전까지는 전혀 만나본 적도 없는 분이에요."

"그래? 그럼 도대체 왜지? 아, 물론 자길 폄하하려는 의도는 없지만…… 솔직히 자기가 얽힌 스캔들이 보통 스캔들이 아니잖아."

채원은 대답하지 않았다. 예진의 말이 이어졌다.

"다른 스캔들도 아니고 섹스 스캔들에 얽힌 여배우한테 그렇게 간절한 제작자는 내가 알기론 전무한데 말이야."

"……."

"난 그래서 자기랑 이건우 씨가 아주 절친한 사이인 줄 알았다고."

웬일인지 목소리가 새어 나가지 않는다. 채원이 굳은 얼굴로 입을 다물고 있자 예진의 의문은 더욱 증폭되었다.

"정말 이건우랑 아무 사이도 아니야?"

예진의 의심을 이해하지 못하는 건 아니다. 저 역시 예진과 똑같은 생각을 한 적이 있으니까.

왜 하필이면 나일까.

그와 인연이 있었던 것도 아니고 도움을 요청한 적도 없다. 그럼에도 불구하고 끈질기게 찾아와 그녀를 설득하던 건우를 이해하는 것은 어려웠다. 왜 자신이어야만 하는가에 대해서 건우에게 묻는 채원을 향해 그는 간단히 대답했다.

"장채원 씨밖에 할 수 없는 일이니까요."

어쩌면 확신에 가득 찬 그의 말에 자신의 마음이 움직인 건지도 모른다. 재원이 채원을 부추기는 데 큰 몫을 한 것은 틀림없는 사실이지만 아마 건우의 설득이 없었더라면 되돌아가려는 마음조차 품지 못했을 것이다. 건우가 한 그 말에 감동하여 마음이 원하는 대로, 끌리는 대로 행동해 보자고 생각했던 건지도.

"나도 드라마에 출연해야 할 것 같아."
예진의 질문 덕에 두 달 전 그린엔터테인먼트 사옥의 회의실에서 있었던 일을 떠올릴 수 있었다. 매니저 문제에 대해 준과 상의를 하러 사무실에 들렀던 채원은 굳은 얼굴로 채원과 준, 세진, 그리고 진헌까지 불러 어렵게 입을 여는 건우의 말에 눈을 크게 떴었다.
"그게 무슨 소리야? 출연한다고?"
자신들을 회의실로 데리고 들어가는 건우의 표정이 어두워 내심 그에게 무슨 일이 있나 걱정하던 채원은 제 옆에 서 있던 준이 건우의 말에 버럭 소리치는 것을 듣고 화들짝 놀랐다. 준은 험악하다 싶을 정도로 얼굴을 구기며 건우에게 다가가 소리쳤다.

"복귀하겠다는 소리야?"

건우는 믿을 수 없다는 듯 그에게 대답을 요구하는 준을 무심하게 바라보며 입술을 움직였다.

"윤 국장의 조건이 그래. 그리고 이미 승낙했어."

"이건우!"

"세진아, 아마 나도 합류하게 될 것 같다. 괜찮은…… 거지?"

그의 이름을 크게 부르는 준의 말을 무시하고 건우는 세진을 응시했다. 세진은 얼떨떨한 얼굴로 고개를 끄덕이면서도 멍한 표정의 진헌을 흘깃거렸다.

"오빠가 합류하면 더 좋긴 한데…… 그럼 진헌인…….."

"'정태은' 역할로 합류하는 건 아니야."

"뭐?"

"난 '정태성'과 '데이비드 리' 역할을 맡을까 해. 아마 그 편이 진헌이의 미래를 위해서도 나을 거고 화제 조성에도 나쁘지 않을 것 같다. 물론 '일시적'인 복귀이니 걱정할 필요는 없어, 형. 윤 국장도 동의했으니 네 입지는 탄탄해, 최진헌."

"어? 어, 어…….."

건우의 입에서 제 이름이 튀어나오자 어색하게 고개를 끄덕이던 진헌의 얼굴에 안도의 빛이 서렸다. 건우는 불만이 가득한 표정을 짓고 있는 준의 시선을 애써 무시하곤 채원과 세진, 그리고 진헌에게 남은 말을 쏟아냈다.

"잘 부탁해요, 다들."

채원과 동 시기에 이루어졌던 건우의 은퇴에 대해 그녀는 아는 것이 없었다. 환영 파티 후 급속도로 가까워진 건우의 사촌 동생인 이세진 작가에게 왜 그가 그렇게 갑작스러운 은퇴를 결심하게 되었는지 물어본 적이 있지만 '개인적인 일이라 내가 직접 말하기는 어려워요. 미안해요, 채원 씨'라는 대답만 들었다. 대한민국의 4대 '느님'이라고 불릴 정도로 엄청난 인기를 구가하던 이건우의 은퇴 배경이 궁금하기는 했지만 개인적인 사정을 파고들 만큼 알고 싶지는 않았다.

'무슨 사정이 있었겠지.'

반짝반짝 빛나는 밤하늘의 별과 같은 그에게도 아픔이 있었을 거라 생각하며 개의치 않으려 했던 채원은 그날 건우의 '일시적' 복귀 선언에 기겁하는 준을 보고 의문을 감출 수 없었다.

"저…… 이사님."

거의 일방적인 통보나 다름없는 건우의 말을 듣고 난 후 잠깐만 다 나가 있으라는 준의 명에 회의실 밖으로 쫓겨났던 채원은 욕설을 내뱉으며 회의실 문을 박차고 나오는 준의 뒤를 따라 나오는 건우를 불러 세웠다.

"왜 그러시죠, 채원 씨?"

한숨을 푹 내쉬며 밖으로 나오던 건우는 채원의 조심스러운 음성에 걸음을 멈추고 그녀를 바라보았다. 채원은 어떻게 말을 꺼낼까 한참을 망설이다 말했다.

"꼭 이번 드라마가…… 아니어도 돼요."

"네?"

쉽지 않았고 하고 싶지도 않은 말이었으나 건우에게 피해를 입히고 싶지는 않았다. 건우는 어깨를 부르르 떨면서도 그를 똑바로 응시하는 채원을 황당하다는 듯 쳐다보았다. 채원은 쿵쿵 뛰는 가슴을 주체하지 못하면서 그에게 말을 이었다.

"복귀하기로 결심한 마음은 변함이 없지만…… 이 작가님의 드라마가 아니어도 괜찮아요."

"채원 씨."

"저의 복귀가 다른 분들께, 특히 이사님께 피해를 입힌다면 굳이 당장 복귀하지 않아도 좋아요."

"……."

"저는 기다릴 수 있……."

"무르네요, 정말."

채원은 서늘한 그의 음성에 저도 모르게 숙였던 얼굴을 번쩍 들었다. 건우는 냉랭하기 그지없는 눈빛으로 그녀를 내려다보고 있었다.

심장이 욱신거렸다. 그 싸늘한 시선에 채원의 심장이 미친 듯이 뛰었다. 건우는 피식 웃으며 말했다.

"제가 장채원 씨를 복귀시키기 위해 애쓴 건 장채원 씨가 제 드라마의 주인공으로 적격하다는 판단을 내렸기 때문입니다."

건우의 신랄하고도 단호한 목소리가 채원의 귓가로 들려왔다.

"장채원 씨를 설득하러 가기 전, 당신이 출연했던 드라마를 봤어요. 그리고 그 속에서 가능성을 발견했어요. 왜 이세진이 윤희재 역은 장채원이어야 한다고 주장했는지에 대해서도."

채원은 숨이 막혀 입을 열지 못했다.

"단순히 연기를 잘하는 여배우를 원했더라면 충분히 이 업계에서 고를 수 있었지. 하지만 당신을 선택한 건 장채원에게는 남들에게선 볼 수 없는 당신만의 매력이 있기 때문이야. 처음부터 당신이 아니라면 드라마 자체를 만들 수 없다고 판단했기에 당신을 섭외한 거고, 당신과 호흡을 맞추기 위해 돌아오기로 결심하게 된 겁니다."

"……!"

"채원 씨가 5년 전 어떠한 스캔들에 휩싸였는지 전해 들은 바는 있지만, 솔직히 말해 저는 별로 관심이 없어요. 진실인지 거짓인지 자세히 알고 싶지도 않고 보고 싶지도 않아. 그렇지만 한 가지는 안타깝게 생각해요. 채원 씨 같은 좋은 인재를 활용해 보지도 못하고 보내야만 했던 그 사실이 말이죠."

"이사님……."

"장채원 씨에게 주어진 기회는 이번 한 번뿐입니다."

건우의 차가운 눈동자가 크게 일렁였다.

"저는 채원 씨가 이번 드라마를 처음이자 마지막 기회라고 생각하고 최선을 다해줬으면 해요."

"……."

"그러니 그런 마음에 없는 소리는 집어치워요."

그렇게 말하고 돌아서던 건우의 등이 한없이 커 보여 채원은 한동안 움직이지 못하고 서 있었다. 쿵쿵 뛰는 심장 소리가 귀를 윙윙거리게 만들 만큼 커져갔다. 회의실 앞을 지나가던 그린엔터테인먼트의 직원이 '채원 씨, 여기서 뭐 해요?' 라는 말을 하지 않았다면 아마 그 자리에서 몇 시간 동안 서 있었을지도 몰랐다.

두 달 전, 건우의 대답을 듣고 난 후로 더욱더 간절해졌다. 건우가 말한 대로 이번 기회는 처음이자 마지막이나 다름없다. 그러다 보니 참을 수가 없어졌다. 얼른 카메라 앞에 서고 싶은 마음을 주체할 수가 없었다.

이사님의, 이건우의 기대에 부응해야만 했다. 집과 기획사를 오가는 내내 발성 연습과 다른 배우들의 연기를 따라 해보고, 대본도 심심할 때마다 읽어보며 촬영이 시작되기도 전 윤희재 역할에 빠져들어 갔다. 그러면서 대망의 첫 촬영이 시작되는 날만을 기다렸다.

하루하루 지나갈수록 그 세계로 돌아갈 수 있다는 사실에 가슴이 벅차올라 견딜 수 없을 지경에 이르렀을 때, 인터넷에 그녀가 드라마의 주인공으로 확정되었다는 기사가 퍼졌다는 이야기를 들었다. 온갖 악플과 조롱이 가득할 거라 예상했기에 굳이 검색해보지는 않았다. 좌절하고 절망할 그 시간에 대본을 보는 것이 더 생산적일 거라는 판단을 내렸기 때문이다.

그리고 이제 조금만 더 시간이 흐른다면 그곳으로, 꿈꾸기만 했던 그 세계로 돌아갈 수 있었다. 마음껏 연기를 할 수 있고, '장채원'이 아닌 다른 사람으로 살아갈 수도 있었다. 두근두근 가슴이 뛰었다. 한없는 기대에 부풀어 올랐다.

"자기?"

채원은 꽤 오랫동안 제 물음에 대답하지 않는 그녀를 보며 의아한 표정을 짓는 예진을 직시했다. 여전히 이해가 되지 않는다는 얼굴로 저를 응시하는 예진에게 채원은 희미한 미소를 지어주며 대답했다.

"이건우 씨와 저는 언니가 생각하시는 그런 특별한 사이는 아니에요."

그러나 문득 그런 생각을 하기는 한다.

닮고 싶다고.

어디서든 눈부시게 반짝반짝 빛나는 그 사람을…… 닮고 싶다고.

❖　❖　❖

"너무하잖아, 건우 형!"

탁 소리를 내며 잡지를 내려놓는 진헌의 얼굴이 흉하게 일그러져 있었다.

그의 입은 오리 주둥이만큼이나 툭 튀어나와 있고 눈은 불꽃을 뿜어낼 정도로 활활 타올랐다. 누가 보아도 '나 단단히 화났어!' 라는 것을 드러내고 있는 진헌은 몹시 불쾌해 보였다.

방금 전까지만 하더라도 진헌이 들고 있던 잡지는 8월 발행 예정인 'AUTHORITY'의 초판본. 자신의 매니저인 혜성에게서 이 잡지를 건네받자마자 건우의 사무실로 들이닥친 진헌은 씩씩거리며 서류를 들여다보고 있는 건우에게 소리를 질러댔다.

"무슨 소리야?"

건우는 뜬금없이 나타나 시끄럽게 구는 진헌을 쳐다보기 위해 들고 있던 서류를 책상 위로 내려놓았다. 그러자 진헌은 기다렸다는 듯 목청껏 외쳤다.

"어떻게 나에 대한 이야기가 단 한 글자도 없을 수가 있어!"

건우는 진헌의 말에 미간을 좁혔다.

"뭐?"

진헌은 분노가 쉽게 수그러들지 않는지 거세게 콧김을 내뿜었다.

"복귀 첫 인터뷰인데 나에 대한 언급은 하나도 없고 오로지 장채원, 장채원! 형이 채원 누나한테 공들이고 있는 건 알지만 진짜 너무한 거 아니야?"

난 또 무슨 소리라고.

건우는 그제야 진헌이 바닥으로 던져 버린 'AUTHORITY' 8월 호를 발견하곤 심드렁하게 대답했다.

"있잖아, 너에 대한 말."

"뭐? 어디? 어디!"

진헌은 깜짝 놀라 바닥을 굴러다니는 잡지를 다시 집어 들었다. 그리곤 찬찬히 건우의 인터뷰 내용이 실린 기사를 훑어보다 고개를 들어 건우를 쳐다보았다.

"……설마 기자가 형한테 '그럼 드라마에서 사랑의 라이벌로 나오는 최진헌 씨에 대해서는 하실 말씀이 없나요?' 라고 물은 질문에 '뭐, 알아서 잘하겠죠' 라고 대답한 이걸 말하는 건 아니지?!"

건우는 대답하지 않았다. 묵인하는 건우를 보고 더욱 분통을 터뜨리던 진헌이 얼굴을 구겼다.

"차별이야, 이건!"

"누굴?"

"누구긴 누구야! 채원 누나랑 나지!"

"……."

"형, 자꾸 이럴 거면 나 계약 끝나면 형이랑 일 안 할 거야! 안 할 거라고!"

건우는 한숨을 내쉬었다.

"시끄럽다, 최진헌."

"혀엉!"

그답지 않게 징징거리는 진헌을 바라보다 머리가 지끈거리는 것을 느끼고 있을 때, 마침 걸려온 전화는 구세주와 같았다. 건우는 전화 벨소리에 언제 칭얼댔냐는 듯 입을 꾹 다물곤 본래의 카리스마 있는 모습으로 돌아온 진헌에게 나가라고 손짓한 다음 전화를 받았다.

"네, 이건웁니다."

〈안녕하세요, 이건우 씨.〉

"누구십니까?"

〈목소리만으로는 못 알아보시네요.〉

"예?"

〈윤시라예요.〉

……뭐?

〈지금 그린 사옥 근처예요. 잠깐 만날 수 있을까요?〉

"윤시라 씨가 직접 연락을 할 줄은 몰랐습니다."

의외라는 건우의 말에 그의 맞은편에 앉아 있던 여자의 입꼬리가 슬며시 올라간다.

"그만큼 탐나는 드라마라서요. 위에서 허락이 떨어지기만을 기다릴 수가 있어야죠."

현재 대한민국 여자들의 워너비라고 불리는 유명 여배우 윤시라는 부드럽게 웃으며 답했다. 확실히 남자라면 누구나 매혹될 만큼 아름다운 웃음이었지만 건우는 아무렇지도 않은 얼굴로 입술을 움직였다.

"그런데 윤시라 씨, 혹시 알고 계십니까? 제가 윤시라 씨에게 제의한 역할은 여자주인공이 아닙니다만."

그러자 시라는 더욱 진한 미소를 지었다.

"네, 알고 있어요. 하지만 그만큼 매력적인 배역인걸요. 뭐, 제가 주인공이 아니면 어때요? 최고의 작품이 될 드라마에 출연한다는 사실 하나만으로도 충분히 만족스러워요, 전."

"……그렇습니까?"

자신이 주연이 아니라면 대본은 거들떠보지도 않는다는 그녀가 드라마의 주연이 아닌 조연에 가까운 '김나리' 역을 선뜻 맡겠다고 말한 것이 왠지 걸리긴 했지만 나쁠 것은 없었다. 어차피 세진과 홍 PD 역시도 '김나리' 역엔 윤시라를 추천하기도 했고 시라가 합류하게 된다면 시너지 효과를 일으킬 것은 당연했으니까.

잠깐의 고민 끝에 결정을 내린 건우는 고개를 끄덕이며 그녀에게 손을 내밀었다.

"그럼 앞으로 잘 부탁드립니다, 시라 씨."

건우의 커다란 손을 바라보며 의미심장한 웃음을 보내던 시라는 그의 손을 맞잡으며 묘한 눈웃음을 쳤다.

"저도 잘 부탁드릴게요."

〈사랑에 무너지다〉

연출:홍광호

극본:이세진

등장인물:

정태은 / 어린 태은 역 최진헌 / 여지훈

윤희재 / 어린 희재 역 장채원 / 김소은

정태성 역 이건우

데이비드 리 역 이건우

김나리 역 윤시라

태성, 태은 부 역 김해민

태성, 태은 모 역 정은아

희재 부 역 한준희

희재 모 역 성예진

이재영 역 김유미

한지훈 역 민현준

강철구 형사 역 신태평

김지수 변호사 역 김재은 등등.

첫 대본 리딩까지 앞으로 D−7일.

❖　❖　❖

쿵쿵 가슴이 뛴다.

오직 자신의 심장이 뛰는 소리밖에 들리지 않는 고요한 밤.

채원은 떨리는 눈으로 밤하늘 위에 떠 있는 둥근 달을 올려다보고 있었다.

두근두근.

무언가를 이토록 간절하게 기다려 본 적이 언제이던가. 채원은 일정한 간격으로 뛰고 있는 심장 부근을 만지작거리며 영롱하게 빛나는 달을 응시했다.

한순간의 어리석은 선택으로 인해 모든 걸 되돌릴 수 없다는 걸 자각하게 된 후 절망과 좌절 속에만 빠져 살았다. 자신을 숨기는 데만 급급하여 스스로가 무엇을 원하는지 알면서도 모르는 척했다.

힘든 시간이었다.

돌이키고 싶지도 않았고, 돌아가고 싶지도 않은 길고 긴 역경의
시간.

여전히 그녀를 향한 시선은 곱지 않았으나 그 시선을 점차 개선
시킬 수 있는 기회가 눈앞으로 다가와 있었다.

'아.'

테라스에 나와 반짝반짝 빛나는 별들이 가득한 밤하늘을 바라
보던 채원은 테라스 안에 배치된 테이블 위에 올려둔 핸드폰에서
들려오는 짧은 알람 소리에 고개를 돌렸다. 그리고 메시지를 확인
한 그녀의 입가에 잔잔한 미소가 서리기 시작한다. 발신인은 다름
아닌 세진이었다.

〈채원 씨, 내일 늦지 않고 와야 해요! 무섭다고 도망가면 안 되는
거 알죠? 〉_〈*〉

이모티콘까지 사용한 세진의 문자에 채원은 고개를 끄덕이며
답했다.

〈걱정 마세요, 작가님. 내일 봬요. ^^〉

답장을 보내고 핸드폰을 내려놓으려는 순간, 또 메시지가 도
착한 소리가 들린다. 이 작가님인가? 참 답장이 빠르다며 고개
를 절레절레 저으려던 채원은 문자를 보내온 인물이 예상한 사
람이 아니라는 사실에 조금 놀랐다. 문자를 보내온 이는 진헌이

었다.

〈채원 누나, 드디어 내일이네요~ 앞으로 잘해봅시다. ㅋㅋㅋ 참고로, 저의 애정 신은 아주 죽여준다는 소문이 나 있답니다♥ 아마 단단히 각오하셔야 할 거예요! ㅋㅋㅋ〉

같은 소속사 배우이자 채원의 상대역인 진헌의 장난기 가득한 문자에 채원은 웃음을 터뜨렸다.

〈어머, 저야 어린 진헌 씨랑 진한 애정 신을 나누면 좋죠~ᴧᴧ 기대하고 있겠습니다. 내일 봐요. ᴧᴧ〉

그린엔터테인먼트의 정식 배우가 된 이후로 진헌과 함께하는 시간을 꽤 많이 가진 터라 이제 정말 친동생 같은 그에게 어렵긴 하지만 나름의 애교도 부려가며 문자를 보냈다. 너무 닭살 돋지 않았나? 전송 버튼을 누르고 나서 묘한 눈빛으로 핸드폰을 내려다보던 채원은 이내 머릿속을 가득 메우던 생각을 떨쳐 내며 방 안으로 들어가려 했다.

하지만 그때 도착한 또 다른 문자가 자연스럽게 채원의 발길을 멎게 만들었다. 진헌인가? 아니면 세진? 둘 중 하나가 보낸 문자일 거라 생각하며 핸드폰 액정을 바라보던 채원은 가슴이 세차게 요동치는 것을 느꼈다. 그녀의 시야로 들어온 문자 메시지는 다음과 같았다.

〈내일입니다. 장채원 씨가 왜 윤희재일 수밖에 없는지…… 세상 사람들에게 보여줘요.〉

건우의 문자였다.

채원은 그런 그의 문자에 답을 하려다 말고 찬란한 빛을 쏟아내는 커다란 달을 쳐다봤다.

이 달이 지고 새로운 태양이 뜨게 되면……

"다시 시작하는 거야."

❖　❖　❖

찰칵찰칵.

아침 일찍부터 일산에 위치한 S 방송국의 드라마센터의 입구는 각종 신문사에서 온 취재진으로 발 디딜 틈이 없을 만큼 붐볐다. 그것도 그럴 것이, 바로 오늘이 내년 1월 S국에서 방송될 드라마 [사랑에 무너지다]의 첫 대본 리딩이 있는 날이었기 때문이다. 방송국 자체적으로 대본 리딩 현장을 공개하겠다고 선언했기에 언론사들이 촬영할 수 있는 곳은 오직 드라마센터 입구뿐이었다.

이번 대본 리딩 현장이 남다른 주목을 끄는 이유는 세 가지가 있었다.

첫째로 대한민국의 연인, 국민 배우, 4대 느님 중 한 명인 '이건우'의 '일시적인' 복귀, 그리고 둘째로 섹스 스캔들에 얽혀 연예계를 떠나 있던 여배우 '장채원'의 주연 발탁, 셋째로는 현재 대한민국 연예계를 쥐락펴락하는 최고의 남녀 배우인 '최진헌'과 '윤시라'가 역시 [사랑에 무너지다]에 합류했기 때문이다.

특히 제2의 김태인이라 불리는 윤시라가 주연이 아닌 '조연'으로 [사랑에 무너지다]에 캐스팅 확정되었다는 기사가 퍼졌을 때 대한민국은 또 한 번 들끓었다. 네티즌들은 그 기사를 접하고 '대체 무슨 까닭으로 제작사에서는 윤시라가 아닌 장채원을 여주인공으로 쓰는 거냐!'에서부터 시작하여 '여주인공을 교체해야 한다', '장채원으로는 무리야!', '여주인공을 교체하지 않는 이상 드라마는 망할 거다!' 등등의 악담까지 퍼부었다. 보다 못한 윤시라가 자신의 SNS 계정에 글을 올리지 않았다면 온 국민의 비난은 장채원에게로 던져졌을 것이다.

「여러분, 저는 주연과 조연에 상관없이 제가 하고 싶은 연기를 하고 싶습니다. 그런 의미에서 김나리 역할은 제게 큰 전환점이 될 거라 믿어 의심치 않아요. 그러니 부탁드립니다. 흥분을 가라앉혀 주세요. 또 응원해 주세요. 저도, 장채원 씨도.」

"윤시라다!"

드라마국 연습실로 향하는 [사랑에 무너지다]의 출연 배우들의 사진을 찍으며 화젯거리를 낳을 네 명의 남녀 배우를 기다리던 기자들은 멀리서 센터 입구 쪽으로 다가오는 밴을 발견하곤 크게 소리쳤다. 기자들은 각자의 카메라를 들고 밴의 문이 열리자 기다렸다는 듯 셔터를 눌러댔다.

"어머."

활짝 열린 밴에서 사뿐 뛰어내린 시라는 저를 향한 뜨거운 시선에 얼굴을 붉히며 살짝 미소 지었다. 오오 하는 낮은 탄성 소리가 기자들의 입에서 터져 나오자 그녀는 여유로운 얼굴로 그들을 향해 손까지 흔들어주었다.

"윤시라 씨! 첫 대본 리딩 현장으로 가시는 소감이 어때요?"

유명 스포츠 연예 일간지인 K 스포츠 기자가 시라에게 질문을 던졌다. 그녀는 입구로 들어가려던 발걸음을 잠시 멈추곤 고개를 들어 환하게 웃었다.

"글쎄요. 생각보다 조금 떨리네요."

"오늘 다른 배우들은 처음 만나는 거죠? 어떤 배우를 가장 만나고 싶었습니까?"

시라가 그들의 인터뷰에 응해줄 거라 예상하지 못했는지 다른 기자들이 당황해하는 사이 Y 연예의 기자가 크게 외쳤다. 시라는 골똘히 생각하는 척하며 턱 끝을 매만지다 입꼬리를 올리며 대답했다.

"아무래도 대한민국의 4대 '느님' 중 한 분인 이건우 선배님 아니겠어요?"

"역시!"

"시라 씨도 이건우 씨와는 첫 호흡을 맞추는 거죠?"

시라는 옅게 웃으며 고개를 끄덕였다. 그리고 수줍은 미소와 함께 입술을 움직였다.

"네. 그래서 무척 가슴이……."

"장채원이다!"

그러나 시라가 말을 잇기 전이었다. 밴이 아닌 자가용을 타고 방송국 안으로 들어온 채원을 발견한 기자가 큰 소리로 외치자, 시라를 취재하고 있던 기자들의 얼굴이 약속이나 한 것처럼 차에서 내리는 채원을 향했다. 활짝 웃고 있던 시라의 얼굴이 순식간에 굳어졌지만 누구 하나 그 변화를 눈치챈 사람은 없었다.

"장채원 씨!"

"채원 씨, 인터뷰 좀 할 수 있습니까?"

"장채원 씨! 여기 좀 보세요!"

우르르 먼지바람을 일으키며 제 앞에서 사라져 가는 기자들을 바라보던 시라는 냉정하게 몸을 돌려 드라마센터 입구로 걸어가기 시작했다. 입술을 꽉 깨문 시라의 눈동자가 차갑게 일렁였다.

기다리고 또 기다리던 시간이 다가왔다.

혹시나 실수는 하지 않을까.

사소한 잘못이라도 하면 안 되는데.

가슴을 졸이고 긴장까지 하며 일산에 위치한 S 방송국의 드라마센터까지 향하는 채원의 심장이 요란하게 뛰었다.

"너무 긴장하지 마세요, 누나."

얼마 전부터 채원의 로드매니저가 된 시준이 잔뜩 굳어 있는 채원을 달래려는 듯 부드럽게 말을 걸어왔지만 그 소리마저 들리지 않을 정도로 그녀는 흥분한 상태였다. 어찌나 굳어버렸는지 드라마센터에 도착해 차에서 내리자마자 쏟아지는 플래시 세례에 다음 발을 내디딜 생각을 못했다.

뒤늦게 상황을 파악한 시준이 그녀를 데리고 드라마센터 안으로 들어오지 않았더라면 아마도 멍한 채원의 얼굴이 찍힌 기사들이 오늘 오전 인터넷을 장식했을 것이다.

늦지 않게 도착했다고 생각했는데도 이미 연습실에 도착한 선후배 배우들이 많았다. 채원은 자신을 발견하고 미묘한 눈길을 보내는 그들의 시선을 담담하게 받으며 스태프가 지시한 자리에 착석했다.

"일단 리딩 전에 앞서 각자 소개부터 하도록 하겠습니다."

약 30명 정도 되는 출연진과 연출자와 작가, 그리고 드라마 스태프들까지 모두 모이자 그들을 가만히 둘러보던 홍광호 PD가 헛기침을 하며 사람들의 시선을 끌더니 입을 열었다. 출연진을 비롯한 스태프들은 웃으며 그의 다음 말이 이어지길 기다렸다.

"[사랑에 무너지다]의 총연출을 맡은 홍광호입니다."

소개를 시작한 홍 PD의 목소리는 듣기 좋은 미성이었다.

"굳이 설명하지 않아도 훌륭한 연기를 펼쳐 주시는 연기자분들, 그리고 우리 S국에서 가장 능력 있는 연출진 분들과 함께 드라마를 만들 수 있게 되어 무한한 영광입니다. 이제 첫발을 내딛는 만큼 다들 한마음 한뜻으로 대한민국이 열광할 멋진 드라마를 만들어봅시다!"

낮은 톤에서 점점 상승하던 홍광호 PD의 목소리는 끝을 맺을 때쯤엔 많은 사람들이 착석해 있던 연습실을 쩌렁쩌렁 울릴 만큼 커졌다. 채원은 세진과 함께 몇 번 만난 적이 있던 홍 PD가 저토록 열성적인 사람이었나 하고 생각하며 작게 웃었다. 우레와 같은 박수 소리가 울려 퍼졌고, 홍 PD의 바통을 이어받아 자신을 소개한 사람은 이세진 작가였다.

홍 PD처럼 상기된 음성은 아니지만 세진은 그녀만이 할 수 있는 말로 출연진과 스태프에게 인사를 했고, 조연출, 카메라 감독과 같은 스태프들 역시 자기소개를 이어갔다.

"일편단심 윤희재 바라기, 열혈 검사 정태은 역을 맡은 최진헌입니다! 부족한 점이 많을 테니 지적할 건 지적해 주셔도 좋습니다! 아, 물론 칭찬해 주셔야 할 것도 잊지 마셔야 합니다! 아셨죠?"

드라마에 직접 출연을 하는 배우 중 가장 먼저 인사를 한 것은 진헌이었다. 진헌은 자리에서 벌떡 일어나 넉살 좋은 눈웃음을 치며 자신을 바라보고 있는 수많은 스태프와 출연진을 향해 미소를 날렸다. 그 모습이 얼마나 눈부신지 넋을 놓고 진헌을 바라보던 여자 스태프들의 입에서 저도 모르게 탄성 소리가 흘러나왔다.

"정태성과 데이비드 리 역을 맡은 이건웁니다. 드라마의 총책임자를 맡고 있지만 카메라 앞에 설 때만큼은 한 사람의 배우일 뿐이니 제가 누구라는 건 개의치 마시고 정태성과 데이비드 리로 대해주시길 부탁드립니다."

약간 딱딱하게 들릴지 모르나 정확하게 핵심을 짚어낸 건우의 말에 연습실 내의 많은 스태프들이 일제히 박수를 쳤다. 말로만 듣던 대한민국의 '4대 느님' 이건우의 말은 짧았지만 저절로 손뼉을 칠 만큼 마력이 있었다.

그 후로 어린 태은 역을 맡은 아역 배우 여지훈, 어린 희재 역을 맡은 김소은, 태성을 좋아하고 희재의 연적이 되는 여검사 김나리 역의 윤시라, 태성과 태은의 부모 역을 각각 맡은 김해민과 정은아, 희재의 부모 역을 맡은 한준희와 성예진, 태은과 희재의 친구들인 이재영 역과 한지훈 역을 맡은 김유미와 민현준.

[사랑에 무너지다]에서 일어나는 사건을 물고 늘어지는 강철구 형사 역인 신태평과 희재의 로펌 동료인 김지수 변호사 역을 맡은 김재은까지 각자의 소개를 끝나고 자리에 앉자 남은 것은 드라마의 여주인공인 윤희재를 연기할 채원뿐이었다.

연습실 내의 모든 이의 시선이 자신을 향한다는 것을 깨닫고 자리에서 일어나기 전 채원은 자신의 대각선에 앉아 있던 건우와 눈이 마주쳤다.

'채원 씨 차례예요.'

건우의 입은 열리지 않았지만 그는 마치 그렇게 이야기하고 있는 것 같았다.

쿵쿵.

겨우 가라앉았던 가슴이 뛰었지만 채원은 입술을 뗄 수 있었다. 그녀는 자신을 쳐다보고 있는 많은 사람들을 응시하며 힘차게 소리를 내뱉었다.

"안녕하세요! 저는 윤희재 역을 맡은…… 장채원입니다!"

드라마 1회의 대본을 읽는 자리여서 채원의 분량은 그리 많지 않았다. 그녀가 등장하는 부분은 드라마 첫 장면의 내레이션뿐. 이미 집과 밖을 가리지 않고 대본을 들고 수십 번은 읽은 말이어서 입 밖으로 꺼내는 건 예상했던 것보다 쉬웠다.

물론 방금 전까지만 하더라도 하하, 호호, 웃던 사람이 톡 건드리면 울음이 터져 버릴 정도로 떨리는 목소리를 내뱉는 것은 많은 내공이 필요한 일이었지만 채원은 어렵지 않게 소화해 냈다.

이어진 다음 장면은 주로 태은과 희재의 아역인 꼬마 배우들과 건우가 대화를 이어나가는 부분이라 자기 파트를 끝낸 채원은 그들의 연기를 지켜봤다. 1화의 주된 내용은 태은의 형인 태성이 어떻게 죽게 되었는가에 대한 이야기였으므로 채원은 비교적 차분하게 앉아 있을 수 있었다.

"그리고…… 엔딩. 컷!"

아역 배우들과 건우의 열연은 심금을 울릴 만큼 감동적이었다. 저도 모르게 눈물이 차오르는 것을 꾹 참고 있던 채원은 큰 소리로 컷 사인을 내뱉더니 수고했다며 박수를 치는 홍 PD의 말에 정신을 차렸다.

"다들 오늘 수고 많으셨습니다! 첫 촬영 때까지 몸 관리 잘하시길 바랍니다! 그럼 그때 뵙겠습니다!"

홍 PD는 방금 전까지 진행되었던 1회의 대본 리딩이 마음에 들었는지 흡족한 표정을 지었다. 그의 말이 곧 오늘 모임을 끝낸다는 선언이라는 걸 잘 알고 있는 여러 출연진과 스태프들은 자연스레 자리에서 일어나 이야기를 나누기 시작했다. 그에 드라마국 연습실은 금방 소란스러워졌다.

"채원 씨!"

들고 있던 대본을 가방 안으로 넣고 다른 스태프 및 출연진과 대화를 나눠보기 위해 자리에서 일어서던 채원은 등 뒤에서 들려오는 세진의 음성에 그녀를 바라봤다. 세진은 눈을 반짝반짝 빛내며 채원을 쳐다보고 있었다.

"오늘 너무 좋았어요! 짱이에요, 짱!"

고작 한 컷에 나왔을 뿐이건만 무엇이 그리 만족스러운지 세진은 엄지손가락을 우뚝 치켜세웠다. 채원은 입이 귀에 걸린 세진을 바라보며 빙긋 웃었다.

"고마워요, 이 작가님."

세진에게 전에 말을 했는지는 모르겠지만 그녀의 응원은 유독 큰 힘이 되었다. 채원은 제 대답에 더욱 입을 길게 찢는 세진에게서 눈을 떼지 못했다.

"채원 씨, 곧바로 집으로 갈 거죠?"

"아, 네."

"그럼 우리랑 같이 갈까요?"

"……네?"

"채원 씨네 집이랑 우리 집이랑 같은 방향이라 건우 오빠가 태워다 준대요."

"말씀은 감사하지만 저는 시준 씨가……."

"참, 시준이는 갑자기 일이 생겨서 사옥으로 돌아갔어요. 사실

시준이가 부탁한 거예요. 대본 리딩에 방해될까 봐 미리 말 못했다고 미안하다고 전해달라 했어요. 대신 내일은 일찍 데리러 갈 거래요.”

채원은 세진의 말에 꺼두었던 핸드폰을 꺼내 들었다. 그러자 세진의 말대로 그녀를 이곳까지 데려다 준 시준이 보낸 메시지가 도착해 있었다. 그린엔터의 대표인 준이 급히 자신을 호출하는 바람에 먼저 돌아간다는 내용이었다.

“네, 그렇게 할게요.”

세진의 말대로 어차피 채원과 건우, 그리고 세진의 집은 같은 방향이었고, 그들의 차를 타고 간대도 나쁠 것은 없었다. 채원이 고개를 끄덕이며 세진에게 답하자 세진은 환한 미소를 지으며 주먹을 불끈 쥐었다. 저보다 나이는 많지만 하는 행동은 귀엽기 짝이 없는 세진이 ‘그럼 주차장에서 봐요!’ 라고 하곤 건우에게 달려가자 채원은 몸을 돌렸다. 잠깐이지만 자신을 붙들고 있던 세진으로 인해 아직 인사를 나누지 못했던 다른 배우들과 대화를 나누기 위해서였다.

‘……!’

그러나 등을 돌린 채원의 눈엔 방금 전까지만 하더라도 그녀 근처에 있던 배우들이 아무도 보이지 않았다.

이상한 일이다.

아주 잠깐 돌아섰을 뿐인데.

보통은 주연 배우들과 조연 배우들이 대본 리딩 현장에서 서로 인사를 나누지 않나?

　제 옆자리에 앉았던 중견 배우들이 아닌 비교적 젊은 축에 속하는 배우들과 인사를 나눌 계획이었던 채원은 약속이라도 한 듯 제게서 멀어져 연습실 밖으로 나가는 그들의 뒷모습을 한동안 바라보고 서 있었다.

　뭔가 미심쩍은 생각이 들었지만 괜한 기우일 것이라 생각했다.

　'바쁜 일이 있는 거겠지. 인사는 촬영장에서 나누어도 늦지 않아.'

　스케줄이 [사랑에 무너지다]의 촬영 하나밖에 없는 자신과는 다르게 그녀가 인사를 나누려 했던 대상들은 하나같이 제대로 잠을 자기도 힘들 만큼 바쁜 사람들이었다. 채원은 긍정적으로 결론을 내리며 주차장으로 향하기 전에 손을 씻기 위해 화장실로 향했다.

　"너무 밀어주더라, 장채원."

　어?

　주차장에서 그녀를 기다리고 있을 건우와 세진을 떠올리며 빠르게 화장실 입구 쪽으로 걸어가던 채원은 막 그녀가 앞으로 발을 디디려는 순간 들려오는 앙칼진 목소리에 걸음을 멈추었다.

　"재은 씨 눈에도 그렇게 보였어?"

　"당연하죠! 그냥 밀어주다 뿐이겠어? 솔직히 그렇게 연기를 잘하지도 않더만."

　"에이, 다들 왜 그래? 채원 씨 잘하던데, 뭘."

"선배, 아니죠! 그 정도는 저도 할 수 있는 연기였어요! 그리고 따지자면 선배보다 훨씬 연기도 못하던데, 뭘!"

"맞아요, 언니. 우리가 아무리 생각해도 장채원보단 언니라니까? 인기도 언니가 더 많고 연기도 훨씬 잘하고, 대중들도 언니를 원하잖아!"

"유미 씨, 왜 그래?"

화장실 안쪽에서 들려오는 목소리의 주인공들은 이재영 역을 맡은 '김유미', 김지수 역을 맡은 '김재은', 그리고 김나리 역을 맡은 '윤시라'가 분명했다. 엿들을 생각은 없었지만 경솔하게도 방송국 내의 화장실에서 그런 대화를 주고받는 그들로 인해 자연스럽게 엿듣는 처지가 된 채원은 그 자리에서 굳어버렸다.

자리에 없는 채원을 험담하는 그들의 대화는 계속되었다.

"아니면 우리가 간절히 부탁이라도 해볼까?"

"뭐?"

"홍 PD님한테 얘기해서 여주인공 교체하자고 하면 되잖아요. 국민적 여론도 그렇고 연기력 검증도 제대로 되지 않았고. 딱히 장채원이 시라 언니보다 나은 것도 없는데 왜 그런 똥고집을 부리는 건지도 모르겠고."

"유미 씨!"

"그거 좋은 생각이다, 유미 씨. 겨우 대본 리딩만 했을 뿐이고, 첫 촬영은 다음 주부터니까 여주인공 교체할 시간은 충분하겠지. 우리가 나올 드라만데 고작 그 여자 하나 때문에 망칠 순 없잖아. 언니, 언니는 그렇게 생각 안 해요?"

"다들 무슨 소리를 하는 거야? 이미 캐스팅은 완료됐어."

"사정에 따라 바뀔 수도 있는 거죠!"

"맞아요, 시라 언니. 언니만 원한다면 다른 배우들이나 스태프들 의견 모아서 제작사 측에 얘기라도 해볼⋯⋯."

멍하니 계속 듣고 있을 수만은 없었기에 화장실 안으로 걸어가자 열심히 입술을 움직이던 재은이 입을 다물었다.

"손, 씻으려구요."

채원은 차분하고 고요한 음성으로 그들을 바라보며 싱긋 웃었다.

"흠흠!"

"어머, 우리 매니저가 나 기다리겠다!"

그러자 어색한 헛기침을 내뱉거나 묻지도 않은 말을 꺼내며 두 여자는 화장실을 빠져나갔다.

"⋯⋯."

"⋯⋯."

졸지에 윤시라라는 현재 최고의 인기를 구가하고 있는 여배우와 화장실에 있게 된 채원은 옅게 미소 지으며 세면대 쪽으로 움직였다.

"악의는 없었을 거예요."

시원한 물줄기가 손바닥을 강타하는 것을 지켜보던 채원은 제게 말하는 것이 분명한 시라의 말에 고개를 돌렸다. 시라는 난감하다는 얼굴로 그녀를 응시하고 있었다.

"아직 선배님이 어떤 사람인지 몰라서 그러는 걸 거예요."

채원은 제게 '선배'라는 호칭을 사용하는 시라를 직시했다. 시라는 사람 좋은 미소와 함께 말을 이었다.

"선배님이 어떤 사람인지 알게 된다면, 편견은 사라지겠죠."

"……!"

"힘내세요, 선배님. 응원하고 있습니다."

톡톡.

채원의 어깨를 두드리는 시라의 손길이 상냥하면서도 상냥하지 않게 느껴졌다.

❖ ❖ ❖

"왜 채원 누나만 데려다 줘! 나도 데려다 줘!"

라고 외치며 끈질기게 물고 늘어지는 진헌을,

"네 매니저는 저기 있잖아!"

단호하게 떨쳐 낸 건우는 자신의 차가 세워져 있는 주차장으로 향했다.

"최진헌, 진짜 오빠 좋아하긴 하나봐. 혹시 진헌이 게……."

세진은 진헌을 떼어내느라 진땀을 빼던 건우를 도와줄 생각도 하지 않고 마냥 구경만 하고 있다가 건우가 주차장으로 가자 그 뒤를 따르며 중얼거렸다.

"아니야. 단순히 애정 결핍이라 그래. 저 녀석, 여자에 환장한다?"

건우는 '게이'라는 단어를 언급하려는 세진의 말을 막아버리곤 심드렁하게 대답했다. 세진은 건우의 단호한 답변에 '쳇' 하고 입술을 삐죽였다.

"채원 씨…… 늦네."

그 밖에도 그의 차에 도착할 때까지 여러 사건이 있었지만 결국은 안전하게 조수석을 차지한 세진은 그들이 각자의 자리에 앉은 지 15분이 지날 때까지 내려오지 않는 채원을 떠올리며 중얼거렸다.

"전화도 안 받아. 무슨 일이라도 생긴 건…… 아!"

세진은 제 일이라도 된 것처럼 채원을 걱정하기 시작했다. 그러다 들린 탄식 소리에 건우는 불현듯 미간을 좁혔다. 아니나 다를까,

"오빠."

세진은 건우의 팔을 쿡쿡 찌르며 그를 불렀다.

"왜."

"오빠가 채원 씨 좀 데려와."

"뭐?"

"난 갑자기 생각난 에피소드가 있거든. 그것 좀 정리하고 있을 테니까 얼른 좀 데려와."

"이세진."

"어서!"

채원을 데려오라고 지시를 내린 세진으로 인해 어쩔 수 없이 연습실이 있는 8층으로 향할 수밖에 없었다.

"후우."

닫혀 있는 입술 사이로 긴 한숨이 터져 나왔다. 매니저를 붙여 주겠다는 준에게 괜찮다고 말한 것이 그의 실수였을까. 어쩐지 자신이 세진과 채원의 매니저가 된 것 같다고 생각하며 고개를 절레절레 젓던 건우는 세진이 채원을 마지막으로 보았다는 여자 화장실 앞에 도착할 수 있었다.

'설마 아직도 있는 건 아니겠지.'

핸드폰을 받지 않는 채원을 찾기 위해 주위를 두리번거리던 건우는 여자 화장실이라 적힌 팻말을 뚫어져라 응시했다.

"저기, 채원 씨."

그녀의 핸드폰 벨소리라도 들려온다면 망설이지 않고 크게 외칠 수 있을 텐데. 개미가 기어갈 만큼 작은 목소리를 내뱉은 건우는 왠지 부끄러워졌다.

"채원…… 씨, 거기 있습니까?"

예상대로 대답은 들려오지 않았다.

"채원 씨, 거기 없죠?"

"채원 씨?"

"채…… 내가 뭐 하는 거야."

갑자기 회의감이 찾아왔다. 여자 화장실 앞을 기웃거리며 지나가는 사람들 눈에 최대한 띄지 않으려 애쓰던 건우는 입술을 삐죽이며 다시 주차장으로 돌아가려 했다.

지이잉.

그래도 마지막으로 채원의 핸드폰으로 전화를 걸어봐야겠다는 생각에 그가 통화 버튼을 누른 그때,

'어?'

건우는 자신이 서 있는 곳과 그리 멀지 않은 곳에서 들려오는 진동 소리에 고개를 돌렸다.

'……'

소리는 정확하게 여자 화장실 안쪽에서 들려오고 있었다. 건우는 잠시 망설였다. 그러다 큰 결심을 하고 주위를 살핀 뒤 여자 화장실 안쪽으로 고개를 내밀며 입을 열었다.

"채원 씨, 혹시 거기 있습……!"

❖　❖　❖

채원을 설득한 건우를 비롯한 그린엔터테인먼트의 식구들은 하나같이 친절했다.

과거 채원이 만났던 매정하기 그지없는 연예계의 사람들과는 많이 다른 편이라 처음엔 적응하기가 무척 힘들었다. 그들은 가급적이면 채원의 과거를 묻지 않으려 애썼고, 채원이 대중들에게 상처받는 것을 걱정하는 것 같았다. 최대한 채원의 편에서, 그녀의 입장에서 생각하고 말을 걸어주는 그들이 한없이 고맙고 감사했다.

"내 생각엔…… 방송이 시작할 때까진, 아니, 시작하고 시청자들의 반응이 호의에 가까워질 때까진 채원 씨가 인터넷이나 스마트폰 사용을 자제해 줬으면 해요. 물론 힘들겠지만…… 다 채원 씨를 생각해서 하는 말이라고 생각해 줘요."

[사랑에 무너지다]의 캐스팅이 한창 진행되던 어느 날, 채원을 불러 말을 하던 준의 얼굴은 난처함이 가득해 보였다. 어떻게 말을 꺼내야 할지 한참을 고민하다 겨우 입술을 움직이는 그를 보며 채원은 저도 모르게 웃어버렸다. 왜 웃느냐고 묻는 준에게 아무것도 아니라고 고개를 가로저었으나 가슴은 묘하게 일렁이고 있었다. 예전 그녀의 소속사 대표였던 재필이 채원을 일종의 '도구'로 생각했던 것과는 다르게 준은 그녀를 정말로 한 '식구'로 생각하는 마음이 느껴졌기 때문이다.

준의 지시도 있었지만 솔직히 아직까진 인터넷을 보기가 두려웠다. 분명 진실을 알지 못하는 네티즌들은 겉으로 드러난 모습만으로 채원을 평가할 것이 틀림없었으니까. 드라마의 캐스팅 확정 기사가 떴을 때, 컴퓨터 모니터 화면을 들여다보던 준과 건우의 얼굴이 지독하게 어두웠던 것을 기억하고 있다. 그래서 생각했다. 돌아서 버린 대중들의 마음을 돌리기 위해서 내가 노력할 수밖에 없다고. 무던히도 애써서 그들의 편견을 지워 버리는 수밖에 없다고.

자신을 강력하게 원하는 드라마 작가와 함께 호흡을 맞추고 싶어 하는 같은 소속사 배우들, 그리고 정말 한 가족처럼 그녀를 생각해 주는 소속사 식구들까지. 빛나는 무대로 돌아오기로 결심하고 난 후 만난 사람들이 하나같이 그녀를 따뜻하게 대해주었기에 드라마에서 함께 연기를 펼칠 다른 배우들 역시, 자신을 그렇게 대해주리라 생각했던 건지도 모른다.

“대체 얼마나 대단한 스폰서를 물었기에 섹스 스캔들에 얽혀 은퇴했던 여배우가 컴백하자마자 주연을 맡는 거죠? 진짜 이해할 수가 없네.”

“소문엔 이건우가 장채원을 데려오려고 그렇게 애썼다는 데…….”

“그게 무슨 소리야?”

“아니, 이건우가 컴백한 이유가 장채원 때문이란 말이 있더라고. 정말 둘이 무슨 사이인 건 아니지?”

“에이, 설마. 고작 장채원 때문에 그 이건우가 움직였다고? 말도 안 되지.”

화장실에서 그녀에 대한 담화를 나누던 여배우들의 마음에 공감하지 않는 것은 아니다. 만약 채원이 그들의 입장이었더라도 그런 식으로 생각할 수밖에 없었을 테니까. 명백하게 진실이 밝혀진 것도 아니고, 네티즌들이 반대하는 여자를 주인공으로 앉힌 제작사가 이해가 되지 않을 것이다. 어쩌면 드라마의 제작사인 그린엔터테인먼트와 건우가 직접적인 타격을 입을지도 모르는 일이다.

그녀들의 대화에 상처받지 않았다면 거짓일 것이다. 따뜻하게 맞아주리라 생각했던 동료들의 반응은 생각보다 차가웠다. 그제야 깨닫게 된 것이다. 이 세계가 결코 호의적이지만은 않다는 사실을.

“채원 씨.”

얼마 동안 생각에 잠겨 있었던 걸까. 채원은 코앞에서 들리는 누군가의 굵은 음성에 고개를 들었다.

"아."

건우가 굳은 얼굴로 눈앞에 있었다. 그녀는 그제야 깊은 상념에서 벗어나 주위를 둘러보았다. 자신이 여전히 화장실에 있다는 걸 뒤늦게 자각할 수 있었다.

"무슨 일…… 있었습니까?"

건우는 어쩐지 싸늘한 눈빛으로 그녀를 바라보며 답을 요하고 있었다. 채원은 건우의 그런 모습에 깜짝 놀랐다. 이사님이 왜 그런 표정을 짓는 거지? 의아해하며 얼굴을 살짝 옆으로 돌렸을 때, 채원은 화장실 거울에 비친 자신을 발견할 수 있었다.

'……!'

창백하게 질려 얼굴에 핏기라곤 없는 여자가 벽에 기대어 서 있는 모습이 눈에 들어왔다. 채원은 멍한 눈으로 거울을 바라보다 미간을 좁히고 있는 건우를 응시했다.

"이사님."

"네."

"저, 열심히 할게요."

"……네?"

채원은 주먹을 세게 움켜쥐었다. 건우는 채원의 뜬금없는 말을 이해하지 못하고 더욱 얼굴을 구겼다. 그녀는 건우를 향해 활짝 웃어 보였다. 그러자 건우의 속눈썹이 파르르 떨렸다.

"예상했던 일이에요. 그리고 제가 극복해야 하는 일이에요. 그러니 걱정 마세요, 이미 각오하고 있으니까.”

채원은 묘한 얼굴로 그녀를 내려다보는 건우를 향해 하얀 이를 드러내 보였다. 건우는 그녀의 말에 대응하지 않았다.

여자 화장실 안에서 넋을 놓은 채 건드리면 와르르 무너져 내릴 것 같은 표정을 짓고 있던 방금 전까지의 채원은 그 어디에도 없었다.

그는 ‘저 데리러 오신 거죠? 죄송해요. 얼른 내려가요. 이 작가님 기다리시겠어요’ 라고 말하며 여자 화장실을 빠져나가는 채원의 뒷모습을 가만히 바라보다 천천히 걸음을 옮겼다.

2

반드시 겪어야만 하는, 그리고 헤쳐 나가야 하는

• • •

S 방송국의 야심작 [사랑에 무너지다]가 실시간 촬영이 아닌 사전 제작 시스템으로 진행된다는 이야기를 접한 방송 관계자들은 그런 그들의 도전이 너무도 큰 위험이라고 하나같이 지적했다. 그들의 주 고객이 되는 대중들의 마음은 쉽게 따라잡기 힘들 정도로 시시각각 변하고 있었고, 각 분기별로 대중들의 마음을 휘어잡는 트렌드가 되는 무언가가 꼭 하나씩은 나타났기에 그것 역시 드라마에 반영해야 한다는 목소리가 컸기 때문이다.

하는 수 없이 백보 양보하여 총 20회인 드라마 중 약 10회 정도를 먼저 촬영하고 나머지 10회는 첫 회가 방영되는 날에 맞춰 천천히 촬영에 들어가는 걸로 결정을 내렸다. '그놈의 트렌드' 역시 반영하기로 하고 말이다.

드라마국을 맡고 있는 윤재형 국장은 9월 1일 첫 촬영을 시작한

다는 보고를 올린 홍광호 PD에게 촬영 허가의 명을 내렸다. 그리
고 8월 25일 오전에 S 방송국 드라마센터 연습실에서 있었던 첫
대본 리딩 이후 일주일 뒤,

대망의 첫 촬영 날이 밝았다.

"희재 씨, 5분 뒤에 촬영 들어갑니다. 준비해 주세요."

코디인 민경에게서 메이크업을 받으며 곧 있을 촬영에 대비하고
있던 채원은 배우들의 위치를 확인하며 뛰어다니는 김태원 FD의
말에 민경을 쳐다보았다. 파우더로 그녀의 얼굴을 두드리던 민경의
움직임이 멎었다.

"이제 다 된 것 같아요."

입을 길게 찢으며 작게 속삭이던 민경은 자신의 작품을 흡족하
다는 듯 바라보며 고개를 끄덕였다. 채원은 민경이 건네준 거울
속에 비친 자신의 모습을 빤히 응시하다 싱긋 미소 지었다. 마음
에 든다는 의미다. 민경은 점점 술렁이기 시작하는 촬영장 주변을
두리번거리며 채원에게 낮게 외쳤다.

"촬영 잘하세요!"

채원은 자신을 향해 두 손을 꼭 쥐어 보이는 그녀에게 고맙다는
눈짓을 보내곤 자신을 기다리고 있는 김태원 FD가 서 있는 곳으
로 걸어갔다.

"오, 희재 씨 왔어?"

오전에 있었던 첫 촬영에서 '앞으로 촬영장에서만큼은 맡은 배
역에 몰입해 주었으면 합니다. 저뿐만 아니라 다른 연출진도 배역

의 이름으로 출연자들을 부를 예정이니 양해 부탁드려요' 라고 말
하며 촬영을 시작한 홍광호 PD의 당부 이후로 촬영장에서 그녀는
장채원이 아닌 윤희재로 불리고 있었다. 채원이 민경이 자신의 얼
굴을 치장하는 동안 줄곧 들여다보던 대본을 들고 카메라 근처로
다가가자 그녀의 등장을 알아차린 카메라 감독 정은규가 반갑다
는 얼굴로 말을 걸어왔다.

현재 채원이 촬영이 시작되기를 기다리고 있는 곳은 실내 스튜
디오 안. 채원이 맡은 배역 '윤희재' 의 근무처로 설정된 한 로펌의
회의실을 그대로 구현해 놓은 이곳에서 그녀가 나올 두 번째 신을
촬영하기 위해 대기하던 채원은 카메라 감독의 말에 입을 열었다.

"정 감독님, 저는 저쪽 의자에 가서 앉아 있음 되나요?"

"거기서 대기하고 있으면 좋지. 자, 이제 1분 남았다! 다들 위치
로!"

채원은 그의 말이 끝나기가 무섭게 정 감독이 가리키는 방향으
로 걸음을 옮겼다. 이제 1, 2분가량 지나면 오전에 있었던 그녀의
첫 촬영 신인 납골당 신 이후로 두 번째 촬영이 시작된다. 채원은
쿵쿵 뛰는 자신의 심장 소리를 느끼며 정 감독이 지시한 의자에
착석했다. 그리고 천천히 대본을 펼쳐 방금 전까지 읽고 있던 문
구를 읽어 내려갔다.

《#S51. 희재의 로펌 복도, 낮.

눈코 뜰 새 없이 바쁜 로펌 안의 분위기. 로펌에서 일하는 것으로 보이는
정장 차림의 남성과 여성들이 끊임없이 움직이고 있고, 각자 맡은 사건들로

보이는 서류들을 들고 서 있는. 그런 소란스러움 가운데 땡— 소리를 내며 열리는 엘리베이터 문. 문이 활짝 열리자마자 쏜살같이 엘리베이터 밖으로 빠져나와 누군가를 찾는. 주위를 두리번거리며 뛰어가는 지수. 왠지 다급해 보이는 얼굴.

#S52. 희재의 로펌 회의실, 낮.
　 웅성거리는 복도와는 다르게 상대적으로 고요한 회의실 안. 대조적인 상황. 복도에서 지수가 자신을 애타게 찾고 있다는 것은 안중에도 없는 듯 소란 속의 고요를 즐기며 며칠 뒤 있을 사건 파일을 읽고 있는 희재. 뚱한 얼굴을 하며 서류를 들여다보다 한숨을 푹 내쉬고, 그러다 입을 쭉 내밀기도 하는. 고민하는 희재의 모습. 그리고 그때, 벌컥— 열리는 회의실 문. 자연스레 돌아가는 희재의 얼굴.

#S53. 법원 주차장, 차 안, 낮.
　 자신의 핸드폰을 들고 '하나', '둘', '셋'을 세고 있는 태은. 누군가의 전화가 걸려오길 기다리는 눈치. '다섯'을 입 밖으로 내뱉었을 때 놀랍게도 울리는 전화. 씨익 웃으며 통화버튼을 누르는 태은. 그리고 입을 여는.
　 태은: (여유롭게 아무렇지 않은 척) 네, 서울중앙지검 정태은 검사입니다. 》

"자! 스탠바이!"
　 정신없을 정도로 대본을 읽던 채원은 스튜디오 문을 벌컥 열며 스태프들과 그녀가 있는 곳으로 달려오는 홍광호 PD의 목소리를 듣고 정신을 차렸다. 다시 윤희재가 되어야 할 시간이 찾아오고 있었다.

❖ ❖ ❖

드라마 [사랑에 무너지다] 팀은 A팀과 B팀, 그리고 C팀으로 나뉘어 오늘 하루 촬영을 진행했다.

아역 배우들과 촬영을 해야 했던 건우는 C팀에 속해 분당의 정자동으로, 진헌은 시라와 함께 B팀에 속해 서울중앙지검이 있는 서초동으로 향했다. 오전에 분당의 한 납골당에서 촬영을 마쳤다는 A팀의 채원은 건우가 알기론 오후엔 일산의 A 스튜디오에서 남은 촬영을 이어갈 예정이었다.

"뭐? 그게 무슨 소리야?"

비교적 순조로웠던 C팀의 촬영을 오후 여덟 시가 되기 전에 마친 건우는 소속사로 돌아가기 위해 서울로 올라가고 있었다. 여덟 시 십 분쯤 되었을까. 톨게이트를 지난 후 차를 세운 그는 안부차 진헌에게 전화를 걸었다가 예상하지 못한 이야기를 들었다.

〈A팀은 아직 촬영 중이라던데.〉

라는 이야기였다.

오늘 하루 A팀의 촬영은 적어도 오후 다섯 시쯤에는 마칠 수 있을 것이라 알고 있던 건우는 자신이 알고 있던 것과 사뭇 다른 내용을 말하는 진헌의 목소리에 귀를 기울였다.

〈스튜디오 촬영이 생각보다 더뎌지는 모양이야.〉

"이유는?"

〈윤 AD 말로는 채원 누나랑 김재은 씨랑 호흡이 잘 맞지 않는 모양이던데……. 나도 자세한 상황은 지켜보지 않아서 모르겠어.〉

"……."

〈한 컷 남았다는데 호흡 맞추는 게 그렇게 힘든가? 아님 무슨 일이라도 있는 건……〉

"어쨌든 너는 촬영 다 끝난 거지?"

〈아, 으응.〉

"알겠어. 그럼 끊자."

〈어?〉

"볼일이 생겼어. 딴 길로 새지 말고 곧장 집으로 돌아가. 알았지?"

〈뭐? 형! 사무실로 가려는 거 아니…….〉

건우는 뭔가 급히 이야기를 하려는 진헌의 말을 무시하고 전화를 끊었다. 그리곤 다시 운전대를 잡고선 액셀러레이터를 세게 밟기 시작했다.

❖　❖　❖

"어라? 건우 선배? 선배가 여긴 웬일이에요?"

채원이 곤란을 겪고 있다는 이야기를 듣자마자 무의식적으로 그가 향한 곳은 A팀의 촬영이 진행되고 있는 일산의 A 스튜디오였다. 자신을 알아본 주차 요원에게 차를 맡기곤 숨을 몰아쉬며 촬영이 진행되고 있다는 스튜디오의 문을 열기 위해 손을 뻗으려는 순간 들려오는 목소리에 그는 행동을 멈추었다.

“선배?”

건우는 의아함이 가득한 얼굴로 자신을 쳐다보는 A팀의 김태원 FD의 말에 굳어버린 입술을 겨우 움직였다.

“촬영 끝났습니까?”

“네?”

“끝났냐구요.”

저보다 여섯 살이나 적은 태원에게 꼬박꼬박 존댓말을 붙인 건우의 물음에 태원은 어리둥절해하다가 어색하게 고개를 끄덕였다.

“아, 네. 방금 막 끝났어요.”

건우는 저도 모르게 입을 열었다.

“촬영이…… 생각보다 길어졌군요.”

태원은 뒷머리를 긁적이며 대답했다.

“그러게 말이에요. 그렇게 어렵지도 않은 대사였는데 많이 버벅거리더라고요. 김재은 씨답지 않게. 진짜 왜 그랬지?”

“……”

“장채원 씨가 성격이 좋아서 다행이었어요. 만약 다른 사람이었다면…… 어휴, 상상도 하기 싫네.”

“……”

“그런데 선배는 여기 웬일이세요?”

건우는 태원의 말에 쉽게 답할 수가 없었다.

사실 그도 왜 여기까지 오게 된 건지 알 수 없었기 때문이다.

“건우 선배?”

"채원 씨 집에 갔어요?"

태원에게 대답하는 대신 건우는 또 다른 질문을 던졌다.

"아까 전에 지하 주차장으로 가는 것 같던데……."

"간 지 얼마나 됐죠?"

"한 3, 4분 정도?"

"고마워요."

"네? 아, 저기……!"

골똘히 생각하며 대답을 해주는 태원의 말을 들은 건우는 일말의 망설임도 없이 몸을 돌렸다. 그는 자신의 차를 세워둔 스튜디오 입구 쪽으로 가는 것이 아니라 채원이 향했다는 지하 주차장으로 달려갔다. 이유는 알 수 없었다.

"이사님?"

"이사님이 여긴 어떻게……."

"하아, 하아!"

숨을 헐떡이며 비상계단을 통해 무작정 지하 주차장으로 달려간 건우는 채원의 옷과 협찬 제품들로 보이는 것들을 옮기고 있는 채원의 코디 민경과 로드매니저 시준을 발견할 수 있었다. 건우는 거친 숨을 몰아쉬다 겨우 안정을 되찾고 자신을 바라보고 있는 두 남녀를 쳐다보며 물었다.

"채원…… 씨는?"

민경과 시준은 분당에서 촬영한다고 들은 건우가 일산인 이곳에 왜 있는 건지 의아해하면서도 그의 물음에 대답해 주기 위해 입을 열었다.

"조금 피곤하다며 정리되는 동안 차에서 눈 좀 붙이고 있겠다고 하셨어요."

"그래?"

"채원 누나한테 볼일 있으세요? 깨워 드릴까요?"

"아니, 됐어. 마저 정리해. 내가 직접 보러 갈 테니까."

"……네?"

건우는 깜짝 놀라는 시준을 냉랭하게 응시하며 말했다.

"하던 일 마저 하라고."

그의 서늘한 말투에 굳어버린 시준을 곁에 있던 민경이 '가요, 시준 씨'라고 속삭이며 끌지 않았더라면 건우의 입에서 무슨 말이 터져 나왔을지 모른다. 건우는 채원이 쪽잠을 자고 있는 차가 어떤 차인지 가르쳐 주곤 부리나케 위로 올라가는 두 남녀의 뒷모습을 바라보다 발을 떼었다.

'너무 오버했어.'

신경질을 부리지 않아도 되었음에도 불구하고 제 식구에게 화를 내버린 스스로를 탓하며 건우는 채원이 있다는 차로 걸어갔다.

'……!'

시준에게서 낚아챈 밴의 자동차 키로 조심스럽게 차 문을 연 그는 이윽고 자신의 시야로 들어온 채원의 얼굴을 발견하곤 안도의 한숨을 내쉬었다.

채원이 곤란을 겪고 있다는 이야기를 듣고 정신 나간 사람처럼 사무실이 아닌 그녀의 촬영이 진행되고 있는 일산까지 온 이유를 곰곰이 생각해 보았다. 그러다 그는 그 까닭이 바로 얼마 전 대본 리딩 때 있었던 사건 때문이라는 걸 알아차렸다.

백지장처럼 새하얀 얼굴로 저를 향해 '이겨낼 수 있어요' 라고 말하던 장채원의 얼굴이 침대에 눕기만 하면 떠올라 도통 잊히지 않았던 것이 그가 반사적으로 이곳까지 오게 만든 원인이리라.

'별문제는…… 없어 보이네.'

건우는 두 눈을 꼭 감은 채로 쌕쌕거리는 채원의 고른 숨결을 느끼며 입꼬리를 올렸다. 속으로 중얼거리는 그의 목소리는 어딘가 모르게 부드러워진 상태였다.

"으음……."

그때였다.

갑자기 열린 문 때문인지 찬바람을 느낀 채원이 미간을 꿈틀거리며 몸을 뒤척였다. 자연스레 그녀의 온몸을 덮고 있던 담요 자락이 아래로 스르륵 흘러내렸다.

'아…….'

건우는 바닥 쪽으로 흘러내린 담요를 발견하곤 곤란한 표정을 지었다. 어떻게 해야 할지 순간 망설여졌기 때문이다. 주워서 다시 덮어줘야 하는 걸까. 채원에게 큰 문제가 생긴 건 아닌 것 같아 이곳까지 찾아온 걸 비밀로 하고 돌아갈 생각이던 그는 갑자기 찾아온 역경으로 인해 식은땀을 흘렸다.

'모르겠다.'

1초, 2초, 3초.

잠시 고민하던 그가 움직이기 시작한 것은 정확히 생각을 한 지 5초가 흘렀을 무렵이었다. 건우는 허리를 굽혀 차 바닥에 떨어진

담요를 집어 들었다. 그리곤 차 밖에서 담요를 몇 번 털어 단잠에
빠져 있는 채원에게 덮어주기 위해 손을 뻗었다.

"흐음."

채원이 깨지 않도록 살짝 내려 덮어주는 건우의 손길은 아주 조
심스러웠다. 그가 들고 있던 담요가 채원의 상체에 닿는 순간 몸
을 움직이며 입술을 여는 채원으로 인해 건우는 숨이 막혔다.

두근.

고요하던 그의 심장 울리는 소리가 커져 갔다.

건우는 채원에게 담요를 덮어주곤 눈을 감고 있는 그녀의 얼굴
을 내려다보았다.

두근두근.

그의 시선이 그녀의 감은 두 눈, 기다란 속눈썹, 오뚝한 코를 지
나 붉은 입술에 닿았다.

두근두근두근.

눈치 없는 심장의 뜀박질 소리가 요란하게 들렸다. 그럼에도 불
구하고 그는 무엇에 홀린 사람처럼 그저 멍하니 그녀의 자는 모습
을 쳐다보고 있었다.

어느새 두근거리던 심장은 쿵쿵거리기 시작했다.

쿵!

건우는 심장이 바닥을 찧을 듯 뛰는 것을 느끼며 허리 근처에
있던 제 손을 들어 올렸다.

쿵!

그의 기다란 손가락은 고른 숨결로 인해 파르르 떨리는 그녀의

입술 위로 직행하고 있었다.

쿵! 쿵!

어쩐지 눈앞이 새하얗게 물들었다.

쿵! 쿵! 쿵!

건우는 덜덜 떨리는 손가락을 주체하지 못하고 그녀의 붉디붉은 입술 위에 가져다 대려 했다. 그리고 채원의 입술과 그의 손가락이 닿으려 하는 순간 채원의 눈동자가 번쩍 뜨였다.

쿵!

거칠게 뛰고 있던 그의 심장이 커다란 굉음을 내며 아래로 뚝 떨어졌다.

"이사…… 님?"

나쁜 짓을 하다 들킨 사람처럼 재빠르게 손을 뒤로 빼지 못한 건우의 손가락이 자신의 입술과 불과 1센티도 떨어져 있지 않다는 것을 깨달은 채원이 미간을 좁히며 그를 바라보았다.

빌어먹을.

건우의 닫혀 있는 입술 사이로 욕설이 튀어나올 뻔했다. 그의 행동을 이해하지 못한 채원의 말이 이어졌다.

"지금…… 뭐 하시는 거예요?"

❖ ❖ ❖

"컷!"

모니터를 진지하게 바라보고 있던 홍광호 PD의 커다란 음성이 스튜디오 안을 가득 울렸다. 홍 PD는 기다란 손가락으로 턱 끝을 매만지며 인상을 쓰고 있었다. 그가 화가 났을 때 주로 하는 행동이라는 걸 직감한 주변의 스태프들은 입을 다물고 있었고, 카메라 앵글 안에 들어와 있는 두 명의 여자는 스르륵 자리에서 일어나는 홍 PD의 말이 떨어지길 기다렸다.

"일단 오늘 촬영은 이걸로 끝내죠."

홍 PD는 울상을 지으며 자신을 쳐다보고 있는 재은을 향해 냉랭하게 말했다.

"내일부턴 제주도 촬영이 있으니 이번 신은 갔다 와서 찍는 게 나을 것 같군요. 아, 그리고 김재은 씨, 다음 촬영 때는……. 후우, 아닙니다. 자, 그럼 다들 철수할 준비 하죠!"

그 말에 안도의 숨을 내뱉는 사람이 한둘이 아니었다. 홍 PD의 말이 끝나기가 무섭게 금방이라도 눈물을 터뜨릴 것 같은 얼굴에서 환한 미소를 지어 보인 재은은 자신을 향해 차가운 말을 꺼내고 돌아서는 그에게 의미심장한 눈빛을 보냈다. 채원은 그런 재은에게 대화를 시도하려 했다.

"저, 재은……."

"먼저 가보겠습니다."

그러나 재은은 제게로 다가오는 채원의 움직임을 감지하곤 미간을 찌푸리며 살짝 고개만 까딱이더니 그녀의 앞을 스쳐 지나갔다.

신인 연기자도 아닌 재은이 고작 자신과 실랑이를 벌이는 장면에서 몇 시간 동안 실수를 연발하는 것을 보며 그녀의 의도가 무엇인지 직감했다. 일명 '길들이기'. 아무리 채원이 그녀의 선배이고 이 드라마의 주인공이긴 하나 대형 소속사를 등에 업은 재은은 촬영 현장에서 채원과 그녀 중 누가 더 파워가 있는지 대놓고 보여주려 한 것이 틀림없었다. 홍광호 PD가 연신 실수를 연발하는 재은에게 그 점을 지적하려고 했지만 결국 속에 든 말을 뱉어내지 못했다. 아마도 재은, 유미, 시라 등이 속해 있는 소속사의 눈치도 보아야 했기 때문이리라.

채원은 스튜디오를 정리하고 있는 다른 스태프들 사이를 지나 유유히 밖으로 나가는 재은의 뒷모습을 응시하다 씁쓸한 미소를 지었다.

'쉽지 않네.'

연기만으로 자신이 해낼 수 있다는 걸 증명하고 싶었지만 첫 촬영 날부터 생각대로 풀리지 않았다. 채원은 이미 예정된 촬영 시간을 훌쩍 넘겼음에도 줄곧 그녀를 기다리며 응원해 주던 코디와 매니저를 향해 다가갔다. 민경과 시준은 힘없이 다가오는 채원을 향해 옅게 웃으며 '수고하셨어요' 라고 말을 건넸다.

"언니, 조금 쉬고 계시겠어요? 저희가 물건 정리하는 데 시간이 조금 걸릴 것 같은데……."

주차장까지 그녀와 함께 내려온 민경이 채원을 좌석까지 안내하곤 꺼내는 조심스러운 말에 고개를 끄덕였다. 채원의 양해를 구한 두 사람이 스튜디오로 가는 뒷모습을 지켜보던 그녀는 순식간에 풀린 긴장감으로 인해 스르륵 눈이 감기는 걸 막을 수 없었다.

극심한 감정 변화를 요하는 촬영은 아니었으나 상대가 제게 적대감을 가지고 있다는 걸 알고 있기 때문에 쉽지 않은 촬영이었다. 편안한 마음으로 호흡을 맞추기 위해서는 서둘러 재은과의 관계를 개선할 필요가 있었다.

'……어?'

머릿속에 가득 들어차는 고민을 어떻게 해결해야 할 것인가 고뇌하고 또 고뇌하며 깊은 단잠에 빠져들었을 때다. 채원은 누군가의 기척이 느껴지는 것을 깨닫고 미간을 꿈틀거렸다.

민경 씬가? 아니면 시준 씨?

코끝에서 느껴지는 숨결이 어쩐지 낯설지 않다고 생각했다. 스튜디오로 바삐 움직이던 두 사람을 떠올리며 채원은 슬며시 아래로 내렸던 눈꺼풀을 들어 올렸다.

"……!"

대수롭지 않게 생각하며 눈을 뜬 채원의 눈에 전혀 예상치 못한 남자가 자신을 향해 손가락을 뻗고 있는 모습이 들어왔다. 채원은 화들짝 놀라 꾹 닫혀 있던 입술을 열어 소리를 내었다.

"이사…… 님?"

그녀와 눈동자가 마주친 사람은 다름 아닌 건우였다. 채원은 이해할 수 없는 그의 등장에 크게 당황했다. 건우 역시 놀라기는 마찬가지였다. 그는 여전히 채원에게 손을 뻗은 그 자세로 그녀를 내려다보고 있었다. 채원의 고운 미간이 좁아졌다.

"지금…… 뭐 하시는 거예요?"

아니, 그것보다 이사님이 왜 이곳에 있는 거지? 채원이 알기로 건우는 C팀에 소속되어 있었다. C팀의 촬영지인 분당과 A팀이 촬영을 하고 있던 일산은 극과 극이다. 그의 집이 있는 서울을 지나쳐 이곳까지 온 건우를 의아하게 바라보던 채원은 귓불을 빨갛게 붉히고 있는 그를 빤히 쳐다보았다.

"아……."

건우는 쉬이 대답하지 못했다. 그는 당혹감이 가득 서린 탄식을 내뱉더니 난감한 얼굴로 그녀를 직시했다. 그러다 자연스럽게 채원의 얼굴을 향했던 손가락을 움직여 흐트러진 그녀의 앞머리를 슬쩍 쓸어 올려주었다. 채원이 너무도 태연한 그의 행동에 깜짝 놀라자 건우는 빙긋 미소 지었다.

"더워 보여서요. 이왕 자는 거, 땀이 나면 안 되니까."

언제 당황했냐는 듯 부드러운 그의 눈웃음을 보고 채원은 멍한 표정을 지었다. 건우는 채원이 그를 향해 더 묻기 전 그녀의 옆자리에 털썩 앉더니 말을 걸었다.

"내가 갑자기 왜 찾아왔나 싶죠?"

채원은 말없이 그를 응시했다. 긍정의 대답이다. 건우는 머쓱하게 웃으며 뒷머리를 긁었다. 왠지 쑥스러워하는 그의 음성이 채원의 귓가로 들려왔다.

"채원 씨의 첫 촬영을 축하하는 의미로 괜히 한턱내고 싶어서 말이에요. 채원 씨, 안 바쁘면 술이나 한잔하러 갈까요?"

❖ ❖ ❖

"형, 여기야."

건우는 딸랑 소리를 내며 바의 문을 열고 들어오는 준에게 손을 들어 올렸다. 준은 어두운 얼굴로 칵테일 잔을 붙잡고 있는 건우에게 성큼성큼 다가왔다.

"무슨 일이야?"

준은 땅이 꺼져라 한숨을 내쉬고 있는 건우를 바라보며 염려 섞인 목소리로 물었다. 5년간 금주했던 건우가 얼마 전부터 다시 술을 입에 대고 있다는 사실을 진헌에게 들었지만 실제로 보기는 처음이었다. 다행히 건우가 쥐고 있던 칵테일 잔에 담긴 칵테일이 도수가 높지 않다는 것이 준의 마음을 안심시키기는 했으나 대뜸 전화를 걸어,

〈술 한잔하자, 형.〉

하며 그를 불러낸 것을 보니 보통 일은 아닌 듯 보였다. 건우는 준의 주문을 기다리고 있는 바텐더를 향해 자신과 똑같은 칵테일을 주문하곤 인상을 쓰고 있는 그를 바라보았다. 준은 복잡한 얼굴의 건우를 뚫어져라 직시하다 말했다.

"너 내일 제주도로 가지 않아? 몇 시 비행기야?"

"……열 시."

"그런데 집에 안 들어가고 여기서 뭐 하는 거야?"

글쎄, 그건 나도 잘 모르겠어.

건우는 화를 내는 것 같기도 한 준의 외침에 대답하지 못했다. 그는 대신 들고 있던 칵테일 잔에 담긴 술을 입안으로 털어버리며

입꼬리를 아래로 내렸다.

"정말 무슨 일 있냐?"

없지는 않은 것 같아.

"무슨 일이야? 알아야 나도 조언을 해주지!"

조언, 조언이라……. 과연 이게 조언으로 해결되는 일인가.

"이건우!"

"형."

버럭 소리를 질러대는 준의 목소리를 담담하게 받아들이던 건우가 그를 불렀다. 준은 반사적으로 입을 다물었다. 엄청난 고민거리가 아니라면 이건우가 술을 입에 댈 리 없었다. 혹시 촬영장에서 무슨 일이라도 생긴 건가. 그가 전해 듣기론 문제는 A팀에서 생겼지 C팀에서는 생기지 않은 걸로 아는데. 준의 사고 회로가 바쁘게 돌아갈 때, 건우는 다시 그의 술잔을 채우는 바텐더의 손길을 가만히 바라보다 준의 일렁이는 두 눈을 응시했다.

"형은 세진이 처음 봤을 때 어떤 생각이 들었어?"

준은 저도 모르게 '뭐?' 라며 어이없는 숨을 토해낼 뻔했다. 진지한 얼굴이긴 했으나 그가 예상했던 여러 가지 말들과는 전혀 다른 이야기를 꺼내는 건우의 모습이 의외였다. 준은 의문이 가득한 표정을 지었다.

"뜬금없이 이세진 얘기가 왜 나와?"

"그냥 갑자기 떠올라서. 나는 형이 세진이의 어디를 보고 첫눈에 반했는지 항상 궁금했거든."

목구멍이 컥 막혀왔다. 술에 취한 것 같기도 한데 저를 바라보고 있는 눈동자가 맑다 못해 투명해 보였다. 준은 제 답변을 잠자코 기다리는 건우의 시선을 마주했다. 이 녀석이 갑자기 왜 이래? 적지 않은 의심이 그의 머릿속을 잠식하기 시작했지만 건우의 질문을 피하기는 어려워 보였다. 준은 피식 웃음을 흘리며 숨을 내뱉었다.

"왜 내가 이런 질문에 대답을 해야 하는지는 잘 모르겠지만…… 세진일 처음 봤을 땐 진짜 이상한 여자라는 생각밖에 없었어."

"그런 이세진한테 형은 대체 어떻게 반하게 된 건데?"

"그게 나도 의문이긴 한데, 아무래도 열정적으로 일하고 있던 그 모습이 다른 여자들보다 예뻐 보여서…… 가 아닐까 싶다."

"……"

"그냥, 아마도 그냥…… 그렇게 반했던 것 같아. 꾸벅꾸벅 졸면서도 노트북 앞에서 떠나지 않으려고 했던 세진이가 왠지 기특하고 예뻐 보였어. 한 번 가슴이 두근거리니 그다음에 세진이 녀석을 마주할 때마다 심장이 미친 듯이 뛰고…… 그러다 보니 어느새 나도 모르게 세진이가 내 마음에 들어차 있더라. 그래, 그랬던 것 같아."

건우의 남다른 프로듀싱 능력으로 주목받기 시작했던 그린엔터테인먼트를 웬만한 중형 기획사만큼이나 끌어올린 것은 모두 준의 능력이라고 봐도 무방했다. 협력 관계에 있는 사람들에겐 지나치게 허술하다 싶을 정도로 사람 좋은 태도를 보이지만 자신과 적대 관계에 있는 사람들에게는 냉랭하다 못해 잔인한 남자. 그랬기에 처음 후배들을 양성하는 일을 해야겠다고 생각했을 때 적이 되면 곤란한 준을 끌어들였던 건우다. 만약 준이 자신과 적대 관계에 있었다면 채원이 복귀하는 과정도 그리 순탄하지만은 않았으리라.

건우는 제게 답을 하며 볼을 살짝 붉히는 준의 수줍어하는 모습을 눈에 담았다. 건우의 생각을 알 리 없는 준은 옅은 미소까지 지으며 말을 이었다.

"이상한 녀석이었지만 사실은 정말 예쁜 아이라 더욱…… 잠깐. 이건우, 내게 이 말을 하게 한 의도가 뭐야?"

한참 동안 말을 잇던 준은 돌연 미심쩍은 무언가를 느꼈는지 하던 말을 멈추고 건우에게 되물었다. 건우는 그런 준을 쳐다보다 테이블 위에 놓인 칵테일 잔을 집어 들었다.

"말했잖아. 불현듯…… 갑자기 떠올랐다니까."

준은 몇 잔째지 모를 칵테일을 입안으로 들이붓는 건우를 쳐다봤다. 바텐더에게 술잔을 채우라고 말하는 건우의 얼굴은 이곳에 들어왔을 때보다 더욱 복잡해 보였다. 진짜 왜 저러는 거야? 자신을 불러놓고 속 시원히 말해주지 않는 건우의 모습에 가슴이 답답해지는 것을 느낀 준은 제 앞에 놓여 있는 칵테일 잔을 붙들었다. 건우가 그런 그를 흘깃거리며 중얼거렸다.

"어느새…… 자리를 잡는 건가……."

두근두근.

그의 고요하던 심장에 파문이 일 정도로 가슴이 뛰었다. 건우는 많은 생각이 담긴 숨을 내쉬며 자정이 될 때까지 칵테일 잔을 놓지 못했다.

❖ ❖ ❖

자정을 넘기자마자 자신을 집으로 보내려고 하는 준에 의해 새벽 한 시쯤 집으로 돌아온 건우는 동이 틀 무렵 제 집으로 찾아온 진헌의 매니저 혜성의 등장에 지끈거리는 머리를 부여잡고 몸을 씻어야만 했다.

술에 약하지 않은 그였지만 쉬지 않고 들이켰더니 속이 좋지 않았다. 얼굴을 구기며 샤워를 마치자마자 제게 옷을 입혀주는 혜성 덕분에 대충 옷까지 갖춰 입은 건우는 여덟 시 반쯤에 집을 나설 수 있었다.

"……형! 건우 형!"

그리고 건우가 진헌의 밴에 오른 지 얼마나 지났을까.

밤새도록 잠을 설쳐서인지 무척 피곤했던 건우는 진헌이 자신을 흔들며 깨우기 전까지 죽은 듯 꿈쩍도 하지 않았다. 고막이 찢어질 만큼 그의 귀에 대고 크게 제 이름을 불러대는 진헌의 목소리에 겨우 눈을 뜨자 진헌이 창밖을 가리키며 말하는 게 들렸다.

"도착했어."

진헌은 묘한 미소를 지었다. 건우는 그제야 몸을 일으킬 수 있었다.

"오셨어요?"

"채원 누나는?"

"잠깐 화장실이요."

"이 작가님도 왔어?"

"이세진 작가님은 어젯밤 늦게까지 작업하시다 결국 늦잠을 자서 다음 비행기로 조감독님이랑 함께 오시기로 했대요."

"하하, 이 작가님답네."

이미 도착해 있던 드라마 스태프들과 인사를 나눈 건우는 채원의 코디인 민경을 만나 이야기를 나누고 있는 진헌의 대화에 귀를 기울였다. 민경은 진헌과 미소를 주고받으며 대화를 나누다 그의 뒤에 서 있는 건우에게 뭐라 말을 걸려 했다.

"참, 이사님, 어제……."

하지만 민경이 말을 끝맺기 전 건우가 서둘러 고개를 저었기에 그녀는 입을 다물었다.

"어? 뭔데?"

무언의 눈빛을 주고받는 민경과 건우를 발견한 진헌은 의아스러운 눈으로 두 사람을 번갈아 쳐다보았지만 건우는 그에 아랑곳하지 않고 주위를 둘러보았다.

"열 시 비행기랬지? 얼마 안 남았군. 우리도 들어가서 준비하도록 하지."

"네!"

건우의 명령에 가까운 중얼거림에 그의 말을 듣고 있던 그린엔터의 식구들이 일제히 외쳤다.

"뭐야? 어제 무슨 일이 있었는데?"

의문이 해소되지 않은 진헌은 짐을 들고 공항 안으로 들어가는 식구들에게 소리쳤다. 물론 그의 질문에 답해주는 사람은 아무도 없었다.

❖ ❖ ❖

'미치겠군.'

어젯밤 이후로 채원의 얼굴을 똑바로 바라보기가 힘들었다. 어찌 된 셈인지 심장이 제멋대로 뛰고 호흡을 하기가 힘들어졌다. 힘겨운 짓은 하지 말자고 생각하며 비행기에서 그녀의 자리와 멀찍이 떨어져 있었지만 서울에서 제주도로 향하는 내내 그의 시선이 향한 곳은 그녀가 앉아 있는 곳이었다.

민경 그리고 시준과 계속해서 이야기를 주고받고 있는 그녀는 무척이나 자연스러운 얼굴이었다. 건우 자신이 그녀의 올곧은 눈동자를 제대로 쳐다보지 못하는 것과는 달리 태연스러운. 건우는 주체할 수 없는 심장 소리를 느끼며 미간을 좁혔다.

"어디 아파?"

비행기에서 자꾸 가슴을 두드리고 있는 건우를 미심쩍게 응시하던 진헌이 고개를 갸웃거리며 질문을 던져 왔다. 건우는 아무것도 아니라 대답했지만 진헌은 아까부터 계속 무언가 수상하다고 느끼는 듯했다.

그렇게 드라마 [사랑에 무너지다]의 출연진과 스태프들을 태운 비행기가 제주도에 도착했다.

"일단 호텔로 갈 때까지 팀을 나누겠습니다! 1호 버스엔 출연진이, 2호엔 매니저 및 코디들이, 3호, 4호 버스엔 선발대 스태프들이 탈 겁니다. 시간이 빠듯하니 일사불란하게 움직여 주세요!"

팬들의 시선을 피해 공항을 빠져나온 그들에게 김태원 FD가 외쳤다. 건우는 그의 말에 고개를 끄덕이며 이미 버스로 다가가고 있는 진헌의 뒤를 따랐다. 주요 출연진이 탈 버스는 1호였다. 성큼성큼 걸어가는 진헌의 뒤를 따르던 건우는 뒤늦게 버스에 올라타서 그런지 남은 자리가 세 자리밖에 없다는 것을 알아차렸다.

'아.'

채원의 옆자리와 그녀와 대각선으로 비어 있는 앞쪽의 두 자리. 건우는 숨을 크게 들이마셨다.

"저기 앉을까?"

그의 앞에 있던 진헌이 비어 있는 두 개의 자리 중 창가 자리를 가리키며 중얼거리는 소리가 들렸다. 그에 건우는 온몸이 달아올랐다.

"형은 어디 앉을 거야?"

입구에 오르자마자 자리를 물색하던 진헌이 뒤를 돌아보며 제 의견을 물었지만 건우는 답할 수가 없었다. 창밖을 바라보고 있던 채원이 비어 있는 자신의 옆자리를 흘깃거리다 건우와 눈이 마주쳤다.

쿵! 쿵!

건우는 이를 악물며 얼굴이 화끈거리는 것을 억누르려 했다. 아직 자리에 앉지 않은 사람은 자신과 진헌 그리고 윤시라뿐이다. 진헌은 저와 앉기 위해 두 개의 빈자리로 향할 테니 아마도 시라와 채원이 함께 앉게 될 것이다. 건우는 고민했다.

"건우 형?"

진헌은 대답하지 않고 채원의 옆자리만 바라보는 건우를 보며 의아한 표정을 지었다. 건우는 고뇌 끝에 비어 있는 그녀의 옆에 앉겠다고 대답하려 했다.

"나는……."

"에라, 모르겠다."

그때였다. 건우는 제 의견을 물어놓고 획 고개를 돌려 채원의 옆자리에 엉덩이를 털썩 놓아버리는 진헌의 모습에 얼굴을 구겼다. 건우가 자신을 무시무시한 눈길로 바라보고 있다는 사실을 알 리 없는 진헌은 그의 등장에 놀라는 채원에게 싱긋 웃었다.

"같이 가요, 누나."

상큼한 진헌의 눈웃음에 당황하던 채원이 옅은 미소로 화답했다.

뒤늦은 대처로 그녀의 옆자리를 차지하지 못한 건우는 '형, 거기서 뭐 해? 어서 자리에 앉아!' 라고 외치는 진헌을 바라보다 비어 있는 두 개의 자리로 향했다.

'제기랄…….'

잠시 망설인 것이 이렇게 후회될 줄은 몰랐다. 건우는 입술을 잘근잘근 씹으며 창밖으로 시선을 돌렸다.

"누나, 어제 잘 잤어요? 저는 오늘 제주도로 간다는 얘기 듣고 완전 들떠서 뜬눈으로 밤을 샜다니까요?"

"그랬어요?"

“농담 아니에요. 아아, 이 얼마 만의 제주도냐. 누나, 우리 나중에 촬영 끝나면 바닷가 갈래요?”

“그랬다가 스캔들이라도 나면 어떡해요?”

“에이, 스캔들은 무슨. 단합이죠, 단합! 다들 바다 좋아하잖아요.”

“진헌 씨…… 참 성격이 좋은 것 같아요.”

“하하, 제가 그런 소리를 좀 듣죠.”

진짜 넉살도 좋네.

망할 놈.

채원을 의식하지 않으려고 애썼지만 그녀와 진헌의 작은 웃음소리가 열 배는 증폭되어 그의 귓가로 들려왔다. 기분이 나빠져 얼굴을 처참하게 구기고 있던 건우는 두 사람의 대화를 듣지 않기 위해 손에 쥐고 있던 헤드폰을 쓰려 했다.

“선배님, 여기 앉아도 되죠?”

건우는 예쁘게 웃으며 하나밖에 남지 않은 제 옆자리를 가리키는 시라를 발견했다. 그는 헤드폰을 쓰며 심드렁하게 대답했다.

“윤시라 씨 마음대로 해요.”

“……잖아요. 그래서…… 다니까요? 얼마나 웃…… 있죠? 하하하! 누나는 어때요, 제 유머가?”

고막을 찢을 정도로 일부러 볼륨을 높였다가 서서히 낮춘다. 그럼 무엇이 그리 즐거운지 낄낄거리는 진헌의 목소리가 들려온다. 대뜸 짜증이 치밀어 오른다. 신경 쓰지 않고 싶은데. 무의식적으로 입술을 꽉 깨물고 있으면 상냥하고 나긋나긋한 채원의 음성이 흘러들어 온다.

"정말 재밌어요. 진헌 씨는 어떻게 그리 재미있는 이야기를 많이 알아요?"

어떻게 알긴, 분위기 메이커 노릇 할 거라며 유머집을 사서 달달 외우니까 그렇지.

건우는 의문이 담긴 채원의 말에 미간을 좁히며 진헌을 대신하여 속으로 대답했다. 그들의 대각선에 앉은 건우가 두 사람의 대화에 귀를 기울이고 있다는 사실을 전혀 알지 못하는 진헌은 입가 가득 미소를 지었다.

"하하! 저는 태생적으로 재미있는 남자니까요. 참, 누나, 그거 알아요?"

"응?"

"사람들이 말이죠, 저만 보면 미친 듯이 웃는다니까요? 아아, 아무래도 저는 행복 바이러스를 가지고 있나 봐요."

"풋."

"어어? 안 믿는 거예요?"

"아뇨. 왠지 정말 그럴 것 같아서……."

"헤헤, 그죠? 누나도 그렇게 생각하죠?"

꼴값을 떠시네. 제기랄.

건우는 화기애애하기 그지없는 자신의 대각선 뒷자리를 슬쩍 흘깃거리다 어금니를 악물었다. 괜스레 화가 난다. 자신의 회사에 소속되어 있는 두 배우가 촬영 내내 친하게 지내는 것은 분명 반길 만한 일이었지만 왜 이리 열이 받는지 모르겠다. 건우는 노기를 가라앉히려 애쓰곤 창가로 시선을 던지려 했다.

"……요?"

그런 건우가 볼륨 키를 막 15까지 올렸을 때다. 건우는 멀지 않은 곳에서 들려오는 하이톤의 목소리에 고개를 옆으로 돌렸다. 그를 빤히 바라보고 있는 여자가 보인다. 윤시라였다.

"뭐라고 했습니까?"

그의 대답을 기다리고 있는 듯 웃고 있는 시라의 얼굴이 그리 달갑지 않았지만 건우는 물었다. 그러자 시라가 짙은 미소를 지으며 입술을 움직였다.

"신경 쓰이냐고 물었어요."

"……무슨 소리죠?"

건우는 그녀가 꺼낸 말의 의도를 알지 못하겠다는 눈으로 시라를 쳐다봤다. 시라는 알 듯 말 듯한 표정을 짓더니 말을 잇는다.

"아까부터 계속 저쪽을 흘깃거리시기에."

"……!"

"뭔가 기분이 나빠 보여서 말이에요. 자리를 바꿔 드릴까요?"

건우는 묘한 그녀의 말에 깜짝 놀랐다.

'그리 티가 났나?

정확한 이유는 알지 못하지만 확실히 그의 기분이 좋지 않은 것은 사실이었다. 게다가 그를 이리도 심란하게 만들고 있는 장본인은 숙소로 가는 내내 웃음을 잃지 않는 채원과 진헌이라는 것도 사실.

그러나 자신의 감정을 타인이 알아차릴 정도로 쉽게 드러내지 않는 이건우의 성격상 그 감정을 표출하지 않았을 텐데 어찌 된 셈인지 그의 속내를 알고 있는 것처럼 바라보는 윤시라의 모습에 그의 마음은 더욱 깊이 가라앉았다.

건우는 뜻 모를 미소를 짓는 시라를 가만히 응시하다 냉랭하게 대답했다.

"아뇨. 그럴 필요 없습니다."

시라는 건우의 차가운 답변에 의외라는 표정을 지었다. 건우가 시선을 돌리려고 했으나 그녀의 말이 이어졌다.

"그나저나 선배님, 저보다 한참 선배신데 말씀 편히 하세요."

그냥 내버려 두면 좋으련만 왜 자꾸 말을 거는 걸까. 볼륨 키를 높이려는 동작을 계속해서 멈추어야만 했던 건우는 크게 일렁이는 시라의 검은 눈동자를 바라보았다. 그는 후우 하고 긴 숨을 토해낸 후 이내 웃으며 대답했다.

"괜찮습니다, 윤시라 씨. 친하지 않은 사람에게 반말을 하는 건 체질상 안 맞아서요. 제의는 고맙지만 저는 이대로가 편하군요."

무서울 정도로 냉정하게 잘라내는 건우에 시라의 얼굴 위로 커다란 당혹감이 서린다. 건우는 미묘하게 일그러지는 그녀의 얼굴 변화를 포착했으나 모르는 척했다.

그때, 앞쪽 좌석에 앉아 있던 조연출이 자리에서 벌떡 일어나더니 마이크를 잡으며 헛기침을 쏟아냈다.

"음음! 자, 출연진분들께 알립니다. 지금부터 3분 뒤면 숙소에 도착합니다. 숙소에서 짐을 풀자마자 바로 A팀과 B팀으로 나눠 촬영을 나갈 예정이니 이 점 유의해 주시길 바랍니다. 다시 한 번 알려드립니다. 3분 뒤면 이 버스는 숙소에 도착할 예정입니다. 여러분께서는 숙소에 짐을 풀자마자 바로……."

❖ ❖ ❖

"친하지 않은 사람에게 반말을 하는 건 체질상 안 맞아서요. 제의는 고맙지만 저는 이대로가 편하군요."

명백한 선긋기. 가까이 다가오지도 말고 친하게 지내고 싶지도 않다는 딱딱한 말이 머릿속을 맴돈다.

'빌어먹을.'

꾹 눌러오던 분노가 화르륵 불타올랐다. 시라는 손톱을 잘근잘근 씹어대며 얼굴을 일그러뜨렸다. 어찌나 화가 나는지 호텔 방문을 닫고 나오는 손에 힘이 세게 들어갔다. 쾅 하고 닫히는 문소리를 들은 그녀의 매니저가 동그랗게 눈을 뜨며 달려오는 것이 보였다.

"무슨 일이라도 있어요?"

시라를 향해 어리둥절한 눈빛을 쏘아대는 매니저에게 '아무것도 아니야'라고 싸늘하게 응수한 그녀는 다른 출연진이 기다리고 있는 호텔 로비로 내려가기 위해 엘리베이터 앞에 섰다.

'짜증 나.'

자신이 왜 여기서 이러고 있는 건지 모르겠다. 예전부터 한 번쯤 호흡을 맞추고 싶어 했던 상대와는 친해지지도 않고, 마음에 들지 않는 배역을 연기해야 하다니. 시라는 이를 갈며 주먹을 세게 움켜쥐었다.

[사랑에 무너지다]

천하의 국민 배우 이건우와 신성 최진헌, 그리고 섹스 스캔들의 주인공 장채원의 드라마.

처음 이 드라마가 만들어진다는 이야기가 떠돌았을 때, 시라는 여기에 출연할 생각 따위는 1%도 품지 않았다. 이미 여자주인공 자리는 장채원으로 낙점이 되어 있었고, 뒤늦게 합류해 봤자 여자 조연 이상의 자리를 꿰찰 수 없다는 것을 알고 있기에 더더욱. 하나 남은 배역인 '김나리' 역할이 남자주인공을 좋아하는 여자 조연 역할인데다가 자칫 잘못하면 시청자들에게 밉상으로 찍힐 수 있었다. 때문에 대본을 받자마자 휴지통으로 던져 버렸던 그녀는 '출연해. 네 커리어에 도움이 될 거야' 라고 자신에게 강압적으로 말하던 소속사 대표의 단호한 명에 황당한 표정을 지을 수밖에 없었다.

"대표님, 제정신…… 이세요? 아무리 이세진 작가 신작이라지만 고작 조연이라고요! 그것도 악조예요, 악조! 어떻게 쌓은 이미진데 한순간에 무너뜨리려고 하시는 거예요?"

어이없다는 얼굴로 외치는 시라를 향해 그녀의 소속사 대표는 서늘하게 대답했다.

"조연을 주연으로 만들어 버리면 되잖아."

"……네?"

"네가 촬영장에 가서 싹싹하게 잘해봐. 그럼 네 비중이 점점 늘어날 거고, 그러다가 작가가 너에 대한 호감이 더욱 쌓이게 되면 혹시 알아? 결국은 네가 여주인공이 될지. 일단 10편 사전 제작이라며. 방영 전까지는 알 수 없는 거야."

"……!"

"이번 드라마는 예상보다 더 시청자들의 주목을 받을 거야. 다른 사람도 아니고 이건우의 컴백작인데다가 최진헌까지 나오고 연출진도 상당한 실력자들이니. 부족한 건 여주인공뿐이야. 네가 잘만 하면 그 자리 꿰찰 수 있어. 상대는 5년간 은퇴했던 여자잖아. 천하의 윤시라가 그런 여자도 못 이겨?"

드르륵.

"어머, 언니!"

그녀를 자극하던 대표의 음성이 귓전을 울리고 있을 무렵 엘리베이터 문이 열렸다. 시라는 환하게 웃으며 제게 손짓하고 있는 두 후배를 발견했다. 재은과 유미였다. 시라는 언제 얼굴을 일그러뜨렸냐는 듯 부드러운 미소를 지으며 엘리베이터에 올랐다.

시라의 소속사 후배들인 재은과 유미는 연예계로 뛰어든 지는 얼마 되지 않았지만 누구보다 처세술이 뛰어난 여자들이었다. 눈을 반짝반짝 빛내며 어떻게 하면 제게 잘 보일까 안달을 내는 그녀들을 볼 때마다 왠지 구역질이 날 것 같았으나 내색하지는 않았다. 가급적이면 가까이하고 싶지 않았지만 밉보여서 좋을 것도 없었다. 시라는 방긋거리는 두 여자에게 친근하게 말을 건넸다.

"로비로 가는 길이야?"

"네. 언니도 가시는 거죠?"

시라는 들고 있던 대본을 그들을 향해 보여주며 고개를 끄덕였다. 유미가 닫힘 버튼을 누르자 엘리베이터 문이 닫혔다.

"언니랑 유미 씬 B팀이시죠? 진헌 씨랑 촬영이시라면서요?"

"응. 재은 씨는 A팀이지?"

"네. '희재' 랑 '데이비드 리' 가 처음으로 만나는 장면을 찍는다고 하더라구요."

"아아."

성의 없는 대답이 입술 사이로 흘러나왔다. 시라는 그녀가 들어온 것과는 달리 꽤나 맑은 인상을 심어주던 채원의 얼굴을 떠올렸다.

"안녕하세요. 장채원이에요. 우리 앞으로 잘 지내봐요."

인정하고 싶지는 않지만 확실히 그녀가 보았던 많은 여배우 중 [사랑에 무너지다]의 '희재' 역할과 가장 어울리는 인상이긴 했다. 매니저에게서 대본을 먼저 받고 한참을 빠져 있다 후일 그녀를 직접 만났을 때 느꼈던 놀라움은 이루 말할 수 없을 정도였으니까. 제가 괜한 욕심을 내는 것이 아닌가 하는 생각도 들 만큼 채원과 희재는 싱크로율이 좋았다.

하지만…….

"네가 무너뜨려."

두근.

"장채원을 무너뜨리고 네가 그 자리를 낚아채."

두근.

달갑지 않은 심장박동 소리가 머리를 메웠다. 시라는 제게 세뇌를 시키던 남자의 음성을 잊기 위해 눈을 지그시 감았다. 남을 괴롭히는 짓은 가급적이면 하고 싶지 않았건만 위에서 시키는 일이니 힘없는 그녀로선 어쩔 수가 없었다. 시라가 다시 눈을 떴을 때, 깔깔 웃던 재은과 유미가 무언가 이야기를 주고받고 있었다.

"그래서? 정말로 그렇게 했단 소리야?"

"당연하지."

"천하의 홍 PD가 재은 씰 가만히 놔뒀어?"

"스태프들 앞에서 대놓고 뭐라는 못했지. 아무래도 한 대표님이 신경 쓰이긴 했나 봐. 그린 쪽에서 제작비를 담당하고 있기는 하지만 우리 쪽에서도 1/3은 내고 있으니. 물론 나중에 따로 불러서 '김재은 씨, 한 번만 더 그렇게 연기하면 더 이상 참지 않을 겁니다'라고 말하긴 하던데, 큭큭, 그게 홍 PD 마음대로 되겠어?"

"두 사람, 무슨 소리들을 하는 거야?"

잠시 상념에 빠지는 바람에 두 여자의 대화를 놓쳐 버렸다. 기분 나쁘게 웃는 재은의 말을 이해하지 못한 시라가 어리둥절한 얼굴로 묻자 유미는 피식 웃음을 흘리며 시라에게 설명해 주었다.

"왜, 얼마 전에 장채원이랑 재은 씨가 첫 촬영이 있었잖아요. 그때 재은 씨가 좀 활약을 했나 봐요."

"……활약?"

"일부러 NG 내고 촬영 시간 늘리고……. 뭐, 하여간 당시 겨우 극에 몰입하던 장채원을 방해했다나 뭐라나."

시라의 얼굴이 굳어졌다. 재은은 신이 난 듯한 표정을 지으며 말했다.

"이 세계가 얼마나 험난한 곳인지 몸소 보여줘야 하지 않겠어요? 처음엔 욕 좀 먹겠지만…… 제가 이러는 게 자기 때문이라는 걸 알면 뭔가 뉘우치지 않을까요? 자기가 이 드라마에서 얼마나 무익한 인물인지 말이에요."

말을 끝내고 소름 끼치는 미소를 짓는 재은의 모습에 시라는 입을 다물었다.

'피곤한 애들이네.'

그녀가 알기론 이제 겨우 배우 생활 3년차라고 들은 것 같은데, 어느새 이렇게 찌들어 버렸는지, 원. 되도록 정말로 얽히고 싶지 않았지만 같은 소속사라 그럴 수도 없다.

'어쩌면 다행인가…….'

자신이 나서지 않아도 알아서 일 처리를 해주니 고마워해야 하는 건지, 아니면 뒷사정도 모른 채 오로지 자신이 맡은 배역에만 몰두하려 애쓰는 장채원을 불쌍히 여겨야 하는 건지 모르겠다. 시라는 한숨을 푹 내쉬며 고개를 저었다.

'내 알 바 아니지.'

다른 사람을 신경 써주기엔 그녀가 신경 써야 할 것이 너무도 많았다.

❖ ❖ ❖

"그래서, 서울에서 도망쳐서 여기 내려와 있는 거야? 제주도가 윤 변 도피처라도 되는 거야? 계속 피하기만 하면 일이 해결되는 것도 아니잖아. 윤 변, 정 검 계속 안 볼 거야? 그럴 건 아니잖아!"

제주도에서의 첫 촬영이 개시된 것은 정확히 정오를 지났을 시점이다.

희재와 데이비드 리의 운명적인 첫 만남을 찍기 전, 미리 섭외해 둔 갈대밭 근처에서 김지수 변호사와 살짝 다투는 장면을 찍고 있던 채원은 저를 향해 소리를 지르는 재은에 대항하여 대사를 치기 위해 입을 열려 했다.

"김 변, 김 변은…… 아무것도 몰라. 나는……."

"아, 제길!"

어?

"죄송합니다. 다시 갈게요! 죄송합니다, 감독님! 죄송합니다, 여러분! 죄송해요, 선배님."

채원은 제 대사가 완전히 끝나지 않았음에도 불구하고 돌연 그녀의 말을 끊더니 연신 머리를 조아리며 외치는 재은을 멍하니 쳐다봤다.

"하아, 김재은 씨! 벌써 몇 번쨉니까? 이러다 김재은 씨 때문에 시간 다 가겠군요."

태은과 싸운 희재가 제주도로 내려와 데이비드 리와 마주치는 장면을 해가 질 때까지는 찍어야 하던 홍광호 PD는 무려 30번 연속 NG를 내는 재은에게 화를 참지 못하고 성질을 냈다. 그러자 재은은 커다란 눈동자에서 굵은 물방울을 뚝뚝 흘려대며 울먹였다.

"흑! 죄송해요, 감독님."

"운다고 달라지는……. 하아! 좋아요. 딱 5분만 휴식합니다. 김재은 씨, 5분 안에는 마음 가라앉혀요. 채원 씨도 괜찮죠? 건우 씨, 이 장면만 찍으면 바로 촬영 들어갈 거니까 대기해 줘요. 자, 다들 5분간 휴식!"

"네."

"알겠습니다."

'휴식' 이라는 단어가 그의 입에서 나오자마자 탄식을 터뜨리는 연출진들과는 달리 담담하게 고개를 끄덕이는 채원과 건우의 모습에 눈에 띄었다.

홍 PD는 짜증스러운 눈길로 재은을 한 번 더 흘겨보더니 미간을 좁히며 담배를 피우기 위해 모니터 앞에서 사라졌다. 건우는 그늘이 진 얼굴로 홍 PD를 따랐다. 재은은 손등으로 눈물을 훔치며 서 있었고 채원은 그런 재은에게 무어라 말을 하기 위해 다가 갔다.

"저기, 재은 씨, 난…… 괜찮아요."

옅은 미소를 짓는 채원의 말에 재은의 고개가 들렸다. 아직 어린 티가 나는 그녀의 모습에 약간 안쓰러운 마음이 들었던 채원은 흐릿하게 웃었다.

"가끔 연기가 안 될 때 있다는 거 다들 잘 알고 있어요. 나도 예전엔 그랬고, 여기 있는 사람들도 한 번쯤은 그랬을 거예요. 우리는 다 이해하니까…… 그러니 너무 긴장하지 말아요. 부담감 가지지 말고 힘내서 나머지 대사도……."

"장채원 씨가 뭘 알아요?"

다른 스태프들이 하나둘씩 자리를 비운 것을 확인한 재은이 두 눈을 치켜뜨며 서늘하게 말하자 채원은 순간적으로 말을 잇지 못했다. 방금 전, 사람들이 그들을 지켜보고 있을 때까지만 하더라도 그녀에게 '선배님'이라 부르던 호칭은 어디 던져 버렸는지 비웃음이 가득한 얼굴로 입술을 움직이는 재은은 표독스러웠다.

"지난 5년간 어디에 틀어박혀 있었는지도, 뭘 하고 지냈는지도 밝히지 않는 사람이잖아, 당신. 뭐? 부담감 가지지 말라고? 이봐요, 장채원 씨. 나는 다른 선배님들의 훈계는 들어도 당신 같은 사람의 훈계는 듣고 싶지 않아. 남들은 피땀 흘려서 겨우 얻어낸 배역을 몸으로 로비해서 따낸 당신의 훈계 따윈 말이야."

쿵!

심장이 미친 듯이 뛰었다.

로비? 무슨 소리를 들은 건지 모르겠다. 채원은 귀가 윙윙거리는 것을 느꼈다.

"웃겨, 진짜. 내가 왜 이렇게 행동하는지 아직도 눈치 못 챘단 말이야?"

재은은 입을 벌린 채 서 있는 채원을 흘겨보며 차갑게 중얼거렸다.

"다 당신 때문이잖아."

"……!"

"장채원 씨 당신."

주체할 수 없을 정도로 심장이 빠르게 뛰었다. 재은은 멈추지 않고 말했다.

"섹스 동영상 파문을 일으킨 여배우 주제에, 평생 자숙해도 모자랄 판에 후배들 앞길까지 막다니……. 당신 정말 염치가 있는 사람이긴 한 거야? 이 드라마에 나오는 다른 배우들한테 미안하지도 않아?"

"……."

"당신 한 사람으로 인해 우리 드라마 평이 벌써부터 안 좋아. 네티즌들은 우리보고 망하라고 매일 기원하고 있고, 우리 드라마 기사만 올라오면 댓글이 천 개가 달리는데 그중 99%가 다 당신 욕이라고. 당신만 하차하면 보겠다는 시청자가 얼마나 많은지 알아?"

쿵쿵거리는 심장 소리와 맞물려 몸이 부들부들 떨렸다.

"진짜 어이가 없어도 한참은 없어. 어떻게 그렇게 몰라? 장채원 씨는 여론이 자기한테 엄청나게 불리하다는 건 아랑곳하지 않나 보지? 당신 때문에 다른 배우들한테 악영향이 미치고 있다는 것을 정말 모르는 거야, 아님 모르는 척하려는 거야?"

작게 속삭이는 재은의 말이 비수처럼 꽂혔다. 채원은 저도 모르게 고개를 떨구었다. 재은은 그런 채원의 귀에 대고 속삭였다.

"대충 내 말이 무슨 뜻인지 알아차렸으면 이쯤에서 스스로 하차하라고."

쿵! 쿵! 쿵!

제가 따라잡을 수 없을 만큼 강한 열기가 발끝에서 피어올랐다. 채원은 얼굴을 들었다. 좀 전까지의 NG가 모두 연기라는 걸 쉽게 짐작할 수 있을 만큼 입꼬리를 올리고 있는 재은이 눈에 들어왔다. 채원은 어금니를 악물었다. 참자고 속으로 되뇌며 숨을 가다듬고 있던 채원의 귀에 재은의 다음 말이 들려왔다.

"차라리 예전 특성을 잘 살려서 삼류 에로 배우나 할 것이지 왜 컴백을…… 아아악!"

쫘악 하는 시원한 소리와 동시에 털썩 바닥으로 주저앉는 재은의 비명 소리가 들렸다.

"야! 너 지금 뭐 하는 거야!"

왼쪽 뺨을 감싸는 재은의 앙칼진 음성이 촬영지를 크게 울렸다.

"뭔데?"

"무슨 소리야?"

"무슨 일 있어?"

5분간의 달콤한 휴식을 취하던 스태프를 비롯한 출연진이 놀라

소리가 들린 곳으로 다가와 고개를 갸웃거렸다.

"채원 씨?"

의아함이 가득한 홍 PD의 목소리 또한 들려왔다. 하지만 채원은 아무런 대답도 하지 않은 채 오직 자신을 죽일 듯 노려보고 있는 재은을 내려다볼 뿐이었다. 모든 이들이 심상찮은 분위기에 침만 꿀꺽 삼키고 있을 때, 채원이 부드럽게 말했다.

"'너'가 아니라 '선배님'이야, 재은 씨. 아무리 요즘 애들이 버릇이 없다지만 이건 너무하잖아. 적어도 너보다 몇십 년은 더 선배인 나한테 태도가 정말 왜 이래?"

"……!"

"참는 것도 한계가 있어, 재은 씨. 이곳이 어린애들 투기 집합소도 아니고, 상대 배역이 마음에 안 든다고 다른 사람들을 고생시키면 어떡해? 솔직히 너무 유치하지 않아? 지금 재은 씨 행동 말이야. 그리고 재은 씨, 프로 아니야? 이딴 식으로 일할 거면 하차는 재은 씨가 해. 나는 죽어도 여기서 하차할 생각 따윈 없으니까. 무슨 일이 있어도 이 드라마 성공시킬 거야. 그래서 다시 재기에 성공할 거야, 그럴 거라고."

항상 웃고만 있던 채원의 얼굴에서 냉기가 피어오르자 다들 입도 뻥끗하지 못했다. 채원은 충격에 휩싸인 표정으로 저를 쳐다보고 있는 재은을 무심하게 응시하다 고개를 돌렸다.

"감독님."

"……."

"홍 감독님."

"네, 넵!"

"죄송하지만 조금 더 휴식을 주셨으면 좋겠습니다. 지금 감정 정리가 되지 않아서요."

"아……."

"이대로는 김재은 씨에게도 이건우 씨에게도 피해를…… 입힐 것 같아서."

채원은 허리를 굽혀 그에게 부탁했다. 홍 감독은 멍한 눈으로 그녀를 응시했다.

"부탁드립니다, 감독님."

꽤나 간절하게 들리기도 하는 그녀의 말에 홍 감독은 얼떨결에 고개를 끄덕였다. 채원은 말을 잇지 못하고 여전히 주저앉아 있는 재은을 흘끔 쳐다보다 냉정하게 시선을 돌렸다. 채원은 굳어 있는 다른 스태프들 사이를 지나 어디론가 성큼성큼 걸어갔다.

"홍 PD님, 오늘 촬영은 여기서 접도록 하죠."

건우가 눈으로 그녀의 뒤를 좇다 홍 PD에게 속삭였다.

"……응."

홍 PD가 넋을 놓고 중얼거리자 건우는 한 번 더 말했다.

"우리 소속사 식구들한테 제가 채원 씨 데리고 복귀할 테니 걱정하지 말라고 전해주세요."

"으응."

"부탁할게요."

말을 마친 건우는 다급하게 채원의 뒤를 따랐다. 그렇게 두 사람이 사라지는 모습을 지켜보고 있던 촬영장은 다시 술렁였다.

❖ ❖ ❖

"뭐? 그런 일이 있었다고?"

그들의 숙소와 한 시간 거리의 유명 호텔에서 촬영을 무사히 마치고 돌아온 B팀의 일원 진헌은 뒤늦게 A팀의 촬영 현장에서 있었던 이야기를 전해 듣고는 두 눈을 크게 떴다. 저 역시 직접 보지는 않았고, 당시 그곳에 있던 김태원 FD에게 대충의 상황을 들었던 채원의 매니저 시준은 난감한 얼굴로 고개를 끄덕였다.

"김재은이 일 칠 줄 내 진작 알고 있었지. 어휴."

이제 막 비행기를 타고 제주도에 도착해 B팀과 함께 숙소 안으로 들어오던 세진은 한숨을 푹 내쉬며 고개를 절레절레 저었다. 채원과 재은이 촬영 때 은근한 알력 싸움을 벌여 홍 PD가 꽤 고생을 했다는 소리를 듣긴 했지만 제주도까지 와서 이어질 줄은 몰랐다. 마음 같아선 재은을 확 잘라 버리고 싶은데 그녀의 소속사가 만만찮아 마음대로 하지 못하겠다. 부드득부드득 이를 갈던 세진은 그녀를 흘깃 쳐다보고는 의아한 표정을 짓는 진헌의 말에 귀를 기울였다.

"그럼 지금 채원 누나는 어디 있어?"

착하고 상냥한 성격인 채원이 재은과 부딪칠 정도면 참고 또 참았던 인내가 한계에 다다랐음이라 왠지 걱정스러운 마음이 들어 진헌은 조심스레 물었다. 그러자 잠시 망설이던 시준이 말을 이으려 했다.

"아, 그게……."

"이건우 씨가 따라갔어. 어디 있는지는 아직 몰라."

하지만 시준은 말을 끝맺지 못했다. 멀리서 그들이 대화를 나누고 있는 장면을 목격한 홍광호 PD가 세 사람에게 다가왔기 때문이다. 그늘진 얼굴로 진헌과 세진 앞에 선 홍 PD는 '감독님, 오셨어요?' 하고 인사를 건네는 진헌을 응시했다.

"주 감독하고는 잘 맞았어?"

B팀의 연출자인 주윤영 PD를 언급하는 홍 PD의 말에 진헌은 씩 웃으며 손가락을 펼쳐 브이 자를 그렸다.

"당연하죠. 저는 그 어떤 감독님과도 잘 맞는 남자랍니다."

홍 PD는 능글맞은 진헌의 웃음에 어이없다는 숨을 토해냈다.

"후우, 난 정말…… 대한민국 여자들 마음을 도통 모르겠어. 대체 이 자뻑남을 왜 그리도 좋아하는 거야?"

진헌은 입꼬리를 귀에 걸며 자신만만하게 대답했다.

"그게 다 이 타고난 미모 덕분 아니겠습니까?"

"뭐?"

"아! 그리고 덧붙이자면, 완벽한 연기 실력이랄까."

"참나."

"후후, 감독님, 저 너무 무시하지 마십쇼. 이래 봬도 지금 제가 인기를 빼앗아갈까 봐 두려워해야 할 사람은 오직 건우 형밖에 없다구요."

홍광호 PD는 못 말리겠다는 듯 진헌에게서 시선을 돌리며 중얼거렸다.

“하여간 넉살은.”

홍 PD의 등장으로 인해, 그리고 진헌의 유쾌한 대답으로 인해 그들 주변으로 푹 가라앉았던 분위기가 순식간에 살아났다. 세진이 낮게 웃으며 두 남자의 대화를 지켜보고 있을 때, 진헌과의 대화를 마친 홍 PD가 그녀의 눈을 직시했다.

“이 작가.”

어느새 진지한 얼굴로 돌아온 홍 PD의 부름에 세진은 대답하지 않았다. 그를 빤히 응시하고 있는 세진을 보며 홍 PD가 어렵게 말을 꺼냈다.

“상의할 게 있어요. 잠깐 시간 좀 내줘요.”

“무슨……?”

“중요한 거야. 캐스팅 문제랑 관련 있어요.”

“캐스팅?”

“건우 씨가 없으니 이 작가와 상의해야 할 것 같아. 국장님껜 일단 먼저 말씀드렸으니 이 작가의 동의만 있다면 바로 실행할 예정이야. 그러니 잠깐만 따라와요.”

세상의 온갖 근심은 다 짊어진 표정을 짓고 있는 홍 PD의 고뇌가 말로 전해졌다. 세진은 머뭇거리다 진헌을 흘끔 쳐다본 후 돌아서는 홍 PD의 뒤를 따라갔다.

“무슨 일일까요?”

시준이 염려스러운 표정으로 작게 중얼거리는 소리가 진헌의 귓가로 들려왔다.

“글쎄다.”

　언제 웃고 있었냐는 듯 냉랭하기 그지없는 싸늘한 얼굴로 진헌이 대답했다.

❖　❖　❖

　멀리서 불어오는 바람이 차갑다. 이제 막 여름을 지나 가을로 들어서는 시기였기에 가볍게 옷을 입은 것이 문제였을까. 아무래도 근처에 바다가 있는 것이 확실했다. 그러지 않고서야 이렇게 바람이 찰 수가 없으니까. 건우는 그를 향해 달려드는 가을바람을 느끼며 미간을 좁혔다.
　열 발자국.
　채원과 그의 거리는 정확히 열 발자국 정도 떨어져 있었다.
　미친 듯이 달려 그녀를 따라잡았지만 열 발자국 이상은 더 다가갈 수가 없었다. 바람에 흩날리는 채원의 머리카락을 향해 손을 뻗어보아도 그뿐, 이상하게 몸을 움직일 수가 없었다.
　저보다 훨씬 옷을 얇게 입고 있는 채원은 아무렇지도 않게 성큼성큼 걸어가는 중이었다. A팀의 촬영지였던 갈대밭을 지나 마을 근처로까지 내려온 그녀의 발걸음은 무척 빨랐다. 건우는 계속해서 망설였다. 채원이 그가 뒤를 쫓아오고 있다는 것을 아는 건지 모르는 건지 모르겠지만 쉽게 다가갈 수 없었다. 축 늘어지지 않고 당당하게, 곧게 어깨를 펴고 있기는 하였으나 그녀의 뒷모습이 어딘가 가냘파 보였기 때문이다.
　'젠장.'

건우는 속으로 욕설을 내뱉었다. 채원을 따라 나왔으면서 다가가지 못하는 자신이 괜히 한심했다. 자신이 이토록 용기가 부족했던 남자였나? 입술을 윗니로 지그시 누르며 주먹만 세게 쥐고 있던 그는 고심 끝에 발을 앞으로 크게 내디뎠다.

한 걸음, 그리고 또 한 걸음 채원의 얼굴을 마주하기 위해 걸어가는 그의 발걸음은 힘찼다. 건우는 뒷일은 신경 쓰지 않기로 하고 그녀와 발을 맞추려 노력했다.

얼마나 지났을까.

겨우 그녀의 옆에 섰을 무렵, 건우가 채원에게 말하기 위해 입을 열려 할 때였다.

"죽은 태성일 그리는 희재의 마음을 이해할 수 있었던 건……제가 희재처럼…… 무언가를 그리워했기 때문이에요."

……어?

건우가 소리를 내뱉지 않았음에도 그가 제 옆에 다가와 있다는 사실을 알아차린 채원의 음성이 그의 귀에 닿았다. 건우는 놀란 눈으로 그녀를 응시했다. 채원은 건우를 처다보지 않은 채 앞만 보고 걷는 상태였다.

"그리웠어요. 미치도록, 사무치게."

채원은 펑펑 울고 있지는 않았지만 그녀의 눈시울은 붉어져 있었다. 건우는 어쩐지 가슴이 찢어질 것만 같았다.

"무엇 때문에 그렇게 그리워했나 몰라. 어차피 물고 뜯는 세계라는 걸 알고 있었으면서……."

그녀가 칭하는 '무언가' 의 의미가 연예계라는 것을 파악한 건우는 입술을 뗄 수가 없었다. 직접 채원과 재은 사이에 일어난 일을 목격하지는 못했으나 두 사람 사이에 불편한 일이 있었던 것은 짐작 가능했다. 건우는 안쓰러운 얼굴로 그녀를 바라보았다. 채원은 여전히 앞으로 걸으며 말을 이었다.

"몇 번이나 이사님께 말한 것 같지만…… 하아, 정말…… 쉽지 않네요."

채원의 쓰디쓴 미소가 그의 가슴을 일렁이게 만들었다.

"괜찮다. 견딜 수 있다. 나는 할 수 있다. 이깟 건 아무것도 아니다……. 하루에도 몇 번씩, 수십 번을 속으로 되뇌고 아무렇지 않은 척 애써봐도…… 결국은 그 차가운 시선은 견디기가 힘들어요."

"……."

"보란 듯이 재기하겠다고 이사님 앞에서 자신 있게 말해놓고 약한 소리를 너무 많이 하죠? 죄송해요. 이상하게 이사님과 함께 있으면…… 저도 모르게 속내를 드러내게 되네요."

터져 나오려는 울음을 꾹 참으려는 듯 입술을 꽉 깨물며 말하는 채원의 흔들리는 눈동자가 그를 향했다. 건우는 울컥거리는 마음을 힘겹게 내리눌렀다. 이렇게 또 이 여자가 상처를 받는 건가. 무의식적으로 그는 인상을 썼다. 채원은 괜찮다는 듯 빙긋 미소 짓더니 다시 고개를 돌린다.

"많이…… 놀랐을 거예요, 김재은 씨도."

"……!"

"너무 세게 때린 것 같기도 하네, 손바닥이 따끔거리는 걸 보면.

물론 재은 씨도 내게 잘한 건 없어요. 제게 아픈 말만 골라서 했거든요.”

“…….”

“하지만 재은 씨의 말이 하나부터 열까지 틀린 건 아니었어요. 개중엔 확실히 사실인 것도 있었죠. 이를테면 제가…… 창창한 후배의 앞길을 막는다는 건…… 부정할 수 없는 사실이니까.”

“채원 씨.”

“이사님.”

“…….”

“저는…… 이대로 정말 괜찮은 걸까요?”

채원의 발걸음이 드디어 멈췄다. 건우는 저를 바라보고 있는 채원의 얼굴을 내려다보았다. 요동치는 그녀의 검은 눈동자는 그에게 해답을 요구하고 있었다. 가슴이 울렁거렸다.

“괜찮다고 생각하고 또 생각했는데…… 실은 정말로 괜찮은 건지 이젠 모르겠어요.”

거친 숨결을 내뱉으며 그녀가 중얼거렸다. 두근두근. 고르게 뛰던 그의 심장이 주체할 수 없을 정도로 빠르게 뜀박질했다. 건우는 자신의 두 눈을 똑바로 직시하고 있는 그녀의 심경을 느낄 수 있었다.

“이사님.”

울음을 억누르고 있던 채원의 목소리가 건우의 신경을 자극했다.

“왜 이사님은 절……!”

'선택한 거예요?' 라고 이미 예전에도 대답했던 말을 그녀는 또 물으려 한 것이 틀림없었다. 건우는 참을 수가 없었다. 지금 이 상황을 벗어나고 싶어 미칠 지경이었다. 그래서 그녀를 향해 손을 뻗었다, 망설임 없이.

"이, 이사님?"

갑자기 제 손목을 부여잡고 그에게로 끌어당기는 건우의 행동을 의아하게 여긴 채원이 두 눈을 크게 떴다. 건우는 그에 아랑곳하지 않고 빙긋 웃으며 물었다.

"장채원 씨, 지금 기분 별로죠?"

"……네?"

"그럼 우리 기분 전환하러 가요."

"네?"

건우는 깜짝 놀라는 채원에게서 시선을 뗐다. 그리곤 그녀의 손목을 움켜쥔 채 앞서 걸어가며 말했다.

"따라와요."

❖ ❖ ❖

"김재은 씨, 우리 잠깐 얘기 좀 해요."

A팀의 촬영장에서 있었던 일로 인해 씩씩거리던 재은의 숙소로 홍 PD가 찾아왔다. 장채원에게 사과를 받아낼 생각으로 바로 그의 뒤를 따라간 재은은 로비의 카페에서 두 사람이 오기를 기다리고 있던 이세진 작가와 만났다. 홍광호 PD, 이세진 작가 그리고

김재은. 영 어울리지 않는 세 명의 조합에 마침 그곳을 지나가던 연출진이 의아함을 느낄 사이도 없이 홍 PD가 굳은 얼굴로 재은에게 말했다.

"더 이상은 안 될 것 같습니다."

무슨 소린지 쉽게 이해하지 못하는 재은을 향해 홍 PD는 말을 이었다.

"나는 드라마를 찍을 때 연출진은 물론이고 출연진의 호흡 역시 중요하게 생각합니다. 김재은 씨가 애도 아니고, 출연료 받고 일하는 프로면서도 프로답지 못하게 행동한 거, 우리가 모르고 있을 거라고 여겼습니까?"

"가, 감독님?"

"이번 드라마에 인생이 걸려 있는 사람이 한둘이 아닙니다, 김재은 씨. 김재은 씨가 장난스럽게 임할 만큼 평범한 드라마가 아니란 소립니다. 그래서 나는 우리 드라마에 모든 걸 걸 마음이 없는 사람은 더 늦기 전에 제외하는 편이 낫다고 결론 내렸습니다."

"지, 지금 무슨 소리를…… 가, 감독님!"

"딱 잘라 말하도록 하죠. 미안하지만 김재은 씨와 우리 드라마의 관계는 여기까지인 것 같습니다. 우리 다음 기회에 다시 만나도록 해요. 돌아갈 비행기 티켓은 김태원 FD가 전해줄 겁니다. 그럼."

재은은 처음엔 홍 PD가 무슨 소리를 하는 건지 이해하지 못했다. 그러나 홍 PD와 이 작가가 그녀의 앞에서 사라지고 1분이 지나고 2분이 지나 5분쯤 되었을 때 그가 한 말이 자신의 하차 소식이라는 사실을 알게 된 후 참을 수가 없었다.

결국 숙소로 돌아온 재은은 방이 떠나가라 울부짖었다.

"고소할 거야!"

분을 이기지 못한 재은의 앙칼진 음성이 고막을 찢어버릴 것만 같다.

"고소할 거라고! 장채원이고, 홍 감독이고, 이 작가고! 모두 한 통속이야! 다 같은 편이라고! 모조리 고소해 버릴 거야! 고소할 거 란 말이야! 고소…… 흐어어엉!"

눈앞이 뿌옇게 흐려질 정도로 눈물을 그렁그렁 안고 있던 재은 의 눈에서 투투툭 하고 방울이 흘러내렸다. 어깨까지 들썩이며 얼 굴의 구멍이란 구멍에서 액체를 쏟아내는 그녀는 조금 안쓰럽기 까지 했다. 재은을 달래기 위해 건넛방에서 그녀의 숙소까지 온 유미는 크게 당황한 얼굴이었다. 시라는 그런 재은과 유미를 그저 바라보기만 했다.

"으아아앙! 고소…… 흐엉…… 다 고소해 버릴 거야…… 허어 엉!"

재은은 정신 나간 사람처럼 울어댔다.

'귀찮게 됐네.'

같은 소속사라 이 방까지 불려와 있기는 하지만 시라는 짜증을 감출 수가 없었다. 왜 자신이 자꾸만 이런 애들과 얽혀야 하는 건 지도 모르겠고, 유치한 짓거리를 하는 어린애들 장난을 그냥 지켜 봐야 하는 건지도 모르겠다. 시라는 한숨을 푹 내쉬며 생각을 떨 쳐 내려 애썼다.

“흑! 그래, 장채원이 나 때리는 장면 찍은 사람이 있을 거야!”

듣기 싫은 울음소리를 언제까지 듣고 있어야 하는 건지. 미간을 좁히며 방을 빠져나갈 기회를 엿보고 있던 시라는 돌연 울음을 그치곤 외치는 재은의 말에 그녀를 주목했다. 재은은 눈물과 콧물이 범벅된 얼굴을 닦을 생각도 하지 않고 이를 갈며 외쳤다.

“분명 그 장면 카메라에 담은 사람이 있을 거야. 그럴 거야. 꼭 그 테이프 확보해서 고소할······.”

“그만해, 재은 씨.”

웬만해선 끼어들고 싶지 않았다. 제 일도 아니고 남의 일인데다 별로 좋아 보이지는 않았으니까. 안 그래도 불편하기 그지없는 촬영장에서 적을 더 만드는 것은 가급적 피해야만 했다.

“언······ 니?”

그러나 마냥 참고만 있기엔 정도가 과했다. 시라는 자신의 낮고 냉정한 말에 화들짝 놀라 고개를 들어 올리는 재은을 무심하게 내려다보며 붉은 입술을 움직였다.

“추잡해. 그만하라고.”

“······네?”

“재은 씨가 잘한 거 없잖아. 지금까지 잘하고 있는 장채원 씨를 건드린 건······ 재은 씨 아냐?”

재은은 제게 쏘아붙이는 시라를 보며 크게 당황하는 듯했다. 유미 역시 눈을 크게 뜨며 ‘언니! 왜 그래요?’ 라고 말을 걸었으나 시라는 말을 멈추지 않았다.

“귀찮아서 그냥 입 다물고 있었는데 말이야, 솔직히 내가 장채원 씨…… 아니, 장채원 선배님이었다면 너 가만 안 놔뒀어. 진작 지르밟았을 거야. 다시는 내 앞에서 기어오르지 못하도록."

재은은 입을 열지 못했다. 제 편이라 생각했던 시라가 자신에게 등을 돌렸다는 사실을 쉬이 받아들이기 힘들어하는 듯했다. 시라는 차가운 눈을 빛내며 계속해서 재은을 타박했다.

"그래, 장채원 선배님이 미운 건 알겠어. 나도 솔직히 그리 탐탁지만은 않아. 아니, 아주 마음에 안 들지. 그렇지만 어쩌겠어. 제작사 측에서 강력하게 선배님을 원한다는데. 이 작가도 선배님을 원하고, 들리는 소문엔 이건우 선배님이 다시 복귀한 것도 모두 장채원 선배님 때문이라며. 다들 원하는 주인공이니 이제 와서 되돌릴 수도 없잖아? 뭐, 그게 불만족스럽다면 재은 씨가 힘을 써서 장채원 선배님을 밀어내 보든가. 자기들이 거물급 스폰서를 물어서 선배님 대신 주인공 자리를 꿰차면 되겠네."

"……!"

"그게 안 된다고? 그럼 어쩔 수 없지. 그냥 입 닫고 장채원을 주인공으로 모시는 수밖에!"

많은 말을 한꺼번에 쏟아내야 했기에 숨이 차올랐지만 시라는 오랜만에 속이 후련해지는 것을 느꼈다. 역시 마음이 꺼리는 짓은 해선 안 돼. 가슴을 누르던 체증이 한꺼번에 내려가 입꼬리를 올리던 시라는 그녀의 말을 듣고 덜덜 몸을 떨고 있는 재은을 바라봤다.

"재은 씨 마음을 이해하지 못하는 건 아니지만…… 안 그래도 힘든 선배님을 우리까지 괴롭혀야 하나 싶어. 어차피 동료잖아.

물고 뜯는 적이 아니라 같이 일하게 된 동료.”

“……:”

“난 더 이상 이 유치한 장난에 휘말리고 싶은 마음 없어. 그러니까 재은 씨는 장채원 선배님한테 정식으로 사죄하고 홍 PD에게 빌 생각이 1%도 없다면 아무 말도 하지 말고 하차하도록 해. 더 이상 내가 아끼는 후배가 꼴사나운 짓 하는 거 보고 싶지 않아.”

재은에게 일침을 날린 시라는 입을 다물지 못하는 유미를 힐끔 쳐다보다 몸을 돌렸다. 달각 문을 열고 재은의 숙소를 빠져나온 시라의 가슴이 쿵쿵 뛰었다.

‘너무 나섰나?’

귀찮은 일에 휘말리고 싶지 않아 그동안 모르는 척했는데, 어쩌면 지금 이 상황이 한 대표가 말한 ‘장채원을 밀어내고 윤시라가 주인공을 꿰차는 절호의 기회’ 일지도 몰랐다. 하지만 불의를 참고 넘어가는 것도 한두 번이어야지.

‘날뛰겠네.’

뒤늦게 사실을 접할 한 대표가 채원을 포함한 드라마의 연출진, 그리고 심하면 자신까지 가만두지 않겠다고 소리치는 모습이 눈에 선했다. 그녀의 마음을 헤아려 재은이 제작진과 채원에게 정식으로 사과를 한다면 좋으련만, 과연 가능할까.

머리가 지끈거렸다.

‘이래서 남의 일에 함부로 끼어드는 게 아니야.’

괜한 오지랖을 부린 것이 아닐까 싶다. 시라는 입을 쩝쩝 다시며 제 숙소로 향하기 위해 발을 움직였다.

'그래도…… 의외네?'

계획이 바뀌어 남은 하루를 자유 시간으로 보내기로 결정한 홍 PD의 결단으로 인해 때 이른 자유 시간을 얻게 된 연출진이 휘파람을 불며 그녀의 곁을 지나쳤다. 빙긋 웃으며 그들에게 인사를 한 시라는 피식 웃음을 흘리며 생각했다.

'마냥 당할 줄만 알았는데…… 생각보다 강단은 있어.'

시라는 입꼬리를 위로 올리며 옅게 미소 지었다.

❖ ❖ ❖

"써봐요, 어서."

다짜고짜 채원의 손목을 잡아끈 건우는 멀리 보이는 노점상에 도착했다. 그곳에서 밀짚모자 두 개와 싸구려 선글라스를 산 그는 의아해하는 채원의 머리와 얼굴에 각각 모자와 선글라스를 씌어 주곤 자신 역시 그것들로 얼굴을 가렸다. 그의 난데없는 행동에 당황해하는 채원을 여전히 붙들고 있던 건우는 지나가던 택시를 타곤 '성산포항 종합여객터미널이요' 라고 말했다.

"우도행 티켓이요. 성인 두 명."

달리는 택시 안에서 대체 이 남자가 무슨 짓을 하려는 건가 싶었지만 머릿속이 복잡해 아무런 제지를 하지 못했다. 그렇게 시간은 흘렀고, 채원은 이윽고 도착한 목적지에 내리자마자 다시 제 손목을 부여잡은 그에게 끌려갔다. 채원이 이곳이 어딘지 자각했을 땐 이미 배가 항구를 떠나 우도로 향하고 있는 중이었다.

“역시 바다가 최고네.”

코끝으로 향긋한 바다 내음이 스며든다.

쏴아아!

배가 출렁이는 파도를 가르는 소리가 귓가로 들려왔다. 눈을 감고 바다를 느끼고 있던 채원은 기분 좋아 보이는 건우의 음성에 슬며시 눈을 떴다. 고개를 돌리자 맑게 웃으며 싸구려 선글라스와 밀짚모자를 꽉 눌러쓴 건우의 얼굴이 들어왔다. 가슴이 간질거려 참을 수 없었던 채원은 저도 모르게 풋 하고 웃음을 터뜨렸다.

“왜 웃어요?”

바다의 향기를 맡겠다는 듯 코를 킁킁거리던 건우는 채원의 웃음소리에 눈을 동그랗게 뜨며 그녀를 응시했다. 채원은 영문을 모르겠다는 표정을 짓는 건우에게 말하기 위해 입술을 열었다.

“이사님.”

“응?”

“저 위로해 주려고 여기까지 오신 거 맞죠?”

건우는 망설임 없이 고개를 끄덕였다. 머뭇거리지 않는 그의 대답에 채원은 눈꼬리를 휘며 말했다.

“그런데 왜 이사님이 더 즐거워 보이는 거예요?”

채원의 웃음 섞인 말에 건우는 몸을 움찔거렸다. 그러다 무어라 변명하려던 그는 이어 들리는 채원의 음성에 입을 다물었다.

“그래도 기분은…… 좋네요.”

좀 전보다 훨씬 밝아진 표정의 채원을 발견한 건우는 그녀를 따라 살며시 미소 지었다. 채원이 말했다.

“고마워요, 이사님. 어찌 된 셈인지 저는…… 항상 이사님껜 고마워하기만 하네요.”

“…….”

“고마워요, 정말.”

기분 좋은 심장의 울림이 느껴졌다. 건우는 얼굴이 화끈 달아오르는 것을 감추며 채원을 바라봤다. 채원은 한결 가벼워진 얼굴이다. 이제야 마음이 놓였다.

“장채원 씨.”

건우가 그녀를 부르자 채원이 그를 응시했다. 건우는 어떻게 말을 꺼내야 할지 망설이며 주저하다 소리를 내뱉었다.

“그냥 이름 불러요.”

채원은 눈을 동그랗게 떴다. 네? 그러자 건우는 뒷머리를 슥슥 긁으며 중얼거렸다.

“아니, 그냥 이사님…… 이라는 딱딱한 호칭보단 그게 더 나은 것 같아서. 왠지 친근해 보이기도 하고. 그리고 앞으로 계속 호흡 맞출 상대 배우한테 이사님, 이사님, 하는 것도 좀 그렇지 않나. 하하!”

어색하게 웃는 건우의 음성이 살짝 떨렸다. 채원은 그를 빤히 직시하다 픽 웃어버렸다.

“그래도 되나요?”

건우는 그녀의 말이 들리기가 무섭게 고개를 끄덕였다. 채원이 미소 지으며 말했다.

“알겠어요, 건우 씨.”

“……!”

그의 눈동자가 풍랑을 만난 것처럼 요동친다. 채원은 그 사실을 포착하지 못하고 바다로 시선을 돌렸다. 저 멀리 아름다운 우도의 모습이 그녀의 시야로 들어왔다.

두근두근.

묘하게 가슴이 뛰었다.

“건우 씨.”

채원은 불현듯 머리를 잠식하는 의문을 견디지 못하고 입을 열었다.

“궁금한 게 있어요.”

건우는 ‘말해요’ 하고 짧게 대답했다. 채원은 시선을 바다에 둔 채 천천히 말을 꺼냈다.

“대체 왜 내게…… 이렇게 잘해주는 거죠?”

3
우도의 깊은 밤

• • •

　건우는 채원이 촬영장을 빠져나가는 것을 보고 무턱대고 그 뒤를 따랐다. 때문에 당연히 코디에게 맡겨둔 핸드폰을 찾을 시간도 없었다. 한 가지 다행스러운 점이라면 당장 그의 촬영이 이어지지 않았기에 바지 뒷주머니에 있던 카드 지갑을 빼놓지 않았다는 것이다. 평소 현금은 잘 들고 다니지 않고 카드사에서 마련해 준 블랙 카드만 들고 다니던 건우는 혹시나 싶어 숙소를 나서기 전 끼워놓았던 5만 원권이 이렇게 유용하게 사용될 줄은 몰랐다. 노점상에서 그들이 쓸 밀짚모자와 선글라스를 사고 나니 남은 돈은 겨우 만 원. 배와 택시 비용을 카드로 지불했기에 망정이지 그러지 않았더라면 큰일 날 뻔했다 생각하며 건우는 앞서 걸어가는 채원의 작은 등을 바라보았다.

　성큼성큼 앞으로 움직이는 그녀는 거침이 없었다. 선착장에 내리자마자 기다렸다는 듯 '건우 씨, 우리 우도봉으로 가요'라는 말을 내뱉는 채원의 기분은 나쁘지 않은 것 같았다.

'다행인 건가.'

크게 티를 내지는 않았지만 싫어하는 것 같지도 않아 안심이 되었다. 건우는 저도 모르게 자꾸만 올라가는 입꼬리를 겨우 아래로 내리며 앞으로 발을 내딛었다.

제주도의 모습을 가장 아름답게 마주할 수 있는 우도봉으로의 여정은 왠지 가슴이 두근거렸다. 많은 관광객 사이에서 오로지 밀짚모자와 선글라스 하나만으로 얼굴을 가린 두 사람을 알아보는 사람들이 없었기에 더더욱.

건우에게서 오늘 촬영이 이어지지 않을 거라 전해 들은 채원은 이왕 이곳까지 온 거 관광이라도 즐겨야 한다고 생각하는 것 같았다. 건우는 채원이 우도봉 정상에 오를 때까지 아무런 말도 하지 않고 그저 걸어가기만 했다.

'비가…… 오려나.'

한 가지 아쉬운 게 있다면 맑게 갠 채원의 마음과는 달리 우도에서 바라본 하늘이 조금씩 흐려진다는 것이었다. 청명했으면 더 좋았을 텐데. 금방 비가 온다 해도 이상하지 않을 어두운 하늘을 올려다보던 건우는 '건우 씨!' 하고 자신을 부르는 채원의 낮은 목소리에 얼굴을 내렸다. 그녀가 멀리서 그를 향해 손짓하고 있었다.

"이리 와서 저것 좀 보세요!"

채원이 가리키는 곳으로 시선을 돌리자 제주 본섬에서 바라본 것과는 다른 성산 일출봉의 또 다른 모습이 눈에 들어왔다. 약간의 구름이 있긴 하지만 성산 일출봉의 그 웅장한 모습을 완벽히 가리지는 못했다. 채원이 옅게 웃으며 중얼거렸다.

"아름답네요, 정말."

나지막한 읊조림이었지만 건우의 귀에는 크게 박힐 정도였다. 건우는 그런 그녀를 바라보다 무심코,

'당신이 더 아름다워.'

라고 내뱉어 버릴 뻔했다.

'미쳤군.'

쿵쿵거리는 심장 소리가 들렸다. 건우는 제가 무슨 생각을 하고 있었는지 깨닫고는 깜짝 놀라 얼굴을 굳혔다. 채원은 그의 변화를 알아차리지 못한 상태였다. 건우의 두근거림은 커져 갔다.

"저기……."

그때였다.

하마터면 제 생각을 들킬 뻔했다는 사실에 입술을 잘근 깨물고 있던 건우의 귀로 조심스러운 여자의 목소리가 들려왔다. 건우는 반사적으로 고개를 돌렸다. 그의 눈에 수줍은 얼굴로 카메라를 들고 있는 한 여자가 보였다. 건우는 미간을 좁혔다.

'들켰나?'

완벽하게는 아니지만 모자와 선글라스로 충분히 가릴 수 있을 거라 생각했다. 우도봉으로 올라오는 내내 그들을 알아보는 이도 없었고, 말을 거는 이들도 없었으니 썩 괜찮은 위장이라 여겼다. 건우는 어떻게 말을 걸어야 할지 몰라 그의 앞에서 웃고만 있는 여자의 모습에 날카로운 두 눈을 빛냈다. 그는 모자를 더욱 깊게

눌러쓰곤 차갑고 냉정하게 대답했다.

"같이 안 찍습니다."

"……네?"

깜짝 놀라는 여자를 보고 건우는 다시 한 번 말해주었다.

"같이 사진 안 찍는다구요."

그 말을 들은 여자의 얼굴에 의문이 떠올랐다. 무슨 황당한 소리냐는 표정이다.

'아, 아니었나.'

건우는 제 예상과는 다른 그녀의 행동에 조금 당황했다. 그리곤 언제 서늘하게 말했냐는 듯 입꼬리를 올리며 친절한 음성을 내뱉었다.

"오해가 있었던 것 같네요. 죄송합니다. 그런데 무슨 일이시죠?"

건우를 빤히 응시하며 '이상한 사람이네' 라고 중얼거리려던 여자는 그의 말을 듣고 순식간에 밝아진 얼굴로 입술을 움직였다.

"죄송하지만 사진 좀 찍어주셨으면 하고……."

여자가 자신의 뒤에 서 있던 남자를 흘깃거리며 말했다. 신혼부부인가? 그런 생각이 머리를 스쳤지만 곧 지워낸 건우는 흔쾌히 그녀에게서 카메라를 받아 들었다. '좋습니다' 라는 그의 대답에 웃으며 방금 전까지 건우가 서 있던 곳으로 걸어간 여자와 남자는 서로를 끌어안고 포즈를 취했다. 그 모습을 지켜보던 채원은 두 사람이 예쁜 배경 앞에서 사진을 찍을 수 있도록 건우 옆으로 다가갔다.

디지털 카메라가 아닌 폴라로이드였기에 건우가 셔터를 누르자마자 사진이 인화되었다. 여자는 건우의 사진 기술이 마음에 들었는지 몇 컷 더 부탁을 하고 나서 두 사람에게 그들의 사진을 찍어주겠다고 제안했다.

"네?"

건우는 두 눈을 크게 뜨며 여자를 바라보았다. 싱긋 미소 짓던 여자는 그의 옆에 서 있던 채원을 흘끔 쳐다보며 말했다.

"찍어드릴게요. 저희도 찍어주셨으니……."

"괜찮습……."

"사양 안 하셔도 돼요. 우도봉까지 와서 사진 한 장 없으면 섭섭하잖아요. 추억이니 하나 남기세요."

"아……."

꽤나 오지랖 넓은 여자임이 틀림없었다. 얼른 채원과 함께 포즈를 취하라며 재촉하는 여자의 말을 들은 건우는 제 옆에 서 있는 채원을 바라봤다. 검은 선글라스에 가려 그녀가 어떤 표정을 짓고 있는지는 잘 보이지 않았다. 건우가 한숨을 내쉬며 여자에게 사양의 말을 단호하게 건네려는 순간, 채원이 그에게 속삭였다.

"우리가 누군지 아는 것 같지는 않아요. 그러니…… 한 장 정도는 찍어도 될 것 같아요."

채원이 그런 말을 할 거라곤 예상하지 못했는지 건우가 눈을 크게 뜨며 그녀를 바라보자 채원이 말을 이었다.

"추억이잖아요."

그녀의 입가가 잔잔하게 흔들렸다. 건우는 좀 전보다 심장의 박동이 빨라지는 것을 느끼며 고개를 끄덕였다. 이윽고 그는 '그럼 한 장 부탁드립니다'라고 여자를 향해 말했다. 여자는 사양하던 그들이 자신의 제안을 받아들이자 한껏 들뜬 목소리로 두 사람을 카메라 안에 담으려 애썼다. 그러다,

"선글라스는 벗으시는 게 더 좋을 것 같아요!"

라고 외치며 채원과 건우의 얼굴을 가리고 있는 것들을 벗겨내려 노력했다. 건우가 '이대로 찍어주십시오'라고 말하지 않았더라면 아마도 그들 앞까지 다가올 기세였다. 안타깝다는 듯 입을 쩝쩝거리며 셔터를 누르려던 여자는 이번엔 또 뭐가 의문스러웠는지 손가락을 아래로 누르려는 행동을 멈추고 고개를 갸웃거렸다.

"그런데 두 분…… 연인 관계 아니세요?"

"네?"

"포즈가 영……. 안 되겠다. 남자분, 여자분 곁으로 조금 더 다가오세요!"

건우는 그녀의 외침에도 불구하고 채원의 옆으로 움직이지 못했다. 오지랖 넘치는 여자는 이것만큼은 물러서지 않겠다는 듯 그들에게로 성큼 다가와 채원과 건우의 어깨가 닿을 만큼 두 사람의 거리를 억지로 붙여주었다.

두근두근.

채원의 팔이 그의 팔과 일직선으로 맞닿았다. 건우는 그답지 않게 잔뜩 긴장한 얼굴을 하곤 숨을 참았다. 채원은 그들의 피부가 닿고 있다는 것을 눈치채고 있는 것 같았지만 굳이 떨어질 생각은

하지 않았다.

쿵쿵쿵쿵!

'미치겠네.'

그로 인해 애꿎은 건우의 심장만 미친 듯이 뛰고 있는 중이었다.

"대체 왜 내게…… 이렇게 잘해주는 거죠?"

불현듯 우도로 오는 배 위에서 채원이 그를 향해 물은 말이 떠올랐다.

그때도 지금과 같았다. 단순한 대답이면 충분한데 심장이 제멋대로 뛰고 호흡이 어려울 정도로 가빠졌다. 무의식적으로 긴장이 됐고 주먹에 힘이 세게 들어가는 것 같다. 이건우답지 않은 초조함. 어떻게 말을 꺼내야 할지, 뭐라고 말을 해야 할지, 채원의 곧은 두 눈을 어떤 식으로 직시해야 할지 몰라 미쳐 버릴 지경이었다. 한동안 말을 잇지 못하던 건우는 놀라울 정도로 빠르게 자신이 동요한 흔적을 지워냈다.

이건우는 배우였다. 그는 짧은 시간 동안 감정을 정리할 줄 알았고, 덕분에 거짓말에도 아주 능숙했다. 그는 복잡한 시선으로 자신을 응시하는 채원을 가만히 바라보다 피식 웃음을 흘리며 속마음과는 전혀 다른 말을 내뱉을 수 있었다.

"글쎄요. 아마도…… 채원 씨는 내가 직접 데려온 우리 소속사 식구라서 그런가. 자꾸만 챙기게 되네요."

자연스럽게 대답한 그의 말에 채원의 입술 사이로 '아' 하는 작은 탄식이 새어 나왔다. 건우는 아랑곳하지 않았다.

"다음 계약을 위해서라도 식구들한테는 잘해줘야 하니까…….
그래서 채원 씨한테 유독 친절한 건지도 모릅니다."

짓궂은 미소를 지으며 그녀를 바라보는 건우의 말을 이해했는
지 채원이 고개를 끄덕였다. 건우는 입술을 움직였다.

"내 행동이 불편한 건 아니죠?"

채원은 잠시 돌렸던 시선을 건우에게 고정시키며 대답했다.

"네, 괜찮아요."

"다행이군요."

"……."

"……."

그 뒤로 이어진 침묵과 얼마 뒤 우도에 도착했기에 그들의 대화
는 그렇게 끝이 났다.

하지만 사실 이건우가 정말 하고 싶었던 말은…….

쿵! 쿵! 쿵!

심장이 뛴다.

제멋대로, 제어할 수 없을 만큼 빠르게.

얼굴이 화끈거리기 시작했고, 그녀와 닿아 있는 부위에서부터
열기가 피어올랐다.

"자, 찍습니다!"

폴라로이드를 들고 있는 여자는 건우의 머리를 윙윙 울리게 만
들 만큼 큰 목소리를 내뱉었다. 건우는 여전히 숨을 내뱉지 못한

채 카메라 렌즈를 응시했다. 그런 그의 귀로 셔터 소리가 들려온다.

찰칵.

"그럼 좋은 추억 많이 쌓으세요!"

억지로 건우의 손에 폴라로이드의 사진을 쥐어주고 떠난 여자 일행은 바람과도 같았다. 건우는 인화된 사진을 가만히 내려다보며 풋 하고 작게 웃음을 터뜨렸다. 사진을 찍어준 여자는 알아차리지 못했지만 건우는 쉽게 알 수 있었다. 두 남녀가 얼마나 어색한지. 쭈뼛거리며 닿아 있는 부분을 의식하는 것 같은 그 느낌이 사진 속에서도 전해졌다. 한 번 터져 버린 웃음은 계속해서 이어졌고, 우도봉 근처를 구경하고 아래로 내려오던 채원은 의아한 눈으로 웃고 있는 건우를 바라봤다.

"채원 씨도 볼래요?"

건우가 웃으며 채원에게 사진을 건넸다.

"진짜…… 어색하네요."

"그렇죠? 그러니 장채원 씨."

"네?"

"우리 빨리 친해집시다."

저를 내려다보는 건우의 직설적인 말에 채원은 대답하지 못했다. 건우가 '알겠죠?' 라고 눈웃음을 치는 것 같은 부드러운 음성을 뱉으려 할 때, 후두두 하고 하늘에서 무언가가 떨어졌다.

"어?"

건우는 폴라로이드 사진 위로 떨어진 투명한 액체를 발견하곤

고개를 들었다. 그 순간,

후두둑!

쏴아아—!

어느새 어두워진 하늘에서 눈물을 쏟아내고 있었다. 건우는 깜짝 놀라 서버린 채원의 손에서 폴라로이드 사진을 낚아채 제 품 안으로 숨긴 다음 멍하니 있는 그녀의 손목을 잡았다.

"뛰어요!"

예고 없이 쏟아진 비 탓에 예상치 못한 달리기 운동을 해야 했던 채원과 건우는 5분쯤 뛰어간 끝에 한 카페 앞에서 비를 피하기로 했다.

"하아, 하아!"

하필이면 차도 우산도 없는 상황에서 벌어진 일이라 그만 홀딱 젖고 말았다. 물에 빠진 생쥐처럼 젖어 있는 채원이 가쁘게 숨을 내쉬는 소리가 들렸다. 뚝뚝 하고 밀짚모자 끝에서 물방울이 떨어져 내렸다. 건우는 어둑한 하늘을 올려다보며 중얼거렸다.

"금방 지나갈 것 같지는 않네요, 채원 씨. 우리…… 안에 들어가 있을까요?"

어두워진 하늘이 맑아질 기미를 보이지 않는다는 걸 자각한 채원은 미약하게 고개를 끄덕였다. 건우는 채원의 허락이 떨어지자마자 등을 돌려 닫혀 있는 카페의 문을 열었다. 딸랑거리는 소리와 함께 향긋한 커피 냄새가 그들의 코끝을 자극했다. 손님이라곤 그들뿐인 카페 내부를 둘러보며 건우가 아무도 없느냐고 내뱉으려는데,

"언제 들어오나 했더니 생각보다 결정이 빠르네!"

카운터로 보이는 곳 근처에서 한 노부인의 웃음 섞인 목소리가 들려왔다. 건우와 채원의 행동을 지켜보기라도 한 표정으로 들고 있던 커다란 수건 두 개를 그들 앞에 내미는 노부인의 행동에 두 사람은 눈을 크게 떴다.

"닦아. 비 맞았잖아. 다행히 태풍은 아니라니 여기서 조금 있다가 비 그치면 나가."

인심 좋은 미소로 말하는 노부인의 눈가에 주름이 자글자글하다.

"커피 한 잔씩 줄까?"

머리가 희끗거리는 노부인의 말에 건우는 채원을 바라봤다. 채원은 입을 꾹 다문 채 고개를 끄덕였다. 그는 웃으며 노부인을 향해 대답했다.

"부탁드려요."

그로부터 얼마 뒤.

"그런데 니들, 왜 모자랑 그 검은 안경은 안 벗어?"

수건을 받아 든 채원과 건우의 행동을 지켜보다 커피를 타주겠다며 사라진 노부인은 따뜻한 커피 두 잔을 밖으로 내오며 의문스러운 음성을 내뱉었다. 그것도 그럴 것이, 물방울을 바닥에 뚝뚝 흘리며 급한 대로 젖은 옷을 닦고 있던 두 남녀가 밀짚모자와 선글라스를 벗을 생각을 하지 않았기 때문이다. 건우는 의아해하는 그녀를 올려다보며 난색을 표했다. 노부인의 의심이 짙어졌다.

"지금 안 말리면 나중에 감기 걸린다고. 얼른 그것들도 벗어서 머리 말려."

“괜찮습니다.”

“머리는 안 말릴 거야?”

“…….”

“뭐야. 드러내면 안 되는 얼굴이라도 돼? 왜 안 벗는 건데?”

건우는 노부인에게 뭐라 설명해야 할지 난감해졌다. 만약 지금 이 상황에서 그들의 얼굴을 가리고 있는 모자와 선글라스를 벗게 된다면 어떤 기사가 떠오를지 상상이 되었으니까. 좋은 기사는 뜨지 않으리라. 건우는 채원을 흘끔 바라보았다. 그녀는 담담하게 노부인의 말을 듣고 있다 한숨을 내쉬며 손을 위로 들어 올렸다.

‘……!’

그리고는 물기를 가득 머금고 있는 밀짚모자와 선글라스를 벗었다.

“훨씬 낫네.”

노부인은 채원의 행동이 흡족한 듯 입꼬리를 말아 올렸다. 건우는 심히 당황한 얼굴로 채원을 쳐다보았지만 그녀는 아무렇지도 않게 긴 머리카락을 닦기 시작했다.

이 카페에 손님이 없다는 것이 첫 번째로 다행스러운 일이었고, 카페의 주인인 노부인이 두 사람의 정체를 알아보지 못했다는 것이 두 번째 다행스러운 일이었다.

결국 채원을 따라 얼굴을 가리고 있던 모든 것을 벗어 던진 건우는 노부인이 건네준 수건을 들고 온몸을 닦았다. 축축한 느낌이 가시질 않았지만 그의 앞에 놓인 커피를 한 모금 마시니 따뜻해지는 것 같기도 했다. 10분이 흘러가도록 비는 멈출 기미를 보이지 않았고, 그들은 카페를 벗어나질 못했다. 우로봉을 내려오던 사람들이 각자 차를 타거나 혹은 우산을 들고 카페를 지나가고 있는 모습이 창밖으로 보였다.

이제 어떻게 해야 하나. 수중의 돈은 만 원뿐이고, 편의점까지 가려면 다시 젖어야 할 텐데. 채원을 이곳에 놔두고 혼자 편의점을 찾아보고 올까? 비는 언제 그치지? 소나기가 맞긴 한가. 여러 가지 생각을 하며 건우가 고뇌에 고뇌를 거듭하고 있을 때, 채원의 근처에 앉아 그녀와 이런저런 이야기를 나누던 노부인이 돌연 신음을 흘렸다.

"흐음, 아무리 생각해도…… 이상해."

상념의 늪에 빠져 있던 건우는 노부인의 음성에 정신을 차렸다. 그는 저와 채원을 흘깃거리며 미간을 좁혔다 풀었다 반복하는 노부인을 바라보았다. 노부인은 입술을 만지작거리며 말했다.

"어디서 많이 본 것 같은 얼굴이라니까. 아주아주 낯이 익어. 특히 남자애 너는 특히! 끄응! 어디서 봤지? 내가 어디서 봤더라? 분명히 본 애들인데……. 혹시 우도에 놀러 온 적 있어? 우리 카페에 왔던 애들인가?"

기억을 더듬으려는 노부인을 보고 건우는 쓰게 웃었다. 제 입으로 자신들이 누군지 말할 수가 없었다. 어떻게 이 위기를 벗어나야 할까 고민하던 건우가 태연하게 '그랬던 것 같아요'라고 대답하기 위해 입술을 열려 했다.

"길동이잖아."

……어?

건우의 말이 새어 나오기도 전에 들려온 음성은 결코 그의 것이 아니었다. 그는 카페 안쪽에서 들려온 굵은 목소리에 눈을 돌렸다. 노부인만큼이나 희끗희끗한 머리의 한 노인이 쯧쯧 하고 혀를 차며 그들에게로 다가왔다. 건우가 놀란 만큼이나 채원도 당황한 것 같았다. 노인은 영문을 몰라 하는 노부인의 옆자리에 털썩 앉으며 퉁명스레 말했다.

"왜, 15년 전에 당신 좋아하던 드라마에 나왔던 막내아들이잖아, 이 녀석."

"……!"

"그 드라마 제목이 뭐였더라? 당시 드라마 제목으로는 꽤 긴 이름이었는데……."

건우는 머리를 긁적이는 노인을 보며 참지 못하고 피식 웃음을 터뜨렸다. 그는 머뭇거리다 끝내 입술을 열었다.

"아마 [그날, 만능 목욕탕에선 무슨 일이 있었나?]일 거예요."

"그래, 맞아! 그 이름이었어!"

손뼉을 치며 건우의 말에 동조한 노인은 히죽 웃었다. 채원은 의외라는 눈으로 건우를 바라보고 있었고, 그 이야기를 들은 노부인이 깜짝 놀라 자리에서 벌떡 일어났다.

"뭐? 길동이라고? 그 조길동이? 네가 그 막내아들 조길동이야? 나 길동이 정말 좋아했어! 짜식이 어린데 연기를 곧잘 하더라고. 이야, 어디서 봤나 했더니…… TV에서 본 거였네!"

건우는 그의 등을 세게 후려치며 외치는 노부인의 손길에 그저 웃어야 했다.

"그럼 이 아가씨도 혹시……."

"네, 저랑 같이 일하고 있는 사람입니다."

"어머! 우리 아가씨도 TV에 나오는구나?"

건우에게 입술을 맞출 기세로 좋아하던 노부인은 이어지는 건우의 말에 채원을 보며 환하게 미소 지었다. 채원이 흐리게 웃으며 고개를 끄덕이려 하자 건우는 말을 덧붙였다.

"네. 내년 1월에 S국에서 방송될 드라마의 여주인공이에요."

"오, 그래?"

"할머니, 그리고 할아버지, 그 드라마 무척 재밌을 거니까 꼭 보세요. 아셨죠?"

"호호호! 우리 길동이가 말하는데 무조건 봐야지! 길동이 너도 나와?"

"당연하죠."

"그럼 봐야겠네. 걱정 마, 길동이. 내가 주변 할매들한테 길동이가 나올 드라마는 무조건 보라고 말해둘 테니까!"

"약조하셨어요?"

"응! 그런데 드라마 제목이 뭐야?"

"[사랑에 무너지다]요."

"제목이 왜 그래? 슬픈 드라마야?"

"그런 건 아니지만, 여러 가지 뜻을 담고 있죠. 중의적 표현이랄까."

"중의적? 나 같은 할매들한테는 어려운 표현이야."

"아이고, 뭘 그런 걸 따져! 그냥 TV 틀고 길동이 나오면 보는 거지, 뭐. 걱정 마, 길동이. 내가 이 여자가 채널 돌리려고 하면 다시 돌릴 테니까."

"감사합니다, 할아버지."

건우는 깍듯하게 고개를 숙이며 노부부를 향해 인사했다. 그리고 옆에 앉아 있던 채원을 쳐다보자 그녀는 꽤나 놀란 눈으로 자신을 응시하고 있었다. 건우는 아무 말도 하지 않고 그저 빙긋 미소 지어주었다.

그 뒤로 노부부는 여러 가지 질문을 던졌다. 그들의 물음에 답하는 사람은 주로 건우였고, 채원은 그 의외의 모습을 지켜보기만 했다. 지금 진헌보다 더 싹싹해 보이는 태도로 어른들을 태하는 건우는 확실히 채원이 알고 있는 이건우가 아니었으니까.

"그런데 두 사람 말이야."

우로봉 아래의 한 카페에서 일어난 노부부와의 만남은 나름 즐거운 시간이었다. 채원도 그들의 대화를 듣다가 가끔씩 웃음을 흘리기도 했고, 건우와 노부인은 예상외로 죽이 잘 맞았다. 그렇게 시간이 흘러가고 있다는 걸 망각할 만큼 이어진 대화를 끊어버린 것은 문득 벽에 걸린 시계를 발견한 노인이었다.

"본섬으로 안 돌아가 봐도 되나?"

건우는 노인을 쳐다봤다. 노인이 벽시계를 가리켰다.

"마지막 배가 끊길 시각이라서 말이야."

❖　❖　❖

“뭐? 성산항으로 돌아가는 배?”

후드득 떨어지는 비를 맞고 무작정 달려 나온 건우가 마침 선착장을 서성이던 우도 주민으로 보이는 남자를 붙잡자 신경질적으로 그를 바라본 남자는 얼굴을 일그러뜨렸다.

“지금이 몇 신데! 진작 끊겼지!”

퉁명스레 말을 던지곤 그의 손을 놓아버린 남자는 빠른 속도로 건우의 시야에서 사라졌다. 그의 뒷모습을 허망하게 바라보던 건우는 제 얼굴을 적시는 하늘을 올려다보며 이를 악물었다.

오랜만에 만난 할머니 팬과 이야기를 주고받다가 시간 가는 줄 몰랐다. 전부 제 탓이다. 의도하지는 않았는데 그녀를 섬에 가둔 꼴이 되어버렸다.

어떻게 이 상황을 설명해야 할지 감이 잡히지 않았다.

갑자기 우도로 가자고 한 걸로도 모자라 비를 쫄딱 맞게 하고, 거기다 배까지 놓쳐 섬에 갇히게 만든 그를 채원이 어떻게 바라볼까. 건우는 한숨을 푹 내쉬며 우산을 들고 그가 다가오기만을 기다리고 있는 채원에게 터벅터벅 걸어갔다.

“뭐라고 하세요?”

이미 선착장이 비어 있는 상태라 흘러가는 상황을 짐작하고 있기는 했지만 건우의 입을 통해 사실을 확인하고 싶었던 채원은 어두운 얼굴의 그에게 말을 걸었다. 건우는 어쩔 줄 몰라 하는 얼굴로 말하기를 주저하다 고개를 휘휘 저었다.

“아…….”

작은 탄식 소리가 들려온다. 건우는 한동안 얼굴을 들지 못하고 있었다. 채원은 우산을 쓰고 있는 자신과는 달리 그녀가 들고 있는 우산 밖에서 비를 맞고 있는 건우를 쳐다보았다.

건우는 면목이 서질 않았다. 안 그래도 촬영장에서 적지 않은 곤란을 겪고 있던 채원을 더 당혹스럽게 만든 게 분명하다. 그녀를 지원해 줘도 모자랄 판에 저로 인해 난처한 상황에 처해 버린 채원을 어떻게 바라봐야 할지 모르겠다.

이런저런 생각을 하며 인상을 쓰던 건우는 더 이상 빗줄기가 자신을 강타하지 않는다는 것을 느끼고는 얼굴을 들었다. 그러자 채원이 옅은 미소와 함께 웃고 있는 모습이 보였다.

쿵쿵 하고 가슴이 멋대로 움직였다. 건우가 어리둥절한 얼굴로 그녀를 쳐다보자 채원이 담담하게 말했다.

"그럼 오늘은 여기서 밤을 새워야겠네요."

라고.

❖　❖　❖

쏴아아―!

오후 다섯 시쯤부터 내리기 시작한 비가 아직까지 이어지고 있었다. 자신의 숙소 발코니에 서서 손을 내밀어 후드득 떨어지는 빗방울을 느끼고 있던 진헌은 우산을 쓰고 부지런하게 움직이는 스태프들을 내려다보며 중얼거렸다.

"많이 오네."

그 누구에게도 이렇게 비가 많이 올 거라는 이야기는 듣지 못했
다. 아마도 일본을 향해 달려가고 있다는 태풍의 영향으로 인해
제주의 하늘이 어두워진 건지도. 본래의 예정대로라면 지금까지
이어졌을 A팀의 촬영이 중단된 것은 신의 한 수가 아닌가 싶다.
진헌은 고개를 절레절레 젓다 바쁘게 호텔 안으로 뛰어 들어오는
민경을 발견했다.

'아, 맞다. 두 사람!'

멍하니 비 오는 제주도의 풍경을 바라보던 진헌은 머리를 스치
는 생각에 자리에서 벌떡 일어났다. 그리고 현관을 향해 터벅터벅
걸어갔다.

현재 시각 오후 여덟 시.

채원과 건우가 사라진 이후로 자유 시간을 얻게 된 출연진과 스
태프들은 한가롭게 숙소를 누비고 있었다. 진헌은 제게 사인을 부
탁하는 사람들에게 빙긋 미소를 지어주며 흔쾌히 그들의 요구를
들어주다 건우가 배정받은 숙소 앞에 섰다.

'지금쯤이면 충분히 돌아와야 할 시각인데 말이지.'

딩동.

진헌은 건우의 방인 2007호의 벨을 세게 누르며 누군가가 문을
열길 기다렸다. 하지만 2007호 안에선 아무런 소리도 들려오질
않았다. 진헌은 미간을 찌푸리며 손가락에 더욱 힘을 주었다.

딩동딩동.

"형, 나야."

딩동딩동.

“건우 형! 안에 있……!”

달칵 문이 열린 것은 진헌이 조금 더 큰 목소리로 외치려 할 때였다. 진헌은 갑자기 문이 열림과 동시에 그의 손목을 세게 잡아끄는 우악스러운 힘에 반사적으로 발을 앞으로 내디뎠다. 쾅 하고 문이 닫히는 모습을 지켜보던 진헌은 자신을 건우의 방 안으로 끌어당긴 사람의 얼굴을 바라보기 위해 고개를 돌렸다.

“혜성이 형? 형이 여기 왜 있어?”

진헌은 자신의 매니저 혜성이 어두운 얼굴로 그를 응시하고 있는 걸 발견하곤 미간을 좁혔다. 주변 그 어디를 둘러보아도 건우의 존재는 보이지 않았다. 혜성은 의문스러운 표정을 짓는 진헌을 직시하다 한숨을 푹 내쉬며 근처 의자에 털썩 앉았다.

“뭐야? 무슨 일 있어? 건우 형은? 아직 안 왔어?”

“하아!”

“형?”

“연락이…… 안 돼.”

뭐?

진헌은 고개를 떨구며 중얼거리는 혜성의 말에 귀를 기울였다. 혜성은 미치겠다는 듯 두 손으로 머리를 감싸 쥐며 말을 이었다.

“하필이면 핸드폰을 안 가져갔어. 장채원 씨도 마찬가지야.”

“……!”

“진헌이 너도 알잖아. 건우 형, 현금 같은 거 안 들고 다니는 거.”

“그럼……?”

“다행히 카드는 들고 간 것 같긴 한데……. 지금껏 연락이 없는 걸로 봐선 뭐가 어떻게 돌아가는 건지 모르겠어.”

진헌은 입술을 잘근 깨무는 혜성을 굳은 얼굴로 바라보았다. 혜성은 머리를 마구 긁더니 버럭 소리를 내질렀다.

“아아, 진짜 돌아버리겠네, 정말! 채원 씨랑 함께 있으면 있다고 연락을 좀 하라고요, 건우 형!”

혜성은 진헌도 아닌 건우가 이렇게 자신의 애를 먹일 줄 예상치 못했다는 표정이다. 채원의 매니저인 시준에게 건우도 살펴달라고 부탁하는 게 아니었다며 자책하는 혜성을 가만히 응시하던 진헌은 조심스레 말을 건넸다.

“준이 형은 알아?”

“대표님?”

“응.”

진헌이 고개를 끄덕이자 혜성은 인상을 쓰며 험악하게 대답했다.

“미쳤냐, 말하게. 죽어도 말 못하지. 혼날 게 뻔한데. 게다가 채원 씨까지 얽힌 걸 알게 되면……. 으으, 그냥 스캔들도 아니고 대형 스캔들이니 최대한 내 선에서 해결하는 게 나아.”

상상하기도 싫다는 듯 몸을 부르르 떨던 혜성은 진헌이 괜한 이야기를 꺼냈다며 오히려 그를 타박했다.

“안 되겠다.”

한동안 진헌과 앞으로의 일에 대해 상의하던 혜성은 복잡해진 머리를 겨우 정리했는지 자리에서 일어났다. 그는 재킷을 챙겨 들며 중얼거렸다.

"아무래도 A팀 촬영장 근처를 좀 찾아봐야겠어. 돈도 없을 거고 비까지 오는데 어디 갇혀 있는지도 모르지."

"나도 갈까?"

"아서라. 그랬다간 이건우랑 장채원이 아직 안 돌아왔다는 거 들킬 수도 있어. 넌 여기서 건우 형이 전화할 때까지 기다려."

그건 그러네. 진헌은 혜성을 따라 나가려다 그의 말에 수긍했다.

혜성이 현관의 문고리를 잡고 숙소 방문을 빠져나가려 할 때였다. 진헌은 바지 속에 집어넣었던 핸드폰이 요란하게 울리는 걸 발견하곤 손을 뻗었다. 무심코 핸드폰을 내려다본 진헌의 눈에 여태껏 본 적 없는 의문의 번호가 들어왔다. 064로 시작된 제주도의 지역 번호가 찍힌 핸드폰을 말없이 보던 진헌은 전화 벨소리에 놀라 걸음을 멈추고 저를 바라보고 있는 혜성에게 가까이 오라는 듯 손짓했다.

"네, 여보……."

〈진헌아, 나야.〉

"……!"

혹시나 이건우가 아닐까. 왠지 그런 예감이 들어 혜성을 불러 세운 진헌의 눈동자가 큼지막해졌다. 진헌은 '누군데? 뭔데?' 라고 말하고 있는 혜성을 흘깃거리다 얼굴을 일그러뜨리며 소리쳤다.

"형, 진짜 제정신이야? 대체 어디야! 지금 어디서 뭘 하고 있는 거야!"

진헌은 방금 전의 혜성만큼이나 화가 난 목소리로 건우를 향해 쏘아붙였다.

"오늘 하루 중단이라고 내일도 촬영이 없다고 생각하는 건 아니겠지? 채원 누나를 따라가긴 한 거야? 함께 있기는 해? 대체 어디 있는데? 왜 아직까지 안 들어오는데!"

숨도 쉬지 않고 말하는 진헌을 보며 혜성은 한숨을 내쉬었다. '건우 형이군' 하고 작게 중얼거리는 혜성의 음성이 들려와 진헌은 더욱 소리를 지를 수밖에 없었다.

"핸드폰도 안 가져갔다며? 사람들이 걱정할 거라는 생각은 전혀 안 했어? 채원 누나가 지금 얼마나 위험한 상황인지 형이 더 잘 알고 있잖아! 그런 누날 데리고 어디서 뭘 하는 거야? 오랜만에 촬영한다고 정신 줄 놓은 거 아니야?"

"지, 진헌아."

"놔봐, 형. 건우 형이 정도가 심하잖아."

"……."

"형! 말 좀 해봐! 만약 감독님이나 다른 스태프들이 채원 누나 찾으면 어떻게 말해야 하는데? 형 찾는다고 하면? 둘이 아직도 안 돌아왔다는 거 들키면 언론에 퍼지는 건 순식간이라…… 왜?"

이성을 잃고 말을 내뱉던 진헌은 갑자기 자신에게서 핸드폰을 빼앗는 혜성의 행동에 미간을 찌푸렸다. 그러자 혜성이 냉정한 표정으로 고개를 저으며 말했다.

"너, 지금 선 넘었어."

　　진헌은 그제야 자신이 정도가 지나쳤다는 걸 깨달았다. 혜성은 입을 다물며 고개를 아래로 떨어뜨리는 진헌을 흘겨보다 핸드폰을 귀에 가져다 댔다.

　　"접니다, 형. 말씀하세요."

　　〈이제 말해도 돼?〉

　　"네, 괜찮아요."

　　〈진헌인?〉

　　"숨 고르고 있어요. 그런데 대체 어디십니까? 장채원 씨랑 함께 계신 건 맞죠?"

　　진헌이 그를 그렇게 타박할 줄은 몰랐는지 잠시 말을 잇지 못하던 건우는 '응' 하고 대답했다. 그러면서 조심스럽게,

　　〈채원 씨랑 내가…… 숙소에 없다는 거, 아직 다른 사람들은 모르지?〉

　　라고 물음을 던진다. 혜성은 대답했다.

　　"다행스럽게도."

　　〈혜성아, 그럼 부탁 좀 하자.〉

　　"부탁이요?"

　　좋은 예감은 들지 않았다. 싸한 기분이 들어 얼굴을 굳히는 혜성의 귀에 주저하는 듯한 건우의 말이 들려왔다.

　　〈아무래도 나랑 채원 씨…… 지금 당장은 못 돌아갈 것 같아.〉

　　"예?"

　　〈본섬으로 돌아가는 마지막 배를 놓쳤거든.〉

　　"본섬이요? 그럼 지금 어디신……."

〈……우도.〉

우도라면 그들의 숙소와 한 시간가량 떨어진 곳에 있는 섬이다. 제기랄. 혜성의 얼굴이 일그러졌다.

"뭐래?"

진헌이 입을 닫는 혜성을 보며 전화가 끊어졌을 거라 생각했는지 말을 걸어왔다. 진헌의 물음에 답하지 않은 혜성은 숨을 골랐다. 생각을 정리한 혜성이,

"그럼 이제 어떡하실 겁니까?"

라고 묻자 건우의 다음 말이 들렸다.

❖　❖　❖

"다행히 우리가 묵을 곳의 주인 할아버지께서 아시는 분이 배 한 척을 가지고 계신대. 지금 당장 나가는 건 무리고 내일 새벽 동틀 무렵엔 빠져나갈 수 있을 것 같아. 미안하지만 그때 여객터미널 쪽으로 우릴 픽업해 주러 올 수 있겠어? 그러면 겨우 촬영 시간은 맞출 수 있을 것 같긴 한데……."

미안하기 그지없어하는 말에 혜성은 어쩔 수 없다는 듯 대답했다.

〈그 방법밖에는 없겠네요. 알겠습니다. 나오시기 전에 연락 주세요. 전화 기다리고 있을게요.〉

"아, 그리고……."

〈걱정 마세요. 스태프들이나 출연진한텐 형이랑 채원 씨, 숙소

에 도착해서 먼저 잠들었다고 말해놓을 거니까.〉

"……고맙다."

〈아닙니다. 그나저나 그곳에서 다른 얘기 새어 나가지 않도록 주의하세요. 또 스캔들에 휩싸이면 형이고 채원 씨고 여러 가지로 곤란해질 것 같으니.〉

진심 어린 충고를 하는 혜성의 말을 들으며 건우는 어색하게 웃을 수밖에 없었다.

"후우."

예기치 못하게 우도에서 맞아야 했던 밤으로 인해 건우는 그답지 않게 길게 숨을 내뱉는 중이었다. 여차저차 해서 소속사 식구들에게 전화를 걸어 그들의 사정을 설명하긴 했지만 찜찜한 기분을 떨쳐 낼 수가 없었다. 제게 큰 소리로 외치던 진헌의 목소리가 괜스레 귓전을 맴돌아 어금니를 악물던 그는 언제 비가 내렸냐는 듯 구름 따윈 한 점 보이지 않는 밤하늘을 멍하니 올려다보았다.

"다시 돌아온 걸로 보니…… 배를 놓쳤구만."

혹시 배를 못 타게 된다면 일단 자신들의 카페로 돌아오라던 노부인의 말에 다시금 그들의 카페로 돌아간 건우 일행을 보며 그녀는 하얀 이를 드러냈다.

"우리 집에 빈 방이 몇 개 있어. 지금 당장 쓸 수 있는 방은 하나뿐이지만 창고로 사용하던 걸 정리하면 겨우 몸은 뉠 수 있을 거야. 두 사람한테 제공해 줄게. 가장 빨리 나가는 배편도 구해줄 테니까 일단은 우리 집에서 자도록 해."

"그래, 이 여자 말대로 하는 게 좋겠어. 길동이, 그렇게 해."

호의를 베풀어주는 노부부에게 연신 감사하다는 인사를 하자 노부부는 씩 웃었다.

"어려움에 처했는데 돕고 살아야지. 그리고 그냥 제공하는 거 아니야. 니들이 본섬으로 돌아가기 전에 사인 하나씩은 해주고 가야 해. 나중에 손자 녀석들한테 자랑할 거거든."

"두 개씩 해줘! 나도 자랑할 거야!"

노부인이 말하기가 무섭게 그녀의 말에 꼬리를 붙이는 노인을 보며 채원과 건우는 옅게 미소 지었다. 노부부가 채원과 건우의 일을 멀리 퍼뜨릴 것이라 생각하지는 않았다. 아마도 그들의 말처럼 다음에 손자들이 놀러 오게 된다면 그때서야 자랑할지도 모른다. 내심 안도하며 노부부의 집에 도착한 건우는 노부인이 말했던 그 '창고'를 발견하곤 입을 다물지 못했다.

"길동이, 정리할 수 있겠어?"

노부인은 물건이 가득 쌓여 있는 창고라 일컬어지는 방을 그저 바라보기만 하는 건우에게 다가와 물었다. 건우는 소리를 내뱉을 수 없었다. 비가 추적추적 내리는 상황이었던지라 물건을 옮긴다면 먼지를 잔뜩 뒤집어쓸 확률이 높았기 때문이다.

"건우 씨."

그래도 채원과 한 방에서 잘 수는 없는 노릇인지라 어떻게 해서든 해보겠다며 마음먹었을 때, 채원이 창고로 사용하던 방의 내부를 들여다보곤 그를 불렀다.

"이 방에선 못 잘 것 같아요. 어차피 길게 있진 않을 거니 그냥 같이 자도록 해요.”

“……!”

“아가씨, 길동이랑 같이 자는 거 괜찮아?”

채원의 말에 당황한 건우를 흘겨보던 노부인이 걱정스러운 눈으로 그녀를 바라봤다. 채원은 살짝 고개를 끄덕이며 대답했다.

“네. 방도 넓은걸요.”

똑똑.

불빛이 문밖으로 새어 나오는 것을 보면서도 쉽사리 문고리를 잡을 생각을 하지 못하던 건우는 한참을 망설이다 겨우 문을 두드렸다, 긴장한 어조로,

“저…… 채원 씨, 들어가도 돼요?”

라고 내뱉는 건우의 입가가 파르르 떨렸다. ‘네, 들어오세요’ 하고 채원이 차분하기 그지없는 음성으로 대답하자 건우는 주먹을 불끈 쥐며 방 안으로 들어섰다.

“풋.”

노부인이 내어준 옷으로 갈아입은 채원은 영락없는 시골 처녀였다. 건우는 몸빼 바지에 하얀 티셔츠를 입고 머리를 털고 있는 채원을 발견하곤 저도 모르게 웃음을 터뜨렸다. 채원은 들어오자마자 자신을 보며 웃는 건우의 모습에 고개를 갸웃거렸다.

“왜 웃어요?”

“아, 아뇨. 그게 지금 채원 씨 모습이…… 큭!”

건우가 자꾸만 흘러나오는 웃음을 참지 못하고 손을 들어 올려

입을 틀어막자 채원은 눈을 가늘게 떴다.

"흥! 건우 씨는 뭐 안 웃긴 줄 알아요? 참고 있으니까 자긴 아닌 줄 알아."

"……네?"

그녀의 퉁명스러운 말에 건우는 얼굴을 아래로 숙여 제 모습을 확인했다. 그러자 이번엔 호피 무늬 몸뻬 바지와 함께 쫄티로 변해 버린 티셔츠를 입고 있는 자신이 보였다. 건우는 눈물이 새어 나오려는 것을 겨우 참았다.

"인정하죠?"

채원이 말없이 어깨를 들썩이고 있는 건우에게 물었다. 건우는 손가락으로 동그라미 표시를 그리며 대답했다.

"인정. 큭큭, 완전 인정."

두 사람의 몰골을 확인하고 정신없이 웃는 건우 때문인지 채원 역시 웃음을 터뜨렸다. 서로를 힐끔힐끔 바라보다 다시 웃음을 참고, 결국 참지 못하고 낄낄 웃다가 다시 웃음을 참는 기괴한 행동을 반복하던 두 사람은 꽤 오랜 시간이 지나서야 겨우 안정을 되찾았다.

"전화는 하셨어요?"

눈가를 닦는 건우에게 채원이 말을 건넨 것은 30분이 흐른 뒤였다. 건우는 염려 섞인 그녀의 말에 대답하기 위해 입술을 움직였다.

"네."

"혹시 다른 오해는……."

“안 할 거예요. 걱정 말아요.”

손을 내젓는 건우를 보며 채원은 안심의 한숨을 내뱉었다. 왠지 가슴이 찔려 그녀를 바라보던 건우는 어렵게 말했다.

“채원 씨는…… 어떻게 연기를 시작하게 됐어요?”

그녀가 어릴 적부터 연기를 해왔다는 이야기는 들었다. 세진에게서 이야기를 듣고 직접 조사하기도 했고, 채원이 출연했던 드라마를 모조리 보기도 했다. 그러면서 들었던 생각은 정말 열정적인 연기자가 아닐까 하는 것. 하지만 어떻게 이 일을 시작하게 되었는지, 왜 이 세계로 뛰어들게 되었는지는 알지 못한다. 채원은 건우의 말이 의외였는지 그의 떨리는 눈을 응시했다.

“그냥 궁금해서 그래요.”

약간 경계하는 것 같기도 같은 그녀의 눈빛에 건우는 뒷머리를 긁적이며 덧붙였다. 그러자 조금은 누그러진 채원이 잠시 망설이다 붉은 입술을 움직였다. 무척이나 고민하며 말할까 말까 주저하는 그 모습에 ‘말하기 어렵다면 대답하지 않아도 돼요’ 라고 말하려고 할 때 채원의 나긋나긋한 음성이 들려왔다.

“제가…… 장채원으로 있을 수 있는 유일한 기회였거든요.”

“유일?”

“네. 너무 똑같았으니까, 머리부터 발끝까지 똑같았으니까. 연기를 할 때만큼은 누구누구의 동생이 아닌, 그냥 장채원으로 있을 수가 있어서…… 그래서 시작했던 것 같아요.”

많은 것을 숨긴 채원의 말에 건우는 가슴이 턱 막혀왔다. 서글퍼 보이기도 하는 그녀의 얼굴을 보며 무심코 손을 뻗을 뻔했다.

심장 한편이 미칠 만큼 시려왔다.

"장채원이 기자회견을 하기 전에 묘한 소문이 들렸었어. 그 동 영상의 주인이 따로 있다고. 세간에 알려진 것과는 다르게 J양은 장채원이 아닌 그녀의 언니라는 소문."

쓰디쓴 채원의 표정을 보자니 불현듯 세진의 목소리가 환청처 럼 들려왔다. 왜 갑자기 그 말이 떠올랐는지는 모르겠지만 건우는 더 이상 말하지 않는 채원을 보며 생각했다.

'세진이의 말이 사실일 수도 있겠군.'

가급적 그 일에 대해선 언급하지 말자고 그린엔터 차원에서 회 의를 했기에 채원에게 말하진 않았다. 자신이 먼저 주장했던 일이 라 채원을 보고도 묻지 않았었다. 생각에 잠긴 그를 깨우는 채원 의 목소리에 정신을 차렸다.

"건우 씨, 그럼 저도 한 가지만 물어봐도 돼요?"

"물어봐요."

"이건우 씨."

채원은 이상하게 뜸을 들였다.

"이건우 씨는 왜…… 은퇴를 했어요?"

건우는 깜짝 놀랐다. 채원에게서 그런 말이 나올 줄은 몰랐으니 까. 건우는 무의식적으로 그녀의 시선을 피해 버렸다. 심장이 미 친 듯이 뛰었다. 숨이 가빠져 참을 수 없던 그는 끝내 자리를 박차 고 일어났다.

“미안한데, 잠깐만 나갔다 올게요.”

“네?”

“미안해요.”

다른 사람도 아닌 채원이 물었기에 미치는 영향은 컸다. 그녀가 제게 어떤 존재라고 아직 완벽히 정의 내리지 못했지만 적어도 함께 있어도 아무렇지 않은 사람은 아니었으니까.

방을 나가 버리는 그를 보고 채원이 ‘이건우 씨?’ 라는 의아한 음성을 내뱉는 것이 들렸지만 건우는 모른 척했다. 울렁거리는 속을 달래야 할 필요성을 느꼈기 때문이다.

많아봤자 준과 세진밖에 없는, 그의 은퇴에 관한 진실을 알고 있는 사람은 극소수였다. 건우가 직접 스카우트하여 지금의 위치까지 올려놓은 진헌조차 그 비화를 알지 못했다. 별것 아닌 일이기도 하지만 어쩐지 입 밖으로 꺼내기가 껄끄러웠다. 그런데도 그녀에게 말해도 되는 걸까. 믿을 수 있는 사람일까. 장채원은 확실한 내 사람일까.

비를 가득 몰고 왔던 구름이 사라지고 새까만 밤하늘이 그를 반기고 있었다. 구름에 가려 보이지 않던 달이 환한 빛을 내며 그를 비추었다.

“채원 씨, 아깐 미안……!”

마당을 서성이며 마음을 정리하던 건우가 결심했다는 얼굴로 다시 문고리를 잡았을 때는 이미 그를 혼란에 빠뜨렸던 여자가 벽에 기대어 잠을 자고 있었다.

‘하!’

허무한 감정이 그를 엄습했다. 건우는 바보처럼 눈을 감고 있는 채원을 내려다보았다. 왠지 웃음이 날 것 같기도 하고 화가 날 것 같기도 했지만, 따지고 보면 미안하다는 말만 남기고 방을 나갔던 제 잘못이 컸던지라 건우는 고개를 절레절레 저어야만 했다.

"장채원 씨, 자요?"

건우는 살금살금 그녀에게로 다가가 말을 건넸다. 하지만 채원은 미동조차 하지 않는다.

"먼저 물어놓고 자는 거예요, 장채원 씨?"

한 번 더 말을 걸어보아도 마찬가지.

"정말 자요?"

"……."

"진짜 자는 겁니까?"

채원은 아무런 대답 없이 천사처럼 눈을 감고 있을 뿐이었다.

두근.

겨우 잠잠해졌던 심장이 뛰었다.

두근.

건우는 채원을 가만히 들여다보았다.

백옥같이 고운 살결에 미동 없는 기다란 속눈썹 그리고 꾹 다문 붉은 입술이 보였다. 건우는 맥박이 더욱더 빨라지는 것을 느끼며 참을 수 없는 말을 내뱉었다.

"진짜…… 못 말리는 여자네."

무언가를 가득 억누르는 그의 목소리에도 채원은 움직이지 않았다. 건우는 깊은 잠에 빠진 그녀를 나지막하게 불렀다.

“채원 씨.”

채원은 답하지 않았다. 그녀의 고른 숨결이 코끝으로 스며들어오자 건우는 복잡한 눈으로 그녀를 응시했다.

“아까 채원 씨한테 말한 것들 중 솔직하지 못했던 게 한 가지…… 있어요.”

건우는 숨을 크게 들이켜며 소리를 뱉어냈다.

“왜 내가…… 당신에게 잘해주느냐고 물었죠?”

그의 옅은 미소가 얼굴 가득 떠올랐다.

“아마도 그건…….”

❖　❖　❖

출구라곤 하나밖에 없는 공간에서 남자와 단둘이 있는 것은 채원에겐 낯설기 그지없는 일이었다.

건우는 그녀의 직장 상사에 함께 호흡을 맞출 상대지만 그래도 남자였다. 자연스레 긴장할 수밖에 없었다. 태연한 얼굴을 하고 앉아 있었어도 속은 안절부절못했다. 유난히 숨이 가빠왔고 호흡은 잘 되지 않았다. 티를 내지 않기 위해 어금니를 악물어야 했고, 가급적이면 그의 얼굴을 바라보지 않기 위해 애썼다. 두근거리는 심장 소리가 혹 건우의 귀에 닿을까 싶어 노심초사하던 그때, 제 입에서 흘러나온 물음에 건우가 얼굴을 굳히며 자리에서 일어나자 채원의 가슴은 더욱 뛰었다.

정상 궤도에서 수많은 사람에게 사랑을 받던 그가 돌연 은퇴를 결심했던 원인이 따로 있을 것이라 생각은 했지만 건우가 자신에게 묻지 않는 것처럼 채원 역시 묻지 않았다. 마치 팽팽한 줄다리기를 하듯 대치되던 도중 먼저 채원이 연기를 시작하게 된 연유를 물은 것은 건우였고, 대답을 하며 꺼낸 말이 그의 은퇴에 관련된 이야기였다. 건우가 그렇게 순식간에 표정을 바꾸어 나가 버릴 줄 알았더라면 아마도 그런 질문을 하지 않았을 것이다.

'실수를 한 건가.'

달칵 닫혀 버린 문을 뚫어져라 응시하며 채원은 입술을 살짝 깨물었다. 괜스레 분위기가 더욱 어색해질지도 모른다는 생각이 들어 한숨만 푹푹 내쉬다 벽에 등을 기대었다. 채원은 설마 자신이 잠이 들 거라곤 전혀 생각하지 않았다.

하지만 이상하게도 빙판 위를 걷고 있는 것 같은 아슬아슬한 그 상황에서 그녀의 눈꺼풀이 자꾸만 아래로 내려갔다.

그날은 심적으로 많이 지쳐 있던 하루였다.

의도치 않게 많은 사람들 앞에서 호흡을 맞추던 상대 여배우와 다툼을 벌였고, 마음대로 촬영장을 벗어났으며, 뒤따라온 건우와 함께 무작정 우도로 떠났다. 그들의 정체를 모르는 사람들 사이에서 관광을 하고, 내려오는 길에 배를 놓쳐 섬에 갇힌 꼴이 되었고, 그와 한 방에서 밤을 새워야 할 지경에 이르렀다. 하루 사이에 겪은 일이라고 보기엔 너무나 파란만장해서 그리도 빨리 피곤이 몰려온 건지도.

채원은 정신없이 꿈속을 헤맸다. 그 속에서 자신은 오랫동안 열망하던 브라운관에 드디어 모습을 드러낼 수 있었고, 많은 이들의 박수갈채를 받으며 환하게 웃고 있었다.

‘꿈이라면 깨고 싶지 않아’ 라는 말을 속으로 중얼거릴 정도로 행복한 꿈이었다.

“솔직하지…… 못했던 게…… 있어요.”

눈이 부시는 아름다운 드레스를 입고, 그 누구보다 빛나게 웃으며 그녀를 기다리는 관객들을 지나 시상식이 열리는 레드카펫 위로 발을 뻗으려고 할 때, 곁에서 누군가 다정하고 부드럽게 말하는 목소리가 들렸다.

‘건우 씨?’

주위를 둘러보며 목소리의 진원지를 찾으려 노력했지만 채원의 눈엔 자신을 향해 쏟아지는 카메라의 플래시 세례 외에는 보이지 않았다. 의아해하며 다시 고개를 앞으로 돌리려고 할 때쯤이었다. 이번엔 강하고 중독성 있는 체취가 그녀의 코끝으로 스며들었다.

“이런 감정을…… 너무 오랜…… 확신이 서…….”

이상한 일이었다. 건우의 것이 분명한 음성이 들리고 그만의 향기가 느껴지기는 하는데 건우의 얼굴은 보이지 않았다. 채원은 고개를 두리번거렸다. 그러면 그럴수록 건우의 목소리는 조금 더 크게 그녀의 귓가로 들려왔다.

“……불구하고…… 당신을 쫓은…… 이유는…… 아마도…….”

그러나 채원은 찾을 수 없었다. 점점 근원지가 불분명한 건우의 목소리에 가슴이 답답해지려는 무렵, 그녀의 꿈을 와장창 깨뜨리는 그의 충격적인 말이 채원을 잠에서 깨어나게 만들었다.

“당신을…… 좋아하기 때문이에요.”

쿵!

그의 목소리와 동시에 채원의 발 앞에 놓여 있던, 시상식으로 향하는 레드카펫이 신기루처럼 흩어졌다. 심장이 내려앉을 것 같은 충격에 휩싸였고 숨이 막혀왔다. 하마터면 번쩍 눈을 뜰 뻔했지만 가까스로 견뎌냈다.

쿵쿵!

미묘한 심장의 뜀박질 소리가 채원을 동요하게 만들었다. 그의 고른 숨결이 바로 코앞에서 느껴져 참을 수가 없었다.

"장채원 씨."

속눈썹이 파르르 떨리지 않은 것이 천만다행이었다. 채원은 최대한 모르는 척, 깨지 않은 척, 듣지 않은 척 노력하기 위해 애써야만 했다. 뜨거운 시선이 느껴졌다. 온몸이 그의 강렬한 눈빛에 녹아내릴 것만 같았다. 전신의 세포를 자극하는 그의 호흡 소리에 미쳐 버릴 지경이었다.

쿵쿵! 쿵쿵쿵—!

제발 조용히 해줘. 그가 듣지 않게 해줘. 진정해 줘.

제어 불가능해진 심장의 박동을 진정시키던 시점, 건우가 쓰게 웃으며 한숨을 내쉬는 소리가 들려왔다.

"미쳤군, 이건우."

한참 동안 채원에게 시선을 꽂고 있던 건우는 길게 호흡을 내뱉으며 자리에서 일어났다. 채원은 자신이 깨지 않도록 조심스럽게 방문을 열고 밖으로 나가는 그의 움직임을 느꼈다. 문이 달칵 닫히자 채원은 그제야 두 눈을 뜰 수 있었다.

건우는 꽤 오랜 시간이 흐른 뒤에야 다시 방 안으로 돌아왔다.

그녀는 얼른 눈을 감으며 숨을 죽였다. 얼마 후 그가 잠에 빠져드
는 소리가 귓가로 들려왔다.

고요한 정적이 흐르는 커다란 방 안.

노부부가 제공해 준, 사람 열 명이 누워도 모두 잘 수 있을 것 같
은 그 큰 방에서 그녀는 건우와 멀찍이 떨어진 거리를 유지했다. 그
리고 채원은 몇 시간 전 잠결에 들었던 말을 잊지 못하고 있었다.

"내가 당신을…… 좋아하기 때문이에요."

'닿을…… 뻔…… 했어.'

눈을 뜬 채원의 얼굴이 빨갛게 달아올라 있었다. 그녀는 무의식
적으로 붉은 입술을 매만졌다. 가슴이 터져 버릴 것처럼 뛰었다.
채원의 검은 눈동자가 세차게 흔들렸다. 입을 쭉 내밀면 닿을 거
리에서 자신을 내려다보던 건우의 흔적이 아직까지 남아 있었으
니까. 채원은 멍한 얼굴로 입술을 만지작거렸다. 그의 숨결이 훑
고 지나갔던 곳이 화끈거렸다. 미약하던 심장 소리가 점점 빨라졌
다. 인상을 쓰면서까지 박동을 제어하려 애썼으나 어려웠다.

그로부터 몇 시간이 흐르고 또 시간이 흘러 노인의 지인이 말해
주었던 배를 타기 위해 일어나야 할 시각이 될 때까지 채원은 잠
들지 못했다.

"……씨."

…….

"장 씨 아가씨!"

“부르…… 셨어요, 할머니?”

길고 긴 상념의 늪에서 깨어난 그녀는 싱글벙글 웃으며 저를 바라보는 노부인의 음성에 고개를 들었다. 지금껏 채원에게 무어라 말을 하고 있던 노부인은 넋을 놓고 있는 그녀를 향해 손을 뻗었다.

“어디 아파?”

“네?”

“얼굴에 핏기가 없네.”

채원은 그녀의 얼굴을 쓰다듬으며 걱정스럽게 말하는 노부인을 보고 크게 당황했다. 괜찮다고 말하며 뒤로 물러선 채원은 이내 빙긋 미소 지으며 노부인을 안심시켰고, 채원의 태도에 한숨 돌린 노부인은 고개를 끄덕였다.

그럴 필요 없다고 했음에도 채원과 건우를 배웅 나온 노부부와 인사를 하고 있는 중이었다. 노인에게 먼저 인사를 한 채원은 노부인에게 고개를 숙여 그간 고마웠다고 전했다.

“그럼 나 길동이랑 장 씨 아가씨가 나오는 드라마는 꼭 볼게! 그러니까 두 사람도 우리 잊으면 안 돼? 다음에 우도 오게 되면 우리부터 찾아. 알았지?”

한쪽 눈까지 찡긋거리며 채원에게 말하는 노부인에게 ‘그렇게 할게요, 할머니’ 라고 상냥하게 대답한 채원은 노인과 배웅 인사를 마치고 그녀를 기다리고 있는 건우가 탄 배로 걸어갔다. 건우는 채원을 향해 손을 내밀며 그녀가 배 위로 몸을 실을 수 있도록 도와주려 했다. 머뭇거리던 채원이 그의 손을 잡고 건우의 옆에 앉자 그는 환한 미소와 함께 말을 걸었다.

"할머니께 인사는 잘 했어요?"

건우가 채원에게 한 말은 아주 자연스러운 말이다.

따지고 보면 별말이 아닌.

그러나 이상하게도 채원은 숨이 컥 막히는 걸 느꼈다. 그녀의 동공이 풍랑을 만난 듯 일렁였다.

"채원 씨?"

건우는 저를 그저 바라보기만 하는 채원을 의아한 듯 응시하며 고개를 갸웃거렸다. 울컥거리는 감정이 치솟아 입술을 꽉 악물던 채원은 떨리는 목소리로 힘겹게 말을 내뱉었다.

"네, 했어요."

그 말을 끝으로 채원은 건우에게서 시선을 돌려 버렸다. 그의 얼굴을 마주하는 것보다 잔잔한 바다로 눈을 두는 것이 더 마음이 편안했기 때문이다. 건우가 하룻밤 사이에 달라진 채원의 태도에 무어라 말을 잇기도 전,

"다 탔지?"

노인의 지인이자 그들이 탄 배의 주인이 한껏 들뜬 목소리로 외쳤다. 우도에서 본섬으로 돌아가는 배는 '출발!' 이라 외치는 배 주인의 음성과 함께 앞으로 나아갔다.

멀리서 아침 해가 서서히 고개를 들고 있었다.

❖ ❖ ❖

"건우 형!"

"채원 누나!"

우도를 떠난 지 약 15분이 지난 뒤.

본섬에 도착하자마자 채원과 건우는 그들이 오기만을 애타게 기다리고 있던 매니저들과 조우했다. 그린엔터의 대표 준에게 진 헌뿐 아니라 건우 그리고 채원의 전체적 관리까지 명받았던 혜성 의 얼굴은 밤새 폭삭 늙어 있었다. 배의 주인에게 고맙다는 인사 를 전한 뒤 먼저 배에서 내린 채원의 뒤를 따라가던 건우는 제게 로 울먹이며 달려드는 혜성을 발견하곤 피식 웃음을 터뜨렸다.

"미안. 많이 걱정했지?"

머리를 긁적이는 그의 말에 혜성은 얼굴을 일그러뜨리며 '그걸 말이라고 하십니까!' 라고 외쳤다. 겸연쩍게 웃던 건우는 입가의 미소를 지우지 않고 채원의 안위를 살피고 있는 시준을 흘깃거렸 다.

"시준이도 마음고생 심했나 보네."

"저 녀석도 아마 한숨도 못 잤을 겁니다."

"왜, 내가 나쁜 짓이라도 할까 봐?"

"네?"

눈을 동그랗게 뜨는 혜성의 등을 세게 후려친 건우는 어떻게 숙 소로 돌아갈 건지 상의하기 위해 그들 앞으로 걸어오는 시준을 바 라보았다. 채원은 혹시 모를 상황에 대비하여 시준이 준비해 온 여분의 옷으로 갈아입기 위해 밴으로 돌아간 상황이었다.

"지금 몇 시지?"

“여섯 시요.”

“너희들 나올 때 움직이는 스태프들 없었지?”

“네. 저희도 누가 볼까 봐 따로따로 움직였어요.”

같은 소속사이기에 망정이지 만약 채원과 건우가 서로 다른 소속사였다면 무슨 일이 일어났을지 눈앞이 막막할 정도였다. 혜성의 대답을 들은 건우는 몇 초의 시간이 흐른 후 입술을 달싹였다.

“그럼 돌아갈 때도 약간의 텀을 두는 게 좋겠네.”

“저도 그렇게 생각해요.”

“아까 혜성이 네가 먼저 숙소에서 나왔다고 했지? 그럼 우리가 먼저 숙소로 돌아가는 편이 낫겠군.”

“네, 그렇게 하세…….”

“이사님, 죄송하지만 저와 시준 씨가 먼저 돌아갔으면 해요.”

건우는 어느새 옷을 바꿔 입고 나타나 세 남자의 대화에 끼어드는 채원을 직시했다. 시준과 혜성은 채원의 생각보다 단호한 말에 놀라는 것 같았지만 건우는 그와는 조금 다른 것에 미간을 찌푸렸다.

‘이사님?’

그의 흔들리는 눈을 똑바로 응시하던 채원은 아무렇지도 않게 말을 이었다.

“어제 제대로 씻질 못해서 조금이라도 빨리 숙소로 돌아가고 싶어요.”

건우는 대답하지 못했다.

그사이 뭔가 생각하는 건우를 흘끔 바라보던 혜성이 씩 웃으며 고개를 끄덕였다.

"채원 씨 말대로 하는 게 좋을 것 같아요, 형. 레이디 퍼스트 아닙니까. 그렇죠, 채원 씨?"

채원이 미세하게 입꼬리를 올렸다. 건우가 그렇게 하라는 말을 내뱉자마자 그녀는 찬바람이 불 정도로 냉정하게 몸을 돌리며 말했다.

"그럼 숙소에서 봬요, 이사님, 혜성 씨."

"아, 네!"

"……."

그녀는 당황해하는 시준에게 눈짓을 준 뒤 옷을 갈아입었던 밴으로 걸어갔다. 시준은 어색한 표정을 지으며 서 있다가 채원과 거리가 벌어지자 다급히 혜성과 건우에게 인사를 하고 그녀에게로 달려갔다. 그 모습을 멍하니 쳐다보던 혜성은 스윽 고개를 돌려 건우에게 말했다.

"건우 형."

"응."

"진짜…… 장채원 씨한테 나쁜 짓이라도 했어요?"

건우는 그제야 혜성을 응시했다.

"갑자기 무슨 소리야?"

혜성은 뒷머리를 긁적이며 중얼거렸다.

"아니, 제 느낌에…… 채원 씨가 조금 화난 것 같아 보여서요."

"……."

"흐음. 내 착각인가."

말하지 않는 건우의 얼굴이 굳어진 것을 목격한 혜성은 아무것도 아니라며 손을 휘휘 젓고는 그들의 차가 있는 곳으로 발을 떼었다. 건우는 그런 혜성의 뒤를 따랐다.

❖ ❖ ❖

"어젯밤에 김 FD가 와서 오늘 촬영 시간을 약간 조정했어요. 원래대로라면 아홉 시부턴데 김재은 씨랑 관련된 문제가 아직 해결이 안 돼서 열한 시로 잡았대요. 다행이죠, 뭐. 제대로 잠도 못 주무신 것 같은데 제가 깨우러 갈 때까지 조금이라도 눈 붙이고 계세요."

채원의 방문을 닫기 전 시준이 오늘 일정을 읊으며 속삭였다. 그의 배려에 고마워 채원이 미소로 답하자 멋쩍은 듯 실실 웃던 시준은 곧 그녀의 시야에서 사라졌다. 룸메이트가 없는 것이 어젯밤 그녀가 숙소를 비웠다는 걸 들키지 않은 결정적인 이유였다. 채원은 현관문을 닫고 방 안으로 들어와 짐도 풀지 않은 자신의 캐리어를 바라보았다.

채원이 숙소로 돌아오게 된 시각은 아침 일곱 시를 조금 넘긴 시점이었다. 머리가 지끈거려 미간을 찌푸리던 그녀는 침대 위에 던져져 있는 [사랑에 무너지다] 4화 대본을 발견하곤 한숨을 푹 내쉬었다.

이제 몇 시간 뒤면 미뤄졌던 촬영이 재개된다. 오늘은 어제와 같은 일이 일어나서는 안 되는데. 저를 노려보던 재은의 얼굴이

떠올라 입술을 깨물던 그녀는 스르륵 눈을 감았을 때 떠오른 누군
가의 생각으로 인해 화들짝 놀랐다.

"당신을…… 좋아하기 때문이에요."

거짓이라곤 느껴지지 않았다.
진심으로 느껴졌기에 이토록 가슴이 쓰리는 것이다.
'빌어먹을.'
채원은 어두운 얼굴로 인상을 썼다. 입 밖으로 차마 꺼내지 못
한 욕설이 속에서 맴돈다.
샤워를 하면 조금 나아지려나. 그의 시선이, 목소리가, 행동이
잊히지 않고 뇌리를 잠식하려 들었다. 결국 견디지 못한 채원은
입고 있던 옷을 벗어 던지며 욕실로 걸어갔다.
쏴아아―
시원하게 쏟아지는 물줄기가 그녀의 몸 구석구석을 강타했다.
채원은 눈을 감고 가급적 그의 생각을 하지 않기 위해 애썼다. 그
럼에도 불구하고,

"당신을…… 좋아하기 때문이에요."

계속해서 이건우의 다정하고 부드러운 음성은 흩어지지 않았
다.
지우려 애쓸수록 더욱더 가슴에 새겨지는 그의 목소리를 떨쳐

낼 수가 없었다. 대본을 보면 나아질까. 생각이 거기까지 미치자 침대 위의 대본을 집어 든 채원은 억지로 대사를 읊으려 노력했다. 하지만 그래도 건우에 대한 생각은 이어졌다.

딩동.

바로 그 무렵 그 상념을 깨게 만들어 버린 초인종 소리가 들려왔다.

현재 시각 오전 여덟 시.

아침은 먹지 않겠다고 했고, 또 채원보고 제가 깨우러 올 때까지 쉬라고 말한 시준이 벌써 돌아왔을 리는 없고, 코디인 민경이려나 하고 문을 연 채원은 전혀 예상치 못한 인물들을 발견하곤 두 눈을 동그랗게 떴다.

"두 사람이…… 무슨 일이죠?"

의도하지는 않았지만 은연중에 날이 선 목소리가 흘러나왔다. 스스로가 당황할 정도로 순식간에 일어난 일이기에 주워 담을 시간도 없었다. 채원이 보고 있는 사람들은 다름 아닌 시라와 재은이었다.

"혹시 주무시고 계셨어요?"

시라의 나긋나긋한 음성이 채원의 귓전을 울렸다. 채원이 차가운 얼굴로 고개를 내젓자 다행이라며 안도한 그녀는 제 옆에서 차마 고개를 들지 못하는 재은을 힐긋거리더니 빙긋 웃었다.

"이른 아침이란 건 잘 알지만…… 시간이 지금밖에 없어서요. 재은 씨가 떠나기 전에 선배님께 꼭 드릴 말씀이 있다고 해서 찾아왔어요."

내게? 떠나다니?

숙소로 돌아온 지 얼마 되지 않았기에 촬영장을 나갔던 뒤로 무슨 일이 있었는지 듣지 못했다. 채원이 어리둥절한 눈으로 두 여자를 바라보자 시라는 얼굴을 아래로 떨구고 있던 재은의 팔을 살짝 눌렀다.

"재은 씨, 뭐 해? 할 말 있다며."

"……."

"재……."

시라의 재촉에도 미동 없이 서 있는 재은을 응시하는 채원의 눈빛이 더욱 차가워지려고 할 때, 재은이 쭈뼛거리던 태도를 고치곤 숨을 크게 들이켜며 고개를 들었다.

"장채원 선배님! 정말 죄송합니다!"

……뭐?

"너무 죄송합니다! 죄송합니다!"

그리곤 몇 번이고 땅에 머리를 박을 기세로 외치는 것을 보며 채원은 깜짝 놀랐다.

"제가…… 어리석었어요! 그렇게 치졸하게 행동하는 게 아니었는데……. 정말…… 정말 너무 부끄럽습니다."

"김재은 씨?"

"선배님 말씀대로예요. 네. 저, 선배님 별로라고 생각했어요. 연기는 그럭저럭 하지만 뒷줄이 있다고 생각했어요. 소문도 그리 좋지 않고, 그래서…… 그래서 그런 식으로 행동했던 것 같아요. 계속해서 NG를 냈던 것도 그 때문이었어요. 그렇게 하면 선배님께서 하차를 하실지도 모른다는 생각에……. 그런데 선배님께서 말씀하셨던 것처럼 정말 프로답지 못한 짓이었습니다! 데뷔한 지 고작 3년밖에 안 된 제가 하늘 같은 선배님께 큰 실수를 저질렀어요. 반성하고 있어요. 폐를 끼쳐 드려 너무…… 죄송합니다. 죄송해요, 선배님."

"……."

처음엔 뭐 하는 짓이지 하는 생각을 하다 톡 건드리면 콸콸 눈물을 쏟아낼 것처럼 외치고 있는 모습을 보니 약간 미안해지는 마음마저 들었다. 또 자신을 골탕 먹이려고 일부러 행동하는 건 아닐까 여겨지기도 했으나 연신 사과를 하는 목소리를 들어보니 거짓은 아닌 것 같았다. 채원은 속에 든 말을 모두 내뱉고 채원의 처분을 기다리듯 얼굴을 들지 못하는 재은을 응시하다 그녀의 옆에 서 있던 시라를 바라보았다. 시라는 어색하게 웃으며 재은의 태도가 왜 바뀌게 되었는지 말해주었다.

"사실은 재은 씨가 오늘부로 드라마에서 하차를 해요."

"하…… 차?"

"프로답지 못했던 것에 대한 벌이죠. 재은 씨도 후회하고 있지만, 뭐……."

"……."

"하여간 촬영이 시작된 지 얼마 되지도 않았는데 이렇게 소란을 일으키고, 그냥 가기 너무 죄송하다고……. 자꾸 저한테 부탁을 하길래 어쩔 수 없이 데리고 왔어요."

시라는 채원의 두 눈이 급격하게 흔들리는 것을 보고도 모르는 척 재은에게 눈길을 돌렸다.

“재은 씨, 선배님께 하려고 했던 말 다 했어?”

“……네.”

“좋아, 그럼 가자. 입구까지 바래다줄게. 선배님, 그럼 촬영 준비 잘하세요.”

재은이 울먹이는 목소리로 대답하자 시라는 쉽게 발을 떼지 못하는 그녀를 데리고 돌아서려 했다.

“잠깐만요.”

잠시 망설이긴 했지만 채원은 두 사람을 멈춰 세웠다. 의아한 표정의 시라가 등을 돌리자 채원은 숨을 내뱉으며 두 여자 앞으로 걸어갔다. ‘김재은 씨’라고 채원이 재은의 이름을 부르자 재은이 서서히 고개를 들었다. 채원은 어떻게 말을 꺼내야 할지 망설이다 입술을 움직였다.

❖ ❖ ❖

“열심히 하겠습니다! 여기서 뼈를 묻을 각오로 촬영에 임하겠습니다! 다시는 그런 일이 일어나지 않도록 하겠습니다!”

결연한 의지를 가득 담은 우렁찬 음성이 촬영장을 메웠다. 지나가던 스태프들과 대본을 들여다보고 있던 출연진 역시 의외라는 얼굴로 소리치고 있는 여자를 응시하고 있었다. 좀 전까지만 하더라도 A팀의 스태프들에게 일일이 찾아가 그간의 일을 사죄하고 또 연기자들에게 다가가 자신의 일을 반성한다고 구구절절 읊던

20대 초반의 여배우는 진심으로 뉘우치고 있다는 얼굴로 이번엔 촬영장 한가운데서 외치고 있었다.

"김재은이 저런 애였어?"

놀랍긴 하지만 심드렁한 눈으로 재은을 흘깃거리던 한 조감독이 어깨를 으쓱이며 중얼거렸다. 그러자 곁에 있던 제2 카메라 감독이 피식 웃음을 흘렸다.

"그러게. 꽤 놀랍네. 이런 광경은 보기 흔치 않은데."

"홍 감독이 어제 김재은보고 하차하라고 했다며. 그것 때문에 저러는 거 아니야?"

"그렇긴 한데…… 홍 감독 얘기 들어보니까 오늘 아침에 장채원이가 찾아와서 김재은이랑 함께하고 싶다고, 하차는 다시 생각해 달라며 설득했다고 하더라고."

"진짜?"

"그 얘기 듣고 감동이라도 받았나 보지, 저렇게까지 하는 걸 보면. 뭐, 다행이긴 하네. 솔직히 자꾸 NG 내는 거 보기 싫었는데 앞으론 안 그런다니……."

"장채원은 진짜 성녀네, 성녀. 그 대접을 받으면서도 용서해 줄 생각을 하다니. 존경스럽다."

"괜히 주연 자리를 꿰찼겠어? 그것도 다 마음도 넓어야 가능한 일이지."

"하하, 조감독님 말씀이 맞네, 맞아."

전날 밤 내린 비 때문인지 맑게 갠 제주도의 날씨는 더욱 화창했다. 그런 푸른 하늘 아래서, A팀의 스태프들은 곧 있으면 시작될 윤희재와 데이비드 리의 첫 신을 촬영하기 위해 분주히 움직였다. 오늘 아침, 가까스로 하차가 아닌 재합류를 통보받은 김재은 역시 이곳저곳을 뛰어다니며 사과를 하고 있는 중이었다.

"저 말 다 사실이야?"

무심한 척, 대본을 훑는 척하면서도 그들의 대화에 귀를 기울이고 있던 건우는 이번 촬영을 구경 나온 세진에게 물음을 던졌다. 오징어를 씹으며 대본을 빤히 들여다보고 있던 세진은 건우의 말에 그를 바라봤다.

"어. 사실. 놀랍지?"

건우는 대수롭지 않게 대답하는 세진에게 말했다.

"김재은은 언제 하차시키기로 결정했는데?"

"어젯밤."

"……."

"이건우 씨가 잠시 자리를 비운 사이 꽤 많은 일들이 있었다고. 머리 아파 죽을 뻔했어. 후우."

세진은 떠올리기 싫다는 듯 몸을 부르르 떨었다. 건우가 다시 질문을 던졌다.

"그런데 채원 씨가 그 결정을 되돌렸고?"

"응. 채원 씨 사정 때문에 홍 PD가 크게 마음먹었는데 그녀가 괜찮다고 하니 뭐, 다행이지. 그것보다 나 진짜 놀랐었어. 다른 애도 아니고 김재은 저 독한 애가 펑펑 울면서 '선배니임! 진짜 열심히 할게요! 허어엉! 저 진짜 잘할게요!' 하고 채원 씨한테 매달리는 걸 오빠도 봤어야 하는데……. 완전 순둥이 같더라, 쟤. 큭큭."

건우는 낮게 웃으며 어깨를 들썩이는 세진을 내려다보았다. 세진이 말을 이었다.

"못 미덥긴 하지만 어쩌겠어. 솔직히 우리 쪽에서도 일방적으로 하차 통보를 하면 쟤네 소속사랑 껄끄러워지기는 하는데, 저쪽에서 먼저 고개를 숙이고 들어오니 마지못해 받아주는 수밖에. 김재은이 또 마음만 먹으면 잘하는 애잖아. 일단 한 번 지켜보기로 했지. 아, 물론 또 그런 일이 일어날 걸 방지해서 계약서도 새로 썼어. 만약 한 번 더 하차 통보 받게 되면 깨끗하게 물러나겠다는. 일종의 보험이지."

"……"

"왜 그런 눈으로 바라봐?"

건우는 흡족한 얼굴의 세진에게서 시선을 돌렸다.

"아무것도 아니야."

세진은 뭔가 말을 더 할까 하다 말았다.

"그나저나, 아깐 대체 뭐야?"

"뭐가?"

"채원 씨랑 오빠 말이야."

건우는 정곡을 찌르는 세진의 말에 몸을 움찔거렸다. 세진은 더욱 수상하다는 눈으로 건우에게 한 발자국 다가왔다.

"어젯밤 두 사람 함께 있었다며. 그때 무슨 일이라도 있었어?"

건우는 반사적으로 얼굴을 구겼다.

'누가 또 이 녀석한테 얘기한 거야.'

우도에서의 일을 알고 있는 사람은 진헌과 혜성, 시준, 그리고 민경뿐이어야 한다. 괜히 사실을 아는 사람이 많아 좋을 것이 없 건만……. 두 눈을 반짝이며 제게 해명을 요구하는 세진의 시선에 건우는 입을 닫았다.

"채원 씨 얼굴이 무시무시하던데……. 진짜 우도에서 아무 일 도 없었어?"

세진은 의문 섞은 음성으로 건우를 쳐다봤다. 건우는 그녀의 말 에 답해줄 수가 없었다. 저 역시 알지 못하는 일이었으니까. 갑자 기 가슴이 답답해졌다. 건우는 이를 악물었다.

"오늘 우리 처음으로 호흡 맞추죠? 잘해봐요, 채원 씨."

숙소에서 나와 A팀의 버스에 올랐을 때, 마침 대본을 보고 있던 채원을 발견했다. 그녀를 보자마자 웃음을 흘린 그는 자연스레 그 녀의 옆에 앉으며 말을 걸었다.

"네."

그러나 채원의 답변은 생각했던 것과는 달리 아주 간단했다. 그 와 대화를 하고 싶어 하지 않는 사람처럼 서늘하게 대답하곤 창밖 으로 시선을 돌리는 그녀의 모습에 건우는 의아함을 느꼈다.

"감정 잡기 쉽지 않을 것 같던데 괜찮겠어요?"
"오늘 날씨 좋네요!"

“화면발 잘 받을 날씨다! 안 그래요?”

이상하다고 생각하기는 했지만 건우는 계속해서 말을 걸었다. 그때마다 채원은,

“어려워도 해야죠.”
“그러네요.”
“네.”

짧은 대답만 들려주었다.

“채원 씨, 혹시 내게…….”

견디다 못한 건우가 의문을 풀기 위해 핵심을 찌르려고 했으나,

“이사님, 어젯밤 잠을 제대로 자지 못해서 그러는데 버스에서는 눈을 좀 붙이고 싶네요. 죄송해요.”

라고 대답하며 건우와의 대화를 회피했다. 그리고 마침 그들의 뒤에 앉아 있던 세진이 그 대화를 모두 들었기에 지금 건우에게 채원의 태도에 대해 물음을 던진 것이다.
“채원 씨랑 오빠, 싸운 건 아니지?”
“이세진!”

"아, 아니구나. 그래, 싸웠을 리가 없지. 어쨌든 수고해! 나, 나는 저쪽에 가 있어야겠다!"

더 이상 건드리면 폭발할 것 같은 눈으로 세진을 쏘아보자 꼬리를 내린 그녀는 얼른 건우의 시야에서 사라졌다. 건우는 제게서 도망치는 세진을 응시하다 대본을 보고 있는 채원을 쳐다봤다.

불편한 감정이 느껴진다.

자신이 아닌 채원에게서.

마치 다가오지 말라고 외치던 그때처럼.

적대적인 그 눈빛이 왠지 모르게 걸렸다.

"1분 뒤 슛 들어갑니다! 연기자분들, 준비해 주세요!"

편치 않은 마음 때문에 미간을 좁히고 있던 건우는 크게 외치는 조연출의 목소리에 들고 있던 대본을 내려놓았다.

4
그대를, 사랑할 수 있도록

. . .

"컷!"

홍광호 PD는 석연찮은 표정을 지으며 대사를 읊고 있는 두 남녀를 향해 소리쳤다. 자연스레 돌아가던 카메라가 멈추었고, 그는 턱밑을 매만지며 미간을 좁히더니 모니터만 빤히 바라보았다. 그리곤 다시 고개를 들어 제 말을 기다리고 있는 채원과 건우에게 말했다.

"지금도 충분히 괜찮긴 한데…… 한 번 더 갑시다, 희재 씨, 연우 씨."

극중 두 사람의 배역 이름을 불러가며 양해를 구하는 홍 PD의 말에 채원과 건우는 고개를 끄덕였다. 홍 PD는 다시 의자에 앉으며 외쳤다.

"레디, 고!"

홍 PD의 외침과 동시에 김태원 FD가 슬레이트를 쳤다. 마침 불어온 가을바람이 두 남녀가 서 있는 갈대밭을 덮쳤다. 채원은 등을 돌리고 서 있던 건우가 서서히 몸을 돌리자 격정에 휩싸인 듯 입술을 파르르 떨었다. 기다란 손가락이 그녀의 입가를 가리기 시작했고, 부들부들 떨리는 채원의 두 눈에선 툭 하고 눈물이 쏟아질 것만 같았다.

순식간에 연기에 몰입해 버린 채원을 바라보는 홍 PD를 비롯한 스태프들이 숨을 크게 들이마시며 그녀의 말이 이어지길 기다렸다. 채원은 짧은 시간 사이 의문, 당혹, 놀람, 슬픔, 그리고 부정의 감정을 드러내며 건우의 말끔한 얼굴을 들여다보았다. 그리고 채원의 입술이 조금씩 달싹이려 할 때였다.

"당신……!"

"컷! 연우 씨, 표정이 왜 그래요?"

손을 들어 그녀의 대사를 막은 홍 PD는 채원이 아닌 건우를 똑바로 직시하며 얼굴을 구겼다. 건우가 무표정하게 홍 PD를 바라보자 홍 PD는 잠시 망설이다 속에 든 말을 내뱉었다.

"아까부터 계속 엉망진창인 거 알아요?"

다른 누구도 아닌, 천하의 이건우가 몰입하지 못하는 것은 홍 PD에겐 의아스러운 일이었다. 그래서 모든 스태프들 앞에서 말을 할 것인가 말 것인가를 끊임없이 망설였던 거다. 하지만 더 이상은 참을 수가 없었다. 그의 상대를 맡은 장채원이 맡은 배역을 충실하게 소화하는 걸로도 모자라 감동적인 연기를 선사해 주고 있는 것에 비해 이번 신에선 입술 한 번 열지 않는 이건우의 얼굴은 기괴하기 그지없었다.

아무리 이곳에서 짬밥이 높고 무려 제작자인데다 대배우라 일컬어지는 이건우라 할지라도 결국 연출을 하고 있는 것은 자신이다. 마음에 드는 화면이 나오지 않으니 지적을 하는 것은 당연한 일. 홍광호 PD는 담담한 표정의 건우에게 일갈했다.

"집중 좀 해주세요. 아셨죠?"

"……예."

"좋아요. 자, 그럼 다시 들어갑니다! 희재 씨, 부탁해요!"

채원은 건우에게 타박을 주고 난 후 저를 쳐다보는 홍 PD에게 고개를 끄덕여 주었다. 홍 PD는 카메라를 들고 있는 카메라 감독에게 양해의 인사를 구한 뒤 소리쳤다.

"레디!"

"컷! 좋습니다, 좋아요!"

홍 PD의 입술 사이로 만족스러운 목소리가 새어 나온 것은 10회 정도 똑같은 신을 촬영한 뒤였다. 세밀함을 요구하는 홍 PD의 연출로 인해 슬슬 짜증이 생길 만도 한데, 스태프들과 연기자 중 그 누구도 불평을 토로하는 사람은 없었다. 모두들 한마음 한뜻으로 홍 PD의 마음에 흡족하길 원했고, 다행스럽게도 해가 질 무렵쯤에는 꽤 멋진 장면이 만들어졌다. 홍 PD는 그의 적지 않았던 요구를 완벽하게 수행한 채원과 건우를 향해 박수를 보냈다.

"우리도 B팀에게 드디어 자랑할 거리가 생겼네요. 희재 씨, 오늘 수고 많았습니다. 아, 물론 연우 씨도요. 이제 며칠만 더 고생하시면 됩니다, A팀 여러분! 앞으로 남은 촬영도 최선을 다하자구요! 오늘 촬영은 여기서 끝냅시다!"

희재와 지수의 촬영 장면은 내일 오전으로 미루기로 하고 철수를 선언한 홍 PD의 말에 모두들 분주하게 장비를 챙기기 시작했다. 여태껏 촬영을 하면서 감독에게 한 장면에서 이렇게 오랫동안 지적당한 것이 처음인지라 얼굴을 쉽게 펴지 못하던 건우는 뒤늦게 정신을 차려 채원에게 말을 걸려 했다.

그러나 건우가 그녀에게 다가가기도 전, 그의 눈앞에 서 있던 채원은 어느새 한참 멀어졌다. 건우는 어금니를 세게 악물며 A팀의 연기자 버스로 오르고 있는 그녀의 뒤를 말없이 따랐다.

"오늘 완전 명장면이 나왔다며? 수고했…… 형, 어디 가?"

촬영지를 벗어난 A팀의 버스는 곧바로 숙소로 향했다. 이미 촬영을 마치고 여유로운 휴식을 취하고 있던 B팀의 일원인 진헌이 로비로 들어오는 건우에게 손을 번쩍 들며 씩 미소를 지어 보였다. 왠지 피곤해진 건우는 그런 진헌을 무심하게 지나치려 했지만 진헌은 주인을 따르는 강아지마냥 꼬리를 살랑살랑 흔들어대며 그의 뒤를 쫓아왔다.

"표정이 왜 그래? 무슨 일 있었어?"

"……피곤하다."

"어?"

"좀 쉴 테니까 나가."

"건우 형?"

건우는 자신의 숙소까지 따라온 진헌을 방 밖으로 밀어내곤 쾅 문을 닫아버렸다. 진헌은 그의 낯선 행동에 의아해하면서 문 앞에서 크게 소리쳤다.

"조금 있다 숙소 앞 바비큐 장에서 파티 있을 거니까 생각 있으면 나와!"

닫혀 버린 문틈 사이로 흘러들어 온 진헌의 말을 애써 무시하며 건우는 침대 위로 몸을 눕혔다. 머리가 지끈거렸다.

"이사님, 어젯밤 잠을 제대로 자지 못해서 그러는데 버스에서는 눈을 좀 붙이고 싶네요. 죄송해요."

얼음장보다도 차가웠던 채원의 음성이 귓가에서 맴돈다. 눈을 붙이고 있으면 그녀의 싸늘한 얼굴이 떠올랐고, 뜨게 되면 버스에서 보여주었던 차가운 표정이 더욱 선명하게 아른거렸다.

의식적으로 잠을 자겠다고 누운 지 두 시간이 흘렀음에도 불구하고 제대로 된 쪽잠조차 잘 수가 없자 건우는 신경질적으로 몸을 일으켰다. 속이 갑갑해져 얼굴을 처참하게 일그러뜨리던 그는 바람이라도 쐴 겸 문을 열고 발코니 앞으로 걸어갔다.

"후우."

피하는 것이다. 그렇지 않고서야 하룻밤 새에 이리도 냉정하게 굴 리가 없다. 눈치 백 단인 이건우가 그런 사소한 변화를 놓칠 리 없었다. 채원은 그를 피하고 있었다.

"실수는 한 적이 없는 것 같은데……."

이상했다. 그의 기억에 의하면 건우가 채원의 심기를 건드릴 만한 일은 하지 않았다. 물론 어쩔 수 없는 사정으로 인해 우도에 그녀를 갇히게 만들기는 했지만 채원의 얼굴은 생각보다 편해 보였고, 어쩌면 그녀와 가까워진 걸지도 모른다는 마음을 품게 할 만큼 즐거워 보였다. 그런데 왜? 왜 그녀는 이렇게 냉정한 표정을 짓는 거지?

"진헌 씨도 가는 거예요?"

그때였다.

건우는 익숙한 음성에 먼 하늘을 바라보던 얼굴을 아래로 내렸다.

'……!'

그를 생각의 늪으로 빠뜨리다 못해 허우적거리게 만든 여자가 활짝 웃으며 진헌과 함께 이야기를 나누며 숙소를 빠져나가는 모습이 보였다. 두근두근 심장이 뛰어 건우는 입술을 살짝 깨물었다.

"제가 파티 광이거든요. 그중에서도 바비큐 파티라면 사족을 못 쓰죠. 누나도 그쪽으로 가시는 거면 같이 가요!"

"좋아요."

어찌 그리 목소리가 큰지. 진헌의 밝은 목소리에 이어 채원의 낮은 웃음소리가 유난히 크게 들려왔다. 건우는 저와 함께 있을 때보다 편해 보이는 그녀의 얼굴에 미간을 찌푸렸다. 왠지 모를 분노가 그의 마음을 휘저었다. 주먹에 힘이 들어가 굳은 얼굴을 펴지 못했다.

'제기랄!'

끝내 그는 현관으로 몸을 돌렸다.

❖　❖　❖

"저…… 선배님!"

껄끄럽기 그지없는 촬영을 무탈하게 마치고 난 후, 가급적이면 그의 얼굴을 바라보지 않기 위해 채원은 재빨리 A팀의 버스에 올랐다. 다행스럽게도 건우가 제 옆에 앉지 않았으므로 비교적 가벼운 마음으로 숙소에 도착할 수 있었던 그녀는 로비 안으로 들어가는 자신을 불러 세우는 재은의 외침에 걸음을 멈추었다. 재은은 자신의 하차가 채원으로 인해 보류되었다는 것을 알게 된 후 무척이나 살가운 태도를 취했다. 그 모습이 살짝 적응이 안 되기도 했지만, 딱히 악의는 없어 보이기에 채원은 그런 재은을 지켜보는 중이었다.

"저녁…… 어떡하실 거예요?"

채원은 '네, 김재은 씨' 라는 말을 내뱉자마자 주저하더니 겨우 말하는 재은을 보고 고개를 갸웃거렸다.

"저녁?"

"네!"

"별로 생각이 없네요."

"어머, 그럼 안 돼요!"

건우를 신경 쓰느라 머리가 아프기도 했고 또 그리 좋은 기분이 들지 않아 숙소에서 쉴 생각이던 채원은 깜짝 놀라 외치는 재은의 말에 눈을 동그랗게 떴다. 재은은 그녀에게 성큼성큼 다가와 채원의 손을 덥석 잡더니 중얼거렸다.

"조금이라도 드셔야 힘내서 다음 촬영도 열심……. 아, 하긴 아직 밤샘 촬영이 없어서 괜찮긴 하겠다. 그죠?"

"재은 씨, 달리 하고 싶은 말이라도 있나요?"

"네?"

"괜찮으니 말해요."

뭔가 제안을 하고 싶어 하는 것 같기는 한데, 아무래도 입 밖으로 쉽게 말이 새어 나오지는 않는 듯했다. 그녀의 마음을 알아차린 채원이 재촉하자 재은은 숨을 크게 들이마시며 고개를 끄덕였다.

"선배님, 저, 저랑 저녁…… 같이 드실래요?"

예상치 못했던 말이 그녀의 입에서 흘러나오자 채원은 깜짝 놀랐다. 재은은 수줍어하는 것이 역력한 얼굴로 어색하게 웃었다.

"그간 프로답지 않은 행동으로 선배님을 비롯한 다른 스태프 분들께도 많은 폐를 끼쳤고 해서 오늘 제가 한턱내기로 했는데…… 선배님은 꼭 오셨으면 해서요. 시간 내주세요, 선배님! 제발요!"

"……."

아기 고양이처럼 그녀의 손목을 잡고 아련한 눈빛을 쏘아대는 재은의 손을 뿌리치지 못한 것은 아마도 마음이 약해졌기 때문이리라.

"하아."

결국 재은의 권유로 그녀가 주최하는 바비큐 파티장에 나와 있던 채원은 길게 한숨을 내쉬었다.

"무슨 한숨을 그렇게 쉬어요?"

어젯밤부터 쉴 새 없이 몰아친 감정의 소용돌이를 가라앉히기 위해선 숙소에서 혼자만의 시간을 가져도 모자랄 판이었건만 오랜만에 겪는 동료의, 그것도 여자 동료의 친절한 제안을 거절하지 못했다. 덕분에 마음이 심란해져 벤치에 앉아 다른 사람들이 파티를 즐기고 있는 모습을 지켜보던 채원은 고기가 가득 담긴 두 개의 그릇 중 하나를 내미는 진헌을 바라보며 빙긋 웃었다.

"고마워요, 진헌 씨."

"별말씀을."

진헌은 자신이 가져온 그릇을 받아 드는 채원을 향해 한쪽 눈을 찡긋거리며 윙크를 보내더니 그녀의 곁에 털썩 앉았다.

"김재은 씨가 진짜 정신 차렸나 보네요. 안 하던 짓도 다 하고. 그거 알아요, 누나? 김재은 씨, 지금까지 촬영장에서 스태프들이나 연기자들한테 밥차 같은 건 한 번도 돌린 적이 없대요. 그래서 이번 일이 되게 의외라나 뭐라나."

입안으로 고기 한 점을 털어 넣으며 심드렁하게 말하는 진헌의 말에 채원의 두 눈이 큼지막해졌다. 진헌은 그런 채원을 아직 보지 못한 듯 중얼거렸다.

"누나의 착한 마음씨에 감동이라도 받았나 보죠. 앞으로는 고생할 일 없겠네요, 누나. 잘됐어요."

싱그러운 미소를 짓는 진헌의 얼굴이 달빛을 받아 빛났다. 채원은 그의 미소에 시선을 빼앗겨 잠시 말을 잇지 못하다가 어두운 표정으로 입술을 열었다.

"…… 알고 있었어요?"

"응?"

진헌은 뜬금없는 그녀의 말에 눈을 동그랗게 떴다. 채원은 어렵게 말을 꺼냈다.

"재은 씨랑 내 사이가 좋지 못했던 거."

그녀의 말에 진헌은 '아아' 하고 피식 웃으며 탄식을 내뱉었다. 채원이 고요히 입을 다문 채 그의 답변을 기다리자 다시 고기 한 점을 입안으로 밀어 넣은 진헌이 입꼬리를 올리며 대답했다.

"두 사람 사이의 분위기가 수상하다는 걸 우리 중 가장 먼저 눈치챈 건 건우 형이에요."

두근.

"저는 건우 형이 자꾸만 누나랑 재은 씨를 주시하길래 뒤늦게 알게 된 거구요. 형은 누나가 직접 견뎌내야 한다고 하더라구요. 우리가 도와주게 되면 더 상황이 악화될 뿐이라고. 뭐, 물론 그것도 맞는 말이긴 한데 심각해지면 가만히 보고 있지만은 않으려고 했어요. 누나는 우리 가족이잖아요."

두근두근.

그냥 '이름'만 들었을 뿐인데 심장이 정신없이 뛰었다. 채원의 얼굴이 굳어버렸다. 진헌은 웃음기 가득한 음성으로 말을 이었다.

"물론 그전에 이건우가 어떻게 해서든 두 사람 사이를 좋게 만들어놓을 것 같아서 굳이 나서진 않았지만……. 아, 맞아. 누나, 그런데 진짜 이상하지 않아요?"

"뭐…… 가요?"

떨어지지 않는 입술을 움직이자 진헌은 약간 흥분한 표정을 지었다.

"요즘 건우 형이 절 본체만체한다니까요? 하긴 요즘이 아니네. 꽤 오래되었어. 누나가 그린에 들어온 이후로 난 안중에도 없다니까. 안 그래요?"

채원은 진헌의 물음에 답하지 않았다. 진헌 역시 그녀의 답변을 들을 생각이 없었는지 괘씸하다는 눈으로 입을 삐죽거렸다.

"건우 형이 누날 대하는 꼴을 보고 있으면 꼭 좋아하는 사람을 대하는 것 같아서 말이죠."

쿵!

"그래서 말인데, 누나. 어제 건우 형이랑……."

"거기까지."

"으악!"

진헌은 등 뒤에서 들리는 낯익은 목소리에 벌떡 일어났다. 어찌나 놀랐는지 손에 들고 있던 그릇을 떨어뜨릴 뻔했다.

"놀랐잖아!"

하고 진헌이 음침한 얼굴로 서 있는 건우에게 소리쳤지만 그는 아랑곳하지 않고 채원을 쳐다보고 있었다.

"형?"

"장채원 씨, 우리 얘기 좀 해요."

그는 의아해하는 진헌은 안중에도 없다는 표정으로 채원에게
말했다.

❖　❖　❖

부담스러운 심장의 박동 소리가 귀를 울렸다. 채원을 데리고 어
딜 가냐고 물어대는 진헌의 말을 깨끗하게 무시하곤 터벅터벅 걸
음을 옮겨 그녀를 숙소 뒤편의 으슥한 곳까지 데려온 건우로 인해
가슴이 터져 버릴 지경이었다.

"이사님."

그의 강렬한 눈빛에 못 이겨 자리에서 일어나긴 했지만 사람이
없는 곳으로 저를 데려오는 건우를 보자니 좋은 예감은 들지 않았
다. 채원이 인상을 쓰며 그를 불렀다. 하지만 건우는 발걸음을 멈
출 생각이 없어 보였다. 채원은 조금 더 상기된 음성으로 소리쳤
다.

"이사님!"

"……."

"이사님, 멈춰요!"

"……."

"이사님!"

"……."

“이건우 씨!”

“네.”

한참이나 그를 부른 후에야 겨우 뒤를 돌아보는 건우를 보며 채원은 이를 악물었다. 건우는 무척 여유로운 표정을 짓고 있었다. 괜스레 기분이 나빠진 그녀는 아무도 없는 주위를 두리번거리며 그를 노려봤다. 건우는 어깨를 으쓱이며 빙긋 웃었다.

“그렇게 무섭게 쳐다보지 마요. 나쁜 짓 하려고 부른 거 아니니까.”

채원은 싸늘한 표정을 지으며 웃는 건우에게 말했다.

“이사님.”

“이건우.”

“네?”

“이름 부르기로 했잖아요. 방금도 그래서 뒤돌아본 건데 벌써 잊은 거예요?”

건우의 다정한 목소리에 숨이 컥 막혀왔다. 세차게 뛰는 심장의 뜀박질 소리가 그에게 닿을 것만 같았다. 채원은 더욱 냉정한 표정을 지으려 노력했다. 그러나 흔들리는 마음을 감출 수가 없었다.

“하실 말씀이 뭐예요?”

“……채원 씨.”

“중요한 게 아니라면 돌아가고 싶…….”

“나한테 화난 거 있죠?”

채원은 입을 다물었다. 어둠 속에서도 환하게 빛나는 건우의 두 눈동자가 그녀를 향해 있었다. 입술이 파르르 떨렸다.

"화난 거 없어요."

"거짓말. 그럼 왜 피하는 건데요?"

"……."

"말해요, 편하게. 계속 호흡 맞출 건데 상대가 화난 게 있으면 난 그게 걸려서 집중을 못해요. 아까도 봤잖아요, 감독님한테 지적당하는 거."

"……."

"채원 씨, 대체 왜 내게 화난……."

"절 좋아하세요?"

단도직입적인 채원의 말에 건우는 말을 잇지 못했다. 그의 흔들리는 눈동자를 본 채원의 얼굴이 눈에 띄게 굳어졌다.

"저를 좋아하시냐고요."

채원은 꿀 먹은 벙어리가 된 건우를 몰아붙였다.

겁을 먹지 않으려 해도 않을 수가 없다.

어떻게 시작할 수 있었는데.

많은 것을 포기하고 살았던 지난날을 겨우 잊고 새로운 마음으로 시작할 수 있었는데.

불가능할 것이라 생각했던 컴백이 현실화되었고, 몇 달 뒤면 드디어 대중들 앞에 나설 수 있게 된다. 그때까지는 쥐 죽은 듯 조용히 촬영에만 임하고 싶었다. 언제 재원이 태클을 걸지 알 수 없는 상황이지만, 그런 걱정은 저 멀리 던져 두고 오로지 연기에만 집중하고 싶었다.

하지만 지금 스캔들이 터지게 된다면 또 한 번 발목이 묶이게 된다. 섹스 스캔들로도 모자라 이번엔 유명 남자 배우와의 스캔들이라니. 상대는 다름 아닌 이건우가 될지도 모른다는 것이 그녀를 죄어왔다. 그녀의 상대역이자 이 드라마의 제작자인 그와 얽히는 것은 피하고 싶었다.

이미 좋지 않은 소문이 들려오는 지금 이 시점에선 더더욱.

"아니…… 죠?"

내가 잘못 들은 거라고 말해줘요.

그게 아니라면 단순한 동료로 그런 마음을 품고 있다고 말해줘요.

"제…… 착각이죠?"

아니라고, 아니라고 말해줘요.

채원은 간절한 얼굴로 그를 바라보았다. 건우는 속을 읽을 수 없는 표정을 지으며 그녀를 보고 있었다. 심장이 미친 듯이 떨려와 다리마저 후들거렸다. 채원은 거칠게 숨을 내쉬었다.

"이사……."

"왜요?"

흙빛으로 변한 채원의 얼굴을 바라만 보고 있던 건우가 닫혀 있던 붉은 입술을 열기 시작하자 그녀는 더 이상 말하지 못했다. 건우는 두려움에 휩싸인 그녀를 응시하며 오히려 되물었다.

"좋아하면 안 됩니까?"

……뭐?

채원의 얼굴이 새하얗게 질려갔다. 건우는 백지장처럼 변해 버린 그녀의 얼굴을 직시하곤 한숨을 푹 내쉬었다.

"채원 씨가 화가 난 이유가 그것만은 아니길 바랐는데…… 결국 그거였네요. 빌어먹을…….."

건우는 인상을 쓰며 낮게 중얼거렸다. 그러다 곧 그는 다시 고개를 들어 채원을 쳐다봤다.

"들은 거죠? 어젯밤 우도에서."

쿵!

"그렇군. 그래서 그런 거였어."

쿵쿵!

웽웽거리는 심장 소리로 인해 채원은 숨을 쉴 수가 없었다. 건우는 고개를 절레절레 저으며 쓰게 웃었다.

"그런 식으로 말하려고 했던 건…… 아니었는데."

쿵쿵쿵!

눈치 없는 뜀박질이 빨라졌다.

건우도, 채원도 잠깐 동안 아무 말도 하지 않고 서로를 바라보며 멍하니 서 있었다.

"차라리 잘됐어요."

가슴이 제멋대로 움직이는 시간이 흐르고 난 후, 두 사람 중 먼저 마음을 정리한 건우가 불쑥 말을 내뱉었다. 채원의 동공이 흔들리자 건우는 미소를 지었다.

"어떻게 말해야 할지 사실 감이 잡히지 않았는데…… 이렇게 된 거, 정식으로 말하죠."

건우는 흔들림 없는 당당한 눈으로 채원을 담고 있었다. 채원이 그의 시선을 피하지 못하고 마주하는 사이 그가 말했다.

"그래요. 나 장채원 씨 좋아합니다."

라고.

"단순한 동료로서가 아니라 여자로서. 한 여자로서 당신을……
아주, 좋아해요."

❖ ❖ ❖

한 사람이 자신이 아닌 다른 누군가를 좋아하는 것은 아주 평범
한 일에 속한다. 사람은 이 세상에 태어나 사랑을 받고, 사랑을 하
고, 사랑을 주는 존재로 살다가 결국 죽으니까. 그렇기에 지금 그
가 품고 있는 감정을 굳이 감출 이유가 없었다.

하지만 건우는 한 남자이기 이전에 그녀가 속해 있는 소속사의
프로듀서다. 채원을 다시 이 세계로 끌고 온 것은 그였고, 그녀가
앞으로 나아갈 수 있도록 도와줘야 하는 사람이 바로 자신이었으
므로 그는 제 마음을 숨겨야 한다고 여겼다.

채원이 지난 5년간 세상을 등지고 쥐 죽은 듯 조용히 살다가 모
습을 드러내게 된 지 얼마 되지 않은데다 그와의 스캔들을 반길
리 없었으니까. 만일 채원이 제 마음을 알게 된다면 그를 멀리할
수도 있다는 생각을 한 적도 있다. 해서 그가 그녀에게 품고 있는
이 미묘한 감정에 대해서 쉽게 털어놓을 수가 없었다.

그러다 나중에, 언젠가 때가 되면, 채원이 자신을 등졌던 세상
사람들 앞에서 보란 듯이 날개를 펼쳐 훨훨 나는 그날이 오게 된

다면, 그녀에게 '여유' 라는 것이 생기는 날이 오게 된다면 그때,
그때 그는 정식으로 고백할 생각이었다.

당신을 좋아하고 있다고.

당신이 생각하는 것보다 아주 많이, 스스로도 막을 수 없을 만
큼 당신을 정말 많이 좋아하고 있다고.

"절 좋아하세요?"

그런 자신의 계획이 무색하게 채원이 먼저 그의 마음을 알아버
렸다. 우도에서 돌아온 후로 눈에 띄게 달라진 채원의 태도를 보
며 '혹시나' 하는 생각을 했던 그이지만 직접적으로 물을 줄은 몰
랐기에 처음엔 약간 당황했다.

"저를 좋아하시냐고요."

채원이 그를 향해 한 번 더 되물었을 때 '여자로서 좋아하냐고
묻는 거라면 아닙니다' 라고 답하며 그 상황을 빠져나갈 수도 있었
지만 건우는 차마 그럴 수가 없었다. 그녀의 앞에서 제 마음을 숨
길 수가 없었다. 채원이 이미 모든 것을 알고 있다는 눈으로 자신
을 바라보았기에 더더욱.

"그래요. 나 장채원 씨 좋아합니다."

그래서 당당하게 말했다. 그 말을 내뱉는 그 짧은 순간, 고요하던 그의 심장이 세차게 요동쳤다. 유명 국제영화제의 남우주연상을 수상할 때도 대담하다 싶을 정도로 떨리지 않던 그의 심장이 미친 듯이 뜀박질했다. 입술을 꾹 다물고 오직 저만을 바라보고 있는 그녀의 흔들리는 눈동자를 직시하자 견딜 수가 없어졌다.

그리고 그런 그가 거의 한계에 다다랐을 때,

"건우…… 씨."

요동치던 그녀의 동공이 차츰 안정을 되찾고, 낮은 숨소리가 붉은 입술 밖으로 흘러나왔다. '이사님'이라는 호칭이 아닌 그의 이름을 부른 채원의 얼굴엔 무슨 생각을 하는 건지 짐작하기 어려운 표정이 가득했다. 건우는 주먹을 세게 움켜쥐었다.

"전……."

"진짜 그렇게 먹고도 살이 안 찐다고?"

길고 긴 상념 끝에 건우의 발걸음이 멎은 것은 멀지 않은 곳에서 익숙한 음성이 들려왔기 때문이다. 건우는 소리가 들리는 쪽으로 고개를 들었다. 아직 끝나지 않은 바비큐 파티장에서 열심히 대화를 나누고 있는 두 남녀가 눈에 들어왔다. 진헌과 세진이다.

"살이 왜 안 찌겠습니까, 작가님. 당연히 찌죠. 쪄도 엄청 찐다니까요? 특히 이런 기름 덩어리의 음식들은. 하아, 아무리 남신이라고 불리는 저도 피할 수 없는 것들이란 말입니다."

"그런데 먹어도 되는 거야?"

"하하하, 우리 이 작가님, 섭섭한 말씀을 하시네. 이 짓도 다 먹고살자고 하는 짓 아니겠습니까? 배를 든든히 채워놓지 않으면 다음 촬영을 제대로 하기 힘들어요. 그러니 일단 배부터 채우고 생각하자, 뭐 이런 마인드로 저는 살아가고 있습니다. 찐 살은 돌아가서 열심히 트레이닝 받으면…… 어?"

세진을 향해 한창 설교와 비슷한 말을 늘어놓고 있던 진헌이 우연히 고개를 돌리다 굳은 얼굴로 서 있는 건우를 발견했다. 진헌은 씩 웃으며 멈춰 있는 그에게 다가오더니 주위를 두리번거리며 물음을 던졌다.

"얘긴 다 끝났어? 채원 누나는?"

건우가 채원과 대화를 나누기 위해 저를 버려두었다는 걸 알고 있었기에 가능한 진헌의 물음이다. 그러자 세진 역시 흥미가 이는 눈동자를 빛내며 건우를 바라보았다. 두 사람의 뜨거운 시선으로 인해 건우의 마음에 파문이 일었다.

굳은 그의 얼굴이 지금 건우가 얼마나 동요했는지 짐작할 수 있게 만들었다.

"형?"

건우는 의아한 얼굴로 제 대답을 기다리고 있는 진헌의 말에 답할 수 없었다. 그는 대신 그들의 눈길을 무시하며 오른손을 들어 올려 가슴에 가져다 댔다.

두근두근.

살짝 벌어졌던 그의 입술이 스르륵 닫혔다. '왜 저래?' 하고 진헌이 세진에게 의문이 가득한 음성을 내뱉는 소리가 들려온 것 같았지만 건우는 입을 닫은 채로 자신의 심장 소리를 느꼈다.

처음…… 이었다.

누군가에게 속마음을 털어놓고 난 뒤 이렇게 가슴이 안정을 찾지 못하는 것은.

적지 않은 나이였기에 그 흔한 사랑 한두 번 정도 해본 그이지만,

이토록 걷잡을 수 없는 격정에 휩싸인 것은,

처음…… 이었다.

"건우 형!"

그렇게,

모든 것이,

처음처럼 느껴져서,

그는…….

❖   ❖   ❖

"왜요, 좋아하면 안 됩니까?"

아무렇지도 않게 그는 입술을 열었다. 너무도 당당하게 들리는 어조라 당황한 것은 그녀였다.

"차라리 잘됐어요."

한숨과 함께 쓴웃음을 짓는 그의 얼굴에서 후련함이 느껴졌던 것은 그녀의 착각이 아니었으리라. 그녀의 얼굴이 하얗게 물드는 것과는 달리 건우는 채원을 똑바로 바라보며 그녀의 의구심을 해소시켜 주기 위해 노력했다.

"단순한 동료로서가 아니라 여자로서, 한 여자로서 당신을 아주 좋아해요."

그녀가 살아오던 세상이 눈 깜짝할 새에 와르르 무너져 내렸던 그날 이후 자신을 흔들리게 하는 일은 앞으로 절대 없을 거라고 감히 장담했었다.

그러나 이건우라는 남자가 그녀의 눈앞에 나타나게 됨으로써 채원은 한 번도 아닌 두 번씩이나 흔들리게 되었다.

세상과 단절하며 숨기에만 급급했던 그녀를 그가 다시 밖으로 끌어내려 할 때 한 번.

그리고 심장을 죄어올 만큼 매혹적인 음성으로 그녀에게 고백이란 것을 강행하던 바로 그 순간, 두 번.

"언제부터…… 채원 씨한테 이런 마음이 들었는지는 잘 모르겠
어요."

채원이 말을 잇지 못하는 그사이 건우는 말을 이었다.

"그렇지만 이것 한 가지만은 확실해요. 내가 당신에게 품고 있
는 이 감정이 일시적인 건 아니라는 것 정도는."

소리를 내뱉지 못하는 그녀를 바라보는 건우는 그녀가 줄곧 알
고 있던 이건우와는 약간의 차이가 있었다. 채원은 미세한 변화를
포착할 수 있었다. 태연하게 말을 잇고 있으나 그 역시 그녀만큼
이나 긴장하고 있는 것이 보였기 때문이다. 그 사실을 알아차리자
채원은 더욱 숨이 막혀왔다.

"건우……씨, 전……."
"채원 씨가 내 갑작스러운 고백 때문에 많이 놀랐고 또 당황스
럽다는 거 알아요."

무어라 말을 해야겠다고 생각하며 겨우 입술을 움직였을 때, 그
가 의식적으로 그녀의 말을 끊어냈다. 놀라 눈을 동그랗게 뜨자
그는 잠시 머뭇거리더니 이내 중얼거렸다.

"지금의 채원 씨에게 그럴 여유가 없다는 것도, 그래서 생각도

하기 전에 거절부터 하려 한다는 것도 알고 있어요. 사실 채원 씨가 알아차리지 못했더라면 나도 당분간은 말할 생각이 없었으니까. 당신을 혼란스럽게 만들고 싶지 않았거든.”

그의 얼굴에 쓰디쓴 미소가 번졌다.

“하지만 이미 엎질러진 이상 내 마음을 숨기고 싶진 않았습니다. 당신에게 끌리고 있으면서 끌리지 않는다고 말하기엔 내 양심이 허락하질 않아. 그리고 당신에게 내 마음을 숨기고 싶지도 않아요.”

‘후우’ 하고 숨을 내쉰 건우는 말했다.

“난 채원 씨에게 부탁하고 싶어요. 생각해 줘요. 지금 당장 바로 이 자리에서 거절하지 말고 천천히 생각해…… 줘요. 충분히 생각하고 나서도 당신의 마음이 변하지 않는다면 깨끗이 포기할게요. 그러니…….”

벽에 손을 기대어 힘없이 걷고 있던 채원은 머릿속을 떠나지 않는 그의 음성을 지우려 애쓰다 주르륵 주저앉아 버렸다.

직접 거울을 보지는 않았지만 충분히 현재 제 얼굴이 어떨지는 짐작이 가능했다. 채원은 정신없이 뛰는 자신의 가슴 위로 손을 얹으며 얼굴을 일그러뜨렸다.

"좋아해요."

환청처럼 그의 듣기 좋은 목소리가 귓전에서 맴돌았다. 순식간에 온몸의 힘이 쭈욱 빠져나갔다. 몸을 일으켜 숙소로 돌아가고 싶은데 그것이 잘 되지 않았다. 하는 수 없이 채원은 주저앉은 채로 가쁜 숨만 내쉬었다.

자신을 바라보는 그의 뜨거운 시선과 부드러운 음성이 떠오른다. 쉴 새 없이 요동치는 제 마음을 진정시키지 못한 채원은 고개를 아래로 떨구며 어금니를 세게 악물었다.

와르르,

무너져 내릴 것 같았다.

총 2주에 걸쳐 진행되었던 제주도 로케이션 촬영을 마치고 드라마 [사랑에 무너지다] 팀은 서울로 올라왔다. 이제 석 달 하고도 보름 정도 남은 드라마의 방영일까지는 아직 시간적 여유가 있었기에 꽤나 느긋하다고도 할 수 있는 촬영이 계속되었다.

많은 관심을 불러일으켰던 촬영이 시작된 지 한 달이 지나고, 두 달이 지나고, 2013년의 마지막 달을 맞이했을 때 드라마 [사랑에 무너지다] 팀의 호흡은 방송국 관계자가 놀라워할 정도였다.

홍광호 PD는 언제, 어디서 촬영을 할 것인지, 또 어떠한 방법으로 촬영을 할 것인지 철저히 계산하여 배우들에게 약속했던 정해진 시간 안에 모든 촬영을 끝내도록 지휘했다. 게다가 쪽대본을 용납하지 않는 이세진 작가의 성실함으로 이미 드라마는 방영도전에 어느새 9화의 분량을 모두 뽑아낸 상태였다.

훌륭한 조화를 이루고 있는 것은 비단 연출팀뿐만이 아니었다.

드라마를 이끌어 나가는 주체라고도 볼 수 있는 출연진의 연기 호흡이 생각보다 훨씬 환상적이었다. 아역 배우들부터 시작하여 중견 연기자들, 그리고 주인공들의 조화는 뭇 관계자들로부터 좋은 평판을 듣고 있는 상황이었다. 일단 기본적으로 연기력이 되는 배우들을 뽑아 촬영을 진행하고 있었기에 그들의 연기 장면을 지켜보던 전문가들의 입에서 좋은 말이 오가는 것은 당연한 일이었다.

물론 도통 여론이 수그러들 생각을 않는 여주인공 윤희재 역의 '장채원'에 대해선 걱정이 많았다. 그러나 촬영장에 들러 진행 상황을 파악한 대부분의 드라마국 관계자들은 최고의 배우들이라 일컬어지는 '이건우'와 '최진헌' 사이에서도 확실한 존재감을 보이고 있는 장채원을 충분히 매력적인 카드라고 여기는 듯했다.

출연자들의 사이 역시 우려만큼 나쁘지 않았다. 한 번쯤은 충돌이 있을 것이라 생각했던 출연진은 제주도 로케이션을 다녀온 뒤 의아스러울 정도로 친해졌고, 연출진 역시 그런 변화를 반겼던지라 지금 [사랑에 무너지다] 팀의 분위기는 한 가족과도 같은 상태였다.

"어쩌면 기대해 봐도 될 것 같아."

대한민국이 자랑하는 두 남자 톱스타와 섹스 스캔들로 인해 수많은 비난을 듣고 있는 여배우가 출연하는 드라마는 어느덧 S 방송국에서 가장 기대하는 2014년의 상반기 드라마로 떠올랐다. 드라마국 내에선 첫 회 방영 시 그들이 생각했던 것만큼의 시청자들을 끌어올 수 있다면 시청률 1위는 확실하다 여기고 있었다.

그렇게 모든 사람들이 정신없이 촬영에 매진하던 몇 달간의 시간이 흘렀다.

드라마의 첫 방영일은 어느새 D—7일 전으로 다가와 있었다.

첫 방영일까지 고작 일주일을 남겨둔 상황에서 진행되고 있는 10화의 내용은 일명 '삼자대면'. 늦게까지 철야를 하는 희재의 변호사 사무실에 찾아온 데이비드 리로 인해 흔들리는 희재와 두 사람이 함께 있는 모습을 보며 큰 충격을 받는 태은의 모습이 카메라에 담길 예정이다. 태은이 충격을 받는 까닭은 희재와 데이비드 리의 첫 키스 신을 목격하기 때문이다.

"잠깐만요."

"죄송합니다."

"한 번 더 갈게요."

“죄송해요. 잠깐…… 쉬었다 가도 될까요?”

다른 사람도 아닌 건우와의 키스 신 촬영이 생각보다 쉽지 않아 몇 번이고 NG를 냈다. 보다 못한 홍 PD가 채원을 안심시켜 주기 위해 말을 걸었다.

“오늘은 실제로 하는 게 아니고 하는 척만 할 거예요. 어차피 줌 아웃할 거니 고개만 살짝 돌리면 됩니다. 그러니 너무 긴장하지 마요, 희재 씨.”

걱정할 거 없다며 그녀의 어깨를 톡톡 두드려 주는 홍 PD의 목소리였지만 채원은 아무런 대답도 하지 못했다. 대신 무슨 생각을 하는 건지 읽을 수 없는 얼굴로 진헌과 대본을 들여다보고 있는 건우를 흘긋거렸다.

긴장하지 마. 아무것도 아니니까.

일종의 연기인 거야. 평범한 키스 신, 그것뿐이야.

실제로 하지는 않을 거잖아.

“좋아해요.”

몇 달 동안 애써 모른 척하던 심장이 미친 듯이 뛰었다. 채원은 스튜디오를 나와 화장실로 걸어가던 발걸음을 멈추었다. 그녀는 머릿속에서 지워지지 않는 그의 진지한 얼굴에 미간을 찌푸렸다. 속이 울렁거렸다.

채원에게 ‘기다리겠다’고 말한 이후로 건우는 그녀와 일정한 거리를 유지했다. 단순히 ‘동료 연기자’로 그녀를 대했고, 가끔은 자신이 관리하는 '소속사 배우'로서 채원을 대했다. 너무도 사무적으로 대하는 그의 모습을 보며 채원은 그에게서 고백을 받은 것이 꿈은 아닐까 하는 생각을 한 적도 있었지만 건우의 강렬한 눈빛이 얼핏 스치고 지나갈 때면 다시금 자각할 수 있었다.

그가 자신을 향해 좋아한다고 고백한 그 순간은 꿈이 아니었다고.

"언니, 오늘 촬영 끝나고 뭐 하실 거예요?"

속이 메스꺼워 입술을 잘근 깨물고 있을 때, 궁금증을 가득 안고 있는 것이 분명한 하이 톤의 목소리가 들려왔다. 뒤를 돌아보니 생글생글 웃으며 저를 응시하고 있는 재은의 얼굴이 보인다.

자신의 촬영 분량을 마치고 스튜디오를 벗어나던 중이었는지 그녀는 반갑게 말을 걸고 있었다. 제주도에서의 사건 이후로 이젠 그녀를 친언니처럼 따르고 있는 재은의 얼굴에서 왠지 모를 환한 빛이 쏟아져 나오는 것 같아 잠시 말을 잇지 못하던 채원은 피식 웃으며 입꼬리를 올렸다.

"글쎄. 딱히 계획은 없는데……."

"네? 계획이 없다구요? 오늘 크리스마스잖아요!"

지난 몇 년간 그래 왔듯 채원에게 있어서 크리스마스는 그리 거창한 날이 아니었다. 많은 사람들이 행복한 하루를 보내는 것과는 달리 그녀는 자신의 꽃가게에서 꽃바구니를 장식하느라 바쁘게 시간을 보냈으니까. 가족과의 교류도 단절한 상황이었고 친구라고 부를 수 있는 사람도 마땅히 존재하지 않았으므로 어쩌면 당연한 일이었다. 오늘 촬영 스케줄이 잡혔다는 시준의 말을 듣고 다른 출연진과는 달리 아무렇지도 않게 '그래'라고 말할 수 있었던 것은 그녀가 크리스마스라는 날에 큰 의미를 두지 않았기 때문이다.

채원은 눈을 동그랗게 뜨며 놀라는 재은의 말에 채원은 어색하게 미소를 지어 보였다.

"크리스마스가 별건가. 이 시기에 괜히 밖에 나가면 사람도 많을 거고…… 할 일도 없으니 그냥 대본이나 보면서 집에서 쉬지, 뭐."

그녀의 대수롭지 않은 답변에 재은은 큰 충격을 받은 듯했다.

"역시 내 이럴 줄 알았어."

재은은 한동안 말을 잇지 못하고 채원을 멍하니 응시하다 고개를 절레절레 저으며 한숨을 내쉬었다. 그리곤 채원의 손을 덥석 잡더니 눈동자를 반짝반짝 빛내며 소리쳤다.

"언니, 나만 믿어요!"

채원은 뜬금없는 재은의 말에 미간을 좁히며 고개를 갸웃거렸다.

"무슨 말이야? 재은 씰 믿으라니?"

재은은 의아해하는 채원을 보며 씩 미소 지었다.

"오늘 촬영 끝나면 연말까지 쉬잖아요. 그래서 우리끼리 조촐하게 파티를 준비했죠."

"파티?"

"촬영 끝나면 제가 언니 데리러 올 테니까 두근거리며 기다리고 있으세요. 아셨죠?"

"뭐?"

"그럼 조금 있다 전화 드릴게요! 기대하세요, 언니!"

"재은 씨! 대체 무……?"

'무슨 소리를 하는 거야?' 라고 말하려던 채원의 말은 이어지지 못했다. 제 말을 끝내 버린 재은이 그녀를 내버려 두고 등을 돌려 시야에서 사라져 버렸기 때문이다. 채원은 멍한 눈으로 재은의 흔적을 좇다가 낮게 숨을 내뱉었다.

'진짜 못 따라가겠어.'

몇 달 전, 드라마센터에서 처음 대면했을 때와는 너무도 다른 모습을 보여주는 재은을 따라가기가 버거울 때가 있었다. 30대인 자신과 20대인 그녀의 차이인 건가. 채원은 사라진 재은이 서 있던 자리를 가만히 바라보다 쓴웃음을 흘렸다.

"희재 씨 왔어? 이제 괜찮은 거야?"

오늘따라 이상할 정도로 연기가 제 마음대로 되지 않아 갑갑해진 나머지 잠시 NG를 내어 화장실을 다녀온 채원은 손을 씻고 나타난 그녀를 보며 빙긋 웃는 카메라 감독의 말에 고개를 끄덕였다.

"희재 씨도 온 것 같으니까 다시 시작하도록 하죠. 다들 대기해 주세요."

카메라 감독과 이야기를 나누고 있는 채원을 발견한 홍 PD가 웅성거리던 연출진과 출연진을 향해 외치며 모니터 앞에 앉자 주위를 두리번거리던 채원의 코디, 민경이 그녀의 앞으로 달려왔다.

톡톡톡, 적당한 양의 분을 묻혀 채원의 얼굴을 두드리는 민경의 손길은 조심스러웠다. 그녀는 눈부신 빛을 뿜어내고 있는 조명을 담담하게 바라보았다.

"그럼 2013년 마무리 잘하시고 연초 첫 촬영 때 뵙겠습니다! 그동안 몸 관리 잘하시고 푹 쉬다 오세요! 참, 모두들 1화는 본방 사수해야 한다는 거 아시죠? 다들 대박 납시다!"

밤 아홉 시가 되기 전에 촬영을 마무리하는 홍 PD의 외침과 동시에 연출진을 비롯한 출연진은 모두 스튜디오에서 철수할 수 있었다. 2014년 1월 1일 수요일 밤 열 시 오 분에 첫 방영되는 드라마의 홍보까지 마친 홍 PD는 싱글벙글 웃으며 스튜디오를 벗어났고, 채원 역시 다른 배우들과 스태프들에게 인사를 한 뒤 마침 그녀를 데리러 온 재은과 합류할 수 있었다.

12월 25일. 보통은 '연인들'과 함께 보낸다는 크리스마스 파티에 생각지도 못한 이에게 초대를 받아 시간을 보내게 된 채원은 파티 룸에서 익숙한 얼굴 몇몇을 발견하곤 미소를 지어 보였다. 스튜디오나 야외 촬영 때 몇 번 만났던 스태프들과 재은의 같은 소속사이자 근래 채원과 함께 어울리게 된 여배우인 유미와 시라가 그곳에 있었기 때문이다.

"장 선배님, 어서 여기 앉으세요!"

재은의 태도 변화 이후로 함께 채원에게 살갑게 굴기 시작한 유미는 채원의 팔을 잡아끌며 그녀를 테이블의 중앙에 앉혔다. 시라가 그 뒤를 따라 엉덩이를 붙이자마자 채원의 양쪽에 앉아 있던 재은과 유미가 생글생글 웃으며 채원을 바라보았다. 왠지 꺼림칙해서 두 사람의 시선을 말없이 받아내던 채원은 한숨을 길게 내쉬며 결국 입을 열었다.

"왜 또 그래, 다들."

기다렸다는 듯 재은이 두 눈을 빛내며 물음을 던졌다.

"어떠셨어요?"

"뭐가?"

"이건우 선배님이랑 키스 신이요!"

"……!"

"소문대로 이건우 선배님, 진짜 키스 '신' 이에요? 엄청 잘한다고 하던데…….."

채원은 눈을 반짝반짝 빛내는 재은의 말에 입을 다물었다. 불현듯 그의 음성이 귓가로 들려왔다.

"감독님 말씀대로 실제로 하지는 않을 거니까 그렇게 경계할 필요는 없어요. 그냥 채원 씨의 연기를 하면 됩니다. 내가 신호를 주면 고개를 살짝 돌려요."

어쩐지 가슴이 따끔거릴 만큼 냉정하게 말하는 그를 그저 바라보아야만 했다.

"지금."

그의 커다란 손이 그녀의 허리를 감싸고 뜨거운 숨결이 코끝을 자극해서 머리가 어지러워지려 할 때, 건우가 남은 한 손으로 그녀의 얼굴을 끌어당기며 낮게 속삭였다. 이번에도 NG를 내게 되면 또 그와 몸을 밀착시켜야 한다는 생각에 견뎌야 한다고 속으로 수없이 외쳤기에 홍 PD가 '컷!' 소리를 내뱉을 때까지 참을 수 있었다.

"수고했어요. 어려웠을 텐데……. 크리스마스 잘 보내요."

좋은 장면이 뽑혔다며 박수를 치는 홍 PD를 보며 안도의 한숨을 내쉬고 있던 그녀를 향해 건우는 희미하게 웃으며 말했다. 그녀가 그에게 뭐라고 대답하려는 순간, 건우가 재빨리 몸을 돌려 사라졌다. 채원은 그의 등을 말없이 응시하고 있었다.

"누나는 안 가실 거라구요?"

오늘 그린엔터의 식구들과 크리스마스 파티를 벌이기로 했다며 함께 가자고 말하는 진헌의 제안을 어렵게 거절한 그녀는 아쉬워 입맛을 다시는 진헌을 보내고 돌아섰다. 그 뒤로 진헌과 함께 스튜디오를 빠져나가는 건우의 모습이 살짝 보였지만 신경 쓰지 않으려고 노력하며 재은과 합류한 채원이었다.

그런데 여전히 지워지지 않는다.

"……니."

잠깐이었지만 그의 차가운 손바닥이 그녀의 뺨에 닿았던 그 흔적이.

"……니."

호흡이 곤란해질 정도로 그녀를 내려다보던 그의 숨 막히는 시선이.

"……니!"

표현하지 못해 가슴에 묻고만 있는 그의 수많은 감정이 채원의 주위에 맴도는 것 같았다.

"채원 언니!"

재은이 한 번 더 소리친 후에야 정신을 차릴 수 있었던 채원은 제 대답을 기다리고 있는 그녀를 멍하니 응시했다. 재은은 넋을 놓은 것 같은 그녀를 빤히 바라보며 고개를 갸웃거렸다.

"괜찮으세요?"

채원은 무의식적으로 반응하려다 멈칫거렸다.

"응, 괜찮아. 그런데 재은 씨, 뭐라고 했지?"

"이건우 선배님이랑 키스 신 소감에 대해 물었어요. 저 가고 남은 촬영 하셨잖아요. 그 소감 좀 듣고 싶어서…… 흐흐!"

찐득한 시선을 보내며 채원을 재촉하는 재은의 모습은 영락없는 소녀의 얼굴이다. 유미 역시 호기심이 가득한 얼굴로 자신을 바라보자 채원은 쓰게 웃었다.

"키스 신이 다 똑같지, 뭐. 게다가 이번엔 실제로 안 해서……."

"에이! 그래도 상대가 이건운데요?"

"……."

"뭔가 다른 점은 없었어요? 눈빛만으로 제압한다는 얘기가 들리던데."

"오! 재은 씨, 그건 나도 들었어!"

죽이 잘 맞아 찰떡 호흡을 보여주는 재은과 유미의 대화를 들으며 난감한 표정을 짓던 채원은 대답해 주지 않으면 자신을 쉬이 놓아주지 않을 두 사람이라는 걸 인지했다. 스윽 고개를 돌려보니 파티 룸 안에 있던 여자들 모두 채원의 말을 기다리는 듯 숨을 죽이고 있다. 후우. 짧게 한숨을 내뱉은 채원은 스르륵 눈을 감으며 가슴을 진정시켰다. 그리곤 입술을 움직였다.

"……떨렸어."

"네? 뭐라구요?"

"괜히 떨렸다고. 이제 됐지?"

채원은 덧붙이지 않고 간단명료하게 대답했다. 그러자 재은과 유미는 픽 웃으며 '얼마나 떨렸는데요?' 라고 짓궂은 물음을 던진다. 채원은 얼굴이 화끈 달아오르는 것을 느끼며 자리에서 벌떡 일어났다.

"미안한데, 나 잠깐 화장실 좀."

더 이상 그들의 시선을 감내할 수가 없었다. 의아해하는 사람들의 의구심을 풀어줄 생각을 하지 않고 벌떡 일어나 문을 연 채원은 거짓말처럼 문 앞에 서 있는 남자를 발견하곤 얼굴을 굳혔다.

성큼성큼 걸어 나가는 채원의 발걸음은 빨랐다. 그녀는 잠시도 멈추지 않을 사람처럼 뒤도 돌아보지 않고 출구로 발걸음을 옮겼다.

"잠깐만요."

채원의 뒤를 바짝 쫓고 있는 사람은 채원이 무척이나 잘 알고 있는 사람이다. 그래서 더욱 멈출 수가 없었다.

"기다려요!"

못 본 척, 못 들은 척, 듣지 않은 척, 없는 사람인 척…….

그가 그녀를 빠르게 쫓아오고 있다는 것을 알면서도 멈출 수가 없었다. 그러지 못한다면 그에게 마음을 들켜 버릴 것 같았다. 심장이 제어할 수 없을 정도로 뛰어 터져 버리기 일보 직전이었지만 채원은 결코 등을 돌리지 않았다. 타타탁, 달려오는 그의 구두 소리가 계단과 맞물려서 마음이 조급해졌다.

"멈추라고!"

재은과 유미가 주최하는 크리스마스 파티가 열리는 가게의 문을 열고 지하 계단을 올라 지상에 다다랐을 때, 채원은 더 이상 앞으로 발을 내디딜 수가 없었다.

"……."

건우가 그녀의 오른쪽 손목을 세게 잡고선 놓아주지 않았기 때문이다. 채원은 저보다 한 칸 아래의 계단에서 그녀를 올려다보고 있는 건우를 서늘한 눈동자로 바라보았다.

“놓아주세요.”

“어딜 가려고 하는 겁니까?”

“아무래도 피곤한 것 같아서 집에 먼저 돌아가려고요.”

“가방도 없이?”

건우가 그녀의 말을 들은 것이 분명해 보이는 표정을 짓고 서 있자 무작정 출구로 걸어갔다. 티를 내지 않으려 애썼는데 아무래도 그에게는 모든 걸 숨길 수 없었나 보다. 채원은 자신이 가방을 파티 룸에 놔두고 왔다는 것을 정확히 파악한 그의 말에 입술을 짓눌렀다. 건우는 그녀의 손목을 잡았던 손의 힘을 살짝 풀며 말을 이었다.

“집까지 내가 데려다 줄게요. 차 가지고 왔…….”

“괜찮습니다. 혼자 갈 수 있어요.”

건우는 냉정하게 말하는 채원을 보며 인상을 썼다.

“지금 채원 씨는 지갑이 든 가방도 없이 여기서 집까지 걸어가겠다는 겁니까?”

반사적으로 움켜쥔 주먹에 힘이 세게 들어갔다. 건우는 채원에게서 손을 떼며 말했다.

“나 때문입니까?”

“네?”

“내가 채원 씨의 말을 들어서…… 도망치려는 거예요?”

호흡이 곤란해지려 했지만 태연한 척 그를 내려다보던 채원은 대답했다.

“무슨 소리를 하시는지 모르겠네요.”

“채원 씨, 나랑 있으면 떨려요?”

확실히 그의 말대로 지금 파티 룸과 그녀의 오피스텔까지의 거리는 멀었다. 내일부터 일주일간 촬영이 없기는 했지만 걸어가기엔 무리가 있어 사람들이 있는 곳으로 돌아가려던 채원은 숨을 돌릴 틈도 주지 않는 건우의 말에 눈꺼풀을 파르르 떨었다.

“사실대로 말해줘요, 채원 씨.”

건우는 창백해진 채원을 올려다보며 물었다.

“떨립니까?”

쿵! 쿵!

눈치 없는 심장이 주인의 애타는 마음은 몰라주고 마구 뛰기 시작했다. 채원은 자신의 검은 눈동자가 그의 말 한마디에 요동치는 것을 느꼈지만 차마 건우의 시선을 피하진 못했다.

‘빌어먹을.’

입 밖으로 꺼내지 못하는 욕설이 흘러나왔다. 가슴의 박동 소리가 아마도 그의 귀에 닿은 것이 확실했다. 채원은 어금니를 세게 악물며 건우를 응시했다. 한동안 말없이 자신을 쳐다보기만 하는 채원을 올려다보던 건우는 뭔가를 생각하다 이내 그녀의 손목을 움켜쥐었다.

“뭐 하는……!”

그에게 잡혀 버렸다는 것을 자각하기 전에 건우에 의해 끌려가게 된 채원은 뒤늦게 상황을 파악하고 그의 커다란 등을 보며 소리를 뱉어냈다.

“한계예요.”

건물 밖. 건물과 건물 사이의 좁은 공간 속으로 채원을 데리고 나온 건우는 어둠 속에 가려 잘 보이지 않는 채원을 응시하며 얼굴을 일그러뜨렸다.

"넉 달 동안 잘 참았는데…… 이 이상은 못할 것 같아."

그의 말을 알아들을 수가 없었다. 채원은 숨을 크게 들이켰다.

"채원 씨."

그의 눈동자가 요동치고 있었다. 채원은 마력과 같은 그의 시선에 빨려 들어갔다. 건우는 눈을 크게 뜨고 있는 그녀를 직시하며 경고에 가까운 말을 쏟아냈다.

"채원 씨가 지금의 날 막지 않는다면 난…… 멈추지 않을 겁니다."

……뭐?

"그러니까 당신이 날 막을 수 있는 기회는 오직, 지금밖에 없어."

건우의 음성이 끊어짐과 동시에 완벽하게 채원의 앞으로 몸을 돌린 그의 기다란 손이 그녀의 두 뺨을 감쌌다.

그리고…….

❖　❖　❖

"기다릴게요."

그의 마음을 두려워하는 그녀에게 웃으며 이야기한 것은 다름 아닌 건우 자신이었다.

기다릴 수 있다. 그녀가 무엇을 걱정하는지 잘 알고 있기에 그 정도는 참을 수 있었다. 그러니 많은 생각을 하고 많이 고심한 끝에 대답을 해주었으면 싶다. 그의 마음에 대해서. 다른 건 바라지 않았다. 무조건적으로 그녀를 향한 마음을 받아달라고 요구하지 않았으며, 일부러 그녀에게 자신이 마음을 품고 있다는 것을 티내지 않았다. 세상에서 가장 잘하는 몇 안 되는 것이 바로 '인내하기'였으므로 채원이 그에게 대답해 줄 그날까지 충분히 견딜 수 있다고 생각했다.

그러나 쉽지 않았다.

좋아한다는 건우의 고백을 들은 후로 어쩐지 더욱더 거리를 두려 하는 그녀의 모습이 눈에 들어왔고, 그의 시선에 흠칫흠칫 놀라는 그녀를 발견할 때면 무의식적으로 실망하게 되었다. 자신과의 촬영이 끝나자마자 고개만 까딱이고 순식간에 사라지는 채원을 허망하게 바라본 적이 한두 번이 아니었다. 지난 넉 달간, 촬영장에서건 그린엔터의 사옥 내에서건 그와 부딪칠 때마다 사적인 인사 따윈 나누지 않는 딱딱한 태도를 보여주는 채원으로 인해 건우는 적잖게 상심한 상태였다.

"아직도 화해 안 했어?"

다가가지 못하는 그와 멀어지는 그녀. 두 사람의 심상치 않은 기류를 포착한 진헌이 오죽하면 건우를 따로 불러내어 충고를 다

했을까.

　"두 사람 다 그런 식구에다 같은 드라마에 출연 중인데 분위기가 안 좋아도 너무 안 좋아. 형이 무슨 실수를 했는지는 모르겠지만, 누나랑 빨리 안 풀면 나뿐 아니라 다른 사람들한테까지 들키기 십상이라고. 나야 가까이 있으니 진작 알아차린 거지만 이대로 가다간 준이 형이 알게 되는 것도 조만간이다? 그러니 채원 누나랑 대화를 나누든 뭘 하든 얼른 풀어."

　건우는 자신에게 충고하는 진헌의 말에 '채원 씨랑 싸운 거 아니야'라고 대답하지 못했다. 저보다 한참 어리면서 그를 향해 혀까지 차는 진헌은 단순히 건우가 채원에게 실수를 한 것이라고 여기고 있었다. 가슴이 더욱 답답해졌지만 건우는 그저 쓰게 웃을 수밖에 없었다.
　그 역시 그녀와 빨리 풀고 싶지 않은 것이 아니었다. 아니, 그 누구보다 그녀와 다시 가까워지길 원했다. 촬영 중에서 그가 맡은 배역을 향해 웃어주는 게 아닌, 진심으로 이건우라는 남자한테 환한 미소를 지어주길 바라고 또 바랐다.
　하루에도 몇 번씩 이렇게 기다리지 말고 그녀에게 다가가는 게 어떨까 하고 생각했다. 이렇게 계속 무의미한 시간을 보내기보다는 그가 조금 더 용기를 내어 채원에게 손을 뻗고, 그녀의 마음을 열 수 있도록 노력을 하는 게 어떨까 하는 충동적인 생각.

그러나 건우는 그러지 못했다.

제주도 로케이션 촬영을 마치고 돌아와서도, 스튜디오에서 그녀와 연기를 할 때도, 멀어지는 채원의 뒷모습을 바라보고 서 있을 때도, 그린엔터테인먼트 식구들이 모두 모여 회식을 할 때도 그녀에게 먼저 다가갈 수 없었다. 채원이 어떻게 지금 이 상황을 견디고 있는지 그 누구보다 자신이 잘 알았으니까. 그녀를 원한다는 제 욕심만으로 잘 버티고 있는 채원을 무너뜨릴 수는 없다고 생각했으니까.

하지만 여전히 코끝을 자극하던 채원의 잔향이 남아 있었다. 눈앞이 아찔해질 만큼 달콤해서 숨을 쉴 수 없었던 몇 분 전의 기억이 잊히지 않는다. 쿵쿵, 가슴이 쉬지 않고 두근거렸다. 티를 내지 않으려 했으나 어쩐지 흥분을 가라앉힐 수가 없었다.

'……'

비록 '연기' 일 뿐이지만 건우는 설레는 마음을 감출 수 없었다. 그리고 그는 그녀의 허리를 안았던 자신의 커다란 손을 내려다보며 미약하게 떨리던 채원의 어깨, 격정적으로 흔들리던 그녀의 검은 눈동자를 떠올렸다. 4개월 동안 누르고 또 눌러 겨우 참고 지냈던 그녀를 향한 마음이 미친 듯이 솟구쳤다. 하마터면 연기를 하는 동안 진심을 드러낼 뻔해서 그런지 그 마음이 가시질 않는다.

'빌어먹을.'

좋아하는 사람에게 좋아하는 티도 못 내고 있는 현실이 무척이나 마음에 들지 않았지만 그가 할 수 있는 것은 아무것도 없었다. 건우는 윗니로 아랫입술을 세게 짓누르며 얼굴을 일그러뜨렸다.

‘말이야…… 쉽지.’

그가 할 수 있는 것은 기다림.

오직 그뿐이라는 걸 알고 있음에도, 속이 타들어가고 있었다.

“형은 파티에 참석할 거지? 우리 차 타고 가.”

12월 25일.

보통은 연인들과 지낸다는 2013년의 크리스마스 파티를 그린엔터테인먼트 식구들과 보내기로 결정한 건우는 다른 약속이 있다며 그들의 제안을 거절하고 사라지는 채원을 바라보다 진헌과 함께 그린엔터의 사옥으로 향하는 중이었다.

“아, 잠깐만. 나 문자 좀.”

멀어지는 채원을 응시하며 연신 아쉽다고 중얼거리던 진헌이었기에 밴에 올라타자마자 채원의 이야기를 할 거라 생각했다. 그러나 진헌은 건우의 예상과는 다르게 돌연 도착한 핸드폰 메시지를 발견하곤 다급하게 말했다. 그 후로 30분 동안 건우에게 말 한마디 붙이지 않고 핸드폰만 들여다보던 진헌의 입꼬리가 올라가 있는 것을 발견한 그는 피식 웃음을 흘리며 창밖을 바라보았다.

“아아, 얜 진짜 왜 이래.”

생각에 잠긴 채, 어떻게 하면 채원에 대한 갈증을 해소시킬 수 있을지 걱정하고 있던 건우의 귀에 짜증이 가득한 진헌의 음성이 들려왔다.

“왜, 누군데?”

건우는 한숨을 푹 내쉬며 머리를 벅벅 긁는 진헌에게 말을 걸었다. 진헌은 핸드폰 액정을 노려보며 입술을 삐죽이고 있다가 건우의 말을 듣고는 몸을 움찔거렸다. 그리곤 꼭 나쁜 짓을 하다 들킨 사람처럼 눈을 동그랗게 뜬 채 어색하게 웃었다.

"어? 아아…… 하하! 아, 아무도 아니야."

"……그래? 알겠다."

반사적으로 핸드폰 액정을 끈 채 주머니 속에 넣는 것으로 보아 무언가 숨기고 있다는 냄새를 폴폴 풍기는 진헌이었지만 건우는 크게 신경 쓰지 않았다. 연애라도 하나 보지. 최진헌이 저렇게 특이한 행동을 할 때는 그것밖에 없다고 생각하며 건우는 진헌을 가만히 직시했다. 진헌이 그의 뜨거운 눈길에 놀라 어쩔 줄 몰라 하는 모습이 보인다.

'놀라긴.'

건우는 당혹감을 감추지 못하는 진헌을 놀리고픈 충동에 잠시 휩싸였지만 이내 아무렇지도 않은 표정을 지으며 창밖을 향해 시선을 돌렸다. 건우가 물론 진헌이 속해 있는 소속사의 실질적 권력을 쥐고 있지만 소속사 배우의 연애까지 간섭할 생각은 전혀 없었다. 아니, 솔직히 말하자면 요 몇 달 동안 진헌을 관리하지도 못할 만큼 자신의 감정을 억누르기에 바빠 도저히 다른 곳으로 관심을 둘 틈이 없었다.

"그게 다야?"

잔뜩 긴장하고 있던 진헌은 그런 건우의 행동이 꽤나 놀라웠던 모양이다. 건우는 미간을 찌푸리며 저를 바라보는 진헌을 쳐다봤다.

"내가 알아야 하는 거냐?"

"어? 아, 아니, 그건 아닌…… 후우! 형, 이거 다 나 말려들게 하려는 거지?"

건우는 뜬금없는 진헌의 말에 고개를 갸웃거렸다. 진헌은 길게 숨을 내뱉더니 기다란 손을 들어 올려 앞머리를 마구 휘저었다. 그러다 의아해하는 건우를 빤히 바라보며 어렵게 말을 꺼냈다.

"형, 아무한테도 말 안 할 거지? 준이 형한테도 말 안 한다고 약속하면 말해줄게."

"뭐?"

"이건우는 한입으로 두말하는 남자가 아니니까 약속한 거라 믿어."

"대체 무슨 소릴…….."

"사실…… 요즘 무척 거슬리는 여자가 있어."

저 혼자 북 치고 장구 치기를 반복하던 진헌이 운전석을 흘깃거리다 아주 작은 목소리로 털어놓는 진심 어린 말에 건우는 입을 다물었다. 혹시나 했는데 역시나였군. 연애사가 아니라면 최진헌이 핸드폰을 저렇게 오랫동안 들고 있을 리가 없다고 생각했던 그의 짐작이 맞아떨어졌다. 건우는 고개를 아래로 떨구며 땅이 꺼져라 한숨 쉬는 진헌을 내려다봤다.

"이상하게 신경을 팍팍 긁는데 도통…… 참을 수가 있어야지. 자긴 무의식적으로 하는 행동인 것 같긴 한데…… 제길! 형, 여자는 다 그래? 남자가 자기한테 조금 관심 있는 것 같으면 이렇게 애타게 만들어? 일부러 관심 없는 척 행동해? 어? 그러냐고?"

그에게 질문을 던지는 건지, 아니면 화를 내는 건지. 답답하다는 듯 입술을 잘근잘근 씹으며 몸까지 비트는 진헌의 모습은 확실히 의외였지만 건우는 시원하게 대답해 줄 수 없었다.

"망할! 혜성 형!"

그렇게 건우가 멍한 눈으로 진헌을 바라보는 사이, 진헌이 좌석에서 벌떡 일어나더니 운전을 하고 있는 혜성에게로 다가갔다. 혜성이 슬쩍 뒤를 돌아보자 진헌은 신경질적인 음성으로 얼굴을 구기며 소리쳤다.

"인사동으로 좀 가줘."

"뭐?"

"나 급히 만날 사람이 있어. 부탁해."

"사옥엔 안 가고?"

"어. 아주 급한 거라서. 참, 건우 형!"

혜성이 난감한 표정을 지으며 건우의 눈치를 살피는 사이 진헌이 고개를 돌려 그를 쳐다봤다. 어차피 밤새도록 열리는 파티라 조금 늦게 가는 것도 괜찮을 거라 생각하던 건우는 혜성에게 진헌이 원하는 대로 하라며 고개를 끄덕여 주려다 제게 말을 거는 진헌의 눈을 마주했다. 진헌은 약간 상기된 목소리로 외쳤다.

"형도 갈래? 거기 채원 누나도 있다던데."

"형들 먼저 가. 난 볼일 끝내고 늦게라도 사옥으로 갈게."

인사동의 한 건물 앞에 차를 세우자마자 문을 활짝 열며 외치던 진헌은 선글라스를 끼고 모자를 깊게 눌러쓴 채 건물 안으로 달려 갔다. 혜성은 진헌의 뒷모습을 바라보다 한숨을 내뱉었고, 건우는 굳은 얼굴로 진헌이 사라질 때까지 시선을 떼지 못했다.

"형은 어떡하실 겁니까? 내리실 거예요?"

"아니, 괜찮아. 우린 사옥으로 가지."

진헌이 건물 안으로 들어간 지 1, 2분가량 흘렀을 때 스윽 눈을 돌리며 묻는 혜성에게 건우는 냉정하게 고개를 저었다. 혜성은 '알겠습니다' 라고 짧게 대답하곤 차를 돌렸다.

"혜성아, 나도 내릴게."

건우가 다시 입을 연 것은 그를 태운 차가 마침 신호에 걸려 멈 춰 섰을 때였다. 차 문을 열어달라고 말하는 건우를 보고 혜성이 눈을 크게 뜨자 그는 얼른 말을 덧붙였다.

"중요한 일이 갑자기 생각났어. 너 먼저 사옥에 가 있어."

"그, 그래도……."

"준이 형한테는 내가 알아서 전화할게. 그럼."

당황해하는 혜성을 내버려 두고 밴에서 내린 건우는 횡단보도 를 건너 반대편에서 택시를 잡았다. 진헌이 달려 들어간 건물의 이름을 기억하고 있기에 얼마 지나지 않아 그곳에 도착한 그는 주 위를 살피며 고심하기 시작했다.

"다른 사람들이랑 약속 있다고 했었잖아. 알고 보니까 윤시라 네랑 모임이었나 봐. 마침 그곳에 있다던데 형도 잠깐 얼굴 보고 가지 그래?"

아직까지 채원과 건우가 불편한 관계를 유지하고 있다고 생각한 진헌의 말이 귓가에 아른거렸다. 한참 동안 이 계단을 내려갈지 말지를 망설이던 그는 오랜 고뇌 끝에 결국 아래로 발을 내디뎠다.

다음 주로 다가온 첫 방영일까지 휴가를 얻게 된 [사랑에 무너지다] 팀이었으므로 그사이 그가 채원을 볼 기회는 없었다. 가능하다면 잠깐만, 아주 잠깐만 그녀의 얼굴을 훔쳐볼 생각이었다. 그래야 참을 수 있을 것 같았으니까. 다음 촬영 때까지 견뎌낼 수 있을 것 같았으니까.

"이건우 선배님이랑 키스 신이요!"

건물 내에 있는 수많은 룸 중 채원이 있는 곳이 어딘지 찾기는 쉽지 않았다. 스태프에게 물어볼 수도 있었지만 괜한 오해를 불러일으킬 것 같아 일행 찾기를 도와주겠다는 그들의 제안을 거절했다. 귀를 쫑긋 세우며 복도를 지나가던 건우의 귀에 익숙한 이름이 들린 것은 그 무렵이었다. 건우는 살짝 열려 있는 핑크색 문 앞에서 걸음을 멈췄다.

불빛이 새어 나오는 문틈으로 얼굴을 가져다 대자 진헌이 말한 대로 채원이 몇몇 여배우들, 그리고 촬영 스태프들과 함께 있는 모습이 보였다. 처음 드라마를 시작했을 때와는 달리 이제 다른 사람들과도 돈독한 관계를 유지하는 그녀를 보고 왠지 모를 안도를 한 건우는 채원이 잘 있다는 것을 확인하고는 몸을 돌리려 했다. 저보다 훨씬 먼저 내려간 진헌이 룸 내에 보이지 않는다는 사실은 그의 안중에 없었다.

"떨렸어."

아마도 촬영장 내의 스태프들처럼 저 룸 안에 있는 채원의 동료들 역시 그와의 키스 신에서 여러 번 NG를 냈던 채원의 이야기를 들었기에 가능한 물음이라 생각하며 뒤로 한 걸음 물러나던 건우는 채원의 말에 심장이 떨어질 뻔했다.

"괜히 떨렸다고."

쿵쿵!

그 말을 듣는 순간 건우는 미친 듯이 뛰는 가슴을 제어할 수가 없었다. 그녀의 말이 이어지면 이어질수록, 문틈으로 보이는 채원의 얼굴이 붉게 물들어갈수록. 화장실을 가겠다며 밖으로 나온 채원이 문 앞에 서 있는 그를 발견하고 창백해지는 것을 봤을 때는 심장이 터져 버릴 뻔했다.

기다릴 수 있을 거라 생각했다.

참을 수 있을 거라 생각했다.

제겐 관심조차 주지 않는 채원을 볼 때마다 끓어오르는 마음을 누르는 것이 점점 한계에 다다랐음을 느꼈지만 그녀를 곤란하게 만들 생각은 없었기에 견뎌야 한다고 생각하고 또 생각했다.

하지만 이젠……

"한계예요."

더 이상은 막을 수가 없었다.

채원이 무엇을 걱정하고, 무엇을 두려워하고, 무엇을 염려하는지 알고 있다. 그랬기에 조심해야 한다고 생각했고, 그녀의 마음이 열리기만을 기다렸다.

"넉 달 동안 잘 참았는데…… 이 이상은 못할 것 같아."

떨리느냐는 그의 물음에 아무 말도 하지 못하는 채원의 일렁이는 검은 눈동자를 봤을 때 건우는 확신했다. 지금이 바로 그때라고. 지난 몇 달 동안 그가 바라고 또 바라던 바로 그때라고.

"채원 씨가 지금의 날 막지 않는다면 난 멈추지 않을 겁니다. 그러니까 당신이 날 막을 수 있는 기회는 오직 지금밖에 없어."

경고에 가까운 그 말은 채원뿐 아니라 저 자신에게 하는 말이기도 했다. 지금 이 고삐를 풀게 된다면 그는 스스로도 그녀를 향한 이 마음을 통제할 수 없을 것이다.

건우는 그의 말에도 불구하고 이렇다 할 대응을 보이지 않는 채원에게 다가갔다. 오후까지 진행되었던 키스 신 촬영 때보다 더 뜨거운 감정의 소용돌이가 두 사람에게 달려들었다. 커다란 심장 소리는 어느새 서로의 귀에 가득 닿아 있었고, 건우는 말없이 숨만 몰아쉬는 채원의 두 뺨을 부드럽게 감쌌다.

쿵! 쿵! 쿵!

채원의 것인지, 아니면 그의 것인지 알 수 없는 박동 소리가 요란하게 울렸다. 눈을 크게 뜨고 있는 채원의 속눈썹이 파르르 떨려 숨을 크게 들이마시던 건우는 붉디붉은 그녀의 입술 위로 자신의 입술을 포갰다. '흡' 하고 밀려오는 그의 혀를 받아내던 야릇한 그녀의 신음 소리가 건우를 자극했다.

모든 것은 순식간이었다.

그녀를 붙잡은 그가 채원의 얼굴을 부여잡고 진한 키스를 퍼부은 것과 밀려들어 오는 건우의 것을 내보내지 못했던 것, 거침없이 그녀의 입안을 휘젓는 현란한 움직임에 온몸에 힘이 빠져 눈을 질끈 감아버렸던 것, 그런 채원의 모습을 발견한 그가 더욱 거세게 몰아붙이기 시작한 것, 출처가 불분명한 달콤한 타액이 섞여 목구멍을 타고 넘어간 것, 그를 막지 못한 채원이 어느새 그의 페이스에 맞추기 시작한 것 모두.

"하아……!"

눈앞을 아찔하게 만드는 짙은 키스를 선사하던 그의 입술이 그녀의 입술 위에서 조금씩 벗어나자 채원은 참고 있던 숨을 터뜨렸다. 건우는 비틀거리는 채원을 부축하기 위해 손을 뻗었다. 그녀의 가느다란 허리를 건우가 감쌌다. 채원은 흐트러진 얼굴로 다시 고개를 들었다. 건우가 미간을 좁힌 채 그녀를 내려다보고 있었다. 숨을 쉴 수가 없었다.

'대체……'

어떤 일이 일어난 걸까.

문득 정신을 차려보니 그녀는 그의 품에 안겨 있고 호흡하기가 어려웠다.

룸에서 나오자마자 건우를 발견한 것도 기억이 나고, 예상치 못한 그의 등장에 놀라 달아나던 채원의 뒤를 건우가 쫓았던 것도 기억이 난다. 자신을 멈춰 세운 건우가 빛이라곤 보이지 않는 으슥한 건물 틈으로 자신을 끌고 온 것도 기억이 나는데 그 뒤의 일부터는 도통 생각이 나지 않는다.

두근두근.

눈치 없는 심장은 제정신을 차릴 생각을 하지 못했다. 조바심이 났다. 행여나 그의 귀에 제 심장박동 소리가 닿아버릴까 봐. 어떻게든 감추려 노력했지만 두 사람의 거리가 워낙 가까워서 그러질 못했다.

강렬한 시선이 느껴졌다. 뜨거운 숨결도 느껴졌다. 그가 많은 감정을 담은 눈으로 자신을 내려다보고 있는 것이 보였다. 채원은 건우의 복잡한 눈빛을 마주하면서도 숨이 가빠오는 것을 인지하고 있었다.

'키스…… 한 거야?'

그와 닿았던 입술이 타들어갈 것만 같았다. 목구멍을 타고 넘어오던 타액의 흔적이 지워지지 않았다. 눈앞이 새하얗게 변했지만, 어떻게 된 셈인지 저를 안고 있는 건우만큼은 반짝반짝 빛이 났다. 채원은 그에게서 시선을 뗄 수가 없었다.

"하아, 하아."

자신이 내뱉는 것이 분명한 얕은 숨소리가 귓가로 들려왔고, 쿵쿵거리는 고동 소리가 제 것이 아닌 그의 것이라는 걸 자각할 무렵 입술을 꾹 다문 채 그녀의 허리를 감싸 안고 있던 건우가 굵은 음성을 내뱉었다.

"사랑합니다."

……뭐?

예기치 못한 그의 말이었기에 채원의 눈동자는 큼지막해졌다. 무슨 소리를 들은 건지. 멈춰 버린 그녀의 사고 회로는 건우의 말을 쉽게 받아들이지 못했다. 얼굴이 화르르 달아올랐다. 채원의 동공이 폭풍을 만난 배처럼 흔들릴 때 건우가 입꼬리를 스윽 올렸다.

"사랑해요."

그는 조금 더 크고 부드럽고 다정하게 말했다. 가슴이 제멋대로 뛰었다. 주체할 수 없는 무언가가 가슴 밑바닥에서부터 치밀어 올라 어금니를 악물던 채원은 온몸의 신경을 귀로 집중시켰다.

그런 그녀를 바라보며 건우는 눈이 부실 정도의 아름다운 미소로 그녀를 내려다보았다.

그는 달콤한 음성으로 나지막하게 속삭였다.

"정말 많이…… 당신을 사랑해."

❖ ❖ ❖

〈나, 도착했어.〉

〈지금 여자 화장실 안이야.〉

〈입구에서부터 맨 끝 칸에 있으니까 다른 사람 오기 전에 네가 와.〉

채원의 입에서 시작된 오늘 촬영에 대한 비화를 흥미진진하게 듣던 와중 연달아 도착한 세 통의 문자. 명령조에 가까운 문자에 '싫어요'라 답하며 괜한 심술을 부리고 싶었지만 그랬다간 단단히 삐칠 것이 분명했다. 성격이 급한 그가 네 번째 문자를 보내기 직전, 시라는 하는 수 없이 자리에서 일어나 룸을 빠져나오는 수밖에 없었다.

‘흐음.’

주위를 두리번거리며 사람의 존재 유무를 확인하던 시라는 인기척이 느껴지지 않는 것을 확인하곤 고개를 절레절레 저었다.

참 신기한 사람이 아닐 수 없다.

〈오늘 뭐 할 거야?〉

촬영이 끝나자마자 그의 문자는 평소처럼 안부를 묻는 형식적인 걸로만 생각했다. 그래서 대수롭지 않게 피식 웃으며,

〈오늘요? 음, 날이 날이니만큼 진탕 놀다가 밤늦게 들어갈 생각인데요?〉

라고 약간의 과장을 섞어가며 대답했다. 그러자 문자를 보낸 지 30초도 되지 않아서 도착한 문자는,

〈안 돼!〉

란, 짧고 간결한 외침을 담고 있었다. 무슨 소린지 이해를 하지 못해 미간을 좁히는 사이 그가 다시 문자를 보내왔다.

〈지금 어디야? 내가 그리로 갈 테니까 거기서 꼼짝 말고 있어!〉

화가 난 것 같기도 한 그의 문자를 무시해 버릴까 하는 생각이 잠시 들었지만 후일이 두려워 시라는 자신의 위치를 알려주어야만 했다.

'설마.'

시라가 건너 듣기론 현재 그는 그의 소속사 식구들이 마련한 크리스마스 파티에 참가하기 위해 사옥으로 향하고 있는 중이었다. 소속사의 간판 배우이니만큼 당연히 참가해야 하는 그 파티를 제쳐 두고 제게로 올 리 없다고 생각했건만 진짜로 이곳까지 올 줄이야. 처음 봤을 때도 생각한 거지만 황당한 남자가 아닐 수 없었다.

게다가 더 이해할 수 없는 것은 왜 하필 '여자 화장실'이냐는 것이다. 아무리 급해도 보통은 여자 화장실보다는 남자 화장실에 숨게 마련인데. 그녀를 향한 그의 배려인 것일까, 아니면 단순히 자신의 존재를 타인에게 들키고 싶지 않아서일까.

쥐 죽은 듯 조용한 여자 화장실 안을 흘깃거리며 들어가길 망설이던 시라는 이내 큰 결심을 하곤 발을 앞으로 내디뎠다. 화장실 내에 존재하는 총 네 개의 칸 중 세 칸이 열려 있고, 그가 언급했던 맨 끝 칸만 굳게 닫힌 상태이다. 그녀는 천천히 닫혀 있는 끝 칸으로 걸어가더니 다물었던 입술을 열며 소리를 내뱉었다.

"이봐요, 거기 있어요?"

어떤 꼴을 하고 있을지는 짐작할 수 없지만 무척 초조해하고 있을 것이 분명했다. 그런 그의 얼굴이 떠올라 자꾸만 웃음이 나오려는 것을 겨우 억누르던 시라는 능청스레 말을 내뱉으며 대답이 들려오길 기다렸다. 그렇게 미소 짓던 그녀의 귀에 곧 지이잉 하고 핸드폰의 진동 소리가 들려왔다.

〈맨 끝 칸이라고 했잖아!!〉

"풋."

자신의 다급함을 드러내기 위해 느낌표를 무려 두 개씩이나 사용한 그의 문자에 시라는 결국 웃음을 터뜨렸다. 그녀는 숨소리조차 내지 않는 고요한 화장실 칸 앞에 서서 슬쩍 입꼬리를 올렸다.

"아무도 없으니 나와도 돼요."

지이잉—

〈진짜 없어?〉

그렇다니까.

"네."

끼이익.

그녀가 고개를 끄덕이며 답하자마자 닫혀 있던 문이 벌컥 열렸다. 이미 시라의 말을 들었음에도 불구하고 의심을 거두지 않은 남자는 문틈 사이로 고개만 빠끔히 내밀어 주위를 살폈다. 선글라스와 모자로 얼굴을 가린 그는 저를 멀뚱히 쳐다보는 시라를 한 번 흘겨보더니 몇 번 더 주위를 살피다 입술을 움직였다.

"그러네."

안도의 한숨을 내쉬며 가슴을 쓸어내리는 남자는 꽤나 우스꽝스러운 모습이었다. 커다란 덩치를 가졌음에도 불구하고 좁은 변기 뚜껑 위에 쪼그려 앉아 있는 몰골이란. 이 남자를 추앙하는 수많은 팬들이 절대 믿지 못할 광경이었다. 시라는 씩 웃는 그에게 퉁명스레 말했다.

"뭐야, 확인까지 하고. 내 말 못 믿는 거예요?"

"그런 건 아니지만…… 확인차. 언제 어디서 사진이 찍힐지 모르는데 조심해서 나쁠 건 없잖아?"

그는 쓰고 있던 까만색 선글라스를 벗어 셔츠의 포켓에 집어넣더니 눈을 가늘게 뜨고 있는 시라에게 살짝 윙크를 했다. 시라는 탐탁지 않은 눈으로 남자를 바라보다 말을 이었다.

"그나저나 최진헌 씨가 여긴…… 어떻게 온 거죠? 아니다. 대체 여기까진 왜 온 거예요? 설마 진짜 올 줄은 몰랐다구요. 저 되게 바쁜 사람이니까 용건만 간단히 해줘요."

분명 시라의 눈앞에 보이는 변기 뚜껑 위의 남자는 대한민국 뭇 여성들의 공식 연인인 이건우와 더불어 차세대 원톱 배우로 자리를 굳히고 있는 남자 배우 최진헌이 확실했다. 시라는 많은 여자들이 껌뻑 죽는 그 남자를 향해 팔짱을 낀 채 차가운 눈초리를 쏟아댔다. 그러자 그는,

"아, 그, 그게……."

시라의 새침한 반응을 예상하지 못했는지 그는 크게 당황한다. 난감한 얼굴을 하고 당장 떠오르지 않는 다음 말을 머릿속으로 그리던 진헌의 얼굴에서 미소가 사라졌다. 그것도 모자라 여전히 변

기 뚜껑 위에서 내려올 생각을 하지 못한 그는 얼굴을 붉히며 말까지 더듬는다. 시라는 저를 이곳까지 불러내선 아무 말도 하지 못하는 스물여덟의 남자 배우를 직시했다. 그리고는,

"최진헌 씨가 갑자기 절 불러내는 바람에 전 채원 선배의 키스 신 촬영 비화도 못 들었다구요. 그러니 별일 아닌 걸로 불러낸 거라면 가만히 안 있을 거예요."

진헌을 노려보았다. 내심 채원의 말을 끝까지 듣지 못한 것이 아쉬웠기 때문이다.

입맛까지 다시며 중얼거리는 시라의 말을 듣던 진헌은 별일 아니라는 듯 손사래를 쳤다.

"키스 신이 다 똑같지, 뭐. 그냥 입만 맞추는 것뿐인데 비화는 무슨. 궁금하면 내가 말해줄게. 나도 현장에 있었잖아. 그러니까 그게 어떻게 된 거냐면…… 건우 형이 손을 뻗어서 채원 누나의 허리를 잡더니 고개를 이렇게 돌려선 입을 쭉 내밀고 키……."

"최진헌 씨."

"응?"

"저, 도대체 왜 부른 거예요? 진짜 말 안 할 거면 나 갈 거야."

마치 '그깟 키스신 정도야'라는 얼굴로 몇 시간 전 있었던 일을 떠올리는 진헌을 뚫어져라 쳐다보던 시라는 그의 말을 끊어내곤 눈을 치켜떴다. 그제야 상황 파악을 한 진헌은 얼른 입을 다물더니 숨을 크게 들이마셨다.

"아, 알겠어. 성격 참 급하네."

"……."

“흠. 내, 내가 왜 여기까지 와서 윤시라 씨를 불러낸 거냐면……
오, 오늘이 크리스마스잖아. 그런데 시라 씨는 이런 날에 동료들
이랑 진탕 놀다가 밤늦게 들어갈 거라고 했어.”

“그게 뭐 어때서요?”

무덤덤한 표정으로 오히려 되묻는 시라의 말에 진헌은 멍한 눈
으로 그녀를 바라봤다. 그러나 그는 용기를 잃지 않고 서둘러 말
을 덧붙인다.

“여, 여자가 밤늦게까지 진탕 논다는 건 그리 좋아 보이
지…….”

“최진헌 씨가 왜 그걸 상관하는 거죠?”

“어?”

“내가 크리스마스에 좋아하는 사람들이랑 늦게까지 놀겠다는
데 그게 잘못된 건가요?”

“……”

“이봐요.”

“제길! 그렇게 몰아붙이니까 뭔 말을 못하겠잖아!”

“네?”

“자, 잠깐만 시간을 줘봐.”

“뭐라구요?”

“마음을 정리할 시간을 좀 달라고!”

무슨 말을 하려는 것인지 눈에 빤히 보이자 횡설수설하는 그가
나름 귀엽게 느껴졌다. 조금 더 놀릴까 하다가 무릎 사이로 얼굴
을 파묻는 덩치 큰 남자를 보자니 그럴 마음이 사라져 버렸다. 시

라는 웃음을 가득 머금은 채로 후후 숨을 내쉬는 진헌을 물끄러미 응시했다. 재밌는 남자. 사소하지만 은근히 자극적인 그의 행동에 가슴이 간지러웠다.

그렇게 한동안 변기 위에 쭈그리고 앉은 상태를 바꿀 생각을 하지 않는 진헌을 바라보며 속으로 생각하던 시라는 무심코 화장실 입구 쪽으로 고개를 돌리다 깜짝 놀랐다.

"좋아, 정리했…… 읍!"

"누가 오는 것 같아요."

시라는 멀리서 들려오는 소리에 귀를 기울이며 다급히 속삭였다.

"읍?"

길고 긴 고뇌 끝에 드디어 마음을 정리했는지 얼굴을 들던 진헌은 그녀의 말을 듣고 변기 뚜껑 위에서 내려오려던 행동을 멈추었다. 시라는 그 자리에서 굳어버린 진헌을 다시 안으로 밀었다. '윽' 하고 낮은 신음 소리가 진헌의 입술 사이로 흘러나왔다. 시라는 그런 그에게 검지로 입술을 막고 조용히 하라는 시늉을 한 후 세게 문을 닫았다.

또각또각.

누군가의 구두 소리가 귓가로 들려왔다. 아마도 화장실을 사용하기 위해 오는 여자인 것이 분명했다.

쿵쿵!

도둑이 제 발 저린다고, 심장의 박동이 이상할 정도로 빨라졌다. 진헌이 숨어 있는 칸 앞에 서선 입술을 꾹 다문 채 크게 숨을 들이마시던 시라는 이윽고 화장실 입구 쪽에서 모습을 드러내는 여자의 모습에 눈을 동그랗게 떴다.

"선배…… 님?"

시라는 비틀거리며 화장실 안으로 들어오는 여자에게 말을 걸었다. 백지장처럼 새하얘진 낯빛을 하고 있는 여자의 흔들리던 눈동자가 시라를 향했다. 딱 봐도 무슨 일이 있었을 거라 짐작이 가능한 눈앞의 여자는 채원이었다. 시라는 진헌이 숨어 있는 문을 지킬 생각도 하지 못하고 그녀에게로 달려갔다.

"괜찮으세요? 안색이 많이 안 좋으세요."

하얗게 질려 있는 채원의 풀린 얼굴을 응시하며 다급하게 묻는 시라에게 채원은 시선을 고정시켰다. '아, 시라 씨구나' 하고 나지막한 음성으로 중얼거리는 그녀의 목소리엔 어쩐지 힘이 실려 있지 않았다. 흐릿하게 웃으며 저를 쳐다보는 채원에게 계속해서 말을 걸려 하던 시라는 그녀가 붙잡은 채원의 팔이 유난히 뜨겁다는 것을 깨달았다. 시라는 멍한 채원을 가만히 바라보며 물었다.

"무슨 일 있으셨어요?"

채원은 조심스레 말을 꺼내는 시라를 향해 고개를 저었다.

"아니."

"그런데 얼굴이……."

'많이 빨개요' 라고 말하려던 시라는 뒷말을 얼버무렸다. 입을 다물어 버리는 시라를 의아하게 응시하던 채원은 괜찮다며 시라의 부축에서 벗어나 세면대로 향했다. 아무렇지도 않게 차가운 물로 얼굴을 씻는 그녀의 행동을 쳐다보던 시라는 '손수건 있어?' 라고 묻는 채원의 말에 주머니를 뒤적거렸다.

"고마워."

옅게 웃는 채원이 표정이 미묘하게 가슴을 파고들어 시라는 말을 잇지 못했다. 자신이 잠시 자리를 비운 사이 룸에서 좋지 않은 일이라도 일어났던 것일까. 촬영 현장의 분위기는 놀라울 정도로 좋은데. 그렇다면 이곳에서 과거 악연으로 얽혀 있던 사람이라도 만난 걸까? 채원의 얼굴이 저렇게 하얗게 변한 이유를 추측하던 시라는 짧은 생각에 잠겼다.

"시라 씨."

"……."

"시라 씨?"

"네?"

이 업계에서 흔치 않은 꽤 마음에 드는 선배라 그런지 잃고 싶지 않았다. 안 그래도 주위의 사정이 채원에게 좋지만은 않게 흘러가고 있다는 것을 눈치채고 있는지라 더더욱. 불길한 예감에 걱정스러운 눈길로 채원을 직시하던 시라는 제 이름을 두 번째로 부르는 채원의 음성에 겨우 정신을 차렸다. 채원은 시라에게 손수건을 돌려주며 미소 지었다.

"미안한데…… 아무래도 나 먼저 가봐야 할 것 같아. 그러니 시라 씨가 다른 사람들한테 잘 좀 말해줘. 재은 씨한테는 특히. 그럼 부탁할게."

❖ ❖ ❖

부드러운 무언가가 입안을 파고들자 반사적으로 숨을 쉴 수가 없었다. 쿵쿵거리는 심장 소리는 귓가를 얼얼하게 만들었고, 온몸의 힘이 주르륵 빠져나가는 것 같았다. 부들부들 떨리던 손끝의 떨림은 전신으로 퍼져 나갔지만 상대는 물러날 생각이 없어 보였다.

거침없이 제 안을 휘저어 버리는 그의 혀 놀림으로 인해 눈앞이 흐릿해졌다. 억지로 참았던 숨을 잠깐 동안 입술을 뗀 사이 가쁘게 몰아쉬던 채원은 다시금 저를 삼켜 버리는 그에게 먹혀 버렸다. 열린 입술 사이로 흘러들어 와서 그녀의 안을 가득 메우던 달콤한 타액은 어느새 목구멍을 타고 아래로 내려갔다. 쉬지 않는 그의 키스로 인해 정신을 차릴 수가 없었다.

그는 막무가내였다. 그녀의 허리를 커다란 손으로 감싸 쥐고 뜨겁고 짜릿한 키스 세례를 퍼붓는 행동은 그동안 채원이 알고 지내던 젠틀한 이건우와는 거리가 멀었다. 친절하고 다정다감했던 남자가 아닌, 강하고 거친 남자가 그녀를 자극하고 있었다. 그래서인지 더더욱 벗어날 수가 없었다. 머릿속으론 이러고 있어선 안 된다고 수도 없이 외쳤지만, 어째서인지 그녀는 점점 더 빠져 들어갔다. 헤어 나올 수 없을 정도로 깊이.

"지금 이 행동들을 후회하진 않아요."

길고 긴 키스를 끝낸 후 건우는 채원의 번들거리는 입술을 손끝으로 쓸어내리며 속삭였다. 너무도 다정하게 들리는 그의 목소리가 그녀의 심장을 미친 듯이 벌렁거리게 만들었다. 채원이 멍한 눈으로 그를 올려다보자 건우는 말을 이었다.

"하고 싶어서 했어요. 그러니 후회하지 않아. 싫다면 막으라고 했지만, 그러지 않은 건…… 당신이야."

낮고 굵은 그의 목소리가 귓전을 때렸다. 그의 말은 사실이다. 건우는 분명 채원에게 경고를 했고 그 경고를 똑똑히 들었음에도 거부하지 못한 것은 자신이었다. 채원의 눈동자가 거세게 일렁이는 순간 건우의 붉은 입술이 움직였다.

"장채원 씨."

그의 입술 사이로 제 이름이 흘러나오는 것은 기분 좋은 일이었다. 건우의 커다란 품에 안겨 있는 상태로 그의 부드러운 음성을 듣던 채원은 아름다운 그의 미소에 넋을 잃었다. 건우는 말했다.

"사랑합니다."

"사랑해요."

"정말 많이…… 당신을 사랑해."

두근두근.

가라앉히려 애를 써도 한 번 달아오른 열기는 쉽게 가시질 않았다. 아직도 그의 입술이 제 입술을 머금고 있는 것만 같아 기다란 손가락 끝으로 입가를 만지작거렸다. 얼굴, 목, 귀를 가리지 않고 붉어진 얼굴은 건물을 나올 때나 집으로 들어와 화장실 거울 앞에 섰을 때나 마찬가지였다. 차가운 물로 세안을 하고 또 해도 뜨겁기만 한 자신의 얼굴을 거울을 통해 바라보던 채원은 결국 털썩 주저앉았다.

두근두근.

평소의 박동 속도보다 몇 배는 더 빠른 심장의 울림이 낯설게 느껴진다. 채원은 얼굴을 타고 뚝뚝 흘러내리는 물기를 닦을 생각도 하지 못한 채 손을 뻗어 가슴에 얹었다.

"사랑해요."

그의, 이건우의 달콤한 속삭임을 떠올렸다.

진정이 되지 않는다. 스스로도 놀랄 정도로 크게 동요하고 있는 것이 틀림없었다. 재은을 비롯한 동료 배우들이 마련해 준 파티까지 벗어나 도망치듯 집으로 돌아온 그녀는 가슴의 떨림을 가라앉히지 못했다.

"하아."

손끝으로 그의 손가락이 닿았던 흔적을 좇고 있던 채원은 참고 있던 한숨을 터뜨렸다.

"어쩌자고……."

그런 짓을 해버린 것일까.

채원은 고개를 아래로 떨구었다. 그의 행동을 거부하려 했다면 충분히 그럴 시간이 있었다. 하지만 채원은 그러지 않았다. 그렇다면 대체, 왜? 왜 그의 키스를 피하지 못한 거지?

쿵! 쿵!

두근거리던 심장이 속도를 냈다. 채원은 입술을 만지작거리던 손가락을 얼굴에서 떼어내곤 천천히 자리에서 일어났다. 거울 속에 비친 잔뜩 상기된 얼굴의 여자가 눈으로 들어왔다.

"채원 씨의 생각을 듣고 싶어요. 채원 씨는 날…… 어떻게 생각
해요?"

촉촉이 젖은 눈동자로 그녀를 내려다보며 말하던 그에게선 강
한 열망이 느껴졌다. 무어라 대답하고 싶었지만 숨이 덜컥 막혀왔
다. 어떻게 생각하느냐니. 지금으로부터 넉 달 전, 그의 고백을 받
고 생각하고 또 생각했지만 쉽게 대답할 수가 없었다. 그녀에겐
신경 써야 할 다른 것이 너무도 많았으니까. 물론 지금은 그때보
다 여유가 생겼고 요령도 생긴 상태지만 일주일 뒤부터는 또 다른
시험대에 올라야 할 것이 분명했다. 간절한 얼굴로 그녀를 바라보
는 그에게 채원이 대답해 줄 수 있는 것은 오직 하나였다.

❖ ❖ ❖

이건우라는 남자는 세상에 알려진 것보다 더 신중한 사람이었
다. 중요한 결정을 할 때면 몇 날 며칠을 생각하고 또 생각을 하는
바람에 주위의 사람들이 닦달하는 경우가 생길 정도로. '충동'이
라는 단어와는 거리가 멀게 느껴지는 몇 안 되는 사람 중 하나였
다. 갑작스러운 은퇴 전, 배우 생활을 해나가면서 작품을 고를 때
도 그랬으며, 제작자로서의 변화를 결심했을 때도 그랬다. 진헌을
키워내기까지의 과정도 그러했으며, 세진으로부터 채원의 캐스팅

에 대한 이야기를 들었을 때도 그랬다.

문제는 채원의 캐스팅, 그다음이었다.

충동과는 거리가 먼 남자였던 이건우가 장채원과 얽히게 되면서 선택의 기로에 섰을 때, 다른 사람들이 전혀 생각지 못했던 방향으로 일이 흘러갔다. 그 누구도 건우가 채원으로 인해 컴백할 거라 예상하지 못했고, 상처받은 채원을 위로하기 위해 그녀의 뒤를 따를 것이라 여기지도 않았다. 예정에도 없던 우도에서의 하룻밤에서 잠들었던 그녀에게 고백을 한 것도, 저를 좋아하냐 묻는 채원에게 그렇다고 당당하게 대답한 것도 모두 신중과는 거리가 먼 행동이었다. 요 근래 그가 취했던 행동 중 가장 충동적이었던 일은 단연코 파티를 즐기고 있던 그녀를 붙잡아 거친 키스 세례를 퍼부었던 일과 멍한 얼굴로 자신을 바라보던 그녀에게 사랑한다는, 그 스스로도 놀라게 만든 말을 전한 일이다.

장채원이라는 여자와 얽히게 되면 항상 이렇게 된다.

자신의 위치를 생각해서라도 신중해져야 한다고 되뇌고 또 되뇌지만 언제나 머리보다 마음이 먼저 움직이게 된다. 좋아한다는 말을 하면 겁을 먹고 도망칠 것이라는 걸 자각하고 있으면서도 그 말을 해주고 싶어진다. 이 세상에는 그녀를 좋아하는 사람이 있다는 것을 똑똑히 알려주고 싶어진다. 그녀를 지켜주고 싶어지고, 바로 자신이 그럴 수 있다고 말해주고 싶어진다. 그렇게 차곡차곡 쌓아놓았던 마음이 점점 커져 한계에 다다랐을 때, 그녀를 향해 품고 있던 이 감정이 단순한 '호감' 그 이상이라는 것을 인지하게 되어 저도 모르게 사랑한다고 말하게 되어버린다.

“사랑합니다.”

“사랑해요.”

“정말 많이…… 당신을 사랑해.”

그녀를 마주 보면 항상 충동에 휩싸이는 그이지만 결코 그런 말을 꺼낸 것을 후회하지는 않는다.

단지 솔직해지고 싶었을 뿐이다.

무척 좋아하는, 아니, 사랑하는 사람에게 거짓말을 하고 싶지는 않으니까.

그녀를 지지하고, 좋아하고, 사랑해 주는 한 사람이 있다는 것을 숨기고 싶지 않을 뿐이니까.

❖ ❖ ❖

〈만났으면 해요.〉

2013년 12월 31일. 한 해를 마무리하는 마지막 날, 홍광호 PD로부터 오늘까지의 꿀맛 같은 휴가를 얻었으나 드라마의 제작자로서 눈코 뜰 새 없이 바쁜 하루를 보내던 건우는 한 통의 문자메시지를 받았다. 크리스마스 이후 연락이 두절되었던 채원에게서이다.

〈제가 운영하던 꽃집 기억하시죠? 거기 근처에 작은 공원이 하나 있어요. 열한 시까지 그곳으로 오세요.〉

예고편을 뽑아내기 위해 보통 초반 몇 편을 먼저 촬영한 후 열리는 제작발표회에 대해 준과 함께 회의를 한 건우는 그 문자를 보자마자 그린엔터테인먼트의 사옥을 벗어났다. 운전대를 잡은 손길이 얼마나 떨렸는지 운전 도중 몇 번이나 차를 멈춰 세워야만 했지만 그녀가 언급했던 장소로 가는 걸음을 멈추지는 않았다.

"시간을…… 주셨으면 해요."

엉겁결에 터져 나온 것은 사실이지만 주워 담을 생각은 없었다. 시간을 달라는 그녀의 말에 어쩔 수 없이 채원을 보내야 했던 그는 그 뒤로 하루에도 몇 번씩 울리지 않는 자신의 핸드폰만 들여다보고 있었다. 그랬기에 그녀의 문자가 어찌나 반가웠는지 모른다.

달칵.

채원의 문자를 보자마자 사옥을 나왔기 때문에 열한 시가 되기 전에 옛날 그녀가 운영하던 꽃집 근처에 도착한 건우는 채원이 말한 공원 근처에 차를 세워두고 허겁지겁 달려갔다. 헐떡이는 숨소리가 가슴을 차오르게 만들었지만 건우는 계속해서 달려갔다.

"하아, 하아……."

밤 열한 시, 한적한 공원 내의 벤치.

그곳에 앉아 그가 오기만을 기다리고 있던 여자가 눈에 들어오자 건우는 멈춰 섰다. 그러다 곧 숨을 고른 그가 그녀를 향해 터벅터벅 걸음을 옮기는 소리를 들었는지 새까만 밤하늘의 눈부신 달만을 응시하던 채원이 그를 향해 얼굴을 돌렸다.

"왔어요?"

벤치에 앉아 옅게 웃으며 건우에게 말을 거는 채원의 얼굴은 놀라울 정도로 평온해 보였다. 건우는 몸을 움찔거리며 그녀의 앞에 서선 고개를 끄덕였다. 채원은 미소 지은 채로 자신의 옆자리를 톡톡 쳤다.

"앉아요."

채원의 말투에서 약간의 여유까지 느껴져 쉽게 몸을 움직이지 못하던 건우는 그녀의 옆에 엉덩이를 붙였다. 채원은 건우가 제 옆에 착석하자 다시 하늘을 올려다보며 중얼거렸다.

"달빛이…… 참 좋죠? 몇 년 전까지만 하더라도 마음이 복잡해지는 날이면 이렇게 혼자 밤하늘을 올려다보곤 했어요. 그럼 이상할 정도로 평온해져서 말이죠. 게다가 달을 보고 있으면 꼭 저를 보는 것 같았어요. 해처럼 매시간 빛날 순 없지만 적어도 밤에는…… 빛날 수 있으니까. 그래서 제가 제일 좋아하는 달은 둥근 달이 뜨는 날이었어요. 그런 날엔 달이 꼭 밤하늘을 지배하는 것 같았거든요."

건우는 채원의 말뜻을 헤아리기 힘들어 입을 열지 못했다. 그녀는 말을 이어나갔다.

"사실 난 달이라도 좋았어요. 내가 여기 있다고, 이곳에서 빛나고 있다고 알아주기만 하면 된다고 생각했으니까. 정해진 시간에, 정해진 장소에서 빛을 낼 뿐이지만 그 시간만큼은 사람들이 해가 아닌 달을 바라봐 주는 게 너무 행복했어요. 그래서 더욱 노력했어요. 달로 지내기 위해서. 그날…… 까지는.”

“…….”

“그날 이후로 날 사랑해 주는 사람은 없다고 생각했어요. 내가 사랑해야 할 사람도 없다고 생각했고, 사랑을 받고 싶지도 않았어요.”

채원의 얼굴이 아래로 내려왔다. 그녀는 떨리는 건우의 눈동자를 직시했다.

“하지만…… 이건우 씨가 그런 날 변화시켰어.”

“……!”

“이건우 씨 때문이야. 당신 때문에 난 사랑을 받고, 사랑을 하고, 한 번 더 사랑에…… 무너지고 싶어졌어.”

쿵!

가슴이 터져 버릴 것만 같다. 채원은 달처럼 환하게 웃었다.

“그날 이건우 씨가 물었죠? 떨리느냐고.”

쿵쿵!

“그래요. 저, 이건우 씨랑 있으면 떨려요.”

쿵쿵쿵!

“너무 떨려서 참을 수가 없어.”

쿵쿵쿵쿵!

“하루 종일 이건우 씨만 생각해요. 어떻게 된 건지 모르겠지만 계속 이건우 씨만 생각나. 당신 생각을 하지 않으려고 했지만 당신이 떠올라. 그러니 이건우 씨."

그녀의 보드라운 손길이 건우의 뺨에 닿았다. 채원은 건우의 숨소리가 들리는 거리만큼 다가왔다. 건우의 검은 눈동자가 격정에 휩싸였다. 긴장한 그가 무의식적으로 입술을 세게 누르는 것이 보였다. 채원은 입꼬리를 살짝 올리며 속삭였다.

"나 좀 도와줘요."

어떻게?

"내가…… 당신을 사랑할 수 있게 해줘요."

2권에서 계속